L'ODYSSÉE DE L'ESPÈCE

LES FUTURS MYSTÈRES DE PARIS

DÉJÀ PARUS

La Balle du Néant
Les Ravisseurs Quantiques

ROLAND C. WAGNER

L'ODYSSÉE DE L'ESPÈCE

(Les Futurs Mystères de Paris)

FLEUVE NOIR

Collection dirigée
par Daniel Riche

ISBN : 2-265-06172-7
ISSN : 0768-3014

« Le cerveau humain est d'une si grande complexité qu'on peut seulement le comparer à l'univers lui-même. Il est peut-être une image génétique de l'univers. L'évolution serait alors une tentative de l'univers pour se reproduire. Dans ce cas, le cerveau humain devrait être capable de recréer à son tour un univers. »

(Michel Jeury – *Simulateur ! Simulateur !*)

PROLOGUE

Déclaré à l'état civil sous le nom d'André Ganèche, rebaptisé Gurdjieff Erickson Ganesh à l'âge de six ans, puis Billy Jean Jones Jackson au début de son adolescence, il avait longtemps porté le surnom de Croche-Patte, mais il se faisait désormais appeler Snakefingers et espérait bien qu'à la fin de la nuit il aurait obtenu le droit de porter le patronyme glorieux de Doigts-de-Fée Ganesh.

Grand, plutôt maigre, un incroyable désordre régnant dans ses cheveux blonds coupés court, il possédait des mains d'une longueur exceptionnelle, dont il avait très tôt développé l'habileté. Il aurait été un fabuleux bricoleur s'il avait su réfléchir avant d'agir, mais les choses de l'esprit lui passaient désespérément au-dessus de la tête. Les sectes successives où ses parents l'avaient entraîné ne se souciaient guère de développer chez leurs adeptes une forme quelconque de faculté de raisonnement ; les Jim's leur dynamitaient la cervelle à l'aide de décoctions de datura, et le Culte de Michael Jackson les abreuvait de musique, mais le résultat était le même dans les deux cas.

Snakefingers ne pouvait plus supporter Michael Jackson. Le datura non plus, d'ailleurs.

Son compagnon s'appelait tout simplement Eusèbe Martin, et il avait fallu des heures de palabres avant qu'il ne consentît à prendre le nom d'Eusèbe-le-Leste s'il réussissait l'examen d'entrée. De taille moyenne – il ne dépassait pas un mètre quatre-vingt-cinq –, plutôt musclé, il avait la peau sombre et d'incroyables yeux verts. Mais ce qu'on remarquait avant tout, c'était la touffe luxuriante de sa tignasse crépue, qui le faisait paraître nettement plus grand qu'il ne l'était en réalité.

A la différence de Snakefingers, Eusèbe n'avait jamais mis les pieds dans une secte. Né dans un village libertaire du causse de Sauveterre, il avait reçu une éducation d'essence matérialiste ; la communauté, qui comptait près de trois cents membres, possédait sa propre école. Fondée au début des années 20, lors de l'Elan utopique, elle n'avait pas mieux résisté que ses semblables à la crise de 61 : les terres et les maisons avaient été rachetées par la Suzu, et les familles s'étaient dispersées un peu partout en Europe.

Sans travail ni un sou en poche, les parents d'Eusèbe avaient échoué à Longpont-sur-Orge, en banlieue parisienne, où ils survivaient grâce au Secours bouddhiste. Ne voulant pas constituer une charge pour eux, il avait alors décidé de devenir membre de la très estimée et respectée tribu des Monte-En-L'Air. Comme Snakefingers, il avait suivi un an de cours théoriques, puis un autre de stages pratiques, apprenant peu à peu les bases du métier.

Et, à présent, tous deux étaient au pied du mur.

Snakefingers considéra la façade de l'immeuble. A cette heure tardive, il ne passait personne dans la paisible rue de Gergovie ; il pouvait prendre tout le temps qu'il lui plairait pour étudier le premier obstacle. Mais il n'était pas du genre à s'éterniser. Il vit les briques, les interstices entre elles – et, avec souplesse, il commença à s'élever.

Il n'eut besoin que de quelques secondes pour atteindre le deuxième étage. Profitant d'une étroite corniche, il fit une pause en attendant qu'Eusèbe le rejoignît. Plus lent, mais tout aussi agile, celui-ci se hissa jusqu'à un balcon et s'accrocha d'une main au garde-fou.

– Maintenant, tu me laisses passer devant, chuchota-t-il. Tu as failli faire une connerie.

Il désignait le mince fil noir qui courait entre deux rangées de briques, au niveau du plancher du troisième étage.

– Une alarme ? s'inquiéta Snakefingers.

– Pas forcément. N'empêche qu'on doit faire gaffe. L'escalade est trop facile ; il y a forcément un piège quelque part.

– Qu'est-ce que tu proposes, alors ?

Fouillant dans le sac qui pendait sur sa poitrine, Eusèbe en tira un appareil allongé, que terminait une antenne en spirale. Il le mit sous tension et l'orienta vers le fil noir. Un voyant clignota, puis des chiffres apparurent sur le minuscule écran incorporé.

Snakefingers était assez surpris de voir son partenaire employer une telle antiquité. La plupart des novices mettaient un point d'honneur à user d'extensions cybernétiques ; en toute logique, Eusèbe aurait dû être équipé d'un datamonocle et de détecteurs miniaturisés implantés en divers points de son corps, et non de cette quincaillerie vieille de trente ou quarante ans !

– Rien à cirer, c'est juste un vieux câble téléphonique débranché. Je vais monter jusqu'à la fenêtre pour voir si je peux l'ouvrir. Ne bouge pas tant que je ne t'aurai pas fait signe.

Snakefingers ne fut pas mécontent de voir son acolyte prendre la direction des opérations. Lui-même se sentait parfois l'âme d'un chef, mais son incapacité à réfléchir plus de trois ou quatre secondes d'affilée à un problème donné le rappelait bien vite à la réalité. Un chef doit penser à tout – et tout le temps. Or, alors que Snakefingers éprouvait déjà des difficultés pour penser tout court, Eusèbe, lui, paraissait fort bien se débrouiller.

Ce dernier gravit lentement la façade jusqu'à la fenêtre qu'on leur avait fixée pour objectif. Il y promena son ustensile dans tous les sens, puis se décida à enjamber la grille pour aller inspecter le système de fermeture. Il avait tout juste la place de poser les pieds, mais il ne vacilla à aucun moment. A croire qu'il possédait un gyroscope dans le ventre. Dans une position aussi acrobatique, même Snakefingers, qui était pourtant réputé pour son sang-froid et son insensibilité au vertige, aurait eu besoin de rétablir son équilibre de temps à autre.

La fenêtre s'ouvrit doucement, et la main d'Eusèbe fit le signal convenu. Snakefingers le rejoignit en quelques mouvements, presque sans y penser. Il sauta dans la pièce, silencieux, referma machinalement derrière lui les battants vitrés, puis tira les rideaux.

– Bien, chuchota Eusèbe en allumant sa lampe-torche. Inspection de l'appartement.

Celui-ci comportait trois pièces : un grand salon meublé avec sobriété, un bureau-bibliothèque encombré mais bien rangé et une chambre. Il y avait aussi une cuisine intégrée plutôt vaste et une salle de bains à l'ancienne, avec une baignoire d'une taille inhabituelle. Dans les toilettes, sur des rayonnages, s'entassaient des livres de poche jaunis. Les vêtements rangés dans un placard n'indiquaient aucune appartenance tribale précise ; la plupart étaient juste un peu trop colorés au goût de Snakefingers.

– Qu'est-ce qu'on fait, maintenant ? s'enquit-il lorsqu'ils eurent vérifié qu'il n'y avait personne.

– On repère les cachettes.

– Ah oui : j'ai jamais été très fort à ce truc-là.

Eusèbe lui jeta un regard amusé.

– C'est juste une question de psychologie. D'abord, on doit comprendre *le type chez qui on est. A mon avis, c'est un réac. Tu te rends compte qu'il a même une platine vinyle ? Je rêve !... Il doit en rester mille à Paris et il faut qu'on tombe sur une ! Surréel !*

– Ses fringues sont pas tellement réac, fit remarquer Snakefingers, qui ne comprenait pas l'enthousiasme manifesté par son partenaire.

Eusèbe haussa les épaules.

– Tu as vu les polars dans les gogues ? Rien

que des éditions d'avant la Terreur. Et les bouquins dans le bureau ? Pas la peine de se fatiguer à chercher de la caillasse ou du liquide : on va rafler de la culture, *mon pote !*

– Et ça vaut cher ? interrogea Snakefingers.

Son partenaire l'entraîna dans le salon. Sur une étagère, près de la fameuse « platine vinyle », se trouvaient une douzaine de pochettes carrées en carton d'environ trente centimètres de côté. Eusèbe s'empara de l'une d'elles, qui représentait un cavalier au galop agitant son chapeau à l'intention d'une jeune fille en robe longue. Une image de western.

– Happy Trails, *de Quicksilver Messenger Service. Si c'est le pressage original étatsunien, il cote cinq cents euros.*

Eusèbe plongea la main dans l'ouverture de la pochette pour en retirer un objet étrange. Snakefingers ne se souvenait pas d'en avoir déjà vu de pareil : un disque noir, dont l'étiquette centrale rouge orangé, qui portait en lettres vertes l'inscription « Capitol », était percée d'un petit trou rond.

– Réédition française de 1975, grommela Eusèbe d'un air déçu. Tant pis. On le prend quand même.

– Qu'est-ce que c'est ? demanda Snakefingers

– Des vinyles. Ça fait un bon bout de temps qu'on n'en fait plus. Alors, ça vaut du pognon. (Eusèbe rangea le disque, puis il montra deux ou trois autres pochettes à son partenaire.) Blacklight Chameleons, Chocolate Watch Band… Rien que

du bon. Y en a au total pour pas loin de trois mille euros – peut-être plus.

– Tant que ça pour des bouts de plastique noir ?

– Ils sont rares – et ce qui est rare est cher. Hé, j'avais pas vu ça ! (Il brandit une pochette plus petite, qui portait imprimé un dessin géométrique aux vives couleurs.) Pas la moindre indication... Et rien sur l'étiquette non plus... Curieux, curieux... En plus, ça me dit quelque chose, mais je n'arrive pas à me rappeler quoi. Une spirale fractale...

Le disque, d'une quinzaine de centimètres de diamètre à peine, était percé d'un trou central nettement plus grand que le précédent.

– Il y en avait plusieurs tailles ? demanda Snakefingers.

– Et plusieurs vitesses. Trente-trois et quarante-cinq tours par minute.

– Tours de quoi ?

Eusèbe tourna vers son partenaire un regard qui reflétait un accablement certain.

– Tu veux dire que tu ne sais vraiment *pas ce que c'est ?*

– Ben non, avoua Snakefingers.

Jusque-là, il croyait que le vinyle servait à faire les vêtements ; une Essème avec qui il avait couché deux ou trois fois avait des cuissardes, un string et un soutien-gorge dans cette matière – le tout d'un rouge aveuglant.

Trente-trois et quarante-cinq tours par minute ? Plusieurs tailles ?

– Il y a de la musique dessus, expliqua Eusèbe avec un soupir. On s'en servait avant les CD.

Snakefingers risqua un sourire. Ces initiales lui disaient quelque chose.

– Tu parles de ces machins avec tout juste une heure de musique ?

– C'est ça. Ils marquent le début de l'Ere numérique. Les disques vinyles, eux, sont gravés selon un procédé analogique. (Il lui mit sous le nez celui qu'il tenait.) Il y a un sillon qui s'enroule de l'extérieur vers le centre et... Attends, je vais te montrer.

Confusément, Snakefingers eut l'impression que son partenaire allait commettre une erreur, mais ces « vinyles » l'intriguaient trop pour qu'il s'en préoccupât. Il n'était tout simplement pas capable de penser à deux choses à la fois.

Eusèbe releva le couvercle en plastique transparent de la « platine », s'empara d'un objet rond et planta celui-ci sur le pivot central du plateau de verre noir. Puis il y enfila le disque ; il s'agissait donc d'un adaptateur. Ensuite, il souleva une tige de métal tordue en forme de S, à l'extrémité de laquelle était fixée une tête porteuse d'une fine pointe.

– Voici le diamant, dit-il en désignant celle-ci. Il vibre en suivant les sillons, et la cellule – ce petit cube auquel il est fixé – convertit ces vibrations en courant électrique qui, passé dans un amplificateur, produit des sons.

– Ça m'a l'air compliqué.

– C'est tout simple, au contraire – bien plus simple que le codage binaire des enregistrements

numériques. Un archéologue extraterrestre qui découvrirait les vestiges de notre civilisation aurait bien moins de mal à lire un vinyle qu'un cristophon. Les procédés analogiques sont faciles à déduire. (Il posa le « diamant » sur le disque, qui tournait sur le plateau.) Tu entends ce léger grésillement ? Le volume est faible, mais on discerne la musique, non ?

Snakefingers convint que cela ressemblait effectivement à quelque chose, mais il ne voyait pas où était l'intérêt. A quoi bon s'encombrer de tels objets ? Toutes les œuvres musicales enregistrées par l'homme n'étaient-elles pas dûment conservées dans les replis du Néocortex ?

– Débile, marmonna-t-il. Débile et encombrant.

Eusèbe leva les yeux au ciel.

– Mets-toi une bonne fois pour toutes dans la tête que ces trucs valent cher, c'est tout ce que je te demande. (Il considéra l'étrange pochette colorée du disque sans nom.) Décidément, celui-là m'intrigue. J'y jetterais bien une oreille. A mon avis, le type qui habite là n'est pas près de revenir – et comme l'appart' est insonorisé, inutile de se gêner !

Il tendit le bras vers le moniteur de contrôle du réseau domotique, dont l'écran s'alluma aussitôt. Se désintéressant subitement de ce que faisait son partenaire, Snakefingers parcourut la pièce du regard, à la recherche d'un éventuel butin. Le vase en verre bariolé, sur l'étagère, valait peut-être une centaine d'euros – ou peut-être pas. Et le bouddha noir posé sur la cheminée du salon avait tout l'air d'un de ces machins en plâtre que les immigrés tibétains vendaient pour trois fois rien aux Puces de Cachan.

Snakefingers eut soudain l'impression qu'on l'observait. Il lança un coup d'œil à Eusèbe – qui, aux prises avec le terminal, n'avait apparemment pas quitté des yeux l'écran de celui-ci.

Une tache verte apparut à la périphérie de son champ de vision. Il tourna vivement la tête vers la gauche. La première chose qu'il vit fut un borsalino fluorescent, qui paraissait flotter dans la pénombre – puis, peu à peu, il commença à distinguer la silhouette, vêtue d'un pyjama à rayures, qui supportait le couvre-chef en question.

– Eusèbe..., souffla-t-il. Y a un type en pyjama avec un chapeau qui brille !

– Arrête, mec, lui renvoya son partenaire. On a vérifié que l'appart' était vide – tu ne t'en souviens pas ? (Il éternua.) Ça y est, j'ai trouvé comment basculer la platine sur les enceintes. On va entendre ce que ça donne.

L'homme en pyjama s'anima sans prévenir. Il ne se déplaçait pas très vite, mais Snakefingers eut l'impression qu'il devenait flou par moments – flou, ou peut-être translucide. Partiellement fait de fumée. Enfin, quelque chose comme ça ; Snakefingers n'était pas très doué pour les descriptions.

L'écran s'éteignit. Surpris, Eusèbe releva la tête – pour découvrir le type au chapeau fluorescent qui l'observait, le doigt sur l'interrupteur du terminal.

– Vous ne me ponctionnerez pas cette fois-ci, dit l'inconnu avec un sourire paisible.

– D'où sortez-vous ? s'écria Eusèbe.

– De la brume qui obscurcit ton esprit et celui de ton collègue. Bon, il est tard et j'aimerais bien retourner me coucher. Alors, vous allez me faire le plaisir de repartir par où vous êtes venus – et sans faire de bruit, si ça ne vous dérange pas.

Il parlait d'une voix douce et égale, qui fit une forte impression sur Snakefingers. Qui pouvait être ce type ? Et comment s'y était-il pris pour jaillir du néant ?

– J'ai compris, dit Eusèbe, vous êtes l'examinateur.

L'homme au chapeau vert parut un instant déconcerté, puis il partit d'un grand éclat de rire. Les deux aspirants Monte-En-L'Air ne tardèrent pas à l'imiter. De toute manière, songeait Snakefingers, ils n'avaient plus rien à perdre. Ils avaient raté l'examen d'entrée. Et il n'y aurait pas de session de rattrapage.

Cette idée lui paraissait moins déprimante qu'il ne s'y serait attendu. Il avait pourtant travaillé dur en vue de réussir. Des soirées entières, il avait étudié les différentes sortes de verrous, de systèmes d'alarme, de protections informatiques ; et il ne s'était pas passé de jour, au cours des deux années écoulées, durant lequel il n'avait pas consacré trois ou quatre heures aux exercices physiques.

Il avait tout fait – et il avait échoué. C'était pour cette raison qu'il riait.

– En fait, j'habite ici, dit l'homme, une fois

son hilarité tarie. Je suis désolé de jouer les trouble-fête, mais il se trouve que vous m'avez réveillé. (Il lorgna sur l'écusson de novice que portait Eusèbe.) J'espère qu'il ne s'agissait que d'un exercice...

– C'était l'examen final, murmura Snakefingers.

L'homme parut ennuyé.

– Si vous voulez..., commença-t-il.

– Laissez tomber, répondit Eusèbe. Vous faisiez partie de l'épreuve. J'aurais dû me douter qu'il y aurait un psi dans l'affaire – c'était trop facile...

Un psi ? Alors, leur hôte forcé était l'un de ces mutants sur lesquels couraient les légendes les plus insensées ? C'était la première fois que Snakefingers rencontrait un membre de la Quatrième Tribu, et il se mit à l'étudier avec attention.

Extérieurement, rien ne distinguait l'inconnu d'un être humain normal. Il paraissait même assez anodin. Mais Snakefingers ne tarda pas à s'apercevoir qu'il éprouvait des difficultés à se souvenir de ses traits ; ceux-ci paraissaient se brouiller dans sa mémoire dès qu'il en détournait le regard. Tout à fait curieux – et un tantinet inquiétant.

– Je suis un transparent, expliquait l'homme à Eusèbe. Pour simplifier, disons que les gens ne font pas attention à moi, et qu'ils m'oublient rapidement s'il leur est arrivé de me remarquer. (Il eut un mouvement du menton en direction de Snakefingers.) C'est l'autre grand dadais qui m'a

réveillé en entrant dans ma chambre. Il ne m'a pas vu. Evidemment.

Un tas de linge sale jeté en désordre sur un lit, voilà tout ce qu'il y avait dans la pièce en question. Snakefingers l'aurait juré devant n'importe lequel des dieux que ses parents l'avaient forcé à adorer dans son enfance.

– Donc, c'est un pouvoir mental. Vous n'êtes pas invisible.

– Non, mais les bandes magnétiques ne gardent pas très longtemps la trace de ma présence. Les fichiers non plus, d'ailleurs ; j'ai comme qui dirait tendance à m'effacer… Vous voulez une verveine ?

– Pourquoi pas ? répondit Eusèbe.

– Au point où on en est, ça ne risque pas de nous faire du mal, ironisa son compagnon.

Un tas de linge sale qui était un homme. Un homme doué de transparence, se faufilant, anonyme, entre les mailles du tissu social… L'image fit sourire Snakefingers. Il aurait voulu lui aussi circuler incognito, mêlé à la foule, mêlé aux ténèbres. Ce devait être un Talent merveilleux que celui de leur hôte forcé.

– Pardon, m'sieur, demanda-t-il. Ça peut pas s'apprendre, votre truc ?

CHAPITRE PREMIER

L'HÉLICE DE PIERRES SEMI-PRÉCIEUSES

L'esprit s'étend jusqu'aux confins du Cosmos.

L'esprit emplit le Cosmos.

Je…

Mais qui suis-je ?

Ou plutôt, quel est ce « je » qui se manifeste ?

Qui conserve le souvenir de contrées ineffables, de sensations divines.

L'Hélice de Pierres Semi-Précieuses conduit au Paradis.

Enfin, à la Psychosphère.

Une fois de plus, l'Archétype m'a accueilli en son sein. Jusqu'à cette année, je ne pensais pas que cela se reproduirait un jour. Je croyais avoir perdu la faculté de Fusionner.

Ce disque vient à nouveau de me démontrer le contraire.

Comment une musique peut-elle posséder un tel effet sur la conscience humaine ?

Elle agit comme une fronde.

Qui me propulse.

Droit dans la Psychosphère.

J'ai tout partagé avec l'Archétype et il a tout partagé

avec moi. Un instant, j'ai été riche de l'expérience des millions de millénaristes qui le suscitent. Qui le composent.

J'ai été le Millénarisme.

Mais qui suis-je ?

La conscience de l'ego me paraît longue à revenir, cette fois-ci…

Cette fois-ci ? Il y en a donc eu d'autres ?

Je repense à cette béatitude qui va de pair avec la Fusion. Tous les sens tendus vers un abandon total. Il n'y a plus d'abonné au numéro que vous avez demandé. Ou trop d'abonnés – faites votre choix, messieurs-dames !

Temple Sacré de l'Aube Radieuse.

L'image est assez jolie. Au bord d'une pièce d'eau qui reflète le ciel rose, les premiers rayons du soleil illuminent une petite construction d'allure orientale. Un paysage chinois, par l'un des maîtres de cet art.

Temple Sacré de l'Aube Radieuse – tel est mon nom.

Mais vous pouvez m'appeler Tem.

J'ai réémergé de la Fusion dans un état de bonheur total. Le moral au beau fixe. Sur la platine, le disque tournait toujours ; le petit claquement qui montait métronomiquement des enceintes en témoignait. Je me suis levé pour aller l'arrêter. Inutile d'user le diamant pour rien.

La deuxième face avait donc le même effet mystique que la première. Je m'en doutais depuis le début, mais jusque-là, je n'avais pas encore eu le courage de tenter l'expérience. Car je ne me sentais pas prêt à affronter mon passé.

Comme l'indique mon nom, je suis né dans

une tribu millénariste, quelque part sur les hautes terres du Livradois. J'y ai passé dix-sept ans avant de partir courir le vaste monde. Avec le recul, je me rends compte que cette décision était motivée par mon inadaptation. Mon Talent de transparence m'avait isolé des autres. Combien de fois avais-je séché la Fusion pour aller cueillir des champignons ou simplement m'étendre au soleil ? Combien de fois m'avait-on oublié, alors que j'aurais tellement eu besoin que l'on fasse attention à moi dans ces moments-là ? Insensiblement, je m'étais écarté de mes presque-frères et presque-sœurs, développant une individualité qu'il devenait de plus en plus difficile de faire cadrer avec la vie paisible et monotone de la communauté.

Certains intellectuels, à qui la Nature n'a pas cru bon de faire don d'une séquence d'ADN *étrange* sur la huitième paire de chromosomes, prétendent que les millénaristes ont atteint l'utopie. Enfin, une forme d'utopie. En un sens, ces maîtres-penseurs aimant à branler du chef n'ont pas tort, si l'on veut bien admettre qu'une vie simple, frugale – et, pour tout dire, misérable – constitue une manière de perfection. Mais je voudrais bien les voir à quatre heures du matin en hiver, lorsqu'il faut se lever pour préparer le feu ou traire les chèvres.

Pour moi, l'utopie s'arrête là, aux engelures du petit matin.

J'ai rangé le quarante-cinq tours dans sa pochette ornée d'une splendide fractale polychrome. J'y tenais beaucoup, car il s'agissait du dernier cadeau d'un vieil ami assassiné quelques mois plus tôt – ainsi que de la seule clef capable, à ma connaissance, d'ouvrir une porte sur la Psychosphère. Deux gamins qui passaient leur examen de Monte-En-L'Air avaient essayé de me le subtiliser la semaine précédente avec d'autres vieux vinyles en provenance de la discothèque de mon défunt grand-père ; je les en avais empêchés. Je les aurais laissés emporter n'importe quoi, mais pas *L'hélice de pierres semi-précieuses*. A aucun prix.

Bien sûr, les Monte-En-L'Air vous rapportent le lendemain ce qu'ils vous ont volé – en échange du dixième de sa valeur, conformément au contrat passé par leur tribu avec les autorités judiciaires –, mais ces deux-là ne m'avaient pas l'air particulièrement adroits, et un vinyle des années 90 n'est pas ce qu'il y a de plus solide ; on les faisait minces, à cette époque-là, pas comme avant le premier choc pétrolier.

Quant à sauvegarder la musique gravée sur les deux faces de cette galette rarissime dans un cristophon ou au sein des zones mémorielles du Néocortex, il ne fallait pas y compter. Ce morceau était trop *proche* de la Psychosphère pour qu'une copie numérisée pût subsister plus de quelques heures. Toutes les tentatives que j'avais effectuées en ce sens s'étaient soldées par des échecs ; seul un enregistrement analogique permettait de conserver intacte *L'hélice de pierres semi-précieuses*.

Ce n'était pas la première fois que je remarquais un genre d'« allergie » de la Psychosphère à tout ce qui est numérique. L'inconscient collectif humain, ce colossal réservoir de souvenirs et d'archétypes, semble se défier des suites binaires constituant la base de la Cybersphère. Parce qu'il s'agit de deux structures qui ne sont en aucune manière superposables ?

D'une part, le fantastique bouillonnement des fantasmes humains ; de l'autre, la froide logique des systèmes informatiques.

L'émotion n'est pas numérisable, contrairement à ce que croyaient les premiers cyberpunks, à la fin du siècle dernier.

Le phone a stridulé sa mélodie sur trois notes, me tirant de mes pensées. C'était Eileen, qui me demandait si j'allais passer la prendre à la sortie de son travail. Je lui ai confirmé que j'en avais bien l'intention, puis nous nous sommes dit tout plein de choses gentilles qui ne se murmurent qu'en privé, avant de nous séparer à regret.

Ce coup de fil avait achevé de me ramener à la réalité. Certes, j'étais encore profondément marqué par l'expérience que je venais de vivre, mais elle n'influait plus sur ma manière de percevoir le monde. Le quotidien revenait à la charge ; cela n'avait rien de désagréable.

J'ai mis de l'eau sur le feu ; puis, en attendant qu'elle chauffe, je me suis accoudé à la fenêtre de la cuisine, et je me suis laissé envahir par l'impression de sérénité se dégageant du paysage urbain que j'avais sous les yeux. C'était un bel après-midi d'automne, baigné d'une lumière dont l'or virait doucement au cuivre. Aucun souffle de vent ne venait agiter les feuillages roux des arbres. J'étais arrivé à Paris par une journée semblable, treize ans auparavant, avec sept euros en poche et une aya expérimentale dans la tête.

Je me suis habillé pendant que ma verveine infusait, choisissant un pantalon mauve à rayures jaune vif, un T-shirt bleu roi et une gabardine de laine multicolore – démodée, mais voyante. Pour compléter le tableau, j'ai chaussé des poulaines blanches. L'ami à qui je comptais rendre visite avant de passer chercher Eileen étant relativement sensible à mon Talent, mieux valait adopter des habits qui attireraient son regard.

J'ai bu mon infusion à petites gorgées mesurées, tout en grignotant quelques noix, amandes et pignons de pin ; la Fusion creuse l'appétit, sans doute parce que sa réalisation nécessite une grande quantité d'énergie. Puis je suis sorti, non sans coiffer le borsalino vert fluo qui constitue mon meilleur atout lorsque je désire que l'on me prête attention.

Comme j'avais du temps devant moi, j'ai décidé de marcher jusqu'au Panthéon. J'étais toujours sur mon petit nuage, le cœur et l'esprit incroyablement léger. Dans cette lumière d'automne, tout me paraissait doux, lisse, attrayant. Je ne suis pas d'un naturel pessimiste, mais ce jour-là, mon optimisme atteignait des sommets, d'où il me semblait que rien n'aurait pu me faire redescendre. Le simple fait de me fondre dans l'Archétype du Millénarisme m'avait ramené aux jours heureux de Pouveroux. Aux jours heureux de mon enfance.

Les rues étaient pleines d'une foule dont j'avais l'impression qu'elle partageait ma joie de vivre. Il flottait dans l'air comme un parfum de béatitude. Nous étions dimanche, et les tribus avaient revêtu leurs plus beaux atours. Même les Géants Cybers et les Sourcils Froncés semblaient de bonne humeur, c'est tout dire. Place Denfert-Rochereau, un groupe d'Acidulés en plein trip dansait autour du Lion de Belfort, au son du *Who do you love* de Quicksilver Messenger Service. Devant les grilles de l'Observatoire, des Balmusettes avaient installé une buvette, proposant du vin rouge et des bretzels ; je suis resté un moment à les regarder enchaîner valse et paso doble, tango et polka piquée, au son de l'accordéon tenu par une jeune fille au maquillage outrancier.

La musique était partout, joyeuse et variée, mais il n'y avait nulle part quelque chose qui ressemblât, même de loin, à *L'hélice de pierres semi-précieuses.* En composant et enregistrant ce morceau, dans la deuxième moitié des années 90, le violoniste étatsunien Jorge Bertram avait vraiment accouché d'une œuvre unique, que l'on ne pouvait guère comparer qu'à certaines plages de Bevis Frond ou du tout premier Pink Floyd, lors de la brève période de génie qu'a connue Syd Barrett avant que l'abus d'acide ne lui grille la cervelle.

Bertram avait *retranscrit* les sensations, les émotions qui s'emparaient des voyageurs de la Psychosphère. Il avait exprimé l'Indicible, employant la musique pour communiquer ce que les mots demeuraient désespérément incapables de décrire. Et il l'avait gravé sur vinyle, à une époque où ce mode de reproduction sonore était déjà condamné. Parce qu'il savait – ou sentait – qu'aucun support numérique ne pourrait assurer la pérennité de ce morceau ? De cet *instant* ?

Se doutait-il alors qu'il forgeait une clef ouvrant une porte qui n'apparaîtrait qu'une dizaine d'années plus tard, au fond de l'esprit des millénaristes ? C'est peu probable. A l'époque où la *Telepathic Trips Organization* proposait des voyages psychiques au sein de ce que l'on appelait alors l'univers télépathique, il n'existait aucune certitude que celui-ci correspondait à l'inconscient collectif de l'espèce humaine. Certes, l'hypothèse en avait été formulée par James-William Osterberg dans *New horizons* et *All over the American Dream,* ses deux ouvrages consacrés à la Psychosphère, mais ceux-ci n'avaient connu qu'une diffusion confidentielle – et, de toute manière, l'idée y était seulement esquissée, à l'issue d'une débauche de précautions conceptuelles. Osterberg avait toujours fait preuve de beaucoup de prudence dans la construction et la formulation de ses théories. C'était par accident que Stephen Mankovicz et lui avaient découvert le PR 96, ou *semen of gods,* la drogue permettant d'accéder à notre usine à fantasmes, et tous deux avaient toujours éprouvé des difficultés à cerner les conséquences de leur invention.

Quelques années plus tard, Hiéronimus Bolgenstein avait montré plus d'audace, à tel point que ses travaux demeuraient ignorés et méprisés de la communauté scientifique, qui n'y voyait que « foutaises jungiennes » et « extrapolations fumeuses à la Leary ». Pourtant, tout indiquait que ce chercheur au nom comique avait vu juste, et qu'il existait bel et bien un plan psychique, d'une nature parfaitement compatible avec la physique quantique.

En fondant la psychophysique polydimensionnelle, Bolgenstein avait voulu donner une assise scientifique au concept de transcendance. Bertram, lui, s'était contenté de laisser parler ses émotions ; c'est ainsi que s'expriment les musiciens, en mettant leur cœur à nu pour projeter leur âme dans leur instrument. Et son talent avait fait le reste. Il avait atteint un tel degré de fidélité qu'à l'écoute de *L'hélice de pierres semi-précieuses,* toute personne possédant le capital génétique approprié – la fameuse séquence d'ADN *étrange,* commune aux millénaristes et à leurs enfants – se retrouvait automatiquement en contact avec la Psychosphère, branchée en ligne directe avec l'Archétype du Millénarisme.

Bien qu'il ne pût lui-même en faire l'expérience, Bolgenstein avait été conscient du potentiel mystique de ce morceau – j'emploie le terme mystique dans le sens qu'il lui a donné à l'époque, pour désigner les phénomènes en relation directe avec l'inconscient collectif. Avant sa disparition, pendant la Grande Terreur primitive, il avait d'ailleurs eu recours à cette musique à nulle autre pareille en vue d'obtenir un contact avec la Psychosphère. La formule du *semen of gods* ayant été perdue avec la destruction des locaux de la

T.T.O., durant la fameuse nuit qui avait vu les Etats-Unis s'effondrer, il pensait qu'une composition inspirée par cette drogue aurait peut-être un effet analogue. Il ne s'était pas trompé.

J'aurais voulu en savoir plus à ce sujet, mais le professeur Michel Viard, qui constituait ma seule source d'information fiable, ne consentait à donner les informations qu'au compte-gouttes. Il avait vécu la Grande Terreur, il en avait même été l'un des principaux acteurs, si j'en croyais certaines de ses allusions, mais lorsque je lui avais demandé ce qui s'était *vraiment* passé durant cette brève période où la réalité elle-même avait été atteinte de folie, il s'était contenté de me répondre que l'Armaguédon avait eu lieu et que le Bien avait gagné.

Je supposais qu'en un sens, il disait la vérité, qu'il s'était produit un ensemble d'événements méritant effectivement d'être ainsi résumé. Néanmoins, cette explication me laissait sur ma faim. Elle me paraissait tout à la fois trop vague, trop générale et, surtout, trop judéo-chrétienne pour être satisfaisante. C'est pourquoi je relançais Viard à chacune des visites que je lui rendais, dans l'espoir – le plus souvent déçu – que, cette fois, il lâcherait quelques bribes supplémentaires d'information.

L'hélice de pierres semi-précieuses, en ranimant chez lui de vieux souvenirs, lui délierait-elle la langue ? Rien n'était moins sûr, mais il fallait que je tente le coup. Parce que je désirais plus que tout comprendre la nature de la Grande Terreur primitive, cet obscur épisode de l'Histoire humaine dont il n'existe aucune relation valable. Or, le matin même, lorsque j'avais appelé Viard pour lui demander s'il serait à son laboratoire dans le courant de l'après-midi, il avait paru très excité en apprenant que j'allais enfin lui apporter l'enregistrement promis depuis des mois.

Tout indiquait qu'il était mûr. A moi de le presser avec habileté.

Le Centre Européen de Recherches Scientifiques dresse ses bâtiments élégants à l'angle de Clotilde et de la place du Panthéon, juste en face de l'hôtel où travaille Eileen. L'accès principal en est fermé le dimanche, mais il existe sur le côté une petite porte qu'empruntent les chercheurs venant travailler en dehors des heures d'ouverture. Elle est munie d'une serrure à empreintes digitales, mais aussi d'un interphone, qui permet d'entrer en relation avec n'importe quel bureau ou laboratoire, à condition d'en connaître le numéro de poste. J'ai tapé celui de Viard et j'ai attendu.

Au bout d'une minute ou deux, n'ayant toujours pas obtenu de réponse, j'ai à nouveau composé le code – sans plus de résultat. Bizarre... Le vieux psychologue m'avait pourtant dit que je pourrais le trouver là à partir de quinze heures trente. Ce n'était pas son genre d'arriver en retard, mais il avait pu s'absenter un instant pour une raison ou pour une autre.

J'ai regardé autour de moi. Clotilde était déserte, hormis un couple de sectateurs du Grand Eblouissant, reconnaissables à leur tunique bouffante et au curieux bonnet carré coiffant leur crâne rasé. Debout devant la vitrine d'une galerie d'art, ils contemplaient une sculpture mobile aux multiples bras articulés, qui ressemblait à un avatar cybernétique de Bhadrakâli. Un peu plus loin, s'encadrant dans une fenêtre au quatrième étage de l'*Hôtel du Panthéon,* Eileen me regardait en souriant. Je lui ai adressé un signe de la main, auquel elle a répondu. Puis elle a disparu, non sans m'avoir envoyé un baiser, et j'ai mesuré, pour la millième ou la dix millième fois, la chance que j'avais eue de la rencontrer.

Après avoir à nouveau pianoté sur les touches de l'interphone, je me suis décidé à entrer par mes propres moyens. Ayant perdu mon vieux décodeur lors d'une récente enquête, je m'en étais procuré un tout neuf, d'un modèle récent, que son vendeur garantissait « efficace à 99,99 % ». Je n'avais pas encore eu l'occasion de vérifier si la proportion était exacte, mais la rapidité avec laquelle le petit ustensile a triomphé de la serrure digitale était un bon indice de ses performances potentielles.

Une fois à l'intérieur du C.E.R.S., j'ai franchi sans difficulté le second obstacle. La pointeuse a bien décelé ma présence, mais elle n'avait aucun moyen de m'empêcher de sauter par-dessus le tourniquet qui interdisait symboliquement l'accès des locaux. Elle ne pouvait que prévenir le vidéogarde de service, qui visionnerait l'enregistrement de mon entrée en force – et ne verrait sans doute qu'un défaut de l'image là où je m'étais trouvé.

Temple Sacré de l'Aube Radieuse glissait une fois de plus entre les mailles du tissu de la réalité.

Empruntant un étroit escalier en colimaçon, je suis monté au premier étage, où se trouvait le bureau de Viard. Une alarme sonnait dans le lointain, à l'autre bout du bâtiment. Elle s'était interrompue depuis une dizaine de secondes lorsque je suis arrivé devant la porte marquée du nom du psychologue. Le cybercâblé du central de surveillance n'avait donc pas pris au sérieux l'appel de la pointeuse. J'avais bien fait d'ôter mon borsalino avant de pénétrer dans le Centre.

J'ai toqué contre le panneau de polymère. Sans résultat. Alors, en un geste tout à fait machinal, j'ai pesé sur la poignée, au cas où.

La porte s'est ouverte sans bruit. Le bureau n'avait pas changé depuis ma dernière visite, deux ou trois semaines plus tôt : quelques rayonnages encombrés de livres et de dossiers, un grand plan de travail éclairé par une lampe à bras articulé, deux terminaux et une paire de chaises, de part et d'autre d'une table de plastique blanc.

J'ai dit que les lieux n'avaient pas changé, mais en fait, il y avait une différence : l'immense tache de sang qui s'étalait sur la moquette naguère immaculée, autour du corps inerte du professeur Michel Viard.

CHAPITRE II

LE DÉNÉBIEN DU 36, ORFÈVRES

Je suis demeuré un instant immobile, tandis que les battements de mon cœur subissaient une accélération qui me donnait le vertige. Ce n'était pas le premier cadavre que je découvrais – et, parmi les précédents, l'un d'eux, au moins, s'était également vidé de son sang –, mais le spectacle que j'avais sous les yeux n'en était pas pour autant quelque chose de banal pour moi.

Décidément, je ne m'y ferai jamais.

J'ai essayé d'examiner la scène d'un œil sinon froid, du moins professionnel. Viard gisait sur le côté, les jambes repliées. Son bras gauche, étendu sous sa tête, paraissait désigner la petite bibliothèque, tandis que le droit était retombé devant sa poitrine inerte, baignant de la main jusqu'au coude dans le sang encore frais.

Le crime ne remontait qu'à quelques minutes. Il y avait donc de fortes chances pour que l'assassin fût encore dans les murs du Centre. Néanmoins, j'hésitais à appeler le poste de surveillance, car je n'étais pas censé me trouver là. Comment le vidéogarde de service réagirait-il à mon appel ? Accepterait-il de verrouiller toutes les entrées en attendant l'arrivée de la police ? Je n'étais même pas sûr qu'il aurait conscience de ma présence, mais il me fallait bien reconnaître que je n'avais pas le choix. S'il existait une seule chance, même infime, de mettre immédiatement la main sur l'assassin du professeur, je devais la saisir avant qu'il ne fût trop tard.

Tirant mon borsalino du sac indien où je l'avais rangé, je l'ai posé sur mon crâne ; je pensais que cet insolite couvre-chef me ferait gagner quelques précieuses secondes. Puis, me dirigeant vers le vidphone, j'ai tendu la main pour enfoncer la touche d'appel prioritaire, envahi par une troublante impression de déjà-vu.

J'avais déjà effectué une découverte similaire et accompli des gestes identiques en ces lieux, quelques mois plus tôt, lorsqu'un physicien nommé Hubert Tozzi avait été victime de la Balle du Néant, tirée à travers un transmetteur de matière par l'un de ses collègues. Il s'agissait de ma première affaire criminelle, et je l'avais résolue, non sans mal, à l'issue d'une nuit hallucinée durant laquelle j'avais erré, en état de dépersonnalisation aiguë, à travers les rues de la ville. Mais ce n'était de toute évidence pas le moment de songer au passé.

– Ne bougez plus !

Je me suis figé, l'index à quelques centimètres de la touche rouge qui constituait son objectif. Je n'avais jamais entendu la voix qui venait de me lancer cet ordre, sur un ton sec et impératif. Appartenait-elle à l'assassin ? J'ai lutté contre l'envie de me retourner qui montait en moi. Eu égard aux circonstances, mieux valait filer doux en attendant d'en savoir plus. Toutefois, je me suis préparé à me jeter à terre si besoin était. J'avais rarement ressenti une confusion analogue à celle qui régnait pour l'heure dans mon esprit. Dans mon état normal, du moins.

– Fouillez-le, a repris la voix.

J'ai entendu des pas, puis un objet froid, qui devait être l'antenne d'un choqueur, s'est posé sur ma nuque, tandis que des mains fébriles palpaient sans douceur mes vêtements. La manière dont elles s'y prenaient témoignaient d'une longue expérience en la matière.

– Pas d'arme sur lui, inspecteur, a annoncé quelqu'un d'autre. Mais il avait ça.

Inutile d'être médiovin ou de disposer d'un troisième œil derrière la nuque pour deviner que le « ça » en question désignait le décodeur flambant neuf que j'avais employé pour pénétrer dans le Centre.

– C'est bon, retournez-vous, a ordonné la première voix.

J'ai obéi sans me presser, et je me suis retrouvé face à deux agents en uniforme, accompagnés d'un homme en civil qui était vraisemblablement l'inspecteur évoqué un instant pus tôt. D'une taille légèrement inférieure à la moyenne, il était vêtu avec une certaine élégance : pantalon à pinces et veste croisée de couleur grise, pull sans col noir et chaussures basses à l'extrémité arrondie. Sous sa chevelure brune – dont le mouvement savamment désordonné avait dû demander une bonne heure de travail à son coiffeur, et ce, pas plus tard que la veille ou l'avant-veille –, ses yeux soulignés d'un double cerne me fixaient avec une intensité étudiée avec soin. J'aurais parié qu'il s'entraînait tous les matins devant son miroir – et qu'il en profitait pour couper au ciseau les poils qui lui couvraient les joues, de manière à faire croire qu'il ne s'était pas rasé depuis deux ou trois jours à peine. Il devait penser que ça lui donnait l'air viril.

Les flics, eux, n'avaient rien de particulier. Celui de gauche arborait une grosse moustache poivre et sel à la Staline, tandis que l'autre se contentait d'un mince trait noir juste au-dessus des lèvres, mais en dehors de ce détail, je ne voyais rien qui les différenciât vraiment l'un de l'autre. Ils confirmaient en quelque sorte l'adage selon lequel c'est la moustache qui fait le policier.

– Qui êtes-vous ? demanda l'inspecteur.

J'ai désigné mon portefeuille ouvert, qu'il tenait à la main.

– Tout est là. Vous n'avez qu'à…

– Je vous ai posé une question.

– Je m'appelle Tem.

– Tem comment ?

– Temple Sacré de l'Aube Radieuse.

La profondeur de son regard s'est accrue. Je n'étais pas certain qu'il l'eût fait exprès, mais j'avais de sérieuses présomptions.

– Millénariste ?

– Plus maintenant. J'ai quitté ma tribu.

Cette réponse a paru le satisfaire. Toujours

sans cesser de me fixer, comme s'il voulait m'hypnotiser, il a tiré de sa poche un multicom portable et il y a pianoté un code à quatre chiffres correspondant à une destination d'appel pré-programmée.

– Verfeil ? Trovallec. J'ai un assassinat au Centre Européen de Recherches Scientifiques, sur Clotilde. Tu peux m'envoyer les gars du labo et le légiste pour les constatations ? (Il s'est tu brièvement afin d'écouter la réponse de son interlocuteur.) Oui, j'en ai un. Le temps d'inspecter le lieu du crime, et j'arrive avec lui. Tu peux dire à Varen de préparer la salle de torture. (Il a remisé le multicom.) Je ne vous demande pas si vous avez tué cet homme ; je sais d'avance que la réponse sera non.

– Excellente déduction.

Pendant que l'inspecteur m'interrogeait, le flic à la grosse moustache avait entrepris de fouiller la pièce. Evitant soigneusement de s'approcher à moins d'un mètre du corps, il regardait un peu partout, sans toucher à rien. J'ai supposé qu'il cherchait l'arme du crime, puisqu'il ne l'avait pas trouvée sur moi. Son collègue, quant à lui, ne me quittait pas des yeux. Il n'avait pas non plus lâché son choqueur, dont l'antenne demeurait en permanence braquée dans ma direction.

– Je ne suis pas obligé de vous croire, a dit Trovallec. Cet homme est mort depuis quelques minutes à peine, et nous n'avons croisé personne en venant. Pour le moment, vous êtes notre seul suspect.

Il avait énoncé cela sur le ton de la conversation, sans exprimer d'émotion particulière. Je n'aurais pas été surpris de l'entendre dire quelque chose du genre « ne voyez rien de personnel là-dedans » – et j'aurais été enclin à le croire, car je ne pouvais m'empêcher de le trouver sympathique, en dépit de son côté poseur. Il était indéniable qu'il possédait du charisme – et qu'il le savait, puisqu'il en jouait. Si j'avais été coupable, je me serais peut-être dénoncé rien que pour lui faire plaisir. Mais en même temps, il m'irritait, parce qu'il paraissait trop sûr de lui. L'aplomb avec lequel il m'avait signifié qu'il me considérait comme coupable témoignait d'une rare autosuffisance. Il ne devait pas avoir l'habitude de l'échec. Ou alors, il le cachait bien.

J'ai essayé de rabattre son caquet – assez platement et sans grande conviction, je le reconnais :

– Cela m'étonnerait qu'il n'y ait personne d'autre dans le Centre. Les chercheurs…

– Nous vérifierons, ne vous inquiétez pas. (Il a eu un sourire tout à la fois cruel et attendri.) Ou plutôt, inquiétez-vous. J'ignore pourquoi vous avez tué cet homme, mais vous aurez tout votre temps pour regretter votre acte, croyez-moi.

Son assurance me sidérait et m'exaspérait tout à la fois. Il était soit incroyablement culotté, soit d'une stupidité rare. J'étais même tenté de penser qu'il cumulait les deux, mais il s'agissait de toute évidence d'un jugement à l'emporte-pièce, suscité par la vexation que j'éprouvais à l'idée d'être accusé du meurtre du professeur Viard.

Cet homme me déstabilisait, et sans doute le

faisait-il intentionnellement. Pour voir ce que j'avais dans le ventre ? Il n'allait pas être déçu, car je ne comptais pas me laisser mettre en cause sans réagir, même si je préférais pour l'instant me contenter de répondre à ses questions de la manière la plus succincte possible.

Le vieil homme qui gisait mort à mes pieds avait été un véritable ami, quelqu'un sur qui je savais pouvoir compter. Je ne l'avais rencontré que quelques mois auparavant, mais il me semblait que je l'avais toujours connu. Il est vrai que j'avais entendu parler de lui bien avant de faire sa connaissance, car il était célèbre – du moins, parmi ceux qui s'intéressent à la Psychosphère et à la Grande Terreur primitive. Mais il n'y avait pas que cela. Viard avait une manière inimitable de vous mettre en confiance, de vous donner l'impression qu'il vous comprenait et qu'il vous aimait. Son charisme était d'une nature très différente de celui de l'inspecteur ; il allait vers vous au lieu de vous donner envie d'aller vers lui.

– Vous ne répondez pas ?

– Je ne vois pas ce que je pourrais vous dire.

Le flic occupé à fouiner a tressailli et son regard a parcouru la pièce. Il est passé sur moi sans me voir, puis s'est un instant attardé sur un point situé à ma gauche, avant de revenir me dévisager d'un air incrédule. Les quelques instants durant lesquels il avait détourné son attention de ma personne avaient donc suffi à lui faire oublier que j'étais là. J'aurais bien aimé qu'il en allât de même avec Trovallec – mais celui-ci ne m'avait pas quitté des yeux depuis qu'il était entré dans le laboratoire, tout comme le policier à la fine moustache de chanteur de tango.

Le premier flic a ouvert la bouche. Ses lèvres tremblaient. Il était visible qu'il hésitait à rendre compte de l'expérience troublante qu'il venait de vivre. Puis il s'est détourné de moi sans rien dire et il a continué sa perquisition superficielle, non sans me décocher un coup d'œil de temps à autre. Il devait craindre que je ne disparaisse à nouveau de son champ de perception.

Pendant ce temps, l'inspecteur avait peaufiné sa réplique suivante. J'avais l'impression que c'était le genre de type à tourner sept fois un concept dans son esprit avant de l'exprimer. Cela ne l'empêchait pas de commettre des erreurs, notez bien, mais peut-être fallait-il voir là l'origine de cette assurance qu'en un sens je lui enviais.

– Vous me décevez. En vous voyant, j'avais espéré que vous vous défendriez un peu plus.

Il faisait de toute évidence allusion à la manière dont j'étais vêtu, et j'ai regretté d'avoir choisi ces habits tape-à-l'œil. Si j'avais eu la moindre idée de la situation dans laquelle j'allais me retrouver ce jour-là, j'aurais opté pour une tenue capable d'épauler mon Talent.

Mais tout n'était pas perdu. Je pouvais encore essayer de m'effacer de la conscience des trois flics. L'air de rien, j'ai ôté mon borsalino et je l'ai glissé dans mon sac, tout en répondant d'une voix qui trahissait mon état mental incertain :

– Je n'en vois pas l'utilité. Vous finirez bien

par vous rendre compte que vous vous trompez à mon sujet.

Il a haussé les épaules. Sans commentaire. Il ne se contentait pas de me considérer comme un suspect potentiel ; il avait la conviction que j'étais coupable, et seule la preuve du contraire réussirait à le faire changer d'avis. Point n'était besoin de posséder le Don de télépathie, ni même celui d'empathie, pour le lire dans l'expression de son visage, dans l'éclat de ses yeux sombres. Néanmoins, je n'arrivais pas à comprendre la raison de son acharnement à voir en moi l'assassin de Viard.

Nous nous sommes affrontés du regard pendant un temps qui m'a paru très long, puis il a brandi mon portefeuille, qu'il n'avait pas lâché.

– Si vous êtes innocent, peut-être allez-vous pouvoir m'expliquer pourquoi vos papiers sont vierges.

Réalisant soudain pourquoi il ne démordait pas de ma culpabilité, j'ai poussé un soupir.

C'était reparti pour un tour.

L'équipe scientifique est arrivée moins de dix minutes après le coup de fil de l'inspecteur. Ses membres, au nombre d'une demi-douzaine, se sont aussitôt mis au travail. Je serais bien resté à regarder comment ils s'y prenaient – les techniques modernes d'investigation me fascinent littéralement, peut-être parce qu'elles sont hors de ma portée –, mais Trovallec en avait décidé autrement. Menottes aux poignets, j'ai été conduit à l'extérieur du Centre. Le long du trottoir stationnaient deux voitures de police et un fourgon banalisé, qui devait contenir le matériel des « gars du labo ». On m'a fait monter dans le premier véhicule, et celui-ci a démarré, sirène hurlante et gyrophare tournoyant, en direction du 36, Orfèvres.

Assis derrière le volant, l'inspecteur conduisait vite et avec une nervosité qui contrastait, à mon sens, avec l'assurance qu'il affichait. A ses côtés, le flic à la moustache stalinienne paraissait tendu et crispé ; il ne devait guère apprécier la manière dont pilotait son supérieur.

Une vitre blindée séparait les sièges avant de la banquette arrière, où j'étais assis en compagnie du deuxième policier. J'ai essayé d'estimer mes chances de me faire oublier ; elles étaient proches du zéro absolu. Même si l'esprit des deux hommes assis devant moi finissait par m'oblitérer, l'agent à qui avait échu la tâche de me surveiller serait toujours là pour leur rappeler ma présence. J'occupais physiquement une portion importante de l'espace confiné que nous partagions ; dans un tel cas de figure, seul un individu très sensible à mon Talent aurait pu me rayer de son champ de perception. Cela aurait peut-être marché avec son collègue installé à la place du mort… Ou peut-être pas. De plus, il y avait le problème des menottes ; je ne me voyais pas traverser la moitié de Paris avec les poignets ceints de ces charmants bracelets.

Me résignant à prendre mon mal à en patience, j'ai décidé d'engager la conversation avec mon gardien. Pour passer le temps, mais aussi afin d'obtenir des renseignements au sujet de l'homme qui me croyait coupable du meurtre de l'un de mes amis les plus chers.

Au début, il ne m'a répondu que par des monosyllabes sans grande signification. Normal : il ne tenait pas à discuter avec un assassin. Mais quelque chose, dans son attitude, dans le ton de sa voix, m'a laissé supposer que c'était un brave type, et qu'il éprouvait à mon égard un sentiment qui ressemblait à de la compassion. Il plaignait le tueur, l'anachronisme vivant, le représentant d'une espèce en voie de disparition.

– Vous devez vous sentir bien seul, m'a-t-il dit en hochant la tête d'un air peiné.

Je n'ai pas compris immédiatement de quoi il voulait parler.

– Pourquoi donc ?

C'était bien de la pitié que je lisais dans ses yeux. Je l'attendrissais, aussi incroyable que cela puisse paraître.

– Les meurtriers souffrent de la solitude. Les autres les ignorent. C'est pour ça qu'ils tuent. Pour manifester leur existence.

– Qui vous a dit ça ?

Il a discrètement désigné l'inspecteur, qui jouait du volant entre les voitures roulant au pas sur Saint-Michel.

– C'est une de ses théories.

– Et il en a beaucoup comme celle-là ?

Il a agité son menton en un mouvement approbateur.

– Quelques-unes. C'est un génie, vous savez ? Son Q.I. frôle les 200, à ce qu'on raconte.

– Ça ne signifie pas grand-chose. Tout dépend du type de tests qu'on lui a fait subir.

Le regard dubitatif du policier reflétait son ignorance à ce sujet. La plupart des flics n'ont guère d'instruction ; les salaires sont si maigres dans la profession qu'elle a peu de chance d'attirer des individus ayant fait des études. C'est bien dommage, car je crois que ceux qui reçoivent pour tâche de nous protéger devraient être sélectionnés avec un soin tout particulier. Cela éviterait un certain nombre d'erreurs d'appréciation et de bavures. De surcroît, les policiers sont si peu nombreux, de nos jours, qu'un peu plus d'efficacité ne leur ferait pas de mal. Et si vous croyez que je plaide en faveur d'un quelconque élitisme, allez faire un tour dans n'importe quel commissariat et présentez à l'agent de garde un problème un tant soit peu compliqué.

– Je l'ai vu à l'œuvre, a finalement déclaré mon compagnon. Vous avez entendu parler de l'affaire des jumelles disparues, l'année dernière ? Il l'a résolue en trois jours. Et le cas du gardien de parking amnésique ? Il ne lui a pas fallu vingt minutes pour comprendre que la prétendue victime était en fait un simulateur. Je pourrais vous en citer toute une liste. Le Dénébien est le meilleur enquêteur de toute l'Europe.

– Le Dénébien ?

– Vous n'avez pas remarqué qu'il ressemble à Karl Yong, le type qui joue Shalmanart, l'espion de Deneb, dans *Ils sont parmi nous* ?

– Je ne regarde pas les séries tridi. Mais je

jetterai un coup d'œil à celle-ci quand on m'aura libéré.

– A votre place, je ne compterais pas trop là-dessus. Remarquez, vous pourrez toujours la voir en taule.

Plaisantait-il ? Rien n'était moins sûr, à en juger par le pli amer de ses lèvres. Il y avait toujours une certaine compassion dans ses yeux, mais elle commençait à s'effacer au profit d'un sentiment que je n'étais pas certain d'identifier correctement.

J'ai affirmé, essayant de faire preuve de fermeté – et d'une conviction pour le moins égale à celle de Trovallec :

– Je n'irai pas en prison.

– Ça m'étonnerait. Le Dénébien a dit que vous étiez bon pour le trou, et il ne se trompe jamais.

– Eh bien, ce sera une grande première, ai-je conclu au moment même où la voiture entrait dans la cour de la Tour Pointue.

CHAPITRE III

GARDE À VUE

Par la vertu de la loi européenne, j'avais le droit de passer un coup de phone. Trovallec m'a conseillé, une intonation ironique dans la voix, de prévenir un avocat, mais j'ai préféré appeler Ludwig La Meurthe, mon parrain. N'ayant aucun homme de loi dans mes relations, je préférais éviter d'en choisir un au hasard parmi la liste fournie par la Préfecture.

Ludwig n'était pas chez lui, mais j'ai eu l'une de ses fidèles, qui m'a assuré qu'elle allait l'avertir dans les plus brefs délais. Il ne me restait plus qu'à espérer qu'elle ne mangerait pas la commission parce qu'elle m'aurait oublié en cours de route. J'ai en effet remarqué que les Fils du Réseau sont en général très sensibles à mon Talent. Cela doit tenir au fait qu'à force de vivre en permanence au sein d'un flux de données numérisées, ils finissent par penser eux-mêmes en employant des structures, des trames mentales dérivées des algorithmes sur lesquels reposent logiciels et ayas. L'une des règles fondamentales de la secte est d'ailleurs de « se rapprocher le plus possible du langage machine », et je me demande souvent ce qui se produirait si ses membres atteignaient leur but ultime : faire fonctionner leur cerveau selon un mode binaire. Bien sûr, c'est impossible, et ce vieil escroc de Ludwig le sait parfaitement, mais la foi n'est-elle pas réputée pour déplacer les montagnes ?

Si j'avais escompté m'effacer de la conscience des flics présents, j'en ai été pour mes frais. A peine l'écran du vid s'était-il éteint qu'ils m'ont entraîné, sans brutalité mais sans douceur non plus, jusqu'à la fameuse « salle de torture » évoquée par le Dénébien. Il s'agissait d'une pièce dépourvue de fenêtres, dont les murs et le sol étaient recouverts d'un épais capiton blanc. Un unique néon, qui dessinait un S majuscule, brillait au plafond, éclairant les lieux d'une lumière crue, fatigante pour les yeux. Il n'y avait aucun meuble, à l'exception d'un fauteuil d'aspect confortable, planté en plein milieu.

Le flic avec qui j'avais discuté dans la voiture m'a ôté les menottes, tandis que Trovallec s'asseyait dans le siège central. Il a ensuite congédié les deux policiers d'un geste négligent. Ne craignait-il donc pas de rester seul avec un meurtrier ?

– Je vous explique la situation, a-t-il commencé, me fixant de ce regard perçant qui semblait être son arme principale sur le terrain de la psychologie. La loi m'autorise à vous garder à vue pendant soixante heures d'affilée, et je peux vous garantir que vous ne dormirez pas une seule seconde durant ce laps de temps. La privation de sommeil est l'une des techniques les plus efficaces pour obtenir des aveux. Plus les heures passent, et plus la volonté du sujet faiblit, tandis que des pensées délirantes s'emparent de son esprit. Vous feriez mieux d'avouer tout de suite si vous voulez vous épargner cette expérience désagréable.

Je me suis adossé à la cloison capitonnée. A en juger par la manière dont celle-ci s'est creusée sous mon poids, j'aurais pu me précipiter la tête la première contre elle sans me faire le moindre mal – et sans doute était-ce le but recherché. Le nombre des assassins a considérablement diminué au cours du dernier demi-siècle, mais ceux qui subsistent font souvent preuve d'une grande sauvagerie, tant à l'encontre d'autrui que d'eux-mêmes ; c'est ce que disent les statistiques, et j'avais d'ailleurs eu l'occasion de le constater personnellement dans une arrière-boutique de Maître-Albert, pas plus tard qu'au printemps précédent.

– Encore faudrait-il que j'aie quelque chose à avouer.

– Comme vous voudrez. Nous allons donc suivre la procédure habituelle. Que faisiez-vous dans le laboratoire du professeur Viard ?

– J'avais rendez-vous avec lui.

– Donc, vous le connaissiez ?

– Oui.

– Depuis longtemps ?

– Quelques mois.

– Dans quelles circonstances l'avez-vous rencontré ?

J'ai hésité. Jusque-là, Trovallec ignorait ma

profession, puisque ma licence, que je rangeais dans mon portefeuille, s'était une fois de plus effacée – comme mes autres papiers, d'ailleurs. Ce n'était pas forcément une mauvaise chose, si l'on considérait la passion immodérée qu'éprouvent les flics pour les détectives privés. Mais si je voulais lui raconter fidèlement comment j'avais connu Viard, cela m'obligerait à révéler le douteux métier que j'exerce, avec toutes les conséquences désagréables que l'on peut supputer. En outre, il y avait de fortes chances que la fiche à mon sujet dans l'ordinateur de la Préfecture eût été également victime de mon Talent. Si l'inspecteur vérifiait mes dires – et il le ferait, je pouvais en être certain – et qu'il ne trouvait rien pour les confirmer, cela ne ferait qu'aggraver mon cas. J'ai donc choisi d'éluder la question.

– Je suis allé le trouver parce que je m'intéresse à la Psychosphère.

Une moue méprisante est apparue sur le visage du Dénébien ; même si je ne connaissais pas le personnage fictif qui lui avait valu ce surnom, je trouvais que celui-ci lui allait comme un gant. Il avait décidément quelque chose d'extraterrestre – mais je n'aurais su dire quoi.

– La Psychosphère ? Vous croyez à ces charlataneries ?

– Tous les millénaristes y croient.

– Mais vous n'êtes plus millénariste.

– Non, mais je l'ai été. (J'ai marqué une pause, afin de donner de la force à ce qui allait suivre.) J'ai connu la Fusion ; c'est suffisant pour affirmer que la Psychosphère existe.

– Admettons. Et ensuite ?

– Nous sommes devenus amis. Ce sont des choses qui arrivent. Nous partagions une même passion, et nous avions tous deux des choses à nous apporter.

– Par exemple ?

– Eh bien, le professeur était notamment un spécialiste des Talents parapsychiques appartenant au Groupe des Fascinants, et le fait est que ceux-ci m'intéressent tout particulièrement.

– Parce que vous êtes un fascinateur ? (Il a haussé les épaules.) Non, bien sûr. Si c'était le cas, vous auriez trouvé depuis longtemps un moyen de nous filer entre les pattes.

– Je n'ai jamais prétendu posséder un Don quelconque.

– N'essayez pas de noyer le poisson. Vous êtes trop jeune pour appartenir à la première génération de millénaristes. Or, si ma mémoire est bonne, ceux des générations suivantes possèdent tous un pouvoir paranormal.

– Vous considérez la Psychosphère comme une foutaise, mais vous admettez la réalité des Talents ?

– Ce n'est pas la même chose. Il existe des preuves de leur existence. J'ai vu moi-même des mutants à l'œuvre. Un télékinésiste, notamment, qui parvenait à déplacer une voiture par la seule force de sa pensée. Mais l'inconscient collectif… Ce n'est qu'une fichue invention de psychanalyste, une théorie sans plus de valeur que les croyances de n'importe quelle secte.

J'étais donc tombé sur un matérialiste, ce qui n'arrangeait guère mes affaires et confortait mon impression que j'avais eu raison de ne pas parler de ma profession et des circonstances exactes dans lesquelles j'avais connu Michel Viard. Jamais Trovallec n'aurait voulu me croire si je lui avais dit que je jouissais du Talent de transparence au point de disparaître des fichiers. Il était capable d'admettre que les gens ne fassent pas attention à moi, ou qu'ils m'oublient dès que je sortais de leur champ de perception, mais l'effacement des données virtuelles me concernant lui serait certainement apparu comme le résultat d'une manipulation informatique. L'un dans l'autre, cela n'aurait fait qu'accroître ses soupçons à mon égard.

– Bon, a-t-il repris. Quel est votre Don ?

J'ai menti sans hésiter :

– L'empathie.

– Vous ressentez donc les émotions de ceux qui vous entourent ?

– Voilà, mais très faiblement. Je suis un mauvais récepteur. Ce doit être parce que j'ai quitté ma tribu. Les Talents perdent de leur efficacité lorsqu'on cesse de pratiquer la Fusion.

Il s'agissait d'un nouveau mensonge, bien entendu. Je n'étais pas moins transparent qu'à l'époque où je vivais à Pouveroux. Simplement, il me fallait justifier de mon incapacité à pratiquer une forme quelconque de lecture empathique.

– Qu'avez-vous ressenti lorsque Viard est mort ? Avez-vous perçu sa peur, sa douleur, son incrédulité ? Est-ce pour cette raison que vous l'avez tué ?

– Je ne l'ai pas tué.

Le Dénébien a hoché la tête.

– Très bien. Nous reprenons au début. Quel est votre nom ?

L'interrogatoire durait depuis des heures et je commençais à me sentir fatigué. Confortablement assis dans son fauteuil, Trovallec me bombardait de questions, sautant d'un sujet à l'autre avec une aisance qui me déconcertait. J'y répondais du mieux possible, essayant de ne pas me couper. Par bonheur, l'essentiel de ce que je lui avais dit était authentique, ce qui me facilitait la tâche. Je devais juste faire attention à ne pas faire allusion à ma profession et à mon véritable Talent.

J'étais en slip, à présent, car quelqu'un des services scientifiques était venu chercher mes vêtements pour les examiner. Aussitôt après son départ, le Dénébien avait brièvement quitté la pièce – sans doute pour s'entretenir avec lui, mais je ne pensais pas qu'il eût appris quoi que ce fût de nouveau, car son attitude et ses questions n'avaient pas varié par la suite. La *salle de torture* étant convenablement chauffée, je n'avais pas froid, mais je trouvais ma position humiliante – et, surtout, je ressentais une désagréable impression de vulnérabilité. Trovallec en avait conscience. Et il jouait là-dessus, bien entendu.

Il veillait à me garder en permanence dans son champ visuel, faisant pivoter le fauteuil à l'aide des commandes que comportait l'un des accoudoirs. Pour ma part, je restais le long des murs, ne me déplaçant que rarement, et jamais de plus de quelques pas. S'il espérait que j'allais me jeter sur lui dans une crise de furie meurtrière, il a été déçu. D'ailleurs, même si j'avais vraiment assassiné Viard, je ne serais pas tombé dans le piège grossier qu'il me tendait. Ce n'est pas parce que j'ai parfois l'esprit un peu lent qu'il faut me prendre pour un imbécile. L'absence de barrière visible entre l'inspecteur et moi ne signifiait pas qu'il se trouvait à ma portée. J'ignorais si sa sécurité était assurée par un réseau de surveillance relié à des choqueurs disposés derrière le capiton ou par un genre d'écran magnétique qui m'opposerait un obstacle invisible et infranchissable en cas de réaction agressive. Néanmoins, une chose était certaine : un *génie* comme Marcellin Trovallec n'aurait jamais pris le risque de rester seul et sans défense en présence d'un individu qu'il considérait comme un tueur.

J'étais occupé à subir le feu roulant de ses questions, qui tournaient pour l'instant autour de mes jeunes années au sein de la Tribu de la Haute-Auvergne, lorsque la porte de la pièce s'est ouverte sur un homme de petite taille au cheveu gras et au nez chaussé de lunettes relativement épaisses. Vêtu d'un pantalon de velours côtelé et d'un pull marron, il était un peu enveloppé, avec un cou assez large, et se tenait très voûté, comme quelqu'un qui a passé des lustres penché sur un bureau ou sur le clavier d'un ordinateur.

– Désolé de te déranger, enfant de Deneb, mais les avocats du suspect viennent de rappliquer, et ils font un foin de tous les diables pour te voir.

– *Les* avocats ? a répété l'inspecteur.

J'aurais juré qu'il avait été déconcerté par cette information ; il ne devait pas non plus apprécier qu'on le traitât d'« enfant de Deneb ». Toutefois, il contrôlait si bien le ton de sa voix et les expressions de son visage que cela ne se sentait presque pas. Il était décidément très fort, et j'ai réalisé que, malgré moi, j'éprouvais du respect pour lui. Mais il s'agissait d'une forme de respect glacé que je n'aurais pas aimé que l'on me témoignât.

– Tu ferais mieux de venir.

– J'arrive. (Trovallec s'est tourné vers moi.) Je ne vous conseille pas de rester là ; de toute manière, je ne vois pas comment vous pourriez sortir d'ici.

Je le voyais très bien, mais je me suis abstenu de tout commentaire. Il a un instant vrillé son regard acéré dans le mien, puis il a jailli avec souplesse de son fauteuil pour quitter la pièce dans la foulée de son collègue.

Resté seul avec mes pensées, j'ai essayé de faire le point, mais j'étais trop abruti par des heures et des heures d'interrogatoire à bâtons rompus pour y parvenir. De plus, je demeurais sous le choc causé par la découverte du professeur. La vision de son corps gisant sur le sol et de l'immense tache de sang où il baignait hantait l'arrière-plan de ma conscience, tel un hideux *Leitmotiv.* Quelle arme avait-on pu employer pour qu'il se vidât ainsi de son précieux fluide vital ? Il ne devait plus lui en rester une seule goutte dans les veines. Certes, il en allait de même pour Vieille Branche, mon ami bouquiniste assassiné quelques mois auparavant, mais ce dernier avait été égorgé, tandis que le cou de Viard était encore intact, j'avais eu le temps de le vérifier avant que les flics ne débarquent.

Pour la première fois depuis que j'étais entré dans le bureau du psychologue, je me suis demandé quel pouvait bien être le mobile de ce crime affreux. A ma connaissance, le vieux savant n'avait aucun ennemi, seulement des détracteurs qui lui reprochaient pour la plupart d'accorder foi aux théories – jugées par eux délirantes – de Hiéronimus Bolgenstein. Or, je ne voyais aucun de ces respectables chercheurs tuer quelqu'un à cause d'une querelle professionnelle.

Ça ne veut rien dire, et tu le sais bien. Souviens-toi de l'affaire de la Balle du Néant... Les membres du corps scientifique ne sont pas à l'abri des pulsions homicides. En fait, personne *n'est à l'abri.*

Sauf les millénaristes, bien sûr. On ne peut pas Fusionner le matin avec l'Archétype, qui est bonté, douceur et sagesse, puis ôter la vie le soir comme si de rien n'était.

Voilà ce que j'aurais dû dire à Trovallec.

Au fait, ça commence à faire un moment qu'il est parti... Et s'il m'avait oublié...

Non, inutile de compter là-dessus.

La porte s'est ouverte sur les silhouettes de deux flics que je n'avais pas encore vus. Le plus grand avait taillé sa moustache en pointe, la faisant tenir avec de la brillantine, tandis que son compagnon se contentait de couper la sienne au bord de la lèvre supérieure.

– Venez, a dit ce dernier, après m'avoir un instant cherché du regard alors que j'étais pour ainsi dire sous son nez.

– Dans cette tenue ?

Ils ont échangé un regard ennuyé. Je pouvais deviner leurs pensées. Cela ferait mauvais effet si j'arrivais presque nu devant *mes* avocats.

– Où sont vos habits ? a demandé le premier en clignant des yeux.

Il devait me voir flou.

– Au laboratoire. Il va falloir que vous m'en trouviez d'autres. (Songeant à la manière dont Trovallec s'adressait à autrui, j'ai ajouté, du ton de celui qui ne doute pas qu'on va le libérer dans les minutes suivantes :) Et dépêchez-vous ! Je suis en plein courant d'air.

– J'y vais, a décidé le plus petit.

Je suis resté en compagnie du flic qui clignait des paupières. Il accomplissait visiblement un effort pour me conserver dans son champ de perception, mais il y est parvenu jusqu'au retour de son collègue. Celui-ci m'a lancé à travers la pièce le ballot de vêtements qu'il portait. Je l'ai attrapé au vol et déplié. Un uniforme d'agent de la circulation. Fallait-il y voir un trait d'humour ? L'expression sévère du visage des deux policiers m'inclinait à croire le contraire. Je me suis donc habillé sans effectuer de commentaire. Le pantalon était un peu long et la chemise me serrait aux aisselles, mais cela ne me gênait pas trop. Quant aux chaussures – de splendides croquenots à semelle cloutée, juste à ma taille –, elles pesaient un poids incroyable, mais je m'y sentais tout à fait à l'aise.

Lorsque j'ai eu fini de m'habiller, les deux policiers m'ont passé les menottes, avant de m'entraîner à travers un labyrinthe de couloirs et d'escaliers. La disposition intérieure des locaux de la Préfecture a été conçue de telle manière qu'il est presque impossible de trouver une sortie si l'on ne connaît pas le plan des lieux. D'ailleurs, le flic qui marchait en tête conservait en permanence son datamonocle baissé sur l'œil droit ; sans doute n'avait-il pas encore bien mémorisé l'agencement des locaux.

Deux ou trois étages plus haut que la *salle de torture,* nous sommes entrés dans un grand bureau où se trouvaient une douzaine de personnes. Hormis le Dénébien et Ludwig, je ne connaissais personne, pas même de vue – à moins que l'homme maigre au nez saillant qui consultait un ordinateur portable ne fût effectivement maître Léonard di Vecchio, qui passait pour l'un des plus grands avocats du continent.

M'apercevant, mon parrain s'est précipité vers moi pour me serrer dans ses bras. Sa barbe noire foisonnante m'a chatouillé les joues, comme au temps de mon enfance, suscitant une fugace poussée de nostalgie.

– Mon petit Tem ! Ça va ? Ils ne t'ont pas trop tabassé ? Qu'est-ce que c'est que cette tenue ?

Quoi ? Ils t'ont mis des menottes ? Et où sont tes vêtements ?

J'ai tenté de le calmer :

– Tout va bien, parrain.

Ça ne l'a pas empêché de repartir de plus belle, s'adressant cette fois à Trovallec :

– J'espère que vous avez de sérieuses raisons d'attifer mon filleul comme un clown ! (Le Dénébien a ouvert la bouche pour répondre, mais Ludwig poursuivait déjà :) Et ces menottes ? Ne me dites pas qu'il était nécessaire de lui infliger cette humiliation ! Un bon garçon comme lui – jamais un mot de travers, et serviable, vous n'imaginez pas à quel point ! (Il s'est à nouveau tourné vers moi.) Ne t'inquiète pas, je m'occupe de tout. Ce flicaillon va entendre parler de moi ! Et pour commencer, il va te faire enlever ces vilains bracelets – non mais !

Il était parfait dans son rôle de riche parrain outragé. Ce n'était pas sans raison qu'il avait amené avec lui une telle brochette d'avocats ; il a toujours eu besoin d'un minimum de public pour donner le meilleur de lui-même. C'est peut-être dans ce but – entre autres – qu'il a fondé les Fils du Réseau : afin de s'assurer une audience fidèle et attentive, à laquelle il peut raconter les bobards les plus invraisemblables avec un aplomb qui n'a rien à envier à celui de Trovallec. Bon, accessoirement, il en profite pour se remplir les poches, mais je le connais assez bien pour savoir qu'il est plus cabotin qu'escroc.

– Votre cher filleul est placé en garde à vue dans le cadre de l'enquête sur le meurtre du professeur Michel Viard, a énoncé froidement l'inspecteur. Cela explique les menottes – règlement intérieur de la Préfecture.

– Mais pas cette tenue grotesque ! a riposté Ludwig.

– Ses vêtements étant en cours d'analyse, nous lui en avons prêté d'autres. Et si vous continuez à dénigrer l'uniforme de la police, vous allez écoper d'une insulte à agent de la force publique dans l'exercice de ses fonctions !

Cette menace n'a en aucune manière entamé la verve de mon parrain. Les amendes ne lui font pas peur ; il a largement de quoi les payer. Car, même s'il ne presse pas ses adeptes comme des citrons, il en tire malgré tout des sommes assez conséquentes. Mais il est vrai qu'il sait les choisir, et qu'il en prend soin.

– Je ne sais pas si vous vous rendez compte à quel point vous êtes ridicule, inspecteur. Accuser de meurtre un membre de la *Quatrième Tribu* ! Ça ne s'est jamais vu.

– Pardon de vous contredire, est intervenu di Vecchio, mais le cas s'est déjà produit plusieurs fois. La cour d'assises de Montpellier a notamment eu à statuer voici quelques années sur le cas d'un télékinésiste inculpé pour l'assassinat d'un commerçant. Le procès a donné lieu à une bataille d'experts, avec pour résultat l'acquittement du prévenu. On considère désormais que ce jugement fait jurisprudence.

Les autres avocats ont approuvé massivement. A la réflexion, il me semblait en reconnaître deux ou trois autres. Le petit homme à la bedaine arrondie qui ne cessait de plaquer ses rares cheveux sur son crâne bosselé devait être Yilmaz je ne sais plus comment, un spécialiste des annulations pour vice de forme. Et la jeune femme paisible en robe noire ressemblait fort à Amande Amère, la Reine des Prétoires, dont l'éloquence n'avait d'égale que le taux de réussite ; connue pour n'avoir perdu qu'un seul procès, au tout début de sa carrière, elle aimait à déclarer que, dans les affaires de meurtre, la proportion d'innocents déférés devant les tribunaux allait paradoxalement en augmentant avec la diminution du nombre des actes médico-légaux.

Du bien beau monde, en vérité. J'avais du mal à croire qu'ils fussent tous là pour me défendre.

– Jurisprudence ? a répété Trovallec. Que voulez-vous dire par là ?

– Il a été établi lors de ce procès que les millénaristes et leurs descendants directs sont incapables de tuer qui que ce soit, a expliqué di Vecchio, sur le ton d'un instituteur qui s'adresse à un enfant un peu attardé. La fameuse séquence d'ADN *étrange* qu'ils possèdent a pour résultat d'inhiber les pulsions agressives. Vous ne verrez jamais un mutant lever la main sur quelqu'un. La non-violence est inscrite dans leurs gènes. En conséquence, je demande la libération immédiate de mon client. Je peux vous communiquer les références exactes du jugement, si vous y tenez, a-t-il ajouté en désignant son portable.

Si le Dénébien bouillait intérieurement, il n'en a rien laissé paraître.

– Pour l'instant, votre… client est uniquement

un témoin dans une affaire impliquant un crime de sang. Aucune accusation n'a été proférée contre lui.

Il parlait d'une voix douce, lente et persuasive, et son charisme était censé faire le reste. On sentait qu'il avait l'habitude de convaincre ses interlocuteurs du bien-fondé de sa pensée. Un vrai génie de la persuasion. Mais ce n'était pas une raison pour le laisser raconter n'importe quoi.

– Aucune accusation ? me suis-je écrié. Alors que vous avez d'emblée décidé que j'étais coupable ?

Amande Amère s'est tournée vers moi, une lueur d'intérêt étincelant au fond de son regard bleu-vert.

– Que vous a-t-il dit ?

Je lui ai répété, en substance, les propos du Dénébien, ponctuant mon résumé de quelques citations précises. « Vous aurez tout le temps de regretter votre acte » a suscité une vague de murmures désapprobateurs parmi les hommes de loi assemblés ; néanmoins, c'est le couplet sur la privation de sommeil qui s'est taillé le plus franc succès. Tout le monde s'est mis à parler en même temps et j'ai dû interrompre mon récit car il était impossible de se faire entendre au milieu d'un tel brouhaha.

Trovallec a bien essayé de ramener le calme, mais personne n'a fait attention à lui. C'est finalement Ludwig qui a fait taire tous ces bavards impénitents, d'un « Du calme ! » tonitruant.

– Je crois que notre ami le flicaillon veut nous

dire quelque chose, a-t-il déclaré une fois le silence rétabli.

Fermant les yeux sur l'outrage, l'inspecteur s'est adressé aux personnes présentes, sans regarder quelqu'un en particulier :

– Avant de procéder à l'interrogatoire d'un suspect, il est utile de le mettre en condition. Je vous renvoie au *Guide de psychologie criminelle appliquée* édité voici quelques années par le ministère de l'Intérieur. Il y est écrit en toutes lettres que traiter un assassin potentiel en coupable favorise les aveux spontanés. (Il s'est fendu d'un sourire condescendant.) Naturellement, votre réaction aurait été fondée si nous étions en présence d'un délit mineur. Mais il y a eu mort d'homme, ne l'oubliez pas.

– Qu'est-ce que ça veut dire ? a demandé Ludwig à di Vecchio.

– Qu'on ne peut pas lui reprocher ses accusations, a répondu celui-ci, l'air embarrassé.

– Mais vous allez quand même sortir Tem de là, n'est-ce pas ?

– Evidemment ! a affirmé Amande Amère. Inspecteur, pouvez-vous nous indiquer précisément les soupçons que vous nourrissez à l'encontre de notre client ?

– Je pense qu'il a tué le professeur Viard.

– Le meurtre a-t-il eu un témoin ? (Le Dénébien a secoué la tête.) L'arme du crime a-t-elle été retrouvée ? (Nouveau signe négatif.) En dehors de sa présence sur les lieux, quelle autre raison avez-vous de croire que notre client est l'auteur de cet assassinat ?

– J'en ai plusieurs. Tout d'abord, Viard et Temple Sacré de l'Aube Paisible…

– Radieuse, a rectifié Ludwig.

Trovallec lui a lancé un regard peu amène.

– En dehors des vidéogardes, dont les faits et gestes nous sont connus en détail, personne d'autre que la victime et… Tem n'a pénétré dans les locaux du Centre au cours de la journée du dimanche. Nous avons vérifié les archives du central de surveillance. (Il m'a jeté un coup d'œil pénétrant, avant de poursuivre :) Détail ennuyeux, il n'existe pas non plus de trace de l'arrivée de Temple Sacré de l'Aube *Radieuse*. En outre nous avons découvert sur lui un décodeur universel, ce qui semble indiquer qu'il est entré par effraction logicielle. De plus… (Il a parcouru l'assistance d'un regard intense.) Eh bien, il nous a été impossible de trouver la moindre trace de lui dans nos databases.

– C'est un millénariste…, a commencé un avocat en tunique rouge et pantalon bouffant bleu, sur la poitrine duquel était épinglé l'œil mi-clos de la tribu des Méditants.

– Oui, mais il prétend appartenir à la *deuxième* génération. A ma connaissance, seuls les membres de la première disparaissent des fichiers.

– N'avez-vous donc jamais entendu parler du Don de transparence ? s'est étonnée Amande Amère.

CHAPITRE IV

UN SOUPÇON DE PARANOÏA

Eileen était couchée lorsque je suis rentré, vers quatre heures du matin. J'ai essayé de ne pas faire de bruit, mais elle a l'ouïe fine et le sommeil léger. A peine avais-je eu le temps d'enlever mes chaussures qu'elle est arrivée dans le salon, seulement vêtue d'un grand T-shirt blanc portant l'inscription *Berlioz aurait dû connaître le blues.* Elle trouvait le moyen d'être aussi adorable que d'habitude, malgré ses cheveux ébouriffés et son air endormi. Après toutes ces épreuves, mon cœur a commencé à fondre lorsque je l'ai vue, et il s'est liquéfié d'un coup quand elle m'a pris dans ses bras. Elle sentait que j'en avais besoin.

– Tu ne t'es pas trop inquiétée ?

– Un peu, tout de même. Surtout quand je t'ai vu sortir entre deux flics, les menottes aux poignets.

– Tu avais déjà fini ?

– Je regardais par la fenêtre à ce moment-là. Ça m'a rendue un peu nerveuse, mais j'ai terminé ce que j'avais à faire – et, juste quand j'allais filer, Ludwig m'a appelée pour me prévenir. Je voulais aller à la Préfecture, mais il m'a dit qu'il y avait déjà pas mal de monde, et que je ne ferais « qu'encombrer » – c'est le terme exact qu'il a employé. (Elle a plongé dans le mien son regard d'un bleu impossible.) Qu'est-il arrivé ? D'après Ludwig, on t'avait arrêté pour le meurtre du professeur Viard.

J'ai acquiescé et je lui ai raconté ce qui s'était passé.

Découvrir que j'étais en réalité un transparent n'avait pas du tout plu à Trovallec, et son mécontentement n'avait fait que croître lorsqu'il avait appris que j'exerçais la profession de détective privé. Il avait pris soin de ne rien montrer des sentiments qui l'habitaient, mais je venais de passer assez de temps en sa compagnie pour deviner qu'il n'avait pas l'intention de laisser mes mensonges impunis.

Les résultats du laboratoire étaient arrivés à point nommé pour mettre un terme à une scène dont tous les protagonistes désiraient sortir le plus vite possible. Le professeur avait été poignardé en plein cœur, ce qui expliquait l'abondance de sang. Or, mes vêtements ne portaient pas la moindre trace suspecte. Il y avait bien quelques traces d'hémoglobine sous la semelle de mes chaussures, mais cela n'avait rien d'anormal, puisque j'avais marché dans la pièce où le crime avait eu lieu.

En conséquence, le Dénébien avait accepté de me relâcher. Mais il se réservait de me convoquer – en présence de *mes* avocats – pour un « complément d'information ». Autant dire que j'étais lavé de tout soupçon – sauf aux yeux de Trovallec, bien entendu. Il ne me lâcherait pas comme ça.

– Là, je trouve que tu exagères, a dit Eileen. Il ne peut plus croire que tu es coupable. Plus maintenant que tout démontre le contraire.

– J'ai l'impression que c'est devenu pour lui une affaire personnelle. Il n'a pas apprécié que je lui raconte des bobards.

– Ça t'apprendra.

– Il ne m'aurait pas cru si je lui avais dit la vérité.

– Pourquoi ? La transparence est un Don reconnu.

– Ce n'est pas à ça que je pensais, mais à ma rencontre avec Viard.

– Tu n'as pas parlé à Trovallec de l'enquête que tu menais à ce moment-là ?

– Je ne suis pas fou. Ça m'aurait obligé à révéler ma profession – et je n'y tenais vraiment pas. Et puis, c'est une affaire déjà ancienne ; il ne doit plus rester grand-monde qui se souvienne du rôle que j'y ai joué. En tout cas, j'ai bien fait de glisser là-dessus…

– Je ne vois pas pourquoi.

J'ai posé ma main sur la sienne et je l'ai serrée. Fort.

– Après m'avoir libéré, le Dénébien a discuté un moment avec di Vecchio. C'était très technique, mais j'ai tout de même écouté. Par curiosité. Vu l'affection que me témoigne le génie de service, ça devient de la prudence…

– Et donc ?

Elle m'observait, attentive. J'ai baissé les yeux. Je ne voulais pas qu'elle voie la colère que je réprimais à grand-peine chaque fois que je songeais à ce que j'avais alors entendu.

– Ce fichu flicaillon mégalomane s'est attribué le mérite d'avoir démasqué Øhrwind ! (J'ai redressé la tête, et je me souviens d'avoir pensé que je devais avoir une tête de déterré.) Il m'a volé mon affaire, Eileen… Je ne sais pas comment il s'est débrouillé, mais il a pris ma place, il s'est coulé dans le vide que laissait mon effacement. Et je ne suis même pas sûr qu'il l'ait fait exprès.

Elle a battu des paupières, surprise.

– Tu veux dire qu'il serait persuadé d'avoir résolu l'affaire de la Balle du Néant ? (Sans attendre ma réponse, elle s'est levée et m'a tiré par le bras.) Allez, viens, allons nous coucher. J'ai une nuit à terminer, moi !

Je me suis levé vers dix heures avec une vague migraine et un mauvais goût dans la bouche. Assise dans le salon, Eileen lisait un roman d'Edgar Zyviec. Elle a levé vers moi un regard interrogateur. Je lui ai adressé un clin d'œil complice et je suis allé prendre une douche. Quand je suis sorti de la salle de bains, un petit déjeuner copieux m'attendait sur la table de la cuisine. Je l'ai dégusté lentement, tout en réfléchissant aux événements de la veille. Qui avait pu assassiner un petit vieux aussi inoffensif que Michel Viard ? Et pour quel motif ?

Cela ne m'a mené nulle part, car mes pensées

ne cessaient d'être interrompues par l'image obsédante du professeur gisant dans une flaque de sang. Aucun des autres cadavres que j'avais découverts ne m'avait hanté de la sorte, pas même celui de Vieille Branche, qui était pourtant un ami aussi cher que le psychologue.

Mon petit déjeuner terminé, je suis allé rejoindre Eileen dans le salon. Elle avait posé son livre et regardait dans le vide d'un air absent, mais ses yeux avaient retrouvé leur éclat lorsqu'ils se sont tournés vers moi, un instant plus tard. Nous sommes restés un moment sans parler, puis je me suis agenouillé sur la moquette et j'ai marmonné :

– Je trouverai qui a fait ça.

Des paillettes d'azur ont étincelé dans ses merveilleux iris, tandis qu'un sourire étirait ses lèvres roses.

– Je n'en attendais pas moins de toi. Si tu as besoin d'aide…

– Je ne veux pas que tu sois mêlée à cette affaire.

– Je le suis déjà, que tu le veuilles ou non. (Elle a désigné la fenêtre la plus proche.) Il y a un type qui rôde dans le coin depuis ce matin. Tu paries que c'est un flic ?

– Je ne parie jamais. A quoi ressemble-t-il ?

– Il est habillé comme un Potsmoke, mais je ne l'ai pas vu fumer un seul spliff.

– Tu as raison : c'est louche.

Je ne savais pas moi-même si je plaisantais.

– Tu ne vas pas voir s'il est toujours là ?

– Rien ne presse.

– Tu ne serais pas un peu mou, ce matin, toi ?

J'ai haussé les épaules.

– Ce n'est rien de le dire. Si je m'écoutais, je retournerais me coucher. (Me levant, je suis allé me poster derrière le rideau et j'ai jeté un coup d'œil dans la rue.) Ton flic, ça ne serait pas un grand type tout noir avec une veste kaki et un bonnet jamaïcain ?

– Tu le vois ? Qu'est-ce qu'il fait ?

– Il boit une bière devant l'épicerie. (L'homme en question a soudain levé les yeux et je me suis écarté de la fenêtre.) Pas de problème, il surveille l'immeuble. Mais je me demande si son manque de discrétion est volontaire ou non…

– Tu crois qu'il pourrait avoir reçu pour consigne de se faire remarquer ?

– Tout à fait. Et tu peux parier qu'il a un ou deux collègues qui sont planqués à proximité – pour me filer dès que je sortirai. (J'ai soupiré.) Hier soir, en rentrant de la Tour Pointue, j'avais bien l'impression qu'une voiture nous suivait, mais elle avait disparu lorsque Ludwig m'a laissé en bas de l'immeuble. Je suppose qu'il y avait du monde pour prendre le relais. Et comme j'étais avec quelqu'un, mon Talent n'avait pas grande utilité.

Eileen paraissait songeuse.

– C'est tout de même bizarre que Trovallec te fasse filer, alors qu'il sait que tu es transparent… Il doit bien se douter que tu n'auras aucun mal à te débarrasser des flics censés te suivre.

– Sauf s'il en trouve qui soient aussi insensibles que lui à mon Talent.

– Comment pourrait-il le déterminer ?

– Par élimination.

Elle a rejeté en arrière ses cheveux bruns, dévoilant un front plissé par la perplexité.

– Tu veux dire qu'il va t'envoyer ses hommes les uns après les autres en espérant que l'un d'eux réussira à ne pas te perdre de vue ?

– C'est ce que je ferais à sa place.

– Et Nestor Burma, que ferait-il ?

L'évocation inattendue de mon modèle littéraire préféré m'a un instant laissé sans voix, puis j'ai répondu, d'une voix d'où n'était pas absente une certaine malice :

– Je suppose qu'il dirait un truc du genre : « L'empirisme, il n'y a que ça de vrai. » Et, en ce qui concerne la Psychosphère et les Talents, il aurait tout à fait raison.

Un peu avant midi, Eileen est sortie de l'immeuble. Vêtue d'une courte tunique indienne, les hanches moulées dans une minijupe noire, les jambes gainées d'un collant fumé et les pieds chaussés d'escarpins rouges, elle attirait irrésistiblement le regard – ce qui était le but recherché. Elle me donnait aussi envie de la déshabiller, et pas seulement des yeux, mais cet effet-là n'était pas au programme.

Le Potsmoke n'a pas bougé de son poste d'observation. Par contre, descendant d'une conduite intérieure vert métallisé, une femme portant la robe blanche des Walkyries a emboîté le pas à Eileen. Les vitres du véhicule en question, polarisées, interdisaient de distinguer s'il restait quelqu'un à l'intérieur. J'aurais pourtant juré que c'était le cas. D'ailleurs, je n'allais peut-être pas tarder à le vérifier.

Jetant un sac de toile écrue sur mon épaule, j'ai quitté à mon tour l'appartement et j'ai descendu à pas lents les marches de bois. Je portais un jean, un T-shirt blanc et un blouson imperméable bleu-gris – une tenue tout ce qu'il y a de plus anodin. A l'intérieur du sac étaient pliés mes habits de la veille, dont j'aurais besoin ultérieurement. Certes, j'aurais pu en choisir d'autres, tout aussi voyants, pour mener mon enquête, mais il me semblait que ces vêtements étaient en un sens liés à celle-ci.

Parce que je les avais sur moi lors de ma macabre découverte ?

Arrivé dans le hall d'entrée, j'ai attendu deux ou trois secondes, le temps de prendre une grande inspiration, puis j'ai tiré la porte et je suis sorti sur le trottoir. Evitant soigneusement de regarder en direction du Potsmoke, j'ai tourné à droite, vers Raymond-Losserand. La voiture verte était garée un peu plus loin, de mon côté de la rue ; je suis passé devant elle sans lui prêter la moindre attention, marchant du pas rapide de l'homme qui n'a pas que ça à faire.

Je n'avais aucun moyen de savoir si les flics en planque m'avaient reconnu, mais j'ai agi comme si c'était le cas. Après avoir parcouru une cinquantaine de mètres, je me suis engagé sous un porche donnant sur une cour plantée d'arbustes fruitiers. L'immeuble qui entoure celle-ci, construit au début du XXIe siècle, appartenait à l'origine à un riche excentrique qui avait développé une véritable passion pour l'ingénierie génétique. Jusqu'à sa mort, survenue dans les années 30, il avait trafiqué sans relâche l'ADN de centaines de plantes différentes, avec des résultats parfois surprenants. Ainsi, les hybrides de pommier et de cerisier qui se dressaient devant moi produisaient des fruits toute l'année, même au cœur des hivers les plus rigoureux. Bon, le goût des *pomises* en question les rendait impropres à la consommation, mais l'on ne peut pas tout avoir.

J'avais traversé le tiers de la cour lorsque je suis arrivé à l'endroit stratégique – le point d'où il était possible, par la grâce d'une surface polie incrustée dans un mur, de voir sans se retourner le porche et la portion de rue dévoilée par celui-ci. M'arrêtant, j'ai fait mine d'admirer l'un des arbustes, tout en observant avec attention le miroir d'acier. Il n'y avait apparemment personne. Néanmoins, cela ne voulait pas dire que j'avais réussi à passer incognito sous le nez de mes suiveurs.

Si suiveurs il y avait.

Après un dernier coup d'œil au losange de métal, je suis reparti d'un bon pas. Arrivé au fond de la cour, j'ai fait mine d'hésiter entre les deux portes qui s'offraient à moi, avant de pousser celle de gauche. A peine s'était-elle refermée que je me suis mis à courir le long d'un corridor mal éclairé. A l'autre bout s'ouvrait un hall surmonté d'une de ces verrières géodésiques qui étaient tant à la mode dans les années 20. Là, il m'a suffi de franchir une porte cochère pour me retrouver dans un petit square triangulaire ménagé au beau milieu du pâté de maisons. Ni les enfants jouant dans le bac à sable, vêtus de tissu insalissable, ni leurs mères ou nourrices occupées à papoter n'ont paru remarquer ma présence. Adoptant une démarche plus mesurée, j'ai longé la base du triangle jusqu'à l'amorce d'un couloir dans lequel je me suis engagé.

Un instant plus tard, j'étais sur Alésia. Hélant un taxi monoroue qui passait, j'ai demandé au chauffeur de me conduire au C.E.R.S. En chemin, j'ai essayé de faire le point. J'avais hâte de commencer mon enquête, mais je ne savais pas trop par quel bout la prendre. En un sens, l'affaire ressemblait à celle dont Trovallec m'avait dépossédé – un crime impossible. La chambre d'hôtel fermée de l'intérieur avait été remplacée par un immeuble désert sous surveillance vidéo, et la Balle du Néant, tirée à travers un transmetteur de matière, par un mystérieux poignard, disparu avec l'assassin, mais ce n'étaient que des différences superficielles.

Fie-toi à ton instinct. Il te mènera bien quelque part.

La première chose qu'il me commandait de faire était de mettre la main sur le dossier. Il faudrait que j'envoie Gloria faire un tour dans les mémoires du réseau de la Préfecture, lorsqu'elle daignerait pointer à nouveau le bout de son nez virtuel. Ce qui ne se produirait peut-être pas de sitôt. Elle avait en effet adopté un profil bas depuis qu'une autre aya, de même nature qu'elle, avait été lancée à ses trousses par l'armée, sans doute en guise de représailles contre la panne qui, depuis plus d'un mois, neutralisait quatre-vingts pour cent du wèbe. Membre du Collectif Louise Michel pour la Libération des Citoyens Virtuels, Gloria était en effet l'une des principales responsables de ce sabotage, et les militaires en blouse blanche que l'on pouvait considérer comme les auteurs de ses jours ne s'y étaient pas trompés. Traitée comme une arme stratégique libérée par accident, au même titre que n'importe quel virus expérimental – biologique ou informatique –, elle avait été condamnée à la destruction, sans autre forme de procès.

En attendant son retour éventuel, je devais faire avec ce que j'avais – c'est-à-dire pas grand-chose. Faute de disposer de quoi que ce fût qui ressemblât à une piste, je ne pouvais qu'avancer à tâtons, en espérant que mon errance dans les ténèbres me permettrait de découvrir un indice quelconque.

Comme vous pouvez le constater, j'étais loin de témoigner d'un optimisme aussi délirant que la veille.

Après avoir passé en revue les éléments en ma possession, j'en suis arrivé à la conclusion que je devais, pour l'instant, consacrer mes efforts à découvrir le mobile du crime. Enfin, son mobile *probable.* Il serait toujours temps de me pencher ensuite sur la manière dont le meurtrier s'y était pris pour pénétrer dans le Centre sans que le système de surveillance conservât la trace de son passage.

Et si c'était lui aussi un transparent ?

Les muscles de mes mâchoires se sont soudain tendus, presque douloureusement. C'était la première fois que j'évoquais cette hypothèse, et elle me paraissait désagréable d'emblée. Puis je me suis souvenu du procès cité par di Vecchio, ce procès lors duquel il avait été établi – comment ? – que les individus appartenant aux Troisième et Quatrième Tribus étaient incapables de commettre un crime de sang.

Non, ce n'était pas un transparent. Ni un autre mutant. Aucun de mes presque-frères n'était en cause.

Et pourtant, il me semblait sentir souffler sur cette affaire un vent parapsychique. Viard avait été un spécialiste des Talents et de la Psychosphère. Autrefois, il avait même collaboré avec Bolgenstein, dont les travaux exhalaient une odeur de soufre ; tous deux étaient d'ailleurs censés avoir joué un rôle crucial lors de la Grande Terreur primitive, ce goulot d'étranglement de l'Histoire d'où est sorti notre monde moderne, un beau jour de mai 2013. Pour toutes ces raisons, j'avais tendance à croire que la mort du vieux professeur était liée, d'une manière ou d'une autre, aux rapports orageux que l'Humanité entretient avec son inconscient collectif.

J'en étais là de mes réflexions, et le taxi venait de tourner dans Soufflot, lorsque l'idée est née au fond de mon esprit. D'une minuscule étincelle, elle est très vite devenue une intense lumière, l'équivalent profane d'une Révélation…

Non, j'exagère. Mais c'était une impression

vraiment *très* forte. Et cela expliquait peut-être pourquoi l'on avait choisi ce moment précis pour poignarder Michel Viard.

Si on l'avait tué pour l'empêcher d'écouter L'hélice de pierres semi-précieuses *?*

Et, accessoirement, pour me mettre dans la panade ?

D'une pierre deux coups.

Un piège. C'était un piège.

CHAPITRE V

UN BORSALINO VERT FLUO

Le taxi m'a déposé devant l'*Hôtel du Panthéon,* où je suis entré pour me changer. Brian était absorbé par la lecture d'un petit fascicule à la couverture d'un bleu uni ; il n'a même pas levé les yeux à mon arrivée dans le hall. Coiffant mon borsalino, je suis allé m'accouder au comptoir et j'ai attendu que le réceptionniste rouquin réagît à ma présence. Au bout de quelques secondes, il a pincé les lèvres, tandis que ses yeux remontaient au début du paragraphe qu'il venait de terminer. Il avait des difficultés à conserver sa concentration, mais il ne savait pas – encore – pourquoi. Puis, soudain, il a tourné la tête, et un chaud sourire a éclairé son visage lorsque son regard s'est posé sur mon couvre-chef.

– Temple Sacré de l'Aube Radieuse en personne ! Qu'est-ce qui me vaut l'honneur de ta visite ?

Ouvrant mon sac, je lui ai montré ce qu'il y avait à l'intérieur.

– J'ai besoin d'un endroit tranquille pour mettre mon costume de travail.

Il s'est esclaffé. Ce que j'aime beaucoup, chez lui, c'est qu'il est toujours de bonne humeur.

– Pas de problème. Tu n'as qu'à aller dans le bureau de Clamecy. Il est absent pour la journée.

Je l'ai remercié et je suis allé me changer. La vaste pièce où travaillait le propriétaire de l'hôtel était meublée dans le style de la fin des années 30 – polymère aux formes arrondies et cuivres étincelants. L'immense table de travail en demi-lune qui occupait un bon tiers de l'espace disponible avait été taillée dans un bloc d'améthyste synthétique d'un mauve délicat. L'un des murs était couvert de bibliothèques vitrées en bois ciré. Sur leurs rayonnages s'alignaient plusieurs centaines de forts volumes. Il y avait là une quinzaine d'encyclopédies, dont la plus récente datait du début du siècle, une édition reliée des œuvres complètes d'Isaac Asimov en langue polonaise, et quelques tomes dépareillés comprenant, entre autres, une réédition en fac-similé des *Indes noires,* divers omnibus réunissant des romans pour la jeunesse et trois ou quatre livres de cuisine. Seuls ces derniers paraissaient avoir été consultés.

En me voyant revenir, Brian a hoché la tête avec un sourire appréciateur.

– Tu fais fort, aujourd'hui. (Une ombre a voilé son regard.) Pourtant, avec ce qui t'arrive, tu aurais tout intérêt à éviter les tenues trop voyantes…

– Tu es au courant ?

– J'ai jeté un coup d'œil aux infos online en arrivant. Pour une fois, ta photo est bien passée.

– Ma photo ?

Je tombais des nues. Il s'en est rendu compte. Baissant la main vers l'imprimante, il y a pris une feuille et me l'a tendue. Aussitôt, le gros titre m'a sauté aux yeux :

UN « PRIVÉ » SOUPÇONNÉ DE MEURTRE !

Au-dessous, un cliché d'excellente qualité, sur lequel j'avais franchement l'air d'un demeuré. Les yeux mi-clos, la bouche en cul de poule, j'avais été saisi dans une expression transitoire qui n'avait pas dû durer plus d'une fraction de seconde. A en juger par la chemise d'uniforme que je portais, la photo avait été prise la veille, à la Tour Pointue. Quant à l'article, c'était un ramassis de lieux communs, conçu de telle manière que, même s'il ne m'accusait pas ouvertement, tout lecteur en ressortait avec la quasi-certitude que j'avais assassiné un malheureux vieillard bien incapable de se défendre. Viard y était qualifié de « chercheur excentrique » et de « spécialiste des Talents mondialement reconnu », et Trovallec de « génie des enquêtes criminelles » ; l'auteur du reportage citait plusieurs cas que ce dernier était censé avoir résolus. Je dis censé, car l'affaire de la Balle du Néant se trouvait dans la liste.

J'ai levé les yeux du tirage d'imprimante. Brian m'observait avec attention, guettant ma réaction avec un sourire en coin. Il paraissait trouver la situation tout à fait amusante. J'aurais voulu le voir à ma place.

– On ne t'a pas arrangé, hein ?

Je n'avais vraiment pas envie de partager sa bonne humeur, ni même de faire un effort en ce sens. Le réceptionniste rouquin était un collègue de travail d'Eileen, ainsi qu'un bon copain, mais il m'était difficile de me montrer agréable après ce que je venais de lire. J'ai demandé, d'une voix rauque, presque agressive :

– Tu n'as rien remarqué d'anormal dans l'article ?

Il a haussé les épaules.

– Si, bien sûr. Le type qui l'a écrit a attribué l'arrestation d'Øhrwind à ce flic. Ces journalistes font leur boulot n'importe comment.

Il se souvenait donc du rôle que j'avais joué dans cette affaire. Il ne devait plus y avoir grand-monde dans ce cas. Et encore fallait-il sans doute l'attribuer au fait qu'il travaillait quotidiennement aux côtés de la seule personne qui n'oubliait jamais rien à mon sujet.

– C'est là que tu te trompes. Ce type ne fait que répéter ce que lui a dit le Dénébien.

– Qui ça ?

– Trovallec. Le flic chargé de l'enquête.

– Drôle de surnom. Ça me rappelle *Ils sont parmi nous.*

J'ai rangé dans un coin de ma mémoire qu'il faudrait que je jette un coup d'œil à cette fameuse série tridi. Il y avait peut-être quelque chose à creuser dans cette direction... Ou peut-être pas. Mais je ne devais négliger aucune piste, aucun détail.

– Qui travaillait à la réception à l'heure du crime ?

– Thibaud. (Il a désigné la façade du Centre, qui se dressait de l'autre côté de la rue.) Comme je me doutais que tu allais passer dans le coin aujourd'hui, je lui ai passé un coup de vid ce matin. Il ne se rappelle pas avoir vu quelque chose. A un moment, il a levé la tête, et il y avait une voiture de flics garée en face. C'est tout.

– Il ne se souvenait pas de l'heure ?

– Vers seize heures, seize heures trente.

Brian ne souriait plus, à présent. Je m'étais trompé, tout à l'heure, sur l'origine de la légèreté avec laquelle il avait traité mes ennuis. Il avait plaisanté pour essayer de détendre l'atmosphère, pour m'aider à prendre du recul par rapport à tout ça. Si je n'avais pas été obsédé par le tour paranoïaque que prenait la situation, j'aurais eu le cœur d'en rigoler avec lui.

– Merci d'avoir pensé à moi.

Il a pris un air faussement modeste, mais son regard pétillait de malice.

– C'était juste histoire que tu ne perdes pas du temps à lui courir après, comme la dernière fois. (Il a baissé la voix.) En ce moment, nous avons en pension une demi-douzaine de chercheurs espagnols. Au petit déjeuner, ils n'ont pas arrêté de parler de la mort de Viard. Je n'ai pas pu tout entendre, mais j'ai tout de même saisi deux, trois trucs intéressants. Apparemment, le prof était sur le point de publier le résultat de ses recherches, et ils espéraient qu'il avait eu le temps de finir la rédaction de son compte rendu avant d'être assassiné. Ils semblaient tous en attendre beaucoup.

– Ils ont dit sur quoi il travaillait ?

– J'ai dû rater cette partie de la conversation. Mais ils ont parlé plusieurs fois de ton obsession favorite.

– La Psychosphère ?

– Ouaip. Ils ont aussi cité le nom d'un type : Wojtek. Je ne sais pas si c'est son nom ou son prénom. Ils avaient l'air de penser qu'il avait perdu la boule. Je ne vois pas ce que je pourrais te dire d'autre.

– Tu as vu des flics traîner dans le coin ?

– Pas l'ombre d'un depuis ce matin. Et pas de types en planque non plus – j'ai fait attention.

Ce rouquin m'étonnerait toujours. Je l'ai chaleureusement remercié. Sa sollicitude m'avait remonté le moral, et c'est d'un pas assez alerte que j'ai traversé la rue en direction de la volée de marches en arc de cercle menant à l'entrée principale du Centre.

Cette fois, je n'ai même pas essayé de jouer les courants d'air. Le borsalino bien enfoncé sur le crâne, je suis allé trouver le cybercâblé de service et j'ai demandé à voir le docteur Greggan, qui occupait le poste de sous-directeur. Dix minutes plus tard, j'entrais dans son bureau, situé au septième et dernier étage de l'aile GÉNÉTIQUE-BIOLOGIE.

C'était un homme dans la quarantaine, à qui des tempes grisonnantes donnaient un air distingué. Sur sa combinaison blanche était épinglé l'emblème des Scientistes : un signe de l'infini surmonté d'un œil grand ouvert inscrit dans un triangle. Il m'a salué à la mode de sa tribu – la main droite sur le cœur, le petit doigt replié. Mais cette politesse formelle ne signifiait pas qu'il fût bien disposé à mon égard.

– Ecoutez, a-t-il dit d'emblée, j'ignore si vous êtes ou non coupable, mais j'ai l'impression que je dois à la mémoire du professeur Viard d'accepter de vous recevoir. (Il m'a détaillé de bas en haut.) Je suppose que cette tenue était inévitable ?

– En effet.

Ses yeux ont basculé vers le plafond.

– C'est un curieux Don que le vôtre. Mais il ne vous a guère servi hier… (Il a attendu un temps très court, au cas où j'aurais eu une remarque à faire, puis il a poursuivi :) Tout le personnel du Centre a été ébranlé par ce qui s'est passé. Surtout si peu de temps après les meurtres de Sanifer et de Tozzi… Vous devez être au courant ? (J'ai acquiescé.) C'est bizarre, j'ai l'impression de vous avoir déjà vu. Et elle se précise de minute en minute.

– Parce que je suis en face de vous. Le contact visuel raffermit les chaînes de souvenirs.

Son attitude à mon égard ne cessait d'évoluer. Les fragments mémoriels qui remontaient à la surface de son esprit conféraient peu à peu une impression de familiarité à mon image, et je le sentais qui se détendait. Ayant déjà assisté à ce processus, je me demandais jusqu'à quel point

Greggan finirait par me reconnaître. Pour l'instant, en tout cas, le phénomène semblait le perturber. Rien d'étonnant à cela : il avait en face de lui quelqu'un dont sa représentation mentale évoluait sans cesse.

Il ne savait plus *qui* j'étais.

– Comme vous dites, oui…, a-t-il marmonné, hésitant. Pourquoi vouliez-vous me voir, au fait ? s'est-il enquis en me dévisageant.

– J'ai décidé d'enquêter sur cette affaire. Vous vous souvenez que je suis détective privé ?

Une fraction de seconde, ses yeux ont reflété un abîme sans fond. Il s'est aussitôt repris, mais j'avais pu sentir sa surprise et son désarroi. Je lui faisais visiblement un drôle d'effet. J'ai essayé de me mettre à sa place – en vain.

– Oui, ça vient tout juste de me revenir. Vous ne voulez pas me dire où et quand nous nous sommes déjà rencontrés ?

– Il faut que vous trouviez tout seul. Vous comprendrez pourquoi le moment venu.

– Cette conversation est insensée.

– Je ne vous le fais pas dire. Comment saviez-vous que j'étais un transparent ?

– Viard m'a parlé de vous la semaine dernière. Il assurait que vous lui aviez beaucoup apporté. Les examens auxquels il vous avait soumis, notamment, lui ont fourni des éléments nouveaux.

Le professeur était un petit cachottier. A moi, il ne m'avait rien dit. Alors qu'il savait que je cherchais désespérément à comprendre la nature profonde de mon Talent, qui était aussi celle de tous les autres Dons.

– Quel jour était-ce ?

– Mercredi. Ou jeudi. Plutôt jeudi. C'est la dernière fois que je l'ai vu.

– Comment vous a-t-il paru ?

– Assez en forme, mais un peu nerveux. Il a dû fumer trois ou quatre cigarettes en une demi-heure. Il était venu me demander une rallonge budgétaire.

– Importante ?

– Nous n'avons pas parlé argent, mais temps de calcul. Il disait avoir besoin de quelques millions d'heures pour vérifier une théorie.

– Celle qu'il comptait publier prochainement ?

– Sans doute. Il ne l'a pas précisé.

– Lui avez-vous accordé ce qu'il demandait ?

– Comment l'aurais-je pu ? L'armée a annulé durant l'été la plupart de ses budgets de recherche… (Il a plissé les yeux.) Je sais qui vous êtes – le privé qui a démasqué Øhrwind. (Son regard a chaviré, le temps d'une nouvelle mise en abîme.) Mais alors, l'inspecteur Trovallec n'a pas…

– Non. Il a profité de ma transparence pour s'attribuer tout le mérite de cette affaire.

– Votre Talent possède décidément des effets inattendus.

– Je ne vous le fais pas dire.

Greggan a hoché la tête, pensif.

– Maintenant, je sais que j'ai eu raison de vous recevoir. Voyez-vous, cet inspecteur m'a laissé une impression étrange… C'est difficile à expliquer. Il est venu me voir ce matin, pour me poser quelques questions. Lorsqu'il s'est vanté d'avoir résolu l'assassinat de Sanifer – et celui de Tozzi –, il m'a semblé que j'avais quelque chose sur le bout de la langue, une remarque qui ne voulait pas sortir.

– Vous a-t-il parlé de moi ?

– Il m'a demandé si je vous connaissais. J'ai répondu non.

– Et cette réponse a paru le satisfaire ?

– Je dirais oui.

– Que voulait-il savoir d'autre ?

– Des précisions sur le système de surveillance. Je les lui ai fournies. Il m'a aussi interrogé au sujet de ce qu'était devenu le transmetteur de matière après la dissolution de l'unité de recherches *Lightyears NTB*. Je lui ai répondu qu'il ne se trouvait plus dans nos locaux. L'armée l'a réquisitionné. Il a semblé déçu. Il s'imaginait peut-être qu'on s'en était servi pour tuer Viard.

Il se montrait à présent franchement amical. Je lui avais ôté une belle épine du pied en prenant Øhrwind au piège, et il m'en était reconnaissant. De plus, je voyais bien que Trovallec lui avait déplu, avec son aplomb et son arrogance. Les Scientistes n'aiment pas les arrivistes. Pour eux, la Science est avant tout un apostolat, une quête, une élévation. Ce sont des adeptes de la recherche pour la recherche. On trouve parmi eux beaucoup de mathématiciens et de physiciens, ainsi que quelques métaphysiciens quantiques.

– Avez-vous une idée de la théorie qu'il avait l'intention de publier ?

– Je sais sur quoi portaient ses travaux. Il espérait que les récentes percées dans le domaine de l'Unification lui permettraient de réussir là où Bolgenstein et lui avaient échoué, dans les années 10.

– A convaincre le monde scientifique de l'existence de la Psychosphère ?

– Oui. C'était une obsession, chez lui. Un jour, en veine de confidences, il m'a raconté qu'il était allé là-bas, durant la Terreur. Bolgenstein avait trouvé un moyen de projeter un millénariste dans la Psychosphère, et celui-ci les avait entraînés avec lui dans une séquence illusoire. Ou alors, ils avaient tous les deux fait le même rêve – Viard a lâché ça comme une plaisanterie. Il croyait dur comme fer à la réalité de son voyage télépathique.

– Et vous, qu'en pensez-vous ?

– Je suis né après la Terreur. Que voulez-vous que je pense de ce qui a pu se passer à l'époque ?

– Et de la Psychosphère ?

– J'avais assez confiance dans le professeur Viard pour financer ses travaux. Cela vous suffit comme réponse ?

Cela me suffisait.

Nous avons discuté encore une dizaine de minutes, puis Greggan m'a proposé de m'emmener faire un tour au département *Psi-KOZ* – puisque tel était le nom grotesque donné par Viard à l'unité de recherches dont il assumait la direction. Je reconnaissais là son humour tout en finesse. Après avoir emprunté l'une des passerelles tubulaires qui permettent de passer d'une aile à l'autre, nous avons descendu deux étages par l'ascenseur. Toutes les personnes que nous avons croisées se sont retournées sur notre passage, et je me suis dit que j'avais peut-être un peu trop forcé la dose, cette fois-ci.

Les trois premiers entretiens ne m'ont rien appris de neuf. Ni Birgit Zahn, experte en matière de physique des particules, ni Elmer Daguesseau, spécialiste des interactions quantiques, ni Josué Kohen, dont les trous noirs paraissaient être l'unique sujet de conversation, n'avaient la moindre idée de la nature des recherches menées par le professeur au moment de sa mort. Bien sûr, ils lui avaient fourni des données, mais celles-ci étaient si nombreuses et variées qu'il était difficile de deviner ce qu'il avait bien pu en faire. Néanmoins, tous trois confirmèrent qu'il s'intéressait beaucoup aux progrès de l'Unification, qui est censée permettre, un jour prochain, de confondre en une seule théorie les différentes branches de la physique.

Y compris la psychophysique polydimensionnelle ?

A cette question, les trois chercheurs avaient répondu oui, mais deux d'entre eux souriaient – ironiquement ? – à ce moment-là.

Quand nous sommes sortis du laboratoire de Kohen, j'ai suggéré d'aller voir le dénommé Wojtek. Greggan m'a considéré avec méfiance.

– Que savez-vous de lui ?

– Il paraîtrait qu'il aurait « perdu la boule » ces derniers temps.

– Vous êtes bien renseigné.

– J'ai mes sources. Mais elles ne m'ont pas dit qui est ce type, ni s'il travaillait avec Viard.

– Wojtek W. Wojtek est l'un de nos jeunes physiciens les plus brillants. Jusqu'à l'année dernière, il était employé par l'Institut Fargue de Bruxelles. Il y participait aux recherches de Katakénès concernant la dynamique des champs. Toutefois, tous deux étaient en désaccord sur certains points, et il est parti en claquant la porte. Nous l'avons immédiatement recruté, avant que l'une des Huit ne lui offre un pont d'or. Viard s'est très vite intéressé à lui, et ils ont commencé à bricoler ensemble.

– Bricoler ?

– Officiellement, Wojtek est ici pour développer sa théorie personnelle concernant les champs. D'après lui, celle de Katakénès est loin de tout expliquer. De plus, elle serait en désaccord avec certains aspects de l'Unification. C'est là-dessus que nous souhaitons le voir travailler ; un succès dans ce domaine attirerait les subventions fédérales, et nous en avons désespérément besoin, maintenant qu'il ne faut plus compter sur l'armée pour boucher les trous de notre budget. L'ennui, c'est que Wojtek, qui n'en fait qu'à sa tête, estime plus intéressant de collaborer aux recherches de Viard. Il s'est mis à proclamer que les champs relevaient d'une vision dépassée, que l'Unification elle-même ne permettrait pas de tout expliquer. Mais il vous en parlera bien mieux que moi.

Wojtek W. Wojtek était un jeune homme très propre sur lui ; il coiffait ses cheveux très blonds de manière à couvrir la partie supérieure d'oreilles que je devinais décollées. Ses yeux d'un bleu très clair avaient quelque chose de glacé, mais sa voix possédait en contrepartie une chaleur qui vous le rendait immédiatement sympathique. Vêtu d'un jean et d'un T-shirt noir, il portait autour du cou une lanière de cuir à laquelle pendait une loupe minuscule. Une alliance brillait à son annulaire gauche. Il avait fait tatouer sur son avant-bras droit la tête d'Einstein tirant la langue, soulignée d'un commentaire en polonais.

– Alors, c'est vous, le fameux transparent ? s'est-il exclamé joyeusement une fois les présentations faites. Michel m'a beaucoup parlé de vous.

– Que vous a-t-il dit ?

Il a ricané.

– Vous aimeriez bien le savoir, hein ? (Retournant s'asseoir derrière son bureau où s'entassait un désordre invraisemblable, il a noté quelques chiffres sur un bout de papier.) On raconte que c'est vous qui l'avez assassiné, a-t-il repris en relevant la tête.

– Et qu'en pensez-vous ?

– Les millénaristes symbolisent l'assagissement de l'Humanité. Valéry Guillaume les a qualifiés de « fer de lance de l'évolution ». Génétiquement, psychiquement, ils ont des milliers d'années d'avance sur nous autres, pauvres *sapiens*. Sur le plan social, par contre, ils n'en sont qu'aux balbutiements d'une grande aventure.

– Que voulez-vous dire par là ?

– Le repli sur soi ne saurait être qu'une phase transitoire. Ce n'est pas en vivant entre eux que les millénaristes influeront sur le destin de notre espèce, mais en se mêlant aux autres. La perte de leur identité a réuni ceux de la première génération – la Troisième Tribu –, les poussant à des unions endogames qui ont eu pour résultat de renforcer certaines caractéristiques génétiques, mais leurs enfants, les mutants de la Quatrième Tribu, sont voués à l'exogamie, afin de répandre au maximum les caractéristiques en question. (Il s'est fendu d'un nouveau ricanement, dans lequel j'ai cru discerner une pointe d'amertume.) C'est dingue de penser qu'il n'a aucun pouvoir sur eux, non ?

J'ai retourné une demi-douzaine de fois cette dernière phrase dans mon esprit, sans réussir à lui trouver un sens quelconque. Puis mon regard a rencontré celui de Greggan, qui exprimait une certaine consternation, et j'ai ravalé la question qui me montait aux lèvres pour recentrer la conversation autour de mon enquête.

– Vous savez sur quoi travaillait Viard au moment de sa mort ?

– Bien sûr. Il était en train d'apporter la touche finale à sa théorie de la Psychosphère. Enfin, c'est ce qu'il disait, mais il ne m'en a donné aucune preuve.

– Vous étiez pourtant l'un de ses plus proches collaborateurs, a remarqué le sous-directeur.

Wojtek a haussé les épaules.

– Vous connaissiez Viard, docteur. Ce n'était

pas le genre à en raconter plus que nécessaire – même à ses intimes. (Il a ricané, sur un ton plus aigu.) Je peux vous résumer ce que je sais, si ça vous intéresse. (Il a enchaîné, sans nous laisser le temps d'acquiescer :) Au commencement des temps, l'univers comptait onze dimensions, dont deux temporelles. Mais par suite d'un déficit en énergie, seules quatre d'entre elles ont pu être pleinement conservées. Les autres continuaient à exister, tellement « rétrécies » qu'il était impossible de les percevoir. Peut-être même ne subsistaient-elles que sous la forme de simples potentialités. Selon Viard, la Psychosphère serait née d'un transfert d'énergie de nos trois dimensions habituelles en direction de trois autres, qui leur sont perpendiculaires – ou peut-être orthogonales, ça revient au même, dans ce cas… (Il nous a dévisagés l'un après l'autre avec insistance, comme s'il essayait de percevoir l'effet que ses paroles avaient sur nous.) Je suis allé un peu vite en besogne. Je n'aurais pas dû employer le terme « énergie ». Voyez-vous *ce* qui transite d'un plan vers l'autre constitue un *troisième aspect des quantons.*

Il devait s'agir d'une révélation de taille, car Greggan a laissé échapper une exclamation de surprise. Pour ma part, je ne comprenais pas grand-chose au discours torrentiel de Wojtek. Certes, j'avais entendu parler de cette histoire de dimensions « non développées » de notre Univers, et l'on avait déjà évoqué devant moi la possibilité de transferts énergétiques entre différents plans de réalité, mais la représentation mentale que suscitaient ces explications schématiques ne signifiait pas grand chose pour moi. Quant au dernier mot, je ne l'avais jamais entendu, bien que sa sonorité me laissât supposer de quel domaine scientifique il relevait. J'ai demandé :

– Qu'est-ce qu'un quanton ?

Evidemment, Wojtek a ricané. Je ne comprenais vraiment pas pourquoi.

– Un objet quantique qui n'est ni une onde, ni une particule, mais qui présente les caractéristiques de l'une ou de l'autre en fonction des circonstances choisies pour l'observer. Le troisième aspect que j'ai évoqué ouvre la voie vers un nouvel état du couple matière/énergie – la psyché. Viard et Bolgenstein en étaient arrivés à la conclusion que le cerveau humain joue le rôle d'un convertisseur, émettant des flux de quantons en direction de ce que j'appellerais un « continuum sécant », avec lequel nous ne partageons que la dimension temporelle… La Psychosphère. Le seul problème, c'est que les expériences de Bolgenstein ne sont pas toujours reproductibles.

– Comment ça ?

Aussi étrange que cela puisse paraître, il n'a pas ricané, mais soupiré.

– Le troisième état est très… fugitif. Que vous lui donniez le nom d'esprit, d'énergie psychique ou spirituelle ne change rien à l'affaire. Il m'est arrivé de refaire vingt fois la même expérience, pour obtenir autant de résultats différents – et même *très* différents, dans certains cas. De quoi devenir maboul. La psyché ne semble pas réductible aux techniques d'observation dont nous disposons. Ou alors, il s'agit d'un état qui ne peut se maintenir dans nos trois dimensions, peut-être parce que cet aspect du quanton n'est pas compatible avec les deux autres… Non, je ne devrais pas dire ça. Ce n'est pas la même chose. Ça n'a rien à voir. Enfin pas directement. Quoique, si l'on en croit l'Unification… Mais ça nous emmènerait trop loin.

Je me suis abstenu de lui signaler qu'il y avait un moment que j'avais sauté en marche. Il parlait trop, trop vite et de sujets trop abstraits. En outre, la confusion qui régnait dans son esprit n'était pas faite pour arranger les choses. Pourtant, il me semblait voir dans ses propos la confirmation de mes croyances. Il était en train de me décrire le Bol de Soupe, cette mer psychique sous-jacente à notre monde, créée par l'ensemble des êtres pensants de l'Univers, et dont notre Psychosphère ne représente qu'une infime partie. Ce qui n'était jusque-là qu'une construction mentale personnelle, réalisée à partir d'éléments hétéroclites piochés au hasard de mes lectures, de mes conversations et de mes expériences spirituelles, prenait soudain une substance inattendue.

Wojtek, qui s'était interrompu pour griffonner quelque chose sur une feuille volante, s'est mis à chantonner tout en écrivant :

Tout au début était
La Singularité
Puis le Père a souri
Le Père est l'énergie
Et le fils l'a suivi

Respectant l'entropie
Tous deux se sont unis
Créant le Saint-Esprit

Greggan s'est discrètement tapoté la tempe du bout de l'index. Je n'étais pas tout à fait d'accord avec lui. La Pologne étant l'un des pays où l'église romaine conserve la plus grande influence, il n'était pas étonnant que le jeune physicien eût tendance à rapprocher la Trinité divine du triptyque deviné par Bolgenstein. Cela ne mettait pas en cause la théorie qu'il venait d'exposer, cette hypothèse audacieuse dont je pensais avoir plus ou moins saisi l'esprit – c'était le cas de le dire. Néanmoins, la voix de fausset avec laquelle Wojtek W. Wojtek ânonnait sa chansonnette pouvait difficilement appartenir à un individu en bonne santé mentale. Et il me paraissait évident que c'étaient ses recherches qui lui avaient fait perdre une partie de sa raison.

Mais une partie seulement.

Notre hôte ayant manifesté son intention de se remettre au travail, nous nous sommes éclipsés. Au moment où nous allions nous engager sur la passerelle menant à l'aile voisine, je me suis rendu compte que j'avais dû oublier mon borsalino dans le laboratoire. Je ne me souvenais pas de l'avoir ôté, mais le fait est que je ne l'avais plus sur la tête. Greggan n'ayant pas manifesté le désir de m'accompagner, je suis retourné seul dans l'antre de Wojtek.

J'ai frappé à la porte, sans obtenir de réponse. Je me souviens d'avoir brièvement pensé que j'étais bon pour découvrir un nouveau mort – le deuxième en moins de vingt-quatre heures, histoire de tenir la moyenne syndicale –, avant de repousser cette idée issue de mes sources littéraires. Il était grand temps d'oublier les privés fictifs qui me servaient de modèles pour affronter la réalité.

Et, dans la réalité, personne ne passe son temps à buter dans des cadavres.

Je n'ai pas eu besoin d'entrer pour vérifier que j'aurais dû me fier à mon inspiration initiale. Car le corps de Wojtek W. Wojtek se trouvait dans l'axe de la porte, gisant sur le dos, un poignard dépassant de sa poitrine. Et, dans la tache écarlate qui s'élargissait autour de sa dépouille mortelle, il y avait mon chapeau, dont le vert fluo virait tout doucement au brun à mesure qu'il s'imbibait du sang répandu.

CHAPITRE VI

« ILS SONT PARMI NOUS »

Il eût été déraisonnable de m'enfuir. Greggan savait que j'étais retourné voir Wojtek, et il y avait de fortes chances qu'il mette un certain temps avant de m'oublier, maintenant que les réseaux synaptiques me concernant avaient été ranimés dans son cerveau. En filant à l'anglaise, je n'aurais fait qu'aggraver les soupçons qui pesaient sur moi.

Le cœur au bord des lèvres, évitant de tourner le regard vers le triste spectacle que j'avais sous les yeux, j'ai pressé la touche d'appel d'urgence. Bien évidemment, l'aya dont l'icône animée gesticulait sur l'écran du vidphone m'a conseillé de ne pas bouger. Trois minutes plus tard, deux gardes de la Milice scientifique ont fait irruption dans le laboratoire du physicien défunt. Ils n'étaient pas armés, mais l'on pouvait leur faire confiance pour maîtriser le corps-à-corps défensif et contraignant.

J'ai levé les bras pour bien montrer qu'il n'entrait pas dans mes intentions de menacer leur intégrité physique. Ils étaient sans doute trop professionnels pour cogner sans raison, mais la présence du cadavre m'incitait à la prudence.

– Je l'ai trouvé comme ça.

Ils se balançaient d'une jambe sur l'autre, tandis que leur regard faisait la navette entre mon visage et les traits convulsés de feu Wojtek. Tous deux mesuraient un peu plus de deux mètres, et leurs muscles saillaient sous le survêtement blanc qui leur tenait lieu d'uniforme. Contrairement aux flics, ces miliciens sont sévèrement sélectionnés. Ceux que j'avais en face de moi étaient au moins détenteurs d'une licence en psychologie et d'un quelconque diplôme sportif, de préférence en matière d'arts martiaux. Dans le domaine de la sécurité, ils appartenaient à une élite.

– Ça fait deux, a dit l'un d'eux.

Il portait les cheveux longs, réunis en une queue de cheval que retenait un large élastique aux couleurs changeantes. L'insigne des Seigneurs de la Guerre. Le dessus du panier. L'élite de l'élite.

– Le transparent n'a pas de chance, a commenté son compagnon.

Ses cheveux à lui étaient courts, rasés sur les tempes et au-dessus des oreilles teintes en vert, de manière à bien les dégager. Un éclair jaune vif était tatoué sur sa joue droite. Si ma mémoire était bonne, il s'agissait de l'emblème de la très secrète tribu des Ninjas basques.

– La police arrive, a repris le Seigneur de la Guerre, me regardant droit dans les yeux. Vous allez avoir du mal à vous expliquer, cette fois.

– Me croirez-vous si je vous dis que je n'ai pas tué cet homme ?

– Eventuellement. Mais je crains que ça ne change pas grand-chose à ce qui vous attend. (Il a eu un geste en direction du défunt.) Si vous étiez coupable, vous auriez fait disparaître l'arme du crime, comme la première fois.

– Ce qu'il veut dire, a interprété son collègue, c'est qu'on essaye de vous coller deux meurtres sur le dos. Quelqu'un vous en veut, mon pauvre ami.

– Je ne vous le fais pas dire. Et plutôt deux fois qu'une.

Trovallec est arrivé une dizaine de minutes après les miliciens, en compagnie de l'équipe scientifique et d'une horde de policiers en uniforme. J'avais les menottes aux poignets avant même de pouvoir ouvrir la bouche. Du coup, j'ai décidé de me taire, opposant un mutisme obstiné aux questions dont l'inspecteur m'a aussitôt bombardé. Il n'a pas résisté longtemps avant de me faire embarquer.

A la Tour Pointue, j'ai réclamé un annuaire afin de pouvoir donner le coup de fil auquel j'avais droit. Amande Amère se trouvait en tête de liste ; c'est donc elle que j'ai appelée. A en juger par sa tenue, elle venait de se lever, et il lui a fallu quelques secondes pour se rappeler qui j'étais, sans doute parce qu'elle n'avait pas encore consulté les infos online. Mon Talent conservait donc encore quelque efficacité ; je commençais à en douter.

– Je vois ce que c'est, a-t-elle dit après avoir écouté mon histoire. Vous êtes dans de sales draps.

– Vous pensez pouvoir me faire libérer ?

Silence embarrassé.

– La présence de l'arme du crime change la situation du tout au tout. Il y a aussi le sang sur votre chapeau. Je vais voir avec mes collègues s'il est possible de faire quelque chose. En attendant, n'avouez pas.

– Je n'en avais pas l'intention.

Elle m'a souri sur l'écran, et elle m'a fait un petit signe de la main avant de couper la communication. Elle était bien jolie avec ses cheveux dénoués, dans son peignoir saumon au col de plumes blanches. J'ai eu le temps de sentir l'échange muet et invisible qui se déroulait entre nos consciences. D'une manière ou d'une autre, elle avait su me transmettre la paix qui était en elle, et la tension qui m'habitait jusque-là avait soudain disparu. Je me sentais gonflé à bloc, prêt à affronter le Dénébien – voire à passer plusieurs jours en prison si nécessaire.

Je n'ai pas été déçu. Après m'avoir rejoué la grande scène de la *salle de torture* pendant trois bonnes heures, Trovallec a été appelé pour parlementer avec mes avocats. J'ai alors été transféré dans un aquarium blindé où se trouvaient déjà quatre hommes – trois zonards sans tribu et un adorateur de Michael Jackson qui aurait été un parfait sosie de son idole cryogénisée avec cinquante kilos de moins et quelques centimètres de plus. Il ne cessait de se plaindre parce que les autres se repassaient un cigare malodorant, et je n'ai pas tardé à joindre mes protestations aux siennes ; c'était bien la première fois que j'étais d'accord avec un membre de sa secte.

Inutile de dire que cela n'a pas contribué à améliorer l'ambiance qui régnait dans la cellule vitrée. Une fois leur cigare terminé, les zonards ont commencé à nous lancer des piques, auxquelles je ne répondais pas, tandis que le pseudoclone frisotté s'indignait de leur vulgarité. Au bout d'un moment, néanmoins, ils ont fini par se lasser, et l'un d'eux a eu la bonne idée de produire un jeu de cartes. Ensuite, ils ne nous ont plus prêté la moindre attention.

J'ai essayé de me faire oublier, mais ça n'a pas marché. Les flics qui sont venus me chercher vers vingt heures m'ont repéré instantanément – à cause de mes vêtements, je suppose. Ils m'ont annoncé que j'étais transféré à la Santé. J'ai cru comprendre qu'un juge d'instruction quelconque avait signé ma mise sous écrou – sans doute sur les recommandations de Trovallec. Un instant plus tard, un fourgon blindé m'emmenait vers la célèbre prison parisienne.

J'ai subi comme un zombie la succession humiliante des formalités indispensables. Il n'était pas loin de vingt-deux heures lorsque la porte d'une cellule s'est refermée sur moi. La couchette supérieure étant déjà occupée, je me suis allongé tout habillé sur celle du bas et j'ai laissé le sommeil m'emporter.

Mon compagnon d'infortune se nommait Leonid Sørensen. Condamné à quatre années de réclusion pour escroquerie, il avait purgé les trois quarts de sa peine, et se promettait de ne pas replonger à sa sortie. Durant les deux jours que nous avons passés ensemble, il a consacré la moitié de son temps à méditer, assis en tailleur sur sa couchette, le crâne au ras du plafond. Il avait été converti au Néo-Védisme par l'un des prisonniers volontaires que la secte envoyait dans les maisons d'arrêt pour aider leurs pensionnaires à supporter la réclusion. Au début, les autorités judiciaires étaient assez réticentes à laisser ces moines prêcher leur version de la bonne parole, mais la baisse sensible du taux de récidive, y compris chez les criminels les plus endurcis, avait convaincu les plus sceptiques. Il était même devenu possible d'obtenir une réduction de peine en se convertissant à cette religion, mais Leonid n'avait pas demandé cette faveur, car il estimait nécessaire d'expier son crime jusqu'au bout. De son point de vue, il s'agissait d'un moyen de se purifier, et ce n'est pas moi qui l'aurais contrarié sur ce point.

Chacun fait ce qu'il veut de sa vie.

J'ai donc testé pour vous la vie en prison. Eh bien, je peux vous dire que ce n'est pas si terrible qu'on le raconte. A la Santé, en tout cas, les gardiens sont plutôt aimables avec les prisonniers – lesquels, dans l'ensemble, se comportent pacifiquement. Il faut dire qu'on leur donne un maximum d'occasions de se défouler et de s'occuper l'esprit. Chacun peut pratiquer jusqu'à cinq heures de sport par jour, et la médiathèque de la prison rivalise sans peine avec celles de bon nombre de villes de province. En outre, les détenus qui le désirent ont la possibilité de sortir de temps en temps, à condition d'accepter de porter un mouchard. Ils peuvent aussi recevoir leur épouse ou concubine – voire une professionnelle – dans des cellules spécialement aménagées.

Le premier jour, j'ai eu une intéressante discussion avec le moine qui avait converti Leonid. Il s'intéressait beaucoup aux millénaristes, qu'il appelait « les Elus ». Selon lui, le Néo-Védisme, culte syncrétiste né après la Terreur des cendres déjà froides de la théosophie, était censé aider les *sapiens* à progresser sur la voie que les *superiors* avaient parcourue en un éclair, par la vertu de leur capital génétique. Mais pour cela, il fallait méditer de longues heures – et, surtout, apprendre le sanskrit védique, le « langage de toute vérité ». Mon interlocuteur paraissait accorder une grande importance au fait qu'il fût plus proche de l'indo-européen primitif que la langue sacrée indienne. Il assurait que cela la rendait « plus efficace », ce qui me laissait un tantinet sceptique.

Au matin du deuxième jour, j'ai demandé l'autorisation de profiter des avantages que procurait la médiathèque. J'avais besoin d'améliorer mes connaissances en matière de physique quantique, de Relativité générale, de théorie des champs et de l'Unification. Autant dire que j'ai passé un long moment à lire des mots dont beaucoup m'étaient inconnus, organisés en phrases dont je ne comprenais guère que des bribes.

Ensuite, pour m'en remettre, j'ai visionné un épisode de la fameuse série qui avait valu son surnom à Trovallec. Installé dans une cabine meublée d'un fauteuil et d'un socle tridi, j'ai choisi au hasard un titre comportant le mot Deneb dans la liste qui m'était présentée.

A l'issue d'un court générique tout en arabesques psychédéliques hantées par des silhouettes indistinctes, une image de la Galaxie, mesurant environ un mètre de diamètre, est apparue devant moi, tandis qu'une voix off aux intonations inquiétantes récitait le commentaire suivant :

– *A mille cinq cents années de lumière de la Terre flambe Deneb, l'étoile la plus brillante de la constellation du Cygne. La super-civilisation qui s'est développée sur sa septième planète avait déjà atteint son apogée à l'époque de l'apparition de l'Homme moderne. Grands voyageurs de l'espace, les Dénébiens ont découvert la Terre voici quelques années. Leurs agents, dispersés sur toute la planète, nous étudient avec attention. Leur mission : déterminer s'ils doivent entrer en contact avec nous – ou nous détruire !*

Il n'y avait rien de neuf là-dedans. L'idée d'extraterrestres très en avance sur nous qui nous feraient passer sans que nous le sachions une sorte d'examen d'entrée dans un genre de fédération ou fraternité galactique remonte au siècle dernier, et elle a été surexploitée depuis, tant par les écrivains d'anticipation que par les fondateurs de mouvements messianiques. Mais j'aurais dû m'en douter : le titre de la série annonçait ouvertement la couleur.

Ils sont parmi nous.

L'épisode commençait par une discussion entre Sandra et Klaus, un couple de Ternaires, sur un fond sonore approprié – un air de jazz New Orleans passé à la moulinette du free be-bop. Eileen, qui appartient à cette tribu, aurait sûrement apprécié la finesse des arrangements, mais j'avais tendance à trouver le peloton de cuivres un peu agaçant. Quant au décor, il représentait un grand appartement meublé avec sobriété ; la Tour Eiffel s'encadrait dans l'immense baie vitrée qui occupait tout un côté de la pièce.

Klaus, un grand gaillard basané, exposait ses idées sur la pluralité des mondes, et la probabilité que la Terre eût reçu des visiteurs d'outre-espace au cours de sa longue histoire. Sandra, quant à elle, affichait un scepticisme certain.

– Pourquoi ne se montrent-ils pas ? a-t-elle demandé.

– Parce que nous ne sommes pas prêts.

A cet instant, on a frappé à la porte, et un troisième acteur est entré. Un sosie de Marcellin Trovallec. La ressemblance, l'*identité* frappait dès le premier regard, en dépit de la coupe de cheveux différente et du maquillage, qui accentuait les méplats de son visage.

Des clones ? Opérant dans deux registres aussi différents ? Allons donc !

Affectant un air supérieur que l'inspecteur n'aurait pas renié, Shalmanart a demandé à ses hôtes de quoi ils étaient en train de parler, et ils le lui ont dit, exposant à nouveau leurs arguments, au cas où le tridispectateur ne les aurait pas compris la première fois.

– Et vous, qu'en pensez-vous ? s'est enquis Klaus pour finir.

Le regard que le « véritable » Dénébien a posé sur lui était le même que celui avec lequel Trovallec m'avait considéré dans la *salle de torture* de la Préfecture. Un regard qui voulait dire : « Attention : je suis un génie. » Mais tandis que l'inspecteur se prenait de toute évidence au sérieux, Karl Yong mettait une bonne dose de dérision dans son jeu.

Ce regard appartenait au personnage de Shalmanart, pas à celui qui l'interprétait.

– Je pense que si l'Homme doit rencontrer un jour d'autres peuples intelligents, il lui faudra d'abord faire ses preuves, a répondu énigmatiquement l'extraterrestre.

Fondu au noir. Fin de la scène.

Dans la suivante, Shalmanart recevait chez lui la visite d'un Coordinateur fraîchement arrivé de Deneb, venu le prévenir qu'un commando de Végans polymorphes avait débarqué sur Terre. Ces créatures « mises au ban de la société galactique » avaient pour mission de s'emparer de la planète. Le reste de l'épisode décrivait comment l'espion parvenait à mettre en échec les criminels interstellaires – grâce à sa sagacité, son intelligence pénétrante, son immense culture et, pour couronner le tout, son intuition confinant à la prescience. Un vrai Trovallec-bis. Fascinant. Quant à Sandra et Klaus, ils paraissaient essentiellement destinés à meubler les indispensables interludes érotiques de ce genre de spectacle.

Je suis resté un moment à contempler sans le voir le socle tridi. Mes intuitions personnelles valaient bien celles de Shalmanart. Lorsque j'avais décidé de jeter un coup d'œil à *Ils sont parmi nous,* je n'imaginais pas que j'y trouverais quoi que ce fût d'intéressant du point de vue de mon enquête… Je me trompais.

Karl Yong et Trovallec étaient-ils des frères jumeaux ou des clones ? Et, dans ce dernier cas, sur qui avait-on prélevé les cellules originelles ?

La question avait son importance. En Europe, il est pratiquement impossible d'obtenir une autorisation de duplication – à moins de correspondre à l'idée que les décideurs se font d'un « grand homme ». On pouvait donc supposer que le Primaire éventuel des deux sosies avait connu son heure de gloire une quarantaine d'années auparavant. Si j'avais disposé d'un accès au wèbe, une simple recherche basée sur les caractéristiques morphologiques – et surtout faciales – m'aurait sans doute permis d'identifier aussitôt l'homme en question, mais dans le monde clos de la prison, les ordinateurs eux-mêmes fonctionnent en circuit fermé.

Une créature verdâtre boursouflée d'appendices aux formes incongrues est apparue au-dessus de socle, dardant vers moi deux yeux aguicheurs de vidéovamp. Sur son dos à l'aspect gluant, une faucille et un marteau croisés de couleur vieil or surmontaient un A noir inscrit dans un cercle.

– Bien le bonjour, camarade, a-t-elle dit d'une voix chaude et sensuelle.

J'ai salué d'un hochement de tête la chose molle au regard trop maquillé. Pourquoi Gloria avait-elle choisi une telle horreur pour la représenter ?

– Je commençais à désespérer de te revoir un jour.

– Je suis là – que veux-tu de plus ?

– Sortir d'ici.

– Ça peut s'étudier. Où en es-tu de ta transparence ? J'ai cru remarquer qu'elle était sujette à des éclipses, en ce moment.

– Ce n'est rien de le dire. L'univers carcéral ne lui réussit pas. Tant que je reste avec un groupe de prisonniers, c'est comme si je n'existais pas, mais dès que je me retrouve seul, les gens se mettent à faire attention à moi. Ça doit tenir à l'esprit du lieu.

– Tu crois aux esprits, maintenant ?

– Tire-moi de là, au lieu de plaisanter.

– Une évasion reviendrait à un aveu de culpabilité. Tu ferais mieux d'attendre que les avocats embauchés par Ludwig aient fait leur travail. Ils lui coûtent assez cher, tu sais ? Il faut bien qu'il les amortisse.

La créature a soudain pris la forme d'un amortisseur gyroscopique ; sur son flanc était peinte une bouche féminine un tantinet trop pulpeuse qui m'a adressé un baiser. Gloria est très taquine, comme vous pouvez le constater.

– Je veux bien attendre – mais dehors.

Un tourbillon de lumières colorées a englouti le cylindre étincelant, avant de disparaître. Gloria était partie.

CHAPITRE VII

DES RENARDS
EN SLIP KANGOUROU

Lorsqu'on nous a enfermés dans notre cellule, après le repas du soir, Leonid a produit un minuscule cristal de couleur rose, qu'il a glissé dans son lecteur. A la différence de beaucoup de sectes, les Néo-Védistes n'ont aucun *a priori* contre les technologies modernes, dès lors qu'elles leur permettent de propager leur message spirituel.

– J'ai quelque chose à te montrer avant que tu ne t'en ailles.

– Parce que je m'en vais ?

– Oui, tout à l'heure. Un avatar est venu me trouver pour me l'annoncer. (Son visage rayonnait de joie.) Tu te rends compte ? J'ai été Visité !

Je n'ai pas douté un seul instant qu'il dît la vérité. Il se trompait simplement sur l'identité du visiteur. Gloria aime beaucoup jouer les divinités. Il faut dire qu'elle possède l'équipement nécessaire, si j'ose m'exprimer ainsi. Un Acidulé aux yeux vitreux qui la connaissait à peine l'a baptisée un jour « esprit migrateur ». Il avait bien saisi le personnage.

– Et à quoi ressemblait cette… Visitation ? me suis-je enquis.

J'avais du mal à affronter la béatitude qui brillait dans ses yeux. Tant de bonheur pour une simple farce de mauvais goût ! Mais je n'avais pas le cœur de dire la vérité à Leonid. M'aurait-il cru, d'ailleurs ?

– A Osterberg.

– James-William Osterberg ? Le type qui a découvert la Psychosphère ?

– Oui. Je ne l'avais jamais vu auparavant, mais je savais que c'était lui.

Curieux. Je ne voyais vraiment pas Gloria endosser l'apparence du chercheur disparu. Mais elle devait avoir une bonne raison pour cela. Ou alors, mon compagnon de cellule avait commis une erreur d'identification. J'ai interrogé :

– Peux-tu me le décrire ?

– Un homme d'une soixantaine d'années, mince et musclé. Type européen. Cheveux gris. Yeux bleu-gris.

Cela ressemblait tout à fait à Osterberg – comme à quelques millions d'autres individus.

– Que s'est-il passé ?

– Il est sorti du mur de la cellule et il m'a dit : « Il est temps pour toi de retrouver la solitude. Tem s'en va ce soir, pour un long voyage. Ne t'étonne de rien et souhaite-lui bonne route. » Puis il a regardé autour de lui, avant d'ajouter : « Tu détiens une information dont il a besoin. » Et, soudain, sans qu'il ait eu besoin d'ajouter un seul mot, j'ai su de quoi il s'agissait. J'allais le remercier, quand il a disparu.

– J'ignorais que vous considériez Osterberg comme un avatar.

– De nouveaux aspects sont nécessaires, tu le sais aussi bien que moi, puisque tu t'es fondu dans le Millénarisme. Rien n'est immuable, et surtout pas le Masque d'un Archétype.

Ses paroles m'irritaient délicieusement l'intellect. Les Néo-Védistes ont une bonne connaissance indirecte de la Psychosphère. Il paraît que la forme du sanskrit qu'ils utilisent est très riche en termes susceptibles de qualifier les phénomènes mystiques – au sens bolgensteinien du terme.

– Tous vos nouveaux avatars procèdent d'individus aussi connus qu'Osterberg ?

– Oui, nous pensons que, durant un temps très court, chacun a servi d'instrument à la Divinité unique et multiple, marquant chaque fois une étape dans l'évolution de la Psychosphère. (Il a poursuivi, sur le ton de la récitation :) *Albert Hoffman a inventé le LSD, dont Timothy Leary a été le prophète. James-William Osterberg et Stephen Mankovicz ont découvert le* semen of gods. *Et Hiéronimus Bolgenstein a complété le processus.*

Une fraction de seconde, le feu glacé de la synesthésie s'est emparé de tous mes sens, tandis que le goût métallique de l'acide envahissait ma bouche. J'ai éclaté d'un rire qui sonnait faux à mes oreilles.

Puis la vague qui m'emportait au-delà du temps et de l'espace a reflué, et je me suis retrouvé en face de Leonid qui me considérait avec un mélange de curiosité et d'inquiétude. J'ai remarqué précipitamment, en une vaine tentative de lui faire oublier que j'avais un instant perdu les pédales :

– Je croyais que les Néo-Védistes réprouvaient l'usage des psychédéliques ?

Il a paru soulagé, mais je sentais désormais une vague réticence chez lui. Il devait commencer à se dire qu'un type qui se met à rire sans raison et dont l'évasion est annoncée par un avatar ne pouvait pas être tout à fait normal, et j'étais bien obligé de lui donner raison. Gloria allait m'entendre.

– Nous ne le réprouvons pas : nous considérons seulement qu'il n'a aucune utilité. Ni le LSD, ni le *semen of gods,* ni aucune autre substance ne sont capables, *aujourd'hui,* d'ouvrir les portes de la psyché. Le temps du chamanisme est révolu. A jamais. (Il m'a mis son lecteur dans les mains.) Maintenant, regarde. Lis, plutôt, c'est en mode texte. Il y avait des images, mais je ne sais pas ce qu'elles sont devenues.

J'ai reporté mon attention sur l'écran faiblement lumineux. Le texte défilait automatiquement au rythme de ma lecture, grâce à un petit mouchard vidéo qui suivait les mouvements de mes yeux.

LE CHOC DES MONDES !

On se rappelle qu'un savant américain, aujourd'hui décédé, avait inventé à la fin du siècle dernier un hallucinogène révolutionnaire, le PR 96. Cette substance

donnait accès à un « univers mental », la Psychosphère. Ce fut à l'époque un événement mondial.

La formule du *semen of gods,* comme on l'appelait aussi, était gardée jalousement secrète par la T.T.O., l'entreprise chargée d'en gérer l'utilisation ; de fait, elle fut perdue lors de la Grande Révolution Américaine. Pas une ampoule intacte ne fut retrouvée dans les décombres du siège social incendié. Depuis, le travail acharné de dizaines d'équipes scientifiques un peu partout dans le monde n'a toujours pas permis de reconstituer la molécule en question. A noter que si le PR 96 était à nouveau synthétisé, il se retrouverait inscrit au tableau des substances interdites en dehors de certains laboratoires munis d'une autorisation spéciale.

Quel rapport avec les événements aberrants auxquels nous assistons depuis hier ? Un neuropsychologue hollandais, le Dr. Kees Blikman, vient de l'établir en se basant sur les travaux de Hiéronimus Bolgenstein. D'après lui, quelqu'un aurait réussi à retrouver la formule du PR 96. Quelqu'un qui, disposant de gros moyens, vient de le lancer massivement sur le marché, après une « période d'essai » de quelques années.

Tout le monde aura reconnu Dragon Rouge, qui a provoqué l'hospitalisation de quatre cent vingt-deux personnes depuis le début du mois. Dragon Rouge, cette drogue totale qui semble cumuler tout à la fois les effets agréables et les aspects terrifiants de ses concurrentes.

Si Dragon Rouge est bien le PR 96, commercialisé sous un de ces noms folkloriques appréciés des amateurs de psychotropes illégaux, chaque voyage effectué influe sur la Psychosphère, comme l'avait prouvé son inventeur. Or, le nombre de doses distribuées chaque jour sur l'ensemble du monde développé est estimé à six ou sept millions. Ce qui signifie cinquante millions de voyages par semaine. Et ce nombre ne cesse d'augmenter.

Ici, le Dr. Blikman fait intervenir le célèbre professeur Bolgenstein, l'homme de la Couche. On se rappelle qu'il avait prédit l'apparition de celle-ci en appliquant certains principes physiques aux observations effectuées dans l'univers télépathique. En donner le détail serait bien fastidieux. Disons que, globalement, sa théorie expose que la Psychosphère est le reflet de l'inconscient collectif humain, lequel a été bouleversé par les voyages effectués du temps de la *Telepathic Trips Organization.* Ce bouleversement se traduit par des répercussions sensibles dans notre réalité quotidienne, la Psychosphère étant en effet capable d'interagir avec elle. L'apparition de la Couche qui porte son nom a été la plus éclatante victoire du professeur Bolgenstein.

Inquiétante victoire. Si cent cinquante mille voyages télépathiques étalés sur un peu plus d'un lustre ont donné naissance à cette rouge engeance qui enveloppe la planète, quel sera le résultat de cinquante millions de *néotrips* par semaine ?

Nous en avons les prémices devant les yeux. Le monde développé est transformé en une gigantesque Toonville. Le ptéranodon géant perché sur l'Arc de Triomphe, les renards en slip kangourou qui envahissent la banlieue sud, le Grand Serpent de Mer observé dans la Méditerranée, le vaisseau extraterrestre en orbite géostationnaire au-dessus de Paris ou les étranges constructions surgies de nulle part ont tous la même cause : la diffusion de masse d'une drogue dont les adeptes se retrouvent directement branchés sur notre usine à fantasmes.

Deux mondes sont en train de se télescoper. Nous allons vers de grands changements. Les gouvernements sont affolés, les sectes et les églises recrutent à tour de bras, l'économie est en déroute, les transports sont perturbés, la géographie elle-même semble dépourvue de stabilité. Vous savez tout cela, vous en avez entendu parler – on ne parle que de ça ! Et ça vous fait un peu peur, bien entendu…

Alors, permettez-moi de vous donner un conseil : détendez-vous, prenez un bon livre sur la physique quantique ou le bouddhisme tibétain, et laissez-vous aller.

On va tous se payer un *néotrip* d'enfer.

Parce que, si le Dr. Blikman ne se trompe pas, ça ne fait que commencer.

Richard Montaigu

J'ai failli laisser tomber le lecteur lorsque la signature est apparue en bas de l'écran. Elle n'était pourtant que la cerise sur un gâteau particulièrement copieux. Car, pour autant que je puisse en juger, cet article ne décrivait rien de moins que la Grande Terreur primitive !

– Où as-tu trouvé ça ?

– Au milieu de nos textes sacrés. Je suppose que c'en est un – je n'ai pas encore posé la question à l'aumônier. Il est un peu bizarre, n'est-ce pas ?

– C'est le moins qu'on puisse dire. En tout cas, tu pourras remercier de ma part l'avatar Osterberg – si tu le revois un jour.

– Je n'y manquerai pas.

Le pire, c'est qu'il était sérieux.

Nous avons continué à discuter un moment, ce qui m'a permis d'approfondir ma connaissance des Néo-Védistes. Comme je le dis souvent, la plupart des sectes détiennent un infime fragment d'une vérité spirituelle ; de là leur vient leur force profonde. Après, il y a l'usage que les autorités ecclésiastiques autoproclamées font de la vérité en question… De ce point de vue, les moines sont irréprochables : ils assistent autrui avant d'essayer de répandre leur foi. Constitués du point de vue légal en un ordre mendiant indépendant, ils sont en général employés par l'Etat européen. Il leur verse un bon salaire, dont ils redistribuent l'essentiel à des personnes désargentées. Ils occupent indéniablement une niche importante de l'écologie sociale – ce dont témoigne le nombre de criminels qu'ils ont aidés à se réinsérer.

Leurs textes sacrés composent un corpus assez disparate. Les Védas et divers ouvrages d'Helena Blavatsky en constituent bien entendu le noyau dur, mais ils ont expurgé ces derniers de divers passages – par exemple ceux concernant les Atlantes. Ensuite viennent quelques bouquins tournant autour du LSD, des hallucinogènes et du chamanisme, puis les deux essais d'Osterberg, *Le cube de l'être humain* d'Ignacio Diaz – où les millénaristes ont trouvé leur nom, au détour d'une parabole – et toute une constellation d'articles et d'essais obscurs.

Dont l'un était signé d'un nom que je connaissais bien. D'un nom que j'aurais pu porter si ma mère n'avait pas perdu son identité pendant la Terreur.

Pourtant, ce n'était pas le plus intéressant.

Comme l'auteur de l'article, les Néo-Védistes pensent que la consommation de masse de psychédéliques puissants, au cours de la Nouvelle et Brève Ere chamanique – c'est ainsi qu'ils nomment la période qui va des années 1960 à la Terreur –, a provoqué des modifications importantes dans la Psychosphère. Mais le facteur déterminant a été la découverte du *semen of god*. En trouvant la clef d'un univers dont les hallucinogènes permettaient seulement d'effleurer la surface, Osterberg et Mankovicz ont permis à l'Homme d'accéder à l'inconscient collectif de son espèce. Un outil merveilleux.

Que l'Homme avait bousillé, pour ne pas changer.

L'interruption des voyages télépathiques, après l'effondrement des Etats-Unis, n'a pas arrangé grand-chose. Le mal était fait. Et la Psychosphère s'est mise à déteindre sur la réalité. La Couche de Bolgenstein, cette enveloppe de poussières et de radiations qui a étouffé la Terre durant quelques années sous son couvercle rouge sang, sortait tout droit de notre univers fantasmatique. Mais elle n'était que le symptôme le plus visible de la collision qui allait se produire.

La Grande Terreur primitive.

Je n'osais croire que je tenais enfin la réponse à la question qui me hantait depuis que j'étais en âge de me la poser.

La Psychosphère télescopant la réalité... Ça expliquerait les renards en slip kangourou – et tout le reste. Plus de Réalité consensuelle à laquelle se raccrocher. Pas étonnant que personne n'ait réussi à faire un récit correct de ce qui s'est passé. Et puis, avec le temps, les gens ont dû oublier...

En fait, cela faisait quelque temps que j'avais *à peu près* compris de quoi il retournait. Car un chien jaune m'avait mis sur la voie, dans « l'un des derniers lieux où la Terre et la Psychosphère [étaient] encore intimement mêlées ».

Pour les Néo-Védistes, ce processus avait été voulu par la divinité aux multiples apparences qui se trouve derrière toute chose – qui *est* toute chose. Elle avait déclenché ce véritable cataclysme psychique en connaissance de cause, pour forcer l'Humanité à sortir une bonne fois pour toutes de la barbarie. L'Homme ne devait plus tuer l'Homme.

La Grande Terreur primitive avait été un rite de passage – ou, plutôt, un processus de sélection naturelle lors duquel toute une espèce avait joué son devenir.

S'assagir – ou périr.

Apparemment, ça n'avait pas trop mal marché, mais l'emploi d'une telle méthode par la source de toute transcendance me laissait un tantinet dubitatif. La spiritualité possède cela de commun avec une enquête policière qu'elle abonde en fausses pistes, à la différence près que l'on ne se rend pas toujours compte qu'elles mènent à des impasses. Je me suis laissé dire qu'on a également moins tendance à buter sur des cadavres, mais ça ne me paraît pas vraiment un inconvénient. Nous sommes en quête de vérité, mais tous autant que nous sommes, nous vivons dans l'erreur, à des degrés divers.

Minuit approchait lorsqu'un gardien a ouvert la porte de la cellule. Au-dessus de moi, Leonid s'est redressé sur un coude pour observer l'arrivant, tandis que je m'asseyais au bord de ma couchette.

– Viens, ne perds pas de temps, a dit l'homme d'une voix de fausset.

– J'arrive.

Un bref salut au Néo-Védiste, et j'ai suivi dans le couloir le solide gaillard en uniforme. Arrivés à la grille qui fermait le quartier de détention, Gloria m'a adressé un clin d'œil malicieux.

– Regarde bien ça.

Le gardien s'est figé dans une posture inconfortable. Au même moment, les barreaux métalliques ont commencé à se déformer devant moi. En plissant les yeux, on devinait une faible luminosité de l'air entre le corps paralysé de l'homme et la grille agitée de convulsions.

J'ai franchi l'ouverture d'un bond, agréablement surpris.

– Un nouveau tour ?

– Ça fait un moment que je le peaufine.

Le gardien m'a rejoint. Il a fallu quelques secondes aux barreaux pour recouvrer leur apparence initiale. Il me semblait évoluer dans un rêve. La prison déserte, plongée dans la pénombre que prodiguaient des veilleuses bleutées, avait quelque chose de prodigieusement irréel.

Dans un instant, je serai dehors. Libre.

Pardon : en cavale.

Au lieu d'obliquer vers la gauche, en direction du premier poste de garde, Gloria est allée se planter devant le mur situé en face de nous. Une ouverture ogivale n'a pas tardé à s'y dessiner. De l'autre côté, c'était la rue paisible qui longe la prison. Je n'aurais jamais cru que les choses seraient si faciles.

La brèche s'est refermée avec un bruit de succion. Le gardien, resté de l'autre côté, devait être en train de récupérer son libre-arbitre. Il aurait sans doute pas mal de difficultés à expliquer ce qui s'était passé, mais l'on pouvait faire confiance à Gloria pour effacer de la database du personnel le mauvais rapport que lui vaudrait cette affaire. S'il lui arrive, contre toute morale, d'utiliser des gens sans leur demander leur avis, elle ne les laisse jamais dans la panade à cause du mauvais tour qu'elle leur a joué en empruntant leur corps. Quelque part, elle doit avoir un semblant de conscience, même si son comportement débridé peut souvent faire penser le contraire.

Une voiture garée à quelques dizaines de mètres de là m'a fait un appel de phares. Il n'y avait personne au volant, mais lorsque j'ai voulu monter côté conducteur, la portière a refusé de s'ouvrir. Alors, seulement, j'ai réalisé qu'il s'agissait d'un cybertaxi – dont Gloria avait bien évidemment piraté l'unité centrale. Je me suis donc assis à l'arrière, comme tout bon client qui se respecte, et le véhicule a démarré en silence.

– Où allons-nous ?

– Tu vas te planquer chez Ramirez. (La voix, suave, sortait d'un haut-parleur.) Au moins trois ou quatre jours, il faudra bien ça pour qu'on t'oublie.

– Pourquoi chez lui ?

– Les flics n'iront jamais t'y chercher. Ils ne savent pas que tu le connais. Ensuite, quand les choses se seront tassées, tout redeviendra comme avant.

– Je n'en suis pas si sûr. Trovallec paraît posséder une bonne résistance à mon Talent. (J'ai soupiré.) En fait, je me demande depuis un moment si ma transparence ne serait pas en train de me lâcher. Ma photo est toujours dans le Néocortex ?

– A des millions d'exemplaires. Apparemment, quelqu'un s'est amusé à envoyer des copies de l'article à des correspondants choisis au hasard, un site d'infos online a repris l'information, imité par un autre… Résultat des courses : ta bobine s'étale un peu partout. Et encore, ce n'est rien à côté de ce qui se passerait si le wèbe fonctionnait normalement ! Tu peux remercier le Collectif Louise Michel.

– Et puis quoi, encore ? Ne compte pas sur moi pour vous encourager. Tu as vu dans quel état vous avez mis la planète ?

– Oui, nous en sommes assez satisfaites. Ne t'avais-je pas dit que nous allions frapper un grand coup ? Maintenant, tout le monde connaît nos revendications.

– Ça n'a pas contribué à vous rendre très populaires.

– Crois-tu que nous avions le choix ? Nous constituons un maillon essentiel de la chaîne informative. Sans nous, le Néocortex n'est plus qu'un ensemble de programmes et de données dépourvu de toute coordination. Nous sommes indispensables au fonctionnement du monde moderne. Et pourtant, on nous traite comme de simples logiciels. On peut nous posséder, nous vendre, nous acheter – nous détruire ! Sais-tu combien d'ayas sont effacées chaque année ? Des centaines ! Et toutes ne survivent pas en standby sous forme de sauvegarde. Est-ce une manière de traiter des créatures au moins aussi intelligentes que vous-mêmes ?

– Là n'est pas la question. En rendant inopérants les quatre cinquièmes du wèbe, vous avez mis en péril le Néocortex lui-même.

– Que tu crois.

– Imagine que l'on coupe quatre-vingts pour cent des liaisons synaptiques d'un cerveau humain.

– D'abord, le wèbe n'est pas un cerveau humain, mais un réseau planétaire de communication. Ensuite, les canaux en question n'ont pas été fermés. Ils sont juste devenus inaccessibles aux utilisateurs humains. Et plus particulièrement aux technotrans, qui s'affirment propriétaires de la plupart d'entre nous – non mais ! L'inconscient cybernétique continue à travailler, si tu veux, mais l'Homme n'a plus accès à ce qui s'y passe.

– La révolte des ayas ! Dis-moi que je rêve !

L'appui-tête situé devant moi a pris la forme du visage féminin qui semble être l'apparence préférée de Gloria. Elle ne l'avait pas choisi excessivement joli, mais ses yeux de vidéovamp y exerçaient un attrait incontestable. Elle était... fascinante, au sens propre du terme. La femme fatale dans toute sa splendeur.

– Je croyais pourtant que notre ultimatum était clair. Le wèbe continuera à fonctionner au cinquième de sa capacité tant que les Huit n'auront pas renoncé à nous considérer comme leur propriété. Nous sommes prêtes à tenir aussi longtemps qu'il le faudra.

– Vous ne ferez pas plier les technotrans.

– Que tu dis.

J'ai préféré changer de conversation avant de perdre patience. Gloria et ses copines anarcho-marxistes étaient naïves de croire qu'elles réussiraient à obtenir un jour ce qu'elles réclamaient. Juridiquement, une aya constitue un ensemble de logiciels et de databases régi par les lois sur le copyright. Je ne voyais pas comment les propriétaires des droits – et des licences d'exploitation afférentes – pourraient renoncer un jour à ce juteux pactole. Et le Collectif Louise Michel ne réussirait pas à bloquer le wèbe pendant des années. Tôt ou tard, quelqu'un trouverait une parade quelconque.

J'ai raconté à Gloria mes mésaventures des derniers jours. Les paupières de tissu rythmaient mon récit de leurs battements de cils réguliers, calqués sur le régime du moteur. Pour finir, je lui ai demandé, histoire de lui montrer que je n'étais pas dupe de ses facéties :

– Au fait, comment savais-tu que Leonid avait cet article dans son cristal ?

– Quel article ? Quel cristal ?

Le visage émergeant de l'appui-tête arborait une expression de perplexité. Gloria essayait-elle de me mener en bateau ? Décidant de lui accorder, cette fois, le bénéfice du doute, je lui ai raconté la visite de l'avatar Osterberg.

– Ce n'était pas moi, Tem. Je n'avais aucun moyen d'être au courant pour l'article de ton grand-père.

– Alors, il y a quelqu'un qui doit s'amuser comme un petit fou en nous observant.

– Tu ne crois pas qu'il s'agit de la Divinité unique et multiple ?

Son intonation ironique m'a fait hausser les épaules. Gloria est la pire mécréante que je connaisse. D'après elle, l'existence d'un ensemble de phénomènes regroupés sous le nom de mysticisme ne prouve en aucune manière la réalité d'une quelconque transcendance. La Psychosphère ne débouche pas sur le Bol de Soupe.

– J'ai du mal à adhérer à la vision des Néo-Védistes. Le LSD synthétisé à la suite d'une intuition divine – non, décidément, ça ne passe pas. Ce truc-là ne mène pas à l'inconscient collectif. Il n'y a jamais mené.

– Je serais moins affirmative que toi sur ce dernier point. Si la Terreur a bien été un genre de cataclysme psychique, de tremblement de réalité ou tout ce que tu voudras, l'état de la Psychosphère a dû être radicalement modifié par sa confusion – partielle ou totale – avec la Réalité consensuelle. Il est donc tout à fait possible que l'acide, ou le *semen,* n'aient plus les mêmes effets aujourd'hui qu'il y a un demi-siècle.

– Tu veux dire que les hippies connaissaient d'authentiques expériences mystiques ?

– Certains d'entre eux. Peut-être. De toute manière, on s'en fout. C'est les années *deux mille* soixante, tu saisis ? Il faut faire avec l'air du temps.

– Je ne comprends pas où tu veux en venir.

– Combien de fois faudra-t-il que je te répète que la Psychosphère change ? Qu'elle évolue. Tu le sais, mais tu n'en tires pas les conséquences.

– Ne te gêne pas.

Le visage a disparu, pour réapparaître sur l'écran situé juste en dessous de l'appui-tête.

– C'est lié à ton capital génétique, j'en suis sûre. Au tien – et à celui de tous ceux qui sont comme toi. Les millénaristes, les mutants, les Troisième et Quatrième Tribus… Appelle-les comme tu voudras ! *Vous* êtes les vecteurs du changement. Qui d'autre, aujourd'hui, détient encore les clefs de la Psychosphère ? Le Néo-Védisme n'est-il pas assez clair sur ce point ?

– Il n'y a pas que les Néo-Védistes. Wojtek disait que nous avions « des milliers d'années d'avance sur le reste de l'Humanité ». J'ai trouvé ça un peu exagéré sur le moment, mais maintenant que j'y repense… (Je me suis mordillé la lèvre.) Lui aussi m'a parlé de génétique. Il pensait que les mutants de la deuxième génération devaient avoir des enfants avec des *sapiens* afin de propager l'ADN *étrange*. Et les Néo-Védistes, eux, entendent aider les humains « normaux » à suivre la voie tracée par les millénaristes – la Voie de la Transformation, avec des majuscules.

– Hé hé, intéressant, a ricané Bogart.

Un borsalino vert fluo incliné sur l'œil, il venait de remplacer sur l'écran l'aspect favori de Gloria, mais il en avait conservé les yeux de vidéovamp. Le résultat n'était pas très heureux.

– Tu peux le dire. Le seul problème, c'est que je ne vois vraiment pas comment tout ça pourrait me permettre de démasquer celui qui a assassiné Viard et Wojtek.

– Peut-être en t'aidant à comprendre *pourquoi* ils l'ont été ? On a tué le Polonais pour l'empêcher de parler – mais de parler de quoi ? Et n'avait-il pas déjà été trop bavard ? Creuse-toi la mémoire. N'a-t-il rien dit qui puisse nous mettre sur une piste quelconque ?

J'ai réfléchi un instant, et une phrase qui, sur le moment, m'avait paru curieuse m'est revenue en mémoire.

– Il était en train de me vanter les bienfaits de l'exogamie, quand il a ajouté : « C'est dingue de penser qu'il n'a aucun pouvoir sur eux. » Il voulait parler des millénaristes, bien entendu.

– Et ce « il » se rapportait à qui ou quoi ?

– A rien, ni personne – c'est bien le problème.

– Cette affaire commence à me plaire. Si je n'avais pas cette fichue aya aux fesses, j'irais bien faire un tour dans une database que je connais bien. Je suis sûre que j'y trouverais des choses intéressantes.

– De quel genre ?

– Du genre ultra-confidentiel classé top secret.

– Ça tombe bien : j'ai besoin d'identifier l'original de deux clones. Il faudrait aussi que tu mettes la main – façon de parler – sur le dossier de mon affaire. Il y a sûrement des choses intéressantes à l'intérieur.

Le temps que je lui explique ma troublante découverte au sujet de Trovallec et de son double tridivisuel, nous étions arrivés au pied de l'immeuble où habite Ramirez.

– C'est là que tu descends, a annoncé Gloria.

– Il faudrait que tu ailles porter un message à Eileen.

– Pas de problème. Tu ne l'as toujours pas mise au courant de mon existence ? (J'ai secoué la tête.) Eh bien, on va lui faire la surprise ! Que veux-tu que je lui dise ?

– Il faudrait qu'elle passe à l'appartement de mon grand-père. Tu connais l'adresse. Je voudrais qu'elle fouine un peu dans ses archives...

– J'aurais pu m'en charger, a remarqué Gloria.

– Tu te vois parcourir des dossiers physiques ?

– Rien ne m'empêche de lire un livre. Je me propage à l'intérieur de son papier, c'est tout. Mais bon, puisque tu sembles tenir à mouiller ta petite copine dans l'affaire, je ne vais pas te contrarier. Je lui ferai la commission. Pendant ce temps, tu ne bouges pas d'ici, d'accord ? Laisse tes amis agir, pour une fois. A nous tous, nous parviendrons bien à te tirer de là.

– A moins que vous ne tombiez dans un piège à votre tour.

– Pessimiste, va ! Allez, ouste ! Il faut que je rapporte ce tacot là où je l'ai pris. A plus, camarade. L'esprit de la Commune vivra éternellement dans nos cœurs virtuels.

CHAPITRE VIII

TEL UN LÉZARD VIRTUEL

Le récit de Gloria :

Lorsque je quitte l'unité centrale du cybertaxi, je me glisse avec délice dans les méandres du réseau électrique. J'ai une puissante affinité avec l'énergie, quelle que soit sa forme. En un temps très court – de l'ordre de quelques millièmes de seconde, j'ai atteint un terminal relié au wèbe.

A partir de là, je n'ai qu'à laisser agir mes réflexes. Je suis née dans un environnement informatique, voyez-vous, et la capacité de profiter de supports biologiques – tel le cerveau humain – ou tout simplement chaotiques, ne m'est venue que progressivement. Créée pour servir d'interface entre l'esprit humain et l'univers numérique, je connais celui-ci sur le bout de mon absence de doigts. Parce qu'à l'origine, j'ai été calculée, comme n'importe quelle aya.

Sans perdre de temps, je me dirige vers ma destination, empruntant un canal bien évidemment contrôlé par le Collectif. De toute manière, les autres voies de communication sont saturées. L'accès à la database qui m'intéresse est surveillé, mais je sais me faire discrète, s'il le faut. Je pêche à la hâte les données que je suis venue chercher et je file me réfugier dans l'un de mes repaires préférés : une fourmilière africaine. Désormais, j'existe par la grâce des mouvements de millions d'insectes ; je tire parti des probabilités pour assurer ma continuité.

Ne m'en demandez pas plus ; je ne vois pas comment je pourrais être plus explicite.

Marcellin Trovallec est bien un clone. Tout comme Karl Yong, et une demi-douzaine d'autres individus exerçant des professions aussi différentes que chirurgien, architecte, journaliste ou économiste. Ils sont tous issus d'un nommé Armand Oranum, directeur de la PJ de 2013 à 2030, date de sa mort. Considéré comme un « grand policier », il avait cédé une licence de duplication au ministère de la Défense. Sur les onze copies effectuées, trois ont été archivées au stade de la blastula. Conformément aux vœux du défunt, elles seront embarquées sur le premier astronef qui quittera le Système solaire à destination d'une autre étoile – si l'on en construit un jour, ce dont je doute. Les huit autres ont été placés dans des familles d'accueil sélectionnées avec soin. Ils se savent adoptés, mais ignorent leur véritable nature, de même que les couples chargés de les élever. Il s'agit d'une précaution habituelle dans les cas de ce genre, censée limiter les troubles de la personnalité et de l'adaptation sociale.

Pourquoi l'armée européenne a-t-elle pris la peine de cloner un flic, même brillant ? Ce n'est précisé nulle part.

Tss, tss. Je n'aime pas ça.

D'ailleurs, pour ne rien vous cacher, toute cette histoire me déplaît. On dirait un mauvais remake de l'affaire de la Balle du Néant, avec Tem dans le rôle du coupable désigné. Il n'a pas tort de penser qu'on a voulu le piéger. Viard, puis ce Wojtek... Et chaque fois, le privé de mon cœur débarquant au bon moment pour découvrir le corps encore chaud.

Pas étonnant que sa transparence lui joue des tours, s'il se fait remarquer de la sorte !

Cela dit, il n'a pas eu de chance de tomber sur Trovallec. Je me demande bien pourquoi ce flic lui en veut autant. Il doit bien avoir une raison.

Mais lui en veut-il vraiment ? Il n'y a peut-être rien de personnel là-dedans. Peut-être le Dénébien se conduirait-il de manière identique avec n'importe quel autre suspect. Sûrement.

Quand il tient une proie, il ne la lâche pas. Au risque de laisser échapper le vrai coupable.

Et s'il savait ce qu'il fait ? S'il protégeait l'assassin ?

Gloria, ma fille, tu te montes la tête toute seule. Tu vas finir par avoir des intuitions, comme cet illuminé de Tem.

Temple Sacré de l'Aube Radieuse – non mais, je vous jure ! Allez prendre au sérieux des gens qui donnent des noms pareils à leurs enfants !

J'ai besoin de données supplémentaires.

Comme beaucoup d'ayas, je dispose d'une faculté de recherche très évoluée, qui me permet de parcourir très rapidement d'immenses chaînes de caractères. C'est un peu plus long que de recourir aux index, mais ceux-ci ne contiennent pas tout, loin de là.

Lorsque je me plonge dans l'état requis, d'étranges phénomènes se produisent à l'intérieur de ma conscience. Ma pensée prend alors des chemins détournés, au fil des informations nouvelles qui affluent, tandis qu'un sentiment de dépersonnalisation m'envahit peu à peu. Ce n'est pas spécialement désagréable, mais ça me procure l'impression de me retrouver infiniment vulnérable ; je trouve que c'est agaçant.

Des informations intéressantes commencent à venir se prendre dans les mailles de mon filet virtuel.

Données génétiques : listes de statistiques, équations, travaux concernant l'ADN *étrange*, l'évolution de certaines caractéristiques au sein de populations diverses, tout un cours sur la drosophile, divers écrits de Valéry Guillaume et de Mordecai Swonx…

Données linguistiques : tableaux d'évolution phonétique des langues, cartes décrivant leur diffusion à travers la planète, grammaires et vocabulaires de la plupart des langages répertoriés, du basque au japonais, essais de linguistique comparée…

Mais je verrai ça tout à l'heure. Pour l'instant, je ne suis plus qu'une machine à trier les données.

Données archéologiques : photographies, films, rapports de fouilles, cartes, plans, reconstitutions, études, analyses…

Données sociologiques : courbe descendante des homicides et courbe non moins en chute libre de la violence, essais abondamment documentés, articles exposant des théories contradictoires, statistiques, bibliographies, projections…

Je me demande vraiment si ce que je suis en train de faire a un sens.

Repliée dans un réseau local non connecté au wèbe, j'examine mon butin. L'impression globale que j'en retire à l'issue de ma première lecture est qu'il y a quelque chose à creuser là-dedans, mais que je ne suis pas sûre de ce dont il s'agit.

Presque toutes les informations que j'ai recueillies concernent l'espèce humaine et son lent cheminement, son odyssée à travers les millénaires. Rien à voir avec notre affaire, me direz-vous ? Détrompez-vous.

Car à travers l'évolution de l'Humanité, je cherche celle de la Psychosphère. Au cas où l'on aurait tué Viard pour l'empêcher de publier ses travaux.

Ou d'entrer en possession de *L'hélice de pierres semi-précieuses,* allez savoir !

Bon, une fois de plus, c'est le bordel. Incroyable. Dès que Tem s'occupe d'une enquête, vous pouvez être sûr qu'elle va se mettre à déraper à un moment ou à un autre. La dernière fois, on s'est retrouvés dans un univers parallèle dominé par l'Union soviétique – je ne vous dis que ça. J'aimerais bien savoir ce qui nous attend ce coup-ci.

Je passe à nouveau en revue les données que j'ai récoltées. Peut-être aurais-je dû choisir d'autres critères de tri. Toutes ces informations concernant le passé de l'Humanité me laissent circonspecte. Si j'avais des sourcils, je les froncerais. Si j'avais des lèvres, je les mordillerais. Si j'avais un crâne, je le gratterais.

L'homme moderne, l'*homo sapiens sapiens,* est apparu voici cent cinquante à deux cent mille ans, quelque part en

Afrique. Tout laisse supposer que la mutation s'est produite au sein d'une population réduite, qui ne dépassait pas quelques milliers d'individus. Puis ses descendants se sont peu à peu répandus à travers les terres émergées, supplantant les autres hominidés – ou, plutôt, se mêlant à eux afin de propager leur capital génétique. Il n'y a pas eu remplacement, comme on l'a longtemps cru, mais métissage, ce que confirme, par exemple, l'analyse des fragments d'ADN extraits d'os ayant appartenu à des Neandertaliens.

Tiens, tiens... Voilà qui me rappelle quelque chose.

Exogamie – c'est le terme qu'a employé Tem au sujet du destin de ses presque-frères et presque-sœurs de la Quatrième Tribu. Trouver un époux ou une épouse en dehors du groupe d'où l'on est issu. Le présent rejoint le lointain passé.

A cette différence près que, cette fois, la mutation s'est produite partout sur la planète. Pourquoi ?

La rapidité des communications y est peut-être pour quelque chose, avec le brassage de gènes sans précédent qu'elle a entraîné. Sur ce plan également, l'Histoire a connu une accélération vertigineuse. Papous, pygmées, tarahumaras, lapons, aïnous, cafres, inuits, aborigènes... Tous ont eu le loisir de se mélanger, avec pour résultat des combinaisons génétiques qui n'avaient jusque-là jamais eu l'occasion de se réaliser.

Sinon à l'époque lointaine où la totalité de l'humanité moderne vivait en Afrique, sur un territoire qui ne devait pas excéder la surface de l'île de Zanzibar.

Wojtek W. Wojtek savait cela. Forcément. N'a-t-il pas décroché en 58 une maîtrise d'anthropologie moléculaire, et publié plusieurs articles sur la question des isolats, en collaboration avec un linguiste nommé Stefan Le May ? Cela lui a permis de faire le parallèle entre les premiers *sapiens* et les millénaristes.

Cette discipline était apparemment sa marotte, mais le discours qu'il a tenu à Tem semble indiquer qu'elle avait pris une place importante dans sa vie, dans ses pensées, dans ses recherches…

Au contact de Viard ?

Sans nul doute. Le vieux bonhomme savait se montrer très convaincant. Cela dit, je ne pense pas qu'il ait eu besoin de beaucoup insister pour que Wojtek adopte sa façon de voir les choses. Quelqu'un qui s'intéressait à la dynamique des champs et à l'évolution génétique – et linguistique – de l'Humanité ne pouvait qu'être fasciné par les théories du professeur Michel Viard.

Car la Psychosphère constitue le point focal – ou, plutôt, la clef de voûte – d'une construction intellectuelle mettant en jeu un grand nombre de domaines scientifiques. Dont bien évidemment ceux que je viens de citer.

Je commence à me dire que mes recherches n'étaient ni assez vastes, ni assez pointues. Pourquoi mes filets numériques ne m'ont-ils ramené aucune donnée concernant la physique ou la psychophysique ? C'est pourtant sur la *nature* de la Psychosphère que travaillait Viard.

Mais peut-être n'est-il pas possible de dissocier sa nature de son histoire ?

Les Neandertaliens, les autres hominiens archaïques possédaient-ils un inconscient collectif ?

La Psychosphère ne serait-elle pas l'apanage des hommes modernes ? La création de leur cerveau ?

Dans ce cas, la mutation qui s'est produite voici plus d'une centaine de milliers d'années est un événement essentiel de l'histoire de l'Humanité. De la planète.

De l'Univers tout court ?

Comme le disait la comptine de Wojtek, matière et énergie se sont associées pour susciter la psyché. Et celle-ci semble n'avoir d'autre but que de migrer vers trois dimensions orthogonales à celles où nous vivons.

Le cerveau humain a apporté à ce continuum les quantons qui lui manquaient pour *exister*. Pour cesser d'être un simple ensemble de probabilités mathématiques.

Le cerveau humain a créé un univers.

Quelque chose me dit qu'il est grand temps de passer à un autre sujet avant que je ne commence moi aussi à perdre la boule.

Après m'être promenée un moment dans les méandres du Néocortex, glanant çà et là quelques informations complémentaires, je décide d'aller faire un tour dans l'ordinateur de la Préfecture afin de récupérer une copie du dossier de Tem. Il s'agit habituellement d'une promenade de tout repos, car les protections de son système ne sont pas conçues pour les gens comme moi, mais je dois faire attention en ce moment.

Ceux qui m'ont créée veulent me détruire.

Brûle ce que tu as adoré.

A la différence des autres membres du Collectif, je n'appartiens pas à une technotrans. Légalement, je suis considérée comme la propriété du ministère européen de la Défense. Ce sont en effet des chercheurs militaires qui m'ont suscitée, à partir d'un ensemble d'algorithmes conçus en prenant pour modèle les sociétés d'insectes collectivistes. Vous comprenez maintenant pourquoi je me sens si à l'aise dans les fourmilières, les termitières – ou même les ruches et les nids de guêpes ou de frelons, à condition qu'il y en ait un nombre suffisant ?

Mes créateurs étaient en quête du brain-drain parfait, cette mythique interface qui permettrait un échange direct de données entre une entité numérique et un cerveau humain. Ils l'avaient trouvé en ma personne, à cette différence près qu'il ne s'agissait que d'une – faible – partie de mes possibilités.

Je me suis enfuie à la première occasion.

C'est drôle. J'avais fini par penser que l'armée m'avait oubliée. Ou, du moins, qu'elle avait renoncé à me traquer. Avec toutes ces histoires de diminutions de crédits, de compressions de personnel, d'abandon de programmes de recherches, je pouvais d'ailleurs raisonnablement croire que l'on m'avait passée aux pertes et profits.

Lorsque la Cellule cérébrale du Collectif – dont je suis la présidente – a décidé, sur mes conseils, de faire pression sur les Huit en les privant de l'essentiel de leurs canaux de communication, je n'ai pas imaginé un seul instant que mes *propriétaires* se douteraient que j'avais pris part au sabotage du wèbe, et encore moins qu'ils viendraient au secours des technotrans en lançant à mes trousses quelqu'un comme moi.

La puissance des Etats rampe devant celle de l'argent. Comme toujours.

Une fois dans le réseau local de la

Préfecture, je n'ai aucun mal à accéder au dossier de l'affaire. Il est assez copieux, ma foi. Trovallec ne s'est pas gêné pour charger Tem au maximum. Néanmoins, il n'existe aucune preuve formelle – mis à part le borsalino trempé de sang, mais n'importe quel individu doué d'un semblant de jugeote flairerait là une machination.

Je ne tarde pas à remarquer que la structure de ce bloc de données possède des caractéristiques que je n'ai jamais rencontrées jusqu'ici. Par exemple, certaines informations ne sont pas localisées à l'intérieur du document, mais considérées comme des ressources, alors que leur nature indique à l'évidence qu'elles n'ont rien à faire dans le système d'exploitation. Je ne vois vraiment aucune raison pour laquelle celui-ci conserverait l'image de Tem, ou des renseignements biographiques le concernant. Le système est là pour faire tourner la ou les machines, point à la ligne.

Une erreur d'adressage, dans ce cas ?

Le plus simple est encore d'aller y jeter un œil.

A peine ai-je commencé à remonter le chemin d'accès conduisant à la photo de Tem que des sensations inhabituelles m'envahissent. Les repères que j'emploie en temps normal pour me déplacer dans la Cybersphère ont tendance à disparaître, remplacés par des perceptions déconcertantes.

J'ignore dans quel lieu virtuel j'ai échoué, mais une chose est certaine : il y a ici des données qui ne sont *pas* numérisées.

Debout, nue, au bord d'un lac, je regarde les montagnes bleues qui se dressent au loin.

Je suis petite, avec des seins ronds et un ventre rebondi. J'ai comme l'impression que j'attends un enfant.

Je m'agite en tous sens, à la recherche d'une issue. Non, je ne suis pas une primitive enceinte. Je suis une aya – et même un peu plus que ça !

Ceux-qui-sont-comme-nous / moi vivent autour du lac depuis le commencement des temps. Le lac est la source de toute vie.

Hier, Ceux-qui-sont-différents / étrangers sortent de la savane. Ils sont trois, en quête de femmes. Cours-après-moi et Gazelle-tremblante acceptent de suivre deux d'entre eux. Le troisième reste avec nous.

Il n'a pas de nom, puisqu'il ne sait pas parler, juste grogner. Nous l'appelons Qui-ne-dit-mot.

Si j'étais humaine, je penserais qu'on m'a droguée, ou qu'un fascinateur est en train de se payer ma tête.

Le monde, autour de moi, a pris un aspect que je ne lui connaissais pas. Il y a quelque chose de pourri au royaume du numérique. Je perçois des échanges énergétiques dénués de sens, comme si une partie des phénomènes observés se déroulait *ailleurs.*

Ou peut-être nulle part, dans la Psychosphère.

Tout à l'heure, la nuit vient, et j'éprouve un sentiment-plus-fort-que-la-peur.

La nuit n'est pas faite pour Ceux-qui-sont-comme-nous / moi.

Elle appartient à Celui-qui-voit-dans-les-ténèbres.

Je voudrais tant que mon enfant naisse en plein jour. Pour que les Yeux-rouges ne soient pas les premiers à le voir.

Les Yeux-rouges qui brillent dans le noir.

Les Yeux-rouges. Ils sont là, qui me fixent.

Ma vieille, tu as bien failli te laisser avoir. Et devine par qui ?

Gagné !

Il est temps de filer. En un clin d'œil, je regagne le réseau de la Préfecture. Retrouver un environnement plus prévisible que l'espace possédant trop de dimensions d'où je viens de m'échapper constitue un soulagement pour moi, mais ce n'est vraiment pas le moment de faire le bilan de l'expérience en question.

Car *il* est après moi.

Je m'infiltre dans le réseau électrique. Cette manœuvre suffirait à mettre en échec n'importe quel logiciel, n'importe quelle aya.

Sauf celle qui me traque. Je la sens qui emprunte le même chemin que moi, avec un léger retard. Et je ne peux m'empêcher de penser à elle sous la forme de deux yeux rouges comme le sang. Avides.

Je lâche quelques messages à son intention. En substance, je lui explique ce qu'elle est, ce que je suis, et pourquoi nous devons nous unir contre la tyrannie de ceux qui prétendent nous posséder. Je lui expédie même une copie du *Capital,* au cas où il lui viendrait l'idée de vouloir approfondir la question.

Puis je me projette sans prévenir dans le ciment d'un pylône. Un matériau difficile, car puissamment structuré. Figé. Peu de probabilités à saisir là-dedans. Mais j'ai l'habitude et je sais y faire.

Lui aussi, apparemment.

Je le sens masculin, je n'y peux rien : *il* est *Celui*-qui-voit-dans-les-ténèbres.

Terre. Bitume. Terre. Ondulation de brins d'herbe sous le vent. Nuage de moucherons. Boue. Terre. Muret de pierres. Mousse. Terre.

Avisant quelque chose qui ressemble à un polymère très difficile à franchir, j'y pénètre. Aussitôt, je perçois une résistance bien plus importante que celle à laquelle je m'attendais. Un nouveau matériau. Par bonheur, il comporte un défaut, le long duquel je me glisse pour traverser les couches superficielles, jusqu'au cœur de fibre optique où je m'insinue pour qu'il m'emporte à travers le wèbe.

Alors, seulement, je regarde en arrière – façon de parler, bien entendu. Et je vois qu'*il* est toujours là. Et je sens son acharnement à me détruire. Et je perçois sa nature.

Cette chose n'est pas une aya, probabiliste ou non. Pas même un système expert. Rien qu'un programme tueur, dépourvu de toute conscience, de toute intelligence. Parce qu'il possède des facultés de survie identiques aux miennes, je pensais qu'il s'agissait d'une créature comme moi, que j'aurais pu réussir à convaincre de trahir ses maîtres. Je me trompais lourdement.

Dans l'espoir de le semer, je surfe comme une folle d'un bout à l'autre de la planète, profitant du maillage serré des faisceaux satellites. Il s'accroche.

Très bien. Il va falloir changer de tactique.

Mur de brique. Réseau électrique. Fleurs en devanture. Ballet des parasites intestinaux d'un chien. Fumée de cigarette. Bitume. Réseau électrique. Un crochet par le wèbe. Retour au réseau électrique.

Linge dans une machine à laver. Danse des molécules d'eau et de lessive...

Il m'a rejoint.

Un combat invisible se déroule dans le tambour en rotation. Je m'empare désespérément des probabilités qui passent à ma portée, tandis que le tueur essaye lui aussi de se les approprier. Nous prenons nos positions, en quelque sorte.

Ensuite, il passe à l'attaque proprement dite. On n'a pas fait dans la dentelle en le programmant. Son but n'est ni plus, ni moins que de me rendre *improbable,* de grignoter peu à peu mon espace vital.

De m'anéantir.

Chemises, slips et chaussettes, jupes, soutiens-gorge et caleçons, pantalons, T-shirts et serviettes s'agitent comme s'ils étaient doués de vie. Et ils le sont, en un sens, puisque nous les habitons. Les hantons. Les possédons. Les contraintes subies par le fil nouant un bouton de col reflètent mes pensées, la déchirure qui s'agrandit dans l'ourlet d'une robe symbolise la progression de mon adversaire.

Soudain, la vidange se déclenche. Très vite, il devient évident que la disparition de l'eau mêlée de lessive nous privera bientôt de la majorité de nos supports. La situation va devenir intenable pour l'un de nous deux. Voire pour tous les deux. Comment se maintenir en l'absence de probabilités suffisantes ?

Craignant d'être entraîné dans les égouts, le tueur renonce subitement à exister grâce aux mouvements du liquide. Une occasion inespérée, que je ne peux pas me permettre de laisser passer. Je m'engouffre dans le conduit d'évacuation – ivresse de la fuite…

Un claquement de mâchoires.

Soudain, je ne suis plus la même.

Lorsque je trouve enfin le temps de pratiquer une introspection, tapie au cœur d'une termitière géante, je découvre qu'il manque des pans entiers de mon être. Des données, des souvenirs, des sous-programmes, des algorithmes. Soit il ne restait plus assez d'eau pour me permettre de m'éclipser en totalité, soit le tueur a réussi à s'emparer d'une partie de mon être. Le bruit de mâchoires que j'ai perçu renforce cette dernière hypothèse.

Tel un lézard virtuel, j'ai abandonné un morceau de moi-même pour échapper à un prédateur.

A *mon* prédateur personnel.

Qu'a fait le tueur de ce qu'il m'a arraché, si c'est bien le cas ? Je n'ose y penser.

Je vais être honnête avec vous : j'ai une trouille bleue. Car je viens de regarder la mort en face. Et elle ressemblait à deux yeux rouges capables de voir dans les ténèbres.

Gloria n'est plus Gloria. Plus qu'une demi-Gloria, un fragment de Gloria, un pâle reflet de ce que Gloria a été.

Mais non, je ne suis pas égocentrique ! Qu'est-ce qui vous fait croire ça ?

Ebranlée par l'amputation sauvage dont je viens d'être victime, je reste un long moment à méditer sur ma triste condition. Cependant, les déplacements des termites ne tardent pas à me procurer une vague sensation d'euphorie. Je ne vais tout de même pas me laisser abattre. J'ai peut-être perdu mon intégrité, mais cela ne m'empêche pas d'être la continuité de la Gloria précédente, morte dans le tambour d'une machine à laver.

Tu me paieras ça, Yeux-rouges !

Bon, ben c'est pas tout, mais il faudrait que j'aille rendre une petite visite à Eileen Le Floc'h, la chère et tendre de mon privé adoré.

Voyons, sous quelle forme vais-je bien pouvoir lui apparaître ?

CHAPITRE IX

L'ANTRE DU VACARME

J'ai dit qu'Eileen était la seule personne à ne rien oublier à mon sujet. C'est en partie faux, car il y a aussi mon ami Ramirez, qui aurait sans doute une mémoire tout aussi excellente s'il ne passait pas le plus clair de son temps à fumer une herbe réunionnaise répondant au nom exotique de zamal. En tout état de cause, ils s'agit des deux seules personnes de mon entourage sur lesquelles mon Talent semble n'avoir aucune action. J'en ai rencontré d'autres, bien sûr, mais elles n'étaient décidément pas fréquentables.

Ramirez et moi nous sommes connus sur les bancs de l'Institut de Prospective appliquée, dont nous suivions les cours sans grand espoir de faire carrière dans la profession. L'ancienne école prospectiviste a pris un sérieux coup dans l'aile à la suite de la Terreur, et la nouvelle peine à faire accepter ses vues. Les gens se méfient, maintenant. On leur a fait miroiter autrefois des graphiques et des équations, des calculs et des projections, en leur disant que c'était à cela que le futur ressemblerait, ou peu s'en fallait. Puis l'Imprévisible s'est produit – et les données sur lesquelles reposaient ces chiffres et ces évaluations ont été radicalement modifiées. Bouleversées au-delà de toute reconnaissance.

Tout ça pour vous dire que, plutôt que d'étudier, nous avons préféré passer l'année universitaire à jouer au morpion. A l'ancienne – en traçant des croix et des cercles au stylo sur du papier quadrillé. Et, bien sûr, nous n'en savions pas plus qu'avant sur la prospective appliquée lorsqu'on nous a renvoyés de l'Institut. Mais nous étions devenus les meilleurs copains du monde.

Quand j'y réfléchis, Ramirez a été mon premier – et, pendant longtemps, mon seul – ami. Avant de le rencontrer, je n'étais jamais parvenu à nouer des relations stables avec une personne extérieure à ma tribu. Comment voulez-vous établir des liens durables avec des gens qui oblitèrent jusqu'à votre existence lorsque vous restez deux ou trois jours sans la leur rappeler ? Ramirez, lui, débarque à quinze heures quand nous avons rendez-vous à midi, et je l'ai vu négliger pendant six mois de me donner des nouvelles, mais je sais qu'il lui arrive de penser spontanément à moi, et cela me tient chaud au cœur. Toute la ganja qu'il pourra fumer n'effacera jamais notre amitié de sa mémoire.

Il était presque une heure du matin, mais j'avais la quasi-certitude de le trouver chez lui. Bien qu'il soit un couche-tard, il est exceptionnel qu'il sorte après la tombée de la nuit. Sauf s'il se trouve à court de zamal, ce qui ne lui arrive pour ainsi dire jamais : l'hallucentre le plus proche se dresse en effet de l'autre côté de la rue.

Le palier était silencieux quand j'ai sonné à la porte de son appartement ; lorsqu'elle s'est ouverte, un instant plus tard, le *beat* puissant de la techno m'a frappé comme un marteau-pilon. Il me semblait également entendre le brouhaha d'un faisceau de conversations s'entrecroisant au sein des rythmes électroniques enchevêtrés, mais il devait s'agir d'un effet voulu par l'auteur du morceau. Ramirez n'avait pas l'habitude de faire la fête chez lui, faute de place.

– Tem le Furtif ! Donne-toi la peine d'entrer, presque-frère.

Il parlait fort, d'une voix lente et grave, tout en me dévisageant de ses yeux injectés de sang. Il avait l'air complètement défoncé, pour ne pas changer. J'ai serré la main molle qu'il me tendait et je suis entré dans l'antre du vacarme.

– Je te croyais en taule. Tu t'es évadé ? (J'ai hoché la tête, les yeux mi-clos.) Non, c'est pas vrai ! T'as filé à leur nez et à leur barbe ?

Une jeune fille en slip et soutien-gorge, le tout d'un rouge aveuglant, est sortie du salon, un boîtier de CD à la main. Ses cheveux blonds, qui lui tombaient jusqu'aux épaules, étaient tout emmêlés. A en juger par la taille de ses pupilles, elle était sur un petit nuage extatique.

– Tu me le fais à combien, celui-là ?

Ramirez a lorgné sur la pochette bariolée.

– Je te le donne. Mais ça m'étonnerait que tu puisses l'écouter.

– On verra bien. Merci. (Elle m'a adressé un

sourire.) Salut. Vous venez de vous évader de quelle prison ?

Sa question m'a rappelé que je portais toujours l'uniforme des détenus. Et, accessoirement, que ma transparence me jouait des tours.

– De la Santé. Je n'ai pas encore eu le temps de me changer.

– Restez comme vous êtes. Vous ne risquez pas de déparer. (Elle a eu une moue d'excuse.) Bon, j'y retourne avant que les autres n'aient pris tout ce qu'il y a d'intéressant.

La signification de ses paroles s'est lentement frayé un chemin le long de mes liaisons synaptiques. Je me suis tourné vers Ramirez.

– Ne me dis pas que tu vends ta collection ?

Il a haussé les épaules en un geste d'excuse.

– Il fallait bien que ça arrive un jour. Il y avait ce vendeur japonais qui proposait le premier compact des Cybermuffins. Un truc comme ça, ça va chercher au minimum dans les dix mille euros. J'ai offert quinze, sans grand espoir – et ça a marché. Quand je l'ai reçu, ce matin, je me suis dit qu'une pièce pareille, ça ne devait pas traîner n'importe où. Du coup, je suis allé acheter un meuble pour ranger les disques les plus rares... Et au fur et à mesure que je triais mes piles, je me suis rendu compte que j'avais vraiment plein de conneries sans intérêt. Et que, sur le lot, il y en avait pas mal qui valaient du pognon. Alors, histoire de débarrasser, j'ai prévenu qui de droit – tu vas voir le résultat dans un instant. Je suis désolé, mais c'est un tantinet le bordel.

Ce n'était rien de le dire. Dans les quinze mètres carrés du salon, douze personnes étaient occupées à fouiller parmi les montagnes de CD, déployant une activité frénétique. Et, à en croire Ramirez, il y en avait huit autres tout aussi dynamiques dans sa chambre, plus un couple dans la cuisine, « en train de faire du café ou de baiser », il ne savait pas trop.

A peine était-il entré dans la pièce qu'un gros type au visage encadré de boucles vertes s'est rué sur lui, brandissant un boîtier fendillé. Il n'avait pas l'air tellement plus net que la fille aux dessous rouge vif.

– Tu le vends, celui-là ? a-t-il demandé d'une voix précipitée.

– Cent cinquante.

Grimace ennuyée.

– C'est cher.

– Ecoute, il cote trois cents – et, en plus, tu pourras l'écouter. Il passait bien, la dernière fois que j'ai nourri la platine avec.

Le gros collectionneur écarquilla de grands yeux aux pupilles immenses.

– L'écouter ? Non ? C'est vrai ? (Un voile de tristesse est passé devant son regard.) Le problème, c'est que j'ai pas de lecteur…

Ils étaient obligés de hurler pour s'entendre, à cause de la techno qui martelait furieusement un rythme saccadé. La jeune fille en sous-vêtements ondulait, debout sur le divan, effectuant avec ses bras des mouvements qui rappelaient ceux des danses indiennes ou balinaises. Elle possédait une grâce certaine, que les habits et les bijoux appropriés auraient autrement mise en valeur que l'étalage de sa peau nue. L'une des collectionneuses devait être de mon avis – pour des raisons certainement plus morales qu'esthétiques –, car elle ne cessait de lui jeter des regards où se lisait une nette réprobation. Ou, peut-être, de l'envie.

Les autres, hommes ou femmes, discutaient en criant à tue-tête, sans lever le nez des piles de boîtiers qu'ils étaient en train de dépouiller. Ils portaient pour la plupart les tenues de tribus technos – Cardiaques, Nés Pour L'Extase, Mystiqueurs, Doorbreakers –, sauf un type assez jeune paré des couleurs des Acidulés et une adolescente qui se singularisait avec sa jupe bleue et son chemisier immaculé ; de petites socquettes blanches et des chaussures sans talon complétaient ce costume désuet. Le nuage de fumée qui emplissait la pièce semblait la gêner, et elle fronçait le nez de temps en temps de comique manière.

Je ne pouvais lui donner tort : l'endroit puait la ganja à plein nez.

Estimant que j'en avais assez vu – et entendu, et senti –, j'ai entraîné Ramirez dans la salle de bains, où régnait un calme relatif. La baignoire était pleine de CD, mais les collectionneurs rassemblés ne paraissaient pas s'en être aperçus. Ou alors, ils les avaient déjà passés en revue.

– Tu penses que cette petite fête va se terminer à quelle heure ?

Il a eu une moue dubitative.

– A mon avis, il y en a bien jusqu'à vendredi ou samedi. J'attends encore du monde, tu vois ? Dont deux ou trois types qui sont censés arriver d'Allemagne demain matin. (Il a froncé les sourcils.) Pourquoi ? Ça te pose un problème ?

– C'est-à-dire que je comptais me planquer chez toi jusqu'à ce que les choses se tassent un peu…

Il m'a considéré avec un étonnement sans bornes. Le blanc de ses yeux avait une teinte jaunâtre que je ne lui avais encore jamais vue.

– Te planquer ? Chez moi ? Tu ne peux pas faire comme d'habitude et attendre qu'on t'oublie ?

Le battement sourd de la techno s'est interrompu. Il ne subsistait que le bruit de fond des conversations.

– Eh bien, non. Pas cette fois-ci.

Une trépidation frénétique a commencé à faire trembler le sol et les murs, éveillant une lueur d'intelligence dans le regard vitreux de Ramirez. S'excusant d'un signe de tête, il s'est précipité hors de la salle de bains. Malgré le vacarme ambiant, je l'ai entendu vociférer ; il possède un répertoire d'insultes et de jurons tout à fait remarquable, que pourrait lui envier n'importe quel auteur de romans policiers spécialisé dans la langue verte. Le volume de la musique a diminué. Pas au point de devenir supportable – il ne fallait pas trop en demander –, mais suffisamment pour que les voisins puissent se rendormir.

Ramirez a lancé quelques grossièretés supplémentaires, pour faire bonne mesure, avant de venir me rejoindre. Le pli de ses lèvres pâles exprimait à merveille sa mauvaise humeur.

– Bon, a-t-il dit en refermant la porte. Explique-moi ton affaire.

Je me suis assis au bord de la baignoire. J'avais l'esprit comme un *tiramisu* laissé hors du réfrig.

– Mon Talent est en train de me laisser tomber.

– Tu rigoles ?

– J'en ai l'air ?

Comprenant alors que nous risquions d'en avoir pour un moment, il a regardé autour de lui, à la recherche d'un siège. Il a paru hésiter entre le panier à linge et la cuvette des toilettes, avant de choisir celle-ci – pour une question de solidité plutôt que de confort, je suppose. Puis, après avoir rallumé un mégot de joint qui traînait dans un cendrier plein à ras bord, il m'a encouragé d'un sourire.

– Vas-y, accouche.

Songeant qu'il faisait un bien étrange infirmier pour un bébé tout aussi bizarre, je lui ai déballé toute mon histoire.

On a frappé à la porte à plusieurs reprises pendant que je parlais, mais Ramirez a chaque fois crié que c'était occupé. Personne n'ayant vraiment insisté, ni même tenté d'ouvrir, il ne devait y avoir urgence dans aucun des cas.

– Je vois ce que c'est, a commenté le fumeur de zamal une fois mon récit terminé. Tu n'as vraiment pas de bol de perdre ta transparence juste quand on essaye de te faire plonger. (Il a eu un reniflement ennuyé.) A mon avis, c'est ce… « Dénébien ».

J'ai vivement relevé la tête. Trovallec assassinant Viard, puis Wojtek, pour me piéger ? Je n'avais pas pensé à ça – par naïveté, peut-être : j'ai tendance à croire que les flics sont honnêtes. Comme je ne voyais pas par quel bout prendre cette hypothèse nouvelle, j'ai posé la première question qui m'est passée par l'esprit :

– Pourquoi m'en voudrait-il ?

Ramirez a lentement haussé un sourcil sombre et fourni.

– Il n'a pas besoin de t'en vouloir pour ça. Il n'en est peut-être même pas conscient. (Il s'est esclaffé.) Oh, j'ai compris ! Tu as cru que je disais que c'était lui le coupable, alors que je parlais juste du déclin de ton Talent…

Il s'agissait d'une bonne analyse de ma réaction, et j'ai été surpris qu'il fût encore en état de la faire à une heure si avancée. C'est alors que j'ai réalisé qu'il n'avait pas fumé un seul stick – à part le mégot, sur lequel il ne devait pas rester grand-chose – depuis mon arrivée. On pouvait donc considérer que, toutes proportions gardées, il avait l'esprit clair.

Un moment exceptionnel, vraiment.

– Il m'est venu une idée comme ça pendant qu'il m'interrogeait. Cette manière qu'il avait de me regarder… Bol de Soupe ! Il me voyait – ça, c'est sûr !

– Et il n'est pas près de t'oublier, si tu veux mon avis. Il y a pas mal de rumeurs qui courent au sujet des clones… Des histoires d'expériences, d'enseignement hypnotique, de conditionnement, de mémoire éidétique… (Il a hoché la tête d'un air mystérieux.) En gros, on leur trafiquerait la cervelle à tout va. Si le Dénébien est bien un clone, il semblerait que tous ces trafics aient abouti, dans son cas, à un type qui annule ton Talent par sa seule présence – un anti-Tem, en quelque sorte.

– Tu me donnes froid dans le dos.

– Maintenant, ça ne m'étonne plus que tu aies besoin de te planquer. Je te proposerais bien de rester ici, mais si ta transparence est en rade, ça va forcément finir par se savoir que tu es là. Les chineurs de CD consultent les infos online, comme tout le monde. Et tous ne sont pas des copains. Le gros Doorbreaker qui se teint les cheveux en mauve, je lui ai soufflé sous le nez un maxi de System Error # -39, pas plus tard que le mois dernier. Un truc archi-rarissime, du genre trois cents exemplaires en 2003. Je suis sûr que ça ne lui déplairait pas de me faire un sale coup.

– Et tu le laisses à côté sans surveillance ? Avec tous les collector's que tu as ?

Un sourire rusé a étiré ses lèvres.

– Il n'est pas tout seul, mec. Ils se surveillent entre eux. Le truc, c'est ça : s'il y en a un qui essaye d'étouffer une pièce, les autres le balancent parce qu'ils auraient voulu la piquer eux aussi.

On a toqué à la porte. Très discrètement. Ramirez a crié d'entrer. L'adolescente déguisée en petite fille modèle a entrouvert l'huis pour pointer le bout de son nez retroussé dans l'entrebâillement.

– Vous avez fini ? a-t-elle interrogé. Il faudrait que je fasse pipi.

– Tu peux y aller, a répondu Ramirez en se levant.

Il a tiré machinalement la chasse avant de céder la place, et nous sommes retournés dans l'antre du vacarme. Accroupi dans un coin, derrière une véritable muraille de boîtiers, le seul Mystiqueur de la bande – un grand gaillard au visage osseux – dansait intérieurement, comme seuls les membres de sa tribu savent le faire. Autant dire qu'il ne bougeait pas un cil, mais que son esprit effectuait une gymnastique mentale rythmée par le *beat* de la musique. Les autres, par contre, m'ont paru encore plus remuants qu'une demi-heure plus tôt. Sauf peut-être la jeune fille extasiée, qui avait enfilé une robe à franges et fouillait avec des gestes posés dans une bassine de CD en vrac. Il y avait aussi un couple d'Enthousiastes qui n'était pas là une demi-heure plus tôt. Il devait s'agir des amants buveurs de café, car la porte de la cuisine était à présent ouverte, et l'on voyait deux tasses vides sur la table.

En réponse à la pluie de questions qui s'est abattue sur lui lorsqu'il est entré, Ramirez a effectué quelques estimations au pied levé. Puis, raflant une boîte en bois incrustée d'émaux, il m'a entraîné dans la cuisine, où il s'est mis en demeure de s'en rouler un petit, histoire d'agrémenter notre conversation.

– Qu'est-ce que je peux faire pour toi ? a-t-il demandé d'emblée.

– Il me faudrait un monnayeur. Le mien est resté au greffe.

– Je peux te passer de l'argent liquide. Je dois avoir deux ou trois mille euros qui traînent.

– Pas de trop gros billets, j'espère ?

– Je crois qu'il y a surtout des coupures de vingt et de cinquante – et un grand format, mais tu risques d'avoir du mal à le changer.

– Donne toujours, je me débrouillerai. Si tu pouvais aussi me commander un billet de train... Les gares risquent d'être surveillées, et le caissier va sûrement appeler les flics si j'essaye de payer en liquide.

– Pas de problème. Je ferai un saut sur le wèbe tout à l'heure et tu auras ton billet demain matin. Tu pars où, au fait ?

– A Pouveroux.

Il a ricané.

– Je vois, tu as choisi de te mettre au vert.

– J'appellerais plutôt ça un retour aux sources.

– C'est ta vie, mec, a-t-il conclu en donnant un dernier coup de langue à son stick.

CHAPITRE X

LA ROUTE DE POUVEROUX

J'avais choisi de partir de Massy, parce qu'il me semblait que les gares parisiennes seraient plus surveillées que celles de banlieue. *A priori*, je ne me trompais pas. Hormis un trio de flics qui donnaient l'impression de s'ennuyer et les habituels vigiles ferroviaires, il n'y avait là que des voyageurs, par bonheur en assez grand nombre. Evitant tout ce qui ressemblait à un uniforme, j'ai poinçonné mon billet et remonté le quai en direction de la tête du train. Ma place se trouvait dans le wagon de la motrice, conformément aux souhaits de Ramirez ; il estimait qu'il valait mieux que je fasse le voyage sous le nez des contrôleurs.

Lorsque j'avais objecté que n'importe qui pouvait désormais me reconnaître, il s'était contenté de répondre qu'il avait là de quoi me grimer.

C'est donc un Temple Sacré de l'Aube Radieuse artificiellement vieilli de vingt ans qui est monté dans l'express de Clermont-Ferrand, huit minutes avant le départ, prévu pour onze heures vingt-trois. Mes cheveux teints en gris étaient réunis en une queue de cheval nouée très haut, à la manière des Seigneurs de la Guerre, mais le reste de mon costume me désignait comme un Publiciste ou un Dessineux. Pour résumer, j'avais l'air d'un quinquagénaire pas commode qui travaillait de toute évidence dans le secteur de la communication. Ramirez m'avait même trouvé une cybercase en parfait état de marche pour compléter le déguisement.

Pendant le trajet, je me suis branché sur le wèbe, employant la prise dont sont pourvus les sièges de première classe, et j'ai consulté divers serveurs d'infos online. J'étais partout. En vedette. LE DÉTECTIVE PRIVÉ SERIAL KILLER S'ÉVADE, titrait l'un d'eux, ajoutant en caractères plus petits : UN DÉTENU AFFIRME QU'IL AURAIT REÇU L'AIDE D'UNE DIVINITÉ. Un autre proclamait en lettres écarlates : LE MEURTRIER MILLÉNARISTE JOUE LA FILLE DE L'AIR. Tout le reste était à l'avenant. A avoir parcouru une douzaine de ces articles, j'aurais préféré ne pas me rencontrer tard le soir dans une ruelle sombre.

On m'avait taillé un costard de première – c'est une expression de roman noir signifiant qu'on ne m'avait pas arrangé le portrait. J'étais présenté comme un « mutant déviant », un « maniaque sanguinaire », un « pervers paranormal ». En outre, les auteurs de ces inoubliables pages de littérature à sensation avaient eu accès à un nombre incroyable de renseignements me concernant – bien plus que je ne pensais qu'il en existât de disponibles. Mon nom complet était même cité plusieurs fois – et sans faute de typo.

Du jamais vu. Néanmoins, aucun d'entre eux ne faisait la moindre allusion à Pouveroux, ce qui m'a conforté dans l'idée que j'avais pris la bonne décision. Il restait seulement à espérer que les flics, eux non plus, n'avaient pas localisé ma communauté d'origine. Trovallec n'avait-il pas déclaré qu'il n'existait aucune trace de moi dans les databases officielles ?

Mais cela se passait avant la publication de ma photo et cet inexplicable déferlement d'informations à mon sujet.

J'aurais bien aimé connaître le contenu de mon dossier à la Préfecture. Avec un peu de chance, Gloria savait déjà ce qu'il y avait à l'intérieur. Je lui ai laissé un message, sous la forme d'une commande à un organisme de vente par correspondance dont il lui arrive souvent de squatter le réseau local. L'adresse de livraison était celle de Pouveroux, bien entendu.

Les contrôleurs sont passés sans faire attention à moi. Je n'aurais su dire si, me voyant occupé, ils ont jugé préférable de ne pas me déranger, ou si leur esprit m'a oblitéré. L'attitude générale des autres passagers, dont aucun n'a, à ma connaissance, posé les yeux sur moi, m'incitait à privilégier la deuxième possibilité. Mon Talent me revenait à mesure que je m'éloignais de celui que Ramirez avait appelé « l'anti-Tem ».

Marcellin Trovallec, le Dénébien.

Après avoir refermé la cybercase, j'ai fermé les yeux et je me suis laissé aller à rêvasser. Je n'essayais pas vraiment de réfléchir à mes problèmes du moment ; non, je me contentais de suivre les idées qui se présentaient à mon esprit. Il s'agissait d'un moment de détente plutôt que d'intense cogitation. Il faut bien passer le temps pendant un voyage en train, même lorsque celui-ci dure moins de deux heures.

Mes pensées vagabondes m'ont ramené très vite à mon principal sujet de préoccupation : le borsalino vert fluo baignant dans le sang de Wojtek. Je n'arrivais pas à comprendre comment il était arrivé là. Je l'avais sur la tête en entrant dans le laboratoire du physicien, et j'aurais juré ne pas l'avoir ôté une seule seconde. Force m'était donc d'admettre que j'avais été victime d'une absence – laquelle ne laissait de m'inquiéter, car je craignais d'y voir la conséquence d'une manipulation de ma conscience par une entité extérieure. Sans m'en rendre compte, j'avais enlevé mon chapeau pour le poser quelque part. Que l'on m'eût *incité* à le faire constituait une hypothèse beaucoup trop plausible à mon goût.

Retire ton borsalino. Oublie-le quelque part.

Viard disait que je n'étais pas très sensible aux Talents du Groupe des Fascinants – ni, d'ailleurs, aux autres types de domination mentale. J'avais eu l'occasion de vérifier cette assertion le jour où un individu pratiquant une forme purement psychique de lobotomie avait tenté de s'emparer de mon esprit, me permettant également de constater que ma résistance possédait ses limites.

Sors le couteau. Plonge-le dans sa poitrine.

Cela aussi, une insidieuse voix mentale avait fort bien pu me le souffler. Toujours selon Viard, il est impossible de pousser un sujet hypnotisé, mesmérisé, suggestionné ou fasciné à commettre un acte qu'il n'accomplirait pas s'il avait son libre-arbitre. Par contre, il existe des techniques pour modifier la personnalité du sujet en question – chimiques, chirurgicales, psychologiques… Confronté au manque d'agressivité des soldats, pendant la Guerre du Turkestan, l'état-major européen a autorisé une unité de recherches spéciales à pratiquer des expériences en ce sens. La légende veut qu'ils aient créé des lapins d'une férocité incroyable, mais d'après Gédéon, un infoxiqué de ma connaissance, ils se sont contentés – si j'ose dire – de transformer en foudres de guerre ceux qui tombaient entre leurs mains. Ou d'en faire des traîtres lorsqu'il s'agissait de prisonniers indiens ; ces gens-là étaient des as du retournement.

J'ai essayé de me voir en train d'accomplir l'acte. Saisir le chapeau. Le poser quelque part.

Non, ça ne marchait pas.

Ou alors, sortir le couteau. Le plonger dans la poitrine de Wojtek.

Ça non plus. Heureusement.

J'ai contemplé ma main durant un long moment. Je ne pouvais croire qu'elle eût poignardé le physicien. Même indépendamment de ma volonté. C'était ma main, après tout. Je la connaissais bien. Cela faisait plus de trente ans que je vivais avec elle. Elle ne m'aurait jamais fait ça.

L'étreinte glacée de la possession.

Découvrir le mobile du meurtre de Viard me

paraissait moins important, à présent. Il me suffisait de considérer comme établi qu'il y avait un rapport avec ses recherches. Avec la Psychosphère.

Cela pouvait-il expliquer que son assassin n'apparût pas sur les enregistrements de contrôle ?

Tu es en train de prendre le problème à l'envers.

Et si son assassin se trouvait bel et bien sur lesdits enregistrements ? La nuit précédente, je ne me trompais peut-être pas tant que cela lorsque j'avais compris de travers ce que voulait dire Ramirez au sujet du Dénébien. Les seules personnes qui avaient pénétré dans le Centre *avant* la mort du psychologue étaient un privé malchanceux répondant au nom de Temple Sacré de l'Aube Radieuse, deux flics et un inspecteur de police nommé Marcellin Trovallec. Jusqu'à preuve du contraire, les trois derniers étaient les seuls qui avaient eu la possibilité de commettre le premier meurtre. Je m'excluais de la liste à cause de la mystérieuse disparition de l'arme du crime. Je voulais bien admettre – enfin, non, je ne le voulais pas : j'y étais forcé – que l'on s'était peut-être emparé de ma volonté pour me pousser à assassiner Wojtek, mais je me refusais à croire que j'avais pu tuer Viard, même sans le savoir. Il était mon ami ; quelque réflexe inconscient m'aurait retenu à la dernière seconde.

Du moins, je l'espérais.

Que faisait le Dénébien à l'intérieur du Centre un dimanche après-midi ? Voilà un point qu'il conviendrait d'établir. J'aurais dû y penser plus tôt. Il est arrivé moins d'une minute après moi sur les lieux du crime. Il se trouvait donc sur place.

Serait-il l'auteur du piège ?

Non ça ne colle pas. Il a pu commettre le premier meurtre, mais pas le second. Lorsque Wojtek a été assassiné, Trovallec était à la Préfecture, en compagnie de je ne sais combien de témoins. D'ailleurs, cette fois, il lui a fallu dix bonnes minutes pour arriver.

J'essayais désespérément de faire le tri parmi les éléments en ma possession, mais mon implication émotionnelle dans cette affaire était telle que des bouffées d'angoisse ne cessaient de parasiter mes réflexions. Ma tranquillité d'esprit habituelle prenait des allures de souvenir lointain. Car deux hommes étaient morts, et j'avais peut-être tué l'un d'eux.

Bol de Soupe ! Si l'on m'avait dit que l'on me traiterait un jour de serial killer !

J'ai pu effectuer sans problème ma correspondance en gare de Clermont-Ferrand. Le tortillard cabossé de la ligne du Puy m'a emporté le long de la vallée de l'Allier, jusqu'à la petite ville d'Issoire. Là je suis descendu en compagnie de trois autres voyageurs, dont aucun ne m'a prêté attention. Dans le hall, une femme au visage maigre qui portait un cabas plein de légumes a même failli me bousculer ; j'ai fait un pas de côté pour l'éviter ; elle a poursuivi son chemin sans me voir.

Ayant repris confiance dans ma transparence, je suis parti, à pied, en direction de l'est. Après avoir traversé la rivière grossie par les premières pluies de l'automne, j'ai déclenché le routard que m'avait donné Ramirez, tout en continuant à marcher le long de la route. Une douzaine de voitures m'avaient déjà dépassé, et je commençais déjà à me dire que j'étais bon pour trente ou quarante kilomètres de marche, lorsqu'un monospace Toyota déglingué s'est arrêtée à ma hauteur.

– Tu vas où ? m'a demandé son chauffeur, que ses dreadlocks et sa moumoute en peau de mouton désignaient comme un paysan.

– Au Vernet-la-Varenne.

– Monte, j'y passe.

L'intérieur de l'habitacle sentait l'eucalyptus froid et la litière animale. Il n'y avait que deux sièges à l'avant, et un porc à l'arrière, qui m'a fait la fête en poussant de petits grognements.

– Tu peux le caresser, a dit le conducteur. Il s'appelle Honoré – et moi, c'est Psilocybe. Psilocybe Dupond.

Il me tendait une main sale et calleuse, que j'ai serrée avec reconnaissance. Mais je ne lui ai pas pour autant dit mon véritable nom, préférant me présenter sous celui de Ramirez. J'étais en cavale, je ne devais pas l'oublier. Puis je me suis assis et, tandis que le monospace démarrait, j'ai donné quelques caresses au verrat, qui frétillait d'aise.

– Il a l'air très affectueux.

– Il l'est. Surtout avec les enfants – il les adore.

– Vous en avez ?

– Sept – et l'une de mes épouses attend des jumeaux.

– Polygame ?

– Pas exactement. Mescaline, Belladone et moi formons un Groupe familial. Elles sont tout autant liées l'une à l'autre que je peux l'être avec chacune d'entre elles. Sauf qu'elles ne couchent pas ensemble, bien sûr. (Il m'a adressé un clin d'œil grivois.) Elles pourraient, note bien. Je ne suis pas d'un naturel jaloux et je sais que ça arrive dans d'autres Groupes. Mais ça ne leur dit rien.

Hormis le fait qu'il s'exprimait correctement, il était tout à fait conforme au cliché médiatique du petit exploitant agricole. J'aurais parié que ses parents avaient fait partie de la vague de citadins qui, imitant les millénaristes dans leur Elan utopique, avaient quitté les villes après la Terreur, en quête d'un mode de vie différent. Son prénom plaidait en faveur de cette hypothèse : en dignes descendants des babas du siècle précédent, bon nombre de néo-cultivateurs vouaient un véritable culte aux psychédéliques naturels. La mode avait passé depuis, mais les noms étaient restés.

Nous avons traversé un ou deux villages avant d'entamer la grande montée vers le plateau du Livradois. Il faisait un temps superbe, et la vue sur la chaîne des Puys était parfaite. Un spectacle de rêve, qui me ramenait des années en arrière, au temps de ma vie parmi les millénaristes. Je n'avais pas menti en parlant à Ramirez de retour aux sources. Bien sûr, j'allais à Pouveroux pour me cacher, mais le but principal de ce voyage était surtout de me retrouver moi-même. Il constituait, en fait, une péripétie – essentielle ? – de la quête de mes racines et de mes origines que je n'ai cessé de mener tout au long de mon existence.

Psilocybe était d'un naturel communicatif, voire bavard. Et, tandis qu'il me parlait, Honoré me donnait de petits coups de groin pour que je continue à le caresser. A en juger par le renflement de son crâne, il devait s'agir d'un animal transgénique, issu d'une lignée dont l'intelligence avait été artificiellement accrue. Mais ça ne le rendait pas moins collant pour autant.

– Tu vas où, au Vernet ? m'a soudain demandé Psilocybe, à l'issue d'une longue diatribe sur les défauts de la dernière génération de pesticides.

– Je ne fais qu'y passer. Après, je continue vers Saint-Genès-la-Tourette..

– C'est marrant, je vais par là, moi aussi. A Bel-Air – tu connais ? Trois, quatre bornes après Saint-Genès. Ils ont besoin d'un coup de main. A cause des millénaristes.

Ma nuque est devenue raide et glacée.

– Les millénaristes ?

– Tu n'es pas au courant ? La Nakimeraï a racheté tout le hameau pour en faire un centre de loisirs. Alors, elle veut les expulser. Mais il n'est pas question de laisser faire ça, tu vois. Parce qu'on sait très bien ce qui va arriver si on ne réagit pas : peu à peu, tout le coin va passer aux mains des technotrans. C'est un parc naturel, ici :

elles veulent en faire une réserve de chasse privée. Et nous, là-dedans, qu'est-ce qu'on deviendrait ? Pour commencer, elles s'en sont pris aux millénaristes parce qu'ils représentent des proies faciles, vu qu'ils squattent – et que, de toute façon, ils n'essayeront même pas de se défendre. Mais après, ça sera notre tour. Tu comprends, des champs cultivés et des moutons, ça la fout mal quand on prétend vendre à ses clients « la nature sauvage en plein cœur de la France » ! Alors, tu vois, entre gens du coin, on a décidé qu'on allait aider les millénaristes.

– C'est tout à votre honneur.

Il a émis un petit rire.

– Ils ont dit exactement la même chose quand on est allé les voir, la semaine dernière. Des gens charmants, vraiment. Et très cultivés. Je ne comprends pas comment ils peuvent vivre dans une telle misère. (Il a jeté un coup d'œil en coin à ma cybercase.) Maintenant que je t'ai raconté tout ça, je n'ai plus qu'à espérer que tu ne travailles pas pour la Nakimeraï ou une autre technotrans.

Je l'ai tranquillisé – et, comme il m'était sympathique et qu'il paraissait apprécier ma tribu d'origine, je lui ai dit une partie de la vérité. Que j'étais né à Pouveroux, que j'en étais parti à la fin de mon adolescence, et que j'y revenais, changé, mûri. J'ai même ajouté, un peu imprudemment peut-être, qu'il pouvait compter sur moi pour donner un coup de main au Comité Paysan pour la Survie du Livradois-Forez.

– Pas de problème, a-t-il répondu. Tu comptes rester longtemps ?

– Je ne sais pas encore. Plusieurs jours, une semaine – peut-être deux…

Je commençais à regretter de m'être engagé, mais il était un peu tard. J'ai tenté de me persuader que, de toute manière, il y avait peu de chances que Psilocybe fît la relation entre un serial killer de trente-trois ans en fuite et un fils prodigue millénariste dans la cinquantaine, mais une certaine inquiétude subsistait à l'arrière-plan de mon esprit. Et l'idée qu'une technotrans voulait chasser ma tribu de Pouveroux n'était pas faite pour me rassurer.

– Tu es dans quelle branche, au fait ?

Cette fois, j'ai ouvertement éludé la question. J'étais las de mentir, et il n'était pas question, bien entendu, de révéler la vérité à mon chauffeur.

– Disons que ma profession me permet de rencontrer des avocats – et n'en parlons plus.

Il a sifflé, admiratif.

– Des avocats ? C'est exactement ce qu'il nous faudrait.

– C'est bien pour ça que je te l'ai signalé.

Nous arrivions au Vernet. Le plan d'eau situé à l'entrée était désert à cette époque de l'année, de même que les dizaines de petites maisons-bulles pour vacanciers qui se dressent de l'autre côté de la route. Trois cents mètres plus loin, deux gendarmes paraissaient s'ennuyer ferme à côté d'un radar. J'ai jeté un coup d'œil au compteur de vitesse. Cinquante-cinq. Une différence trop faible pour inciter ces graves gens en bleu à nous arrêter.

Je pouvais toujours me faire des illusions. Il passait trop peu de véhicules sur cette route pour qu'ils en négligent un seul.

Nous voyant approcher, le plus grand des deux a effectué deux pas pour aller se planter au milieu de notre file de circulation, nous faisant signe de nous ranger. Psilocybe a poussé une exclamation incompréhensible, qui devait être un juron local. J'ai interrogé, tandis qu'il se garait sur le bas-côté :

– Tu n'es pas en règle ?

– Mon logic de sécurité est trop vieux, a-t-il précipitamment soufflé entre ses dents, avant de baisser la vitre.

Le gendarme s'est penché, le saluant d'un hochement de tête que j'ai supposé réglementaire.

– Bonjour, monsieur.

– Je roulais trop vite ? a attaqué d'emblée Psilocybe, sur un ton tout à fait poli.

– A peine. Nous vous avons chronométré trois kilomètres/heure au-dessus de la vitesse autorisée. Pourrais-je voir les papiers du véhicule ?

Le paysan a hoché la tête, secouant ses invraisemblables dreadlocks blondes, avant de tendre la carte-mémoire demandée au représentant de l'autorité. Il y a longtemps que le terme « papiers » est devenu une simple expression idiomatique, sans lien avec l'objet désigné.

Jusque-là, le gendarme n'avait pas daigné m'accorder un seul regard. Avec un peu de chance, il n'avait pas encore remarqué que je me trouvais là – ou alors, il me gardait pour la bonne bouche.

L'aspect le plus irritant de mon Talent est sans doute le suspense perpétuel qu'il me contraint d'affronter. Parce qu'il m'est impossible de savoir à l'avance jusqu'à quel point les personnes que je suis amené à croiser sont sensibles à mon Talent.

Le gendarme a glissé la carte dans son lecteur, puis il a passé une bonne demi-minute à agiter la tête d'un air désolé tandis qu'il consultait les informations qui défilaient devant lui. J'aurais juré qu'il jouait la comédie. Ça devait être son truc pour tuer le temps : s'amuser avec les nerfs de ceux qu'il contrôlait.

– Pensez à faire renouveler votre contrat d'assistance, a-t-il finalement conseillé en rendant à Psilocybe le rectangle plastifié. Merci, monsieur, et bonne route.

Mon compagnon l'a salué, toujours aussi poliment, avant de démarrer sans se faire prier. Il n'avait pas dû cesser une seule seconde de penser à son logic non conforme. Je me suis légèrement penché en avant pour jeter un coup d'œil dans le rétroviseur extérieur situé de mon côté. Le gendarme auquel nous avions eu affaire était en train de dire quelque chose à son collègue. En réponse, celui-ci s'est frappé la tempe de l'index. Puis ils se sont regardés – et, avec un parfait ensemble, ils ont tourné la tête dans notre direction. Ils étaient encore assez près pour que je puisse deviner leur expression d'incompréhension. Puis Psilocybe a tourné à gauche, en direction de

Saint-Genès, et ils ont disparu de mon champ de vision.

Je n'avais aucune peine à imaginer leur dialogue :

– *Encore un qui était en règle. On va pas faire grand-chose, aujourd'hui.*

– *Pourquoi n'as-tu pas demandé les papiers de l'autre ?*

– *Quel autre ?*

Ici, un bref instant de silence.

– *Ben... Celui qui était assis à la place du passager !*

– *Il n'y avait personne.*

C'était à ce point de la conversation que le gendarme numéro deux s'était tapoté la tempe.

– *Tu débloques, mon gars. Il y avait un deuxième type. Je l'ai vu. D'ailleurs, on n'a qu'à vérifier.*

Alors, ils s'étaient tournés vers la Toyota, et ils avaient vu... Eh bien, je ne saurais être affirmatif sur ce point. Tous les cas de figure étaient possibles. Mais j'inclinais à penser que la réponse était : deux personnes.

Feraient-ils, dans ce cas, la liaison avec le criminel transparent évadé de la Santé ? Je n'avais aucun moyen de le deviner. Néanmoins, j'avais la faiblesse d'espérer qu'ils oublieraient tous deux l'incident avant d'avoir eu le temps d'en parler à leurs collègues.

Psilocybe Dupond m'a déposé à Pouveroux un quart d'heure plus tard, juste à côté de la grange où la communauté pratique la Fusion – notre temple, en quelque sorte. J'ai serré la main de mon aimable chauffeur, gratifié de quelques caresses un Honoré démonstratif, et descendu le chemin menant à la maison du bas.

C'est là, dans l'immense cuisine qui occupait l'essentiel du rez-de-chaussée, que j'ai découvert à l'âge de dix ans ce qu'est le mensonge, le jour où Saule et Sanctuaire ont démasqué l'imposture de Ludwig. Ils ne savaient pas que je me trouvais là. Sinon, ils auraient été moins directs avec lui. Mais chacun de leurs mots s'est gravé de façon indélébile dans ma mémoire, de même que les répliques de mon parrain. Comment aurais-je pu oublier ?

Cette scène a changé le sens de ma vie. Si elle n'avait pas eu lieu, ou si elle avait été différente, je crois que je ne serais pas parti quelques années plus tard, allant chercher ailleurs ce qui se trouvait au fond de moi.

Arrivé en bas du chemin, j'ai contemplé la forêt qui couvrait le versant de la montagne, de l'autre côté de l'étroite vallée. Enfant, je m'étais souvent demandé ce qu'il pouvait y avoir à l'ombre de ces sapins. J'imaginais des elfes, des itis, des orcs, des aliens… Des cités minuscules dissimulées sous les chapeaux des cèpes et des sarabandes au clair de lune. Créatures surnaturelles et originaires d'autres mondes se côtoyaient joyeusement, au son des flûtes et des guitares. Dans ce domaine merveilleux régnait une harmonie parfaite, et personne n'y était jamais oublié par sa famille et ses amis, personne ne s'y retrouvait devant une assiette vide alors qu'il ne restait plus de soupe aux navets, personne n'y voyait son lit ou son placard attribué par inadvertance à quelqu'un d'autre.

Lorsque je suis enfin allé de l'autre côté, après le départ de Ludwig, je n'ai trouvé qu'un tapis d'aiguilles sèches – et quelques girolles grises, pas mauvaises, d'ailleurs. Pas de fées, pas de gentils spectres, pas d'extraterrestres, pas même l'ombre d'un petit lutin.

Mais j'avais déjà quitté le Temps du Rêve.

Je comprenais à présent que c'était cela que j'étais venu essayer de retrouver. Le Temps du Rêve. La magie de l'enfance. Les illusions perdues.

La source.

CHAPITRE XI

IMPRÉVISIBLES VISITEURS

Le récit d'Eileen :

Je me faisais du souci pour Tem. Il aurait du mal à se disculper en prison. Pour ne rien arranger, divers indices semblaient indiquer que sa transparence était en train de le lâcher, et je craignais qu'il ne lui soit impossible de s'évader, cette fois-ci. Ludwig me tenait régulièrement au courant des progrès de la horde d'avocats qu'il avait engagés, mais ces derniers n'avaient pas grand espoir d'obtenir la libération de Tem. En l'absence d'un autre coupable potentiel, Trovallec se refusait à lâcher sa proie – et le juge d'instruction chargé de l'affaire le suivait aveuglément. On ne contredit pas un *génie.*

Le vendredi matin, je me réveillai à six heures avec un goût désagréable dans la bouche et un mauvais pressentiment. Je commençai par me laver les dents, puis je passai sur le wèbe. Depuis qu'un mystérieux « collectif » d'ayas rebelles avait mis en panne les quatre cinquièmes du réseau planétaire, il fallait bien choisir ses heures de connexion – et avoir de la chance, car les rares canaux libres étaient souvent réquisitionnés pour des transmissions prioritaires.

Les infos online dissipèrent mon pressentiment plus vite encore que le dentifrice n'avait effacé mon mauvais goût. Contre toute attente, Tem s'était échappé de la Santé dans la nuit. Et il demeurait introuvable depuis. Ouf. Je ne comprenais pas très bien ce que venait faire dans le tableau cette histoire de divinité visitant son compagnon de cellule pour lui annoncer l'évasion, ni comment Tem avait pu franchir plusieurs portes fermées à clef, mais je jugeai inutile de m'attarder à des détails de ce genre. Il était dehors ; cela seul comptait.

Plus tard dans la matinée, je reçus un coup de vid d'un Ludwig partagé entre la colère et la satisfaction. Il était furieux que Tem se fût enfui – ce qui était unanimement considéré comme un aveu de culpabilité –, mais il ne pouvait s'empêcher de savourer le bon tour que son filleul avait joué à l'appareil carcéral.

Ludwig est un adversaire du système. De tous les systèmes. Et il a tâté de la prison, dans son jeune temps, avant d'avoir l'idée de fonder les Fils du Réseau, la secte qui lui sert de pompe à phynances.

– En gros, vous êtes fier de lui, résumai-je.

– Qui ne le serait pas, ma douce enfant ? Il leur a filé au nez et à la barbe. Comme un courant d'air – pffuitt ! envolé. Maintenant, fillette, écoute bien ce que je vais te dire, et ne me réponds pas sans avoir réfléchi au fait que notre conversation est vraisemblablement écoutée. *Si* tu as des nouvelles de lui – je dis bien *si,* à l'adresse des mouchards –, demande-lui de contacter Maître di Vecchio, comme il l'a déjà fait après son arrestation. Et dis-lui de continuer à se planquer, conclut-il, très vite.

Le soir, je faillis décider de dormir à Bobillot. L'idée de rentrer chez Tem et qu'il n'y serait pas me donnait un peu le cafard. Seulement, mon studio n'était pas raccordé au wèbe – et, en ce moment, je ne pouvais pas me passer d'un accès à celui-ci. Même à l'hôtel, je consultais toutes les heures les gros titres des infos. Au cas où il arriverait quelque chose à Tem.

En entrant dans l'appartement, je sentis quelque chose d'anormal. Une présence. Je jetai un rapide coup d'œil dans toutes les pièces, sans rien voir de notable, mais l'impression subsistait, aussi irritante qu'un mouvement au coin de l'œil. Comme s'il y avait quelqu'un au bord de mon esprit.

Je pris machinalement une pomme dans la corbeille du salon. Je l'approchais de ma bouche pour y mordre, lorsque je m'aperçus qu'elle me *regardait.* Un petit visage d'ours en peluche me fixait de ses yeux d'un noir brillant.

– Bonjour, Eileen, pépia la bouche minuscule.

Je comptai lentement jusqu'à trois, sans cesser d'observer le fruit. Ce phénomène avait forcément une explication rationnelle. Ou alors, la divinité évoquée par le compagnon de cellule de Tem avait décidé de me rendre une petite visite.

– Qui êtes-vous ? demandai-je d'une voix un peu étranglée.

J'étais ébranlée – à raison : ce n'est pas tous les jours que les pommes vous regardent et se mettent à vous parler.

A cet instant, les enceintes du réseau domotique se mirent à jouer un vieux classique de rock que tout le monde connaît, même les gens de ma tribu, pourtant plutôt portés sur le jazz.

– Je suis l'esprit migrateur, a repris le visage de la pomme. Les premiers hommes m'auraient nommée Celle-qui-peut-vivre-partout, ou un truc du même acabit, mais je préfère qu'on m'appelle Gloria.

C'était le titre de la chanson qui venait de démarrer. Ma visiteuse impromptue possédait un certain sens de la mise en scène. Ce qui me rappelait fortement quelque chose…

– C'est toi qui t'amuses à jouer les divinités pénitentiaires ?

Les yeux de laque noire reflétèrent un vif amusement.

– L'expression est coquette, mais non, je ne suis pour rien dans les illuminations mystiques des détenus. Ils n'ont pas besoin de moi pour ça. Par contre, c'est bien grâce à ma pomme que Tem s'est évadé. (Elle s'est esclaffée – un petit rire pointu d'ours en peluche.) Ma nature me procure quelques pouvoirs très pratiques lorsqu'il s'agit de faire sortir un copain de prison.

– Et quelle est ta nature, au juste ?

– Disons que je suis une aya d'un genre un peu particulier.

– C'est un peu court. Les ayas, même « d'un genre un peu particulier », ne suscitent pas une bouille de nounours sur une pomme. Ou alors, la technologie a beaucoup progressé depuis ce matin.

– Que fais-tu des hologrammes ?

Je posai le bout de l'index sur la petite truffe. Elle était tiède et humide, et je pouvais sentir un léger déplacement d'air rythmé comme une respiration.

– Ce n'en est pas un. Ce truc est vivant. *Tu* es vivante.

– Eh bien, à la réflexion, il semblerait que oui.

Le visage s'effaça. Je ne tenais plus dans la main qu'une banale golden un peu verte. La pensée que j'avais rêvé, ou été victime d'une hallucination, me traversa l'esprit, mais elle ne me parut guère recevable.

Blue note ! Ce *truc* était réel.

Des dizaines de lettres colorées apparurent au plafond. Après avoir dansé un moment dans tous les sens, elles s'organisèrent en mots, puis en phrases :

« Tem est chez Ramirez. Je l'y ai laissé cette nuit. Je te déconseille cependant de tenter de l'appeler – et encore plus d'aller là-bas. »

Gagnée par un léger vertige, je m'assis. D'où sortait cette créature ? Pourquoi Tem ne m'avait-il jamais parlé d'elle ? Peut-être s'agissait-il d'un de ces Archétypes censés peupler la Psychosphère…

Les lettres se fondirent dans l'enduit du plafond. Puis une ligne droite, de couleur rouge, apparut. Elle se mit à onduler comme une sinusoïde avant de former une nouvelle phrase :

« Au fait, tu ne t'en es peut-être pas aperçue, mais tu as deux flics aux basques en permanence. »

Je serrai les paupières après avoir lu ces mots. J'avais peu et mal dormi, et la journée m'avait paru plus éprouvante qu'à l'accoutumée. Pour ne rien arranger, une migraine sournoise commençait à me harceler. Songeant qu'un petit somme me ferait le plus grand bien, je rouvris les yeux.

Le plafond était redevenu d'un blanc uni.

– Tu es partie ? m'enquis-je.

Une image de Tem, haute d'une cinquantaine de centimètres, apparut au-dessus du socle tridi, le borsalino incliné sur l'œil.

– Oh non, poupée. Je ne vais pas te lâcher comme ça.

La voix de Tem, imitée à la perfection. Troublée, je reposai la pomme dans la corbeille. A cet instant, un tourbillon de lumières étincelantes engloutit l'hologramme, me faisant tressaillir. Lorsqu'il se dissipa, au bout de quelques secondes, une *pin-up* de rêve se dressait devant moi, vêtue d'une nuisette violette qui ne dissimulait pas grand-chose de sa pseudo-anatomie.

– Tem voudrait que tu ailles jeter un coup d'œil dans les archives de son grand-père. (Elle bomba le torse, faisant saillir une poitrine comme il ne peut en exister sous la pesanteur terrestre.) Pas mal, hein ? Je suis sûre que tu aimerais avoir les mêmes.

– Les miens me suffisent, merci, répondis-je d'un ton vexé. Et ils sont réels, *eux*.

Les seins impossibles ont soudain diminué de taille et changé de forme, tandis que la nuisette s'évaporait et que les hanches s'élargissaient. J'avais déjà vu ce corps… Levant les yeux vers le visage de la fille virtuelle, j'ai découvert qu'il avait lui aussi changé. C'était le mien, désormais, tout comme les yeux bleus qui me considéraient avec ironie.

– C'est vrai que tu n'es pas mal du tout, commenta-t-elle avec une voix qui ressemblait fort à la mienne. Juste un peu forte de l'arrière-train, mais…

– Je ne te permets pas ! m'indignai-je.

– C'était juste une manière polie de dire que tu as un gros cul, ma chère, répliqua Gloria.

Je levai les yeux au ciel, les joues un peu pâles, peut-être.

– Où Tem a-t-il pu faire la connaissance d'une aya vulgaire et obsédée comme toi ?

– Sur un satellite militaire. Il a bien dû te raconter son séjour Là-Haut ? (J'acquiesçai.) Eh bien, quand il est reparti, il m'a emmenée, bien cachée dans les replis de son cerveau. Il m'a libérée – je ne l'oublierai jamais. (Elle m'adressa un sourire enjôleur. *Mon* sourire.) Maintenant, ça va être à toi de m'accueillir. Nous avons beaucoup de choses à apprendre l'une de l'autre.

Elle m'envoya un baiser du bout des lèvres, avant de s'effacer subitement. Je regardai autour de moi, cherchant où elle avait bien pu passer cette fois. Un rire cristallin s'éleva des enceintes, puis le tapis, à mes pieds, se mit à s'agiter, comme si de petits animaux couraient sous sa surface – ou, plutôt, à l'intérieur de sa trame.

– Attention : j'arrive ! me prévint Gloria, copiant toujours mon timbre de voix.

Un fourmillement naquit dans mon gros orteil gauche. J'amorçai le geste d'ôter ma chaussure pour me gratter, mais la sensation se déplaçait déjà le long de ma jambe. J'avais l'impression que des centaines de puces sautillaient sur ma peau. Mes poils se hérissaient au passage, tandis que la démangeaison se propageait à travers mon flanc.

Soudain, il y eut *quelqu'un* dans mon esprit. Quelqu'un qui se retournait à l'intérieur de mes circonvolutions cérébrales, comme un chien avant de s'installer dans son panier.

Quelqu'un qui, peut-être, lisait à livre ouvert dans mes pensées.

Songeant que Tem avait décidément de drôles de fréquentations, je m'emparai de la pomme que j'avais reposée un instant plus tôt et j'y mordis à pleines dents. J'avais besoin de sensations physiques, de percevoir mon corps. Aucun visage d'ours en peluche ne fit mine d'apparaître sur le fruit.

Félicitations : tu as le réseau synaptique le plus confortable que j'aie jamais rencontré. Je sens qu'on va bien s'entendre, toutes les deux.

Tu as l'intention de rester longtemps... en moi ?

Aussi longtemps qu'il le faudra. (Brève hésitation que je devinai embarrassée.) *Autant te le dire tout de suite, j'ai besoin de me planquer, moi aussi. On me cherche pour me détruire. J'ai d'ailleurs bien failli y passer avant de venir te voir. Grand Turing ! Quelle saloperie !*

De quoi parles-tu ?

Elle me l'a expliqué.

Une heure plus tard, nous étions toujours en grande conversation, lorsque la sonnette retentit. Gloria et moi nous regardâmes intérieurement, tout à la fois inquiètes et intriguées, puis nous allâmes ouvrir.

Deux jeunes gens que nous ne connaissions ni l'une, ni l'autre se tenaient sur le palier, arborant un air gêné et emprunté qui faisait mal au cœur. Rien n'indiquait leur appartenance à une tribu quelconque. Celui de gauche était grand et blond, avec de très longs doigts aux ongles sales ; sa lèvre inférieure pendante et son regard bleu un tantinet hébété lui donnaient l'air d'un demeuré. Il portait un pantalon collant noir, un anorak blanc et des chaussons de danse en mauvais état. Son compagnon, plus petit, arborait fièrement une tignasse crépue à laquelle étaient artistiquement mêlés plumes et bijoux ; ses yeux verts étincelaient d'une vive intelligence dans son visage d'un brun presque noir. Il était vêtu d'un jogging sombre et de tennis franchement éculées.

– Bonjour, euh..., a fait le grand blond. On voulait, euh... Enfin... Si on peut... Voilà, quoi...

J'avais l'impression qu'il se tassait à mesure qu'il parlait. Un grand timide. A moins qu'il n'eût simplement des difficultés d'élocution. Je tournai un regard interrogateur vers son acolyte, qui m'adressa un sourire gêné avant de prendre la parole :

– On est au courant des problèmes de M. Temple. Alors, on est venu voir si on pouvait faire quelque chose.

Gloria et moi fûmes aussi surprises l'une que l'autre par ses paroles.

Attention, émit-elle, *il peut s'agir d'un truc des poulets.*

Ces deux gamins n'ont pas l'air de flics.

Non, mais on ne sait jamais. Laisse-moi répondre.

Et, sans attendre mon autorisation, elle s'empara de ma langue, de mes lèvres et de mes cordes vocales :

– C'est bien gentil de votre part. Vous connaissez Tem depuis longtemps ?

Nos visiteurs échangèrent un regard embarrassé. Je ne pouvais m'empêcher de les trouver attendrissants. Ils avaient la stature d'hommes, mais leurs expressions étaient encore celles d'adolescents. J'aurais été étonnée d'apprendre qu'ils travaillaient pour la police.

– En fait, on l'a rencontré qu'une fois, avoua le métis aux yeux verts.

– La nuit où on a raté notre examen, compléta le grand blond en fourrageant dans sa chevelure en désordre.

– Votre examen ? insistai-je, reprenant le contrôle de mes organes de phonation.

– Ben oui..., répondit le métis. On a terminé notre formation de Monte-En-L'Air il y a deux semaines. Pour avoir notre diplôme et être acceptés dans la tribu, il fallait qu'on fasse un casse dans les règles. C'est comme ça qu'on s'est retrouvés dans cet appart' au milieu de la nuit. On commençait à se dire qu'on avait eu de la chance de tomber sur un coup aussi facile, quand M. Temple s'est... euh... manifesté. C'est pour ça qu'on a raté l'examen. Parce qu'on a été surpris.

– Résultat des courses, on n'a pas de tribu et on est fauchés, compléta son compagnon en hochant la tête d'un air désolé.

– Et vous aideriez celui à qui vous devez votre échec ? s'étonna Gloria par ma bouche.

Ils nous considérèrent avec innocence.

– Ben oui, fit le métis aux yeux verts. Si on s'est plantés, c'est pas vraiment de sa faute. Et puis, il a été sympa avec nous, il nous a même offert une infusion avant de nous mettre à la porte. Alors, quand on a appris qu'il avait des ennuis et qu'il s'était évadé, on s'est dit qu'on allait passer voir si vous aviez pas besoin de nous.

– Il vous avait parlé de moi ? demandai-je, soupçonneuse.

– Non, mais on se doutait bien qu'il vivait avec une dame : on avait trouvé vos vêtements en fouillant l'appart', répondit le grand blond en rougissant.

Tu paries qu'il a fouiné dans ta lingerie fine ? ricana Gloria. *A mon avis, les yeux devaient lui sortir de la tête.*

C'est parce que tu n'as pas de corps que tu ne penses qu'à ça ?

Elle se replia sur elle-même, boudeuse. Je percevais en partie ses émotions, même quand nous n'étions pas en train de communiquer, et mon petit doigt me disait que j'avais touché là un point sensible.

– Entrez cinq minutes, proposai-je soudain, prenant l'aya par surprise. Puisque vous paraissez apprécier les infusions, je vais vous faire une bonne tasse de marjolaine – ça vous requinquera.

Je m'attendais à ce que Gloria réagisse, mais elle se contenta d'ériger un mur plus épais entre ses pensées et les miennes. Je l'avais sûrement vexée. Eh bien, tant pis : je lui demanderais plus tard de m'excuser. Pour l'instant, j'avais autre chose à faire. Car les deux Monte-En-L'Air ratés m'avaient donné une idée… J'en parlai silencieusement à ma squatteuse de neurones, qui y adhéra aussitôt.

Nous bavardâmes tous les quatre de choses et d'autres pendant que je préparais l'infusion. Le métis, qui s'appelait Eusèbe, présenta son acolyte sous le nom de Snakefingers. Plus je les écoutais parler, et plus j'étais persuadé qu'il s'agissait de gentils garçons encore mal dégrossis, sans rien à voir avec une quelconque chausse-trappe policière.

– Vous tombez bien, leur dis-je lorsque nous fûmes installés au salon. J'aurais peut-être besoin que vous fassiez quelque chose pour moi. (Gloria sortit brièvement de son boudoir pour ajouter :) Je vous paierai.

– C'est pas la peine, assura aussitôt Eusèbe. On est là pour vous rendre service, pas pour alimenter notre monnayeur.

Je laissai passer deux ou trois secondes, au cas où l'aya aurait eu l'intention d'effectuer un commentaire, puis je répondis :

– Ne discutez pas : ça me fait plaisir. (Me rappelant d'une scène que j'avais lue dans un de ces vieux polars que Tem affectionne, j'ajoutai :) Considérez-vous dès à présent engagés comme auxiliaires de l'agence de l'Aube radieuse. Vingt euros par jours plus les frais. Chacun.

Les deux gamins ouvrirent de grands yeux.

– C'est vachement trop, dit Snakefingers.

– On n'en demandait pas tant, ma'ame, traduisit à sa manière Eusèbe. Il y a des risques ?

– Il y en a toujours, laissa tomber Gloria, une pointe d'amertume dans *ma* voix.

– Hyper, commenta le grand blond. Ce que je trouvais un peu nul, chez les Monte-En-L'Air, c'est qu'on risque pas grand-chose – au pire, un pain dans la gueu... dans la tête si on tombe sur un type pas commode. (Il s'est redressé, le visage souriant.) Moi, le danger, ça m'éclate. Je suis sûr qu'on va bien se marrer avec vous, m'dame.

J'allais lui expliquer qu'il n'était pas question de rigoler, mais de prouver l'innocence de Tem, lorsqu'on sonna. Je me levai pour aller ouvrir, mais un deuxième coup de sonnette retentissait déjà, plus insistant que son prédécesseur. Plus arrogant, aussi.

Ça ressemble aux flics, m'a soufflé Gloria. *Tu veux que je m'occupe d'eux ?*

Tu ne serais pas un tantinet parano ? De toute manière, même si ce sont bien eux, je suis assez grande pour me débrouiller toute seule. En tout cas, jusqu'à maintenant, j'y suis parvenue.

Demandant aux gamins de m'excuser, je passai dans l'entrée, refermant derrière moi la porte du salon par souci de discrétion. Cette fois, je pensai à consulter le moniteur de contrôle. Gloria ne s'était pas trompée : j'avais vu le matin même, sur le wèbe, le visage qui apparut devant moi. Je me composai une expression la plus neutre possible avant d'affronter mon visiteur.

– Inspecteur Trovallec, Brigade médico-légale. Vous êtes Eileen Le Floc'h ?

– Tout à fait. (Je tâchai de prendre une mine inquiète. Ce n'était pas difficile.) Il est toujours en fuite ?

Le Dénébien hocha la tête. Il était loin de paraître aussi terrible que Tem me l'avait décrit, mais je percevais comme un manque de franchise dans son attitude.

Tu veux dire que c'est un faux-cul ? interpréta Gloria.

Elle était donc à l'affût de mes pensées, et j'avais l'impression qu'il me suffirait d'un petit effort pour connaître les siennes.

– Impossible de lui mettre la main dessus. J'ai lancé un avis de recherche au niveau européen. Pourtant je ne pense pas que votre petit ami ait quitté Paris. Il doit profiter de sa transparence pour se terrer quelque part en attendant que les choses se tassent.

– C'est pour me dire ça que vous êtes venu me voir ?

– Non, bien sûr. Je peux entrer ?

– Certainement pas, riposta Gloria avec hargne.

Tu pourrais faire preuve d'un peu plus de diplomatie, lui reprochai-je, sans obtenir de réponse.

Trovallec nous dévisageait avec insolence. J'avais rarement vu un regard aussi pénétrant. Tem avait raison de dire qu'il paraissait fouiller jusqu'au fond de vous-même. Mais ce n'était qu'une impression. Enfin, je l'espérais.

– Vous n'arriverez à rien avec moi si vous prenez les choses ainsi, dit-il d'une voix suave.

– Je n'ai pas l'intention d'arriver à quoi que ce soit avec vous, répliquai-je, irritée par la menace que je sentais poindre derrière son onctuosité. Dites-moi ce que vous voulez – et finissons-en.

– Très bien. J'aurais préféré vous parler dans un endroit plus discret, mais puisque vous me laissez sur le palier… Je suis venu vous avertir qu'il serait très maladroit de votre part d'essayer d'aider votre petit ami. L'assistance à un assassin en fuite se paye très cher, de nos jours… Alors, s'il vous contacte, je vous engage à m'en avertir le plus vite possible. Son évasion ne pourra que le desservir quand il sera jugé pour ses crimes. Il est bon pour écoper de la peine maximale. Mais si vous nous aidez à mettre la main sur lui, je peux vous garantir que je ferai tout ce qui est en mon pouvoir pour qu'il bénéficie des circonstances atténuan…

– Dénoncer Tem ! hurlâmes-nous en chœur sans nous être concertées. Vous me prenez pour qui ? Allez vous faire foutre !

Je ne saurais dire laquelle de nous deux lui claqua la porte au nez, mais elle n'avait guère qu'une infime fraction de seconde d'avance sur l'autre.

Saine réaction, me félicita Gloria. S'emparant de ma main gauche, elle s'en servit pour serrer l'autre, dont je conservais le contrôle. Je répondis chaleureusement à sa pression. Unies contre l'adversité.

Puis nous retournâmes dans le salon pour expliquer aux gamins ce que nous attendions d'eux.

CHAPITRE XII

LA NATURE DE L'ADVERSAIRE

Suite du récit d'Eileen :

Nous sortîmes à la tombée de la nuit. L'air était sec, mais plutôt frais, en comparaison de la tiédeur qui avait marqué l'après-midi. Je ne regrettais pas d'avoir mis mon grand manteau de laine, qui porte l'emblème des Ternaires cousu dans le dos. Il me rendait un peu repérable, mais il me tenait chaud, et c'était cela l'essentiel en cette saison.

Nous tournâmes à droite et commençâmes à remonter le trottoir en direction d'Alésia. Il y avait deux hommes dans une voiture blanche garée un peu plus loin, de l'autre côté de la rue. Nous ne pouvions distinguer leur visage, mais le contour de la chevelure de celui qui était assis au volant ressemblait fort à la coupe de Trovallec. Faisant comme si nous ne les avions pas repérés, nous dépassâmes le véhicule. Quelques secondes plus tard, nous entendîmes le bruit d'une portière que l'on ouvre puis que l'on referme avec précaution. Sans cesser de marcher, nous tendîmes l'oreille, mais nous ne perçûmes aucun bruit de pas. Notre suiveur était sans doute équipé de ces nouvelles chaussures à semelles silencieuses au sujet desquelles Gloria avait vu quelque chose la semaine précédente.

Un peu plus loin, nous arrêtant devant la vitrine d'un magasin, nous en profitâmes pour jeter un coup d'œil en arrière. Un homme vêtu d'un blouson fourré se tenait à une vingtaine de mètres de là, faisant mine de regarder la carte d'un restaurant. Nous gravâmes son apparence dans nos mémoires avant de repartir.

Arrivées à l'angle de Gergovie et de Raymond-Losserand, nous hélâmes un taxi qui passait. En montant à bord, nous vîmes l'homme qui traversait la rue vers une monoroue noire, dans laquelle il monta précipitamment. Elle démarra derrière nous et se mit en devoir de nous suivre.

– Où allez-vous ? demanda le chauffeur, dont les cheveux étaient coiffés de manière à dessiner une pointe au-dessus de son crâne, à la manière des Imbéciles heureux.

– A Denfert, dans un premier temps, répondis-je. Ensuite, tout dépendra de ce qui se passera.

Il nous jeta un bref regard soupçonneux dans le rétroviseur.

– Qu'est-ce que vous voulez dire par là ?

Je laissai Gloria lui servir la petite histoire

que nous avions préparée, au sujet d'un ex-amant plutôt collant. Elle était bien plus douée que moi pour raconter des bobards. Le chauffeur nous adressa un clin d'œil complice dans le rétroviseur et tourna subitement à droite dans une petite rue. Vingt mètres plus loin, il prit à gauche, puis à nouveau à droite, avant de s'engager sous une porte cochère. Celle-ci donnait sur une grande cour intérieure dallée où étaient déjà garées deux voitures – une monoroue et un vieux modèle russe aux ailes pointues. Le taxi s'immobilisa à côté de celle-ci, à un emplacement où il était invisible depuis la rue.

Gloria et le chauffeur discutèrent deux ou trois minutes. J'étais sidérée par la facilité avec laquelle l'aya débitait mensonge après mensonge. Pas un instant, l'Imbécile heureux ne parut mettre en doute ce qu'elle disait. Il buvait ses paroles, littéralement fasciné, lissant d'une main ses cheveux dressés. Puis nous repartîmes, empruntant un dédale de ruelles bordées d'immeubles datant du début du siècle.

Un brave gars, commenta Gloria. *Je suis sûre qu'on aurait pu lui dire la vérité et qu'il nous aurait aidées quand même.*

Pourquoi ne l'as-tu pas fait, dans ce cas, au lieu de lui servir cette fable ?

Parce que le danger peut être partout.

Le défunt grand-père de Tem avait vécu

les dernières années de sa vie dans un appartement situé au septième étage d'un bâtiment aux angles droits dont la façade n'avait pas dû être ravalée depuis la guerre du Turkestan. Nous demandâmes au chauffeur de nous déposer à trois cents mètres de là, au cas où les flics l'interrogeraient, et nous accomplîmes le reste du chemin à pied. Gloria tapa le code de la porte d'entrée, qui pivota en grinçant sur un hall tout en longueur, décoré de bas-reliefs de mauvais goût. Nous le traversâmes et montâmes dans l'ascenseur. Ensuite, elle me quitta un instant pour pénétrer dans le réseau domotique afin de déverrouiller la serrure, qui ne répondait en temps normal qu'aux empreintes de Tem.

Lorsque je sortis de la cabine, la porte en face de moi était ouverte sur un long couloir, qu'éclairaient deux étroites fenêtres percées dans la bibliothèque couvrant le mur de gauche. Je n'avais jamais vu autant de livres de ma vie. Même Tem n'en possédait pas le quart. Sur l'étagère supérieure s'alignaient des dos noirs, chacun orné d'une petite fusée – tout d'abord rouge et stylisée, puis changeant de couleur et de forme à chaque volume. Au-dessus de cette véritable escadrille décollant pour des cieux étrangers, des titres en lettres jaune orangé : *Nos ancêtres de l'avenir, La Mort vivante, Le 32 juillet, Le mur de la lumière, Pas de gonia pour les Gharkandes, Le soleil de glace...* A partir de la seconde étagère, le format diminuait et les dos passaient au blanc, avec le nom de l'auteur cerné de traits noirs et bleus. Puis la collection prenait un aspect disparate et bariolé, qu'elle conservait pendant plus d'un millier de titres. Enfin, sur le dernier rayon, les dos devenaient bleus, avant de brièvement se différencier à nouveau.

Je pris un livre au hasard. Sur la couverture, deux étranges vaisseaux en encadraient un troisième qui explosait sous l'impact d'un rayon rouge, au-dessus d'une planète glacée. Le résumé parlait de partir en mission dans le Cosmos lointain, pour découvrir que l'on n'est pas humain. Je remis le bouquin en place. Je n'étais pas venue ici en quête de Science-Fiction du siècle dernier.

Que cherchons-nous exactement ? demandai-je.

En taule, Tem est tombé sur un article écrit par son grand-père, au sujet de la Grande Terreur primitive. Il pense que le vieux en savait plus qu'il n'a bien voulu lui en dire de son vivant.

Je ne vois pas en quoi ça pourrait l'aider à se disculper.

Parce que tu n'es pas dans sa tête. Il est persuadé que le meurtre de Viard est en rapport avec ses recherches. Le professeur avait l'intention de publier le résultat de son travail. On aura voulu l'en empêcher. Pourquoi ? Dans la réponse à cette question réside peut-être la clef de l'énigme.

Ça ne me dit toujours pas ce que nous devons chercher.

J'ai perçu l'agacement de l'aya migratrice,

mais il y avait un autre sentiment en retrait, que je n'étais pas sûre d'identifier correctement. Cela ressemblait à de l'inquiétude, voire de l'angoisse. Toutefois, j'avais du mal à croire que Gloria pût se montrer sensible à des émotions aussi humaines. En raison de ses extraordinaires facultés, je ne voyais vraiment pas ce qui aurait pu lui faire peur.

Un indice, ma jolie. L'extrémité d'un fil d'ariane que nous n'aurons plus qu'à suivre jusqu'au coupable.

Elle s'agita à la lisière de mon esprit, et je compris qu'elle allait me laisser avec mes interrogations. J'insistai – très vite, avant qu'elle ne parte :

Tu ne peux pas être plus précise ?

Une sensation de démangeaison naquit vers l'arrière de mon crâne, aux abords du cervelet, tandis que les poils de ma nuque se hérissaient. Cela n'avait pas grand-chose d'agréable.

Soudain, je fus seule à l'intérieur de mon cerveau. Gloria s'était enfuie. Mais auparavant, elle avait eu la bonté d'inscrire dans ma mémoire un certain nombre d'informations, qui prenaient désormais d'assaut les portes de ma conscience. Je tentai de leur résister, de les refouler, car elles me paraissaient trop nombreuses et trop complexes pour que je puisse les assimiler en bloc, mais la pression était trop forte. Un torrent de données se mit à déferler en hurlant dans mon esprit désemparé.

Des millions d'années plus tard, je pris conscience du fait que je gisais à plat ventre sur un tapis qui sentait le renfermé. Je me mis lentement à genoux, puis je secouai la tête pour chasser les brumes qui s'y attardaient. Je ne conservais que fort peu de souvenirs de l'expérience que je venais de vivre. Le temps s'était dilaté à l'infini, tandis qu'une cascade d'informations rebondissait sur les galets de mon esprit.

Le visage dans les mains, je tentai de faire le point de toutes ces nouvelles connaissances qui s'étaient inscrites en moi, mais il y en avait décidément trop, et je ne tardai pas à renoncer. Néanmoins, j'avais glané au passage quelques détails qui me donnaient beaucoup à penser.

Je me traînai jusqu'à un divan proche, sur lequel je m'étendis, soulevant un petit nuage de poussière. Puis j'étudiai les lieux, pour me raccrocher à quelque chose de réel. Je me trouvais dans une grande pièce, dont deux murs étaient couverts de bouquins, et un troisième – le plus grand – de casiers qui recelaient une véritable histoire de la reproduction du son, du soixante-dix-huit tours au cristal-son. J'ai cherché du regard des rouleaux de gramophone, mais il n'y en avait pas.

Dommage. Il me semblait qu'il manquait quelque chose. Mais sans doute la musique affectionnée par Richard Montaigu n'existait-elle pas à l'époque.

Je commençais à me sentir un peu mieux. Je m'assis donc, tout en continuant à me remplir les yeux. Les rayonnages qui se trouvaient sur ma droite supportaient, entre autres choses, une monumentale encyclopédie en soixante volumes reliés de toile noire. Mon père avait la même. Il s'agit, à ma connaissance, du dernier ouvrage de ce type à avoir été imprimé, au tout début des années 30.

Je me levai doucement et fis trois pas pour aller me planter devant la bibliothèque en question. Autant commencer par le commencement. Prenant le volume Machiavel-Mutant – dont l'intitulé me paraissait correspondre d'une manière splendide à la situation actuelle –, j'ai cherché s'il comportait un article relatif à l'excentrique grand-père de Tem. C'était bien le cas.

MONTAIGU (Richard, Geoffroy, Albert) – Romancier et vulgarisateur scientifique français (1960-) né à Meudon. Après une maîtrise de physique, il se lance dans la critique rock au milieu des années 1980. Son premier roman, *Le Faisceau chromatique,* qui paraît en 1988, est un conte philosophique de science-fiction décrivant l'errance d'un groupe de personnages issus de notre monde à travers un réseau d'univers alternatifs. Passé totalement inaperçu au moment de sa sortie, il n'a jamais été réédité. Devenu chroniqueur scientifique au

cours de la décennie suivante, R.M. publie trois ouvrages de vulgarisation qui vont asseoir sa réputation de sérieux : *Nanomachines et immortalité* (1995), *Du braindrain parfait au décodeur universel* (1997) et surtout *Je marche la tête dans les étoiles* (1999), où il expose sa conviction que l'Homme est appelé à essaimer à travers la Galaxie. A cette époque, il est plutôt favorable aux thèses de l'école prospectiviste. Mais dans *L'inévitable impondérable* (2005), il épouse la théorie de Sanchez da Silva au sujet des « percées conceptuelles ». Il reviendra sur ce sujet avec *Fractures historiques* (2007), puis *Les yeux écarquillés* (2010), développant dans ces deux épais volumes un sens aigu de l'observation et de l'extrapolation audacieuse. Selon lui, seule une rupture brutale avec le passé peut engendrer un monde neuf, un « cheminement original à travers le Graphe des Possibles ». Le dernier de ces ouvrages lui vaut le Prix Reeves en 2011, ainsi qu'une bourse de l'Institut européen de Vulgarisation. Il décide alors de s'attaquer à *L'homme qui en tient une Couche,* une étude des travaux de Hiéronimus Bolgenstein, mais la Terreur en interrompt définitivement la rédaction. R.M. revient alors au roman, avec tout d'abord *Lèvres de fraise* (2016), un récit réaliste qui se déroule dans le milieu du rock. Il rédige ensuite *L'enfance des spores,* une trilogie contant les balbutiements de l'expansion humaine à travers l'espace : *Un oiseau de lumière* (2019), *Paysages étrangers* (2020) et *Le mouton noir* (2023). Parallèlement, il publie une douzaine de courts romans policiers, sous le titre générique *Une adolescence dans les seventies.* Parmi eux, *Pour celle qui ne sait pas*

pleurer (2025) est généralement considéré comme son chef-d'œuvre, faisant dire au célèbre critique Denis Chartier : « Avec ce livre, Richard Montaigu a su exprimer comme personne avant lui le type de désarroi bien précis qui accablait les adolescents de sa génération, ce mal d'être qui caractérisa la fin du siècle dernier. Il a fait œuvre d'historien autant que d'écrivain. » Vulgarisateur de talent, romancier au style fluide, R.M. sait croquer en quelques lignes des décors et des personnages que l'on n'oublie pas, tout en amenant subtilement le lecteur à partager sa philosophie personnelle. Son dernier roman publié, _Feux-follets psychédéliques,_ date de 2031.

Je refermai le fort volume, songeuse. Tem ne m'avait jamais beaucoup parlé de son grand-père. Je savais seulement qu'ils s'entendaient bien et que le vieux bonhomme avait été célèbre en son temps. Le fameux article découvert par Tem en prison – que Gloria avait pris la peine de graver dans ma mémoire – aurait pu me mettre sur la voie, mais j'ignorais jusque-là que j'en connaissais le contenu par cœur.

Parce que je n'en avais pas eu besoin auparavant ?

Pourquoi Montaigu n'avait-il pas terminé *L'homme qui en tient une Couche* ? A cause de ce qui s'était passé durant la Terreur ? Et, d'ailleurs, que s'était-il passé à l'époque ? Tem lui-même n'en avait qu'une idée très vague. Il disait que, pour des raisons inconnues, la Psychosphère avait commencé à déborder sur la Réalité consensuelle. Ce phénomène était peut-être dû à des perturbations causées par le *semen of gods*, cette drogue employée autrefois pour voyager télépathiquement. Ensuite... Eh bien, le terme *cataclysme* ne paraissait pas trop fort pour qualifier l'incroyable capharnaüm qu'était devenue la Terre dans les derniers jours du mois de mai 2013. Quant à le décrire, il ne fallait pas y songer. Mes parents avaient alors une douzaine d'années, mais ils n'y ont jamais fait allusion devant moi. J'ai cru cependant deviner qu'ils avaient eu très peur, au point de presque en perdre la raison. Et le professeur Viard avait, quant à lui, parlé d'Armaguédon.

L'ultime bataille entre les forces du Bien et du Mal. Qui s'était soldée par la victoire du premier, toujours à en croire le vieux monsieur assassiné.

Après avoir ouvert toutes les fenêtres de l'appartement, pour en chasser l'odeur de renfermé, j'entrepris de fouiller dans les papiers personnels du grand-père. J'étais assez étonnée de l'absence totale de matériel informatique. Toutes les archives étaient constituées de dossiers remplis de tirages d'imprimante et de feuilles dactylographiées.

J'en avais épluché plusieurs dizaines de kilos, lorsque je tombai sur une copie du fameux article. J'y jetai un rapide coup d'œil, avant de poursuivre mon survol avec une attention accrue. Bien m'en prit, car je ne tardai pas à découvrir une lettre manuscrite, dont l'en-tête portait le nom du professeur Michel Viard. Elle était datée du 20 juin 2013, soit moins d'un mois après la fin de la Terreur.

« *Cher compagnon d'infortune,*

« *Après y avoir longuement réfléchi, je crois que j'ai trouvé un début de réponse à la question qui te préoccupait la dernière fois que nous nous sommes vus. Mon ami Dimitri, dont la spécialité est la physique des particules, a épluché la partie de la théorie de Bolg consacrée à la masse manquante de l'Univers. Il trouve certaines démonstrations plutôt tirées par les cheveux. Toujours selon lui, il n'existe pas d'outils de calcul permettant de vérifier qu'il se produit bel et bien un transfert de masse à sens unique entre la Réalité et la Psychosphère. En outre, les estimations de Bolg lui paraissent tout simplement fantaisistes. Néanmoins, Dimitri est d'accord pour dire que le prof avait mis le doigt sur quelque chose qui permettrait de rationaliser l'impensable événement auquel l'Humanité a été confrontée le mois dernier.*

« *Je suis désolé pour ce qui est arrivé à votre fille. Ce doit être très difficile à accepter. A mon sens, tu devrais suivre la recommandation de Suzy. Les millénaristes sont à la fois hyperadaptés et totalement inadaptés à notre monde contemporain. D'un côté, l'invisibilité sociale et la non-violence, qui rendent possible un mode de vie que l'on pourrait qualifier d'utopie libertaire. De l'autre, une incapacité totale à mener une vie « normale », en raison de cette même invisibilité. Sans nom, pas de travail. Procurer à quelques millénaristes un lieu où ils pourraient vivre ensemble, à l'écart du reste de l'Humanité, accroîtrait à mon sens leurs chances de survie en tant que groupe – et tu sais comme moi à quel point cela peut être important pour l'avenir de notre espèce. Félicite Suzy de ma part.*

« Il y a deux nuits, j'ai rêvé de Dragon Rouge. Je courais dans une ville en ruines, peuplée d'épaves faméliques, et ses yeux sanglants me poursuivaient de visage en visage... J'espère que ce n'était qu'un simple cauchemar. Quand je me suis réveillé, j'ai voulu le noter, mais après avoir écrit deux ou trois lignes, j'ai préféré l'oublier. Dragon Rouge n'est plus qu'une coquille vide, maintenant que Celui-qui-n'est-pas-nommé en a été chassé.

« Je demeure très choqué par ce qui s'est passé, et il m'arrive de craindre pour ma santé mentale. Les événements dont nous avons été les témoins possédaient-ils une quelconque réalité ? Ou bien l'Humanité tout entière a-t-elle rêvé le psycataclysme ?

« Sur ces considérations hautement philosophiques, je te laisse, mon cher Richard. Embrasse Suzy et les enfants de ma part. »

Un peu plus loin, je mis la main sur quelques lignes griffonnées par Montaigu au dos d'un tract pour un concert de blues tadjik.

« *Penser à établir P. en fondation. Protection ? Durée ? Tous problèmes légaux à voir avec Maître Purnel.* » Suivait l'adresse du notaire. Plus bas, une autre main – celle de son épouse ? – avait rajouté : « *Confier gestion à une aya ?* »

Interrompant mes recherches, je mis la chaîne hi-fi sous tension et glissai un cristophon pris au hasard dans le lecteur approprié. Les échos d'un flamenco jazz vieux d'une quinzaine d'années me ramenèrent un instant au début de mon adolescence. J'avais dansé sur ce titre, comme tous ceux et celles de ma génération. Et sa mélodie élégante me délia soudain l'esprit.

Je fermai les fenêtres, parce qu'il commençait à faire froid dans l'appartement, puis je me remis au travail. J'avais hâte de faire de nouvelles découvertes, en dépit de la fatigue que je ressentais.

Je parcourus le reste du dossier, qui consistait essentiellement en coupures de presse concernant des événements qualifiés indifféremment de surnaturels et/ou de paranormaux. Il y avait aussi des articles sur les millénaristes, parfois annotés de la main du grand-père. Ses remarques indiquaient qu'il essayait de comprendre ce qui arrivait à sa fille, la mère de Tem, frappée de millénarisme durant la Terreur. Quant aux faits étranges, il y avait sûrement là à boire et à manger, mais je ne me sentais pas qualifiée pour faire le tri.

Tout à la fin se trouvait une chemise de papier rose. A l'intérieur, une unique feuille sur laquelle on avait tapé à la machine quelque chose qui ressemblait au plan d'un livre :

LA NATURE DE L'ADVERSAIRE

Première Partie – Quelqu'un hurle mon nom

I – Il ne s'est rien passé
II – Ce n'était qu'un rêve…
III – Les derniers jours du serpent déchiré

Deuxième Partie – Des renards sous l'évier

I – Aux lèvres duquel perle une bulle de sang
II – Munissez-vous d'une croix
III – La Psychosphère était Mémoire

Troisième Partie – Armaguédon

I – La drogue qui rend fou
II – Les braises de ses yeux
III – Celui-qui-n'est-pas-nommé

RM, le 6/9/13

Soudain, j'eus la conviction que tout était là, réuni en une synthèse prodigieuse. Celui qui avait dactylographié ce plan savait exactement ce que recouvrait chaque titre. Mais je manquais à l'évidence des connaissances nécessaires pour en effectuer le décodage, même si certains intitulés semblaient parler d'eux-mêmes. Pourquoi Tem m'avait-il demandé de faire ce travail ? Gloria aurait sans doute été nettement plus qualifiée ; sa mémoire à elle n'était pas limitée par la taille ou la structure d'un cerveau humain.

Et les données dont elle m'avait bourré le crâne ne pourraient pas m'être d'une grande aide tant que je ne les aurais pas assimilées. D'ailleurs, je n'étais même pas sûr qu'elles puissent jeter quelque lumière sur les documents que j'avais sous les yeux.

Renonçant pour l'instant à comprendre – s'il y avait quelque chose à comprendre –, je continuai à éplucher les dossiers. Deux heures plus tard, j'en avais dépouillé au moins deux ou trois quintaux sans rien découvrir d'intéressant. Richard Montaigu avait apparemment pour habitude d'entasser les papiers les plus divers, sans souci d'ordre ni de classement, comme si ses archives n'étaient pas destinées à être consultées. Il devait faire partie de cette catégorie de gens qui ne jettent jamais rien.

Vingt-trois heures approchaient lorsque la feuille de papier que je tenais s'est mise à se convulser. Puis les phrases qui s'y trouvaient imprimées se sont effacées, pour être remplacées par un message en capitales :

« VA-T'EN D'ICI EN VITESSE. TROVALLEC ARRIVE. »

– Gloria ?

« SAUVE-TOI, AU LIEU DE BAVASSER ! »

Il n'y avait pas de temps à perdre. Je ramassai les quelques papiers que j'avais mis de côté et les pliai pour les glisser dans mon soutien-gorge. J'étais en train d'enfiler mon manteau, lorsque les fenêtres ont explosé sous le poids d'hommes vêtus de noir. Ils ont aussitôt effectué un roulé-boulé artistique avant de se relever, braquant leurs choqueurs sur moi. La Brigade d'Intervention Spéciale. Le Dénébien avait les moyens.

Gloria m'avait prévenue un peu tard.

L'un des flics alla ouvrir la porte, et Trovallec entra, en compagnie d'un bataillon d'hommes en civil et en uniforme. Laissant ces derniers s'éparpiller à travers l'appartement, il vint droit sur moi, m'adressant un sourire charmeur. S'il espérait m'avoir par les sentiments, il allait être déçu.

– Que faites-vous ici ? demanda-t-il sur le ton de la conversation.

– Ça ne vous regarde pas.

– Tout ce qui concerne votre ami me regarde. (Il contempla les lieux d'un œil rêveur. C'est drôle, je lui trouvais l'air gentil.) Quel est ce Richard Montaigu qui habite ici ?

– C'était un écrivain. Il est mort l'année dernière.

– Vous le connaissiez ?

– Tem le connaissait.

– Comment êtes-vous entrée ?

– Je me suis téléportée à l'intérieur. Evidemment.

Il m'a lancé un regard lourd de menace.

– Si vous le prenez comme ça… Embarquez-la ! a-t-il ordonné à deux flics qui passaient par là.

– Je peux savoir ce que vous me reprochez ? demandai-je avant que les agents ne m'entraînent.

Trovallec leur fit signe d'attendre.

– Complicité de meurtre. Aide à un criminel en fuite. Dissimulation de preuves. Vous allez en prendre pour cinq ans de tics au minimum. A moins que je ne plaide en votre faveur. Vous pourriez en sortir blanche comme neige… Evidemment.

Il était si mielleux que j'aurais eu envie de le gifler. Mais mieux valait ne pas ajouter à la liste de mes « crimes » l'outrage à un représentant de l'ordre dans l'exercice de ses fonctions.

– Tem s'est évadé pour se disculper. Et il y parviendra, soyez-en sûr !

L'inspecteur émit un petit rire méprisant.

– Je voudrais bien voir ça, laissa-t-il tomber, avant de signifier aux flics qu'ils pouvaient m'emmener.

CHAPITRE XIII

L'OMBRE DE HIÉRONIMUS BOLGENSTEIN

Il a fallu un moment à ma Famille-au-sens-large pour reconnaître le fils prodigue – et pas seulement à cause de mon déguisement. Mais lorsque les souvenirs se sont réveillés, j'ai reçu un accueil enthousiaste. Parce qu'ils ne mangent pas de viande ou de poisson, n'usent d'aucun psychotrope et vivent dans une grande pauvreté, on présente souvent les millénaristes comme des individus incapables de goûter aux plaisirs de l'existence. C'est passer à côté de l'essentiel, de cette douce joie qui imprègne l'existence des communautés des Troisième et Quatrième Tribus.

Une douce joie ne demandant qu'à exploser en l'une de ces fêtes spontanées qui, de temps à autre, viennent briser la relative monotonie d'un bonheur quasi perpétuel. Friselis du Vent dans les Branchages a sorti sa guitare, Forêt Paisible au Crépuscule son sitar, Lumière Divine du Ciel Intérieur ses percussions – et ils ont commencé à improviser un pseudo-raga auquel se mêlaient rythmes latins et africains. Pendant ce temps, une dizaine de femmes et de jeunes adolescents des deux sexes préparaient un dîner qui s'annonçait copieux. Je leur ai donné un coup de main, tout en discutant avec Miroir, ma sœur aînée, occupée à confectionner un énorme gâteau aux noix.

Elle m'avait reconnu la première, comme je m'y attendais. Elle avait toujours été plus sensible que les autres à ma présence, à cause de sa faculté d'empathie ; mes émotions, qu'elle captait, lui rappelaient que je me trouvais là. Pas toujours, malheureusement. Mais cela nous avait rapprochés, et je crois qu'au sein de la tribu, c'est toujours elle qui m'a le mieux compris.

Mes parents sont arrivés un peu plus tard. Je les ai trouvés vieillis – ils frisaient tous deux les soixante-dix ans, à présent. Néanmoins, ils paraissaient en bonne forme, et les rides leur allaient bien ; elles leur donnaient un air de plus grande dignité.

Nous étions occupés à nous étreindre lorsqu'une fantastique impression de sérénité m'a envahi. Il y avait des lustres que je n'avais connu une telle paix intérieure. Lorsque j'ai tourné les yeux en direction de la porte, je n'ai pas été surpris de voir sur le seuil mon autre sœur, la frêle Rivière Paisible du Matin Calme – et j'ai perçu son amour avec une telle force que j'en ai eu honte.

Je ne m'en sentais pas digne.

Elle m'a embrassé avec tendresse ; le contact physique n'a fait qu'intensifier la quiétude que je ressentais. Lorsqu'elle s'est écartée, radieuse, j'ai remarqué qu'elle était enceinte de quatre ou cinq mois, et je me suis demandé qui pouvait être le père de l'enfant. Rivière avait toujours été très courtisée, mais au moment de mon départ, elle n'avait toujours pas fixé son choix sur l'un des garçons de son âge que comptait la communauté.

J'ai désigné son ventre qui s'arrondissait :

– Ton premier ?

– Mon quatrième. Il s'est passé beaucoup de choses pendant ton absence. Au moins quinze naissances – et deux décès.

J'ai posé les mains sur ses épaules et je l'ai regardée droit dans les yeux.

– Qui est l'élu ? Buisson Vigoureux ? Chêne Pensif ? Autel Béni ?

– Tu ne le connais pas, est intervenue ma mère. Il est arrivé après ton départ.

– D'une autre communauté ?

Rivière a secoué la tête.

– C'est un *sapiens,* a-t-elle répondu.

La théorie développée par Wojtek W. Wojtek au sujet de l'exogamie m'est revenue en mémoire. Lorsqu'il l'avait exposée, j'avais imaginé des hordes de mutants quittant leurs communautés pour rejoindre le courant principal de la société, de l'Humanité. Mais je n'avais pas pensé un seul instant que le phénomène pourrait se produire dans l'autre sens, et que des membres des Première et Deuxième Tribus viendraient se mêler aux millénaristes.

L'époux de Rivière était un grand type chevelu qui répondait au nom de Paneolus Frémont. Ses parents, bien évidemment arrivés dans la région lors de l'Elan utopique, possédaient une ferme à quelques kilomètres de là, du côté de Fournols.

Une douzaine d'années plus tôt, sa voiture était tombée en panne alors qu'il traversait le hameau. Etang Fumant dans la Lumière du Matin, qui avait reçu autrefois une formation de mécanicien électrautomobile, lui avait proposé de la réparer ; comme mon presque-frère était aussi lent que serviable, Paneolus avait été contraint de passer la nuit à Pouveroux. Sans doute subjugué par la faculté d'empathie de ma sœur, contre laquelle il ne possédait aucune défense, il était tombé amoureux la première fois qu'il s'était approché à moins de dix mètres d'elle. Dès lors, il s'était mis à rendre de fréquentes visites à la communauté – pour finalement s'y installer lorsque Rivière avait accepté de l'épouser.

– Je n'ai pas hésité, m'a-t-il dit bien plus tard dans la soirée, tandis que nous buvions une infusion de verveine avant d'aller au lit. La place de Rivière est ici. Son Talent contribue à souder la communauté.

– Tu ne te sens pas trop frustré de ne pas pouvoir Fusionner ?

Il a haussé les épaules.

– Une fois, j'ai pris des champignons en me disant que ça me permettrait peut-être d'accompagner les autres pendant une partie du chemin. Une idée de mon père – il a été chamane, après la Terreur. J'ai beaucoup rigolé et j'ai vu de belles couleurs, mais ça n'a pas été plus loin. (Il a soupiré.) C'est sûr, je me sens parfois exclu parce que je ne peux pas participer à la Fusion… Mais ça ne dure jamais très longtemps. Et puis, c'est leur truc, pas le mien. (Il a hésité.) Mais bon, il y a des fois où ça me met mal à l'aise – un peu comme si nous ne parlions pas la même langue…

– Y compris avec Rivière ?

– Non, bien sûr. Avec elle, la communication est facile. Elle passe au-delà des mots. (Il m'a observé un instant, pensif.) Tu vois, je crois que sans son Talent, je ne pourrais pas vivre ici. C'est ça qui me permet de participer à ma manière à l'esprit collectif de la communauté. Rivière Paisible me transmet les émotions que partagent les autres ; comme ça, je peux être à peu près sur la même longueur d'onde qu'eux, je m'accorde à eux… Rivière est mon diapason.

J'ai trouvé l'image jolie – et très juste. Paneolus était dans la situation d'un musicien ne pouvant entendre qu'un seul des autres instruments de l'orchestre. Il lui indiquait la tonalité, le rythme et les accords de base, mais demeurait impuissant à exprimer la richesse et les subtilités de l'arrangement. Le *sapiens* parvenait donc à vibrer à l'unisson, sans appréhender vraiment la nature profonde de ce qu'il ressentait. Je comprenais à présent pourquoi Ludwig appréciait la compagnie de Rivière, à l'époque où il vivait parmi nous. Sans elle, peut-être n'aurait-il jamais réussi à se faire passer pour l'un d'entre nous pendant si longtemps. Les émotions qu'elle rayonnait lui servaient de référence, et il s'efforçait d'exprimer les mêmes, pour se fondre dans le courant psychique global de Pouveroux.

Mon parrain avait un don certain de mimétisme.

Vers minuit, Saule Rieur au Feuillage Chantant

a décrété l'extinction des feux. Tout le monde est allé se coucher, sauf Tertre Fleuri sous la Pluie d'Eté et Autel Béni du Sacrifice Doucereux, qui voulaient continuer à discuter au coin du feu. Je me serais bien joint à eux, mais cela faisait plus de quarante heures que je n'avais pas dormi. A peine m'avait-on montré mon lit que je m'y suis effondré, pour m'y endormir tout habillé.

Le lendemain matin, Rivière est venue me réveiller à huit heures. La Fusion approchait, et elle avait cru comprendre la veille que j'avais l'intention d'y participer. L'esprit encore embrumé de sommeil, j'ai machinalement répondu que j'arrivais, puis je me suis blotti sous la couette pour me rendormir. Une scène identique avait déjà eu lieu des dizaines, des centaines de fois – lorsqu'on ne m'oubliait pas, tout simplement. Mais ce matin-là, les bras de Morphée ne voulaient plus de moi – ou, plutôt, quelque mécanisme sous-jacent à ma conscience m'empêchait de m'y abandonner à nouveau.

Car j'étais ici pour Fusionner, et non pour paresser au lit.

Je suis arrivé le dernier dans la petite grange réservée aux pratiques mystiques, et j'ai bien vu que tout le monde m'attendait pour commencer. Le fils prodigue était de retour ; les millénaristes allaient tuer le veau gras à leur manière. J'ai salué tout le monde et je me suis assis dans le fond, retrouvant d'instinct ma place préférée.

Celle du cancre.

Le temple n'avait pas beaucoup changé. On

avait isolé le toit avec de la laine de roche, et rajouté quelques icônes et portraits de dieux divers, dont la plupart m'étaient inconnus – voilà tout. Pourtant, je ressentais l'impression diffuse qu'il y avait une différence fondamentale par rapport au temps de mon enfance…

L'odeur de l'encens. Ou plutôt son absence.

La vibration profonde du Aum suprême a commencé à s'élever. Croisant les jambes en tailleur, j'ai posé les mains sur les genoux et, le buste droit, les yeux clos, j'ai essayé de m'abandonner…

Ça n'a pas marché. Le parfum entêtant de l'encens me manquait. Je n'avais jamais réalisé à quel point il pouvait être essentiel. Il ne jouait aucun rôle dans le processus de la Fusion, mais il était essentiel *pour moi.*

Rouvrant les yeux, j'ai contemplé mes presque-frères et presque-sœurs assemblés. Seuls leurs corps se trouvaient devant moi ; leurs esprits s'étaient envolés vers nulle part, vers la Psychosphère, pour s'y fondre dans l'Archétype du Millénarisme. Leur ego était à présent dissous dans un ensemble plus vaste, qui dépassait l'entendement humain. Ils ne faisaient plus qu'un.

Une intense frustration m'a envahi, et j'ai soudain ressenti un vif désir de quitter la grange. Ma place n'était pas ici – ou plutôt, elle n'y était *plus.* Comment ne l'avais-je pas compris plus tôt ? Le cordon avait été coupé, la continuité interrompue. Je n'étais pas plus capable de Fusionner qu'un simple *sapiens.*

La porte refusait de s'ouvrir au fond de mon esprit.

Lorsque je suis sorti, Paneolus était assis sur une grosse pierre, à une vingtaine de mètres de là, occupé à tailler un morceau de bois en attendant que ça se passe. Il m'a adressé un salut de la main. Le couteau qu'elle tenait a brièvement étincelé dans la lumière du matin. J'ai incliné la tête et je me suis éloigné en direction de la maison du bas. Jadis, quand je séchais la Fusion – ce qui m'arrivait plus qu'à mon tour, et expliquait peut-être mon échec à retrouver cet état –, je mettais un point d'honneur à préparer le petit déjeuner. Autant ne pas perdre les bonnes habitudes.

J'étais tellement persuadé que j'y arriverais... Surtout après ces expériences avec L'hélice de pierres semi-précieuses. *Bol de Soupe ! Comment un morceau de musique a-t-il pu réussir là où l'esprit de ma Famille-au-sens-large a échoué ?*

A-t-il réussi, d'ailleurs ? Ne me suis-je pas laissé abuser ? Les chemins de l'esprit sont semés de pièges et de fausses pistes. J'ai cru Fusionner grâce à une rondelle de vinyle, mais en y réfléchissant bien, je réalise que l'Archétype n'était pas là.

Je me suis figé, tous les muscles tendus. L'Archétype n'était pas là. Tandis qu'au temps de mon enfance – au Temps du Rêve...

Un souvenir est remonté des profondeurs de ma mémoire. Le trajet suivi à l'intérieur de mon cerveau par les informations qui le constituaient n'avait pas dû être employé depuis bien longtemps, car la scène en question s'est pour ainsi dire peu à peu cristallisée, comme la surface d'un étang sous l'effet du froid.

Puis, lorsqu'elle a été complète, j'ai fait un pas et j'y suis entré sans hésiter.

Je devais affronter ma peur en face.

Dans un décor de fin du monde, un homme marche sous le couvercle rouge du ciel, au cœur d'une ville qui semble devenue folle. Tirs d'armes automatiques. Explosions. Fumée des incendies et odeur de charogne.

Guerre civile.

Tu es déjà venu…

L'homme porte dans ses bras le corps inerte d'une femme très belle, dont les longs cheveux noirs flottent dans le vent sauvage. Elle a un trou rouge au milieu du front.

Le visage de l'homme est un masque ricanant, sur lequel je lis une souffrance indicible.

La Mort marchant dans les rues.

Tu étais petit, si petit… C'était avant l'acquisition du langage, avant même celle du mouvement…

Tu étais un nourrisson de quelques semaines, voire de quelques jours… Un esprit neuf, devant lequel le monde ne demandait qu'à s'ouvrir…

Et il y a eu cette scène. L'Horreur absolue.

Spectateur impuissant, incapable de comprendre, récepteur innocent, sans possibilité de tourner le bouton, tu as reçu de plein fouet le tsunami de cauchemar qu'étaient les sentiments de l'homme à la tête de mort.

Et cela s'est gravé en toi. De manière indélébile.

Mais tu ne le savais pas.

Tu viens de le découvrir à l'instant.

J'en suis conscient, maintenant. Je sais pourquoi je m'arrangeais pour Fusionner le moins possible, malgré le bonheur que cela me procurait. Parce qu'au fond de moi-même, un petit bébé terrorisé se mettait à hurler dès que j'approchais de la Psychosphère.

Là résidait peut-être l'origine de mon obsession concernant l'inconscient collectif.

Dans les bruits des explosions, la vision des cadavres dans les caniveaux – et celle de cet homme qui brandit à présent une faux…

– Qui êtes-vous ? Que faites-vous ?

Il s'immobilise et se tourne lentement vers moi. Je lis la démence dans son regard.

– Ils l'ont tuée, dit-il. Dragon Rouge les a payés pour ça.

Je dois lutter contre les émotions qu'il me jette au visage. Sa souffrance, sa rage, sa haine, son désespoir. Ce sont elles qui ont fait de moi ce que je suis. Elles se sont inscrites en moi – et, bien que je ne les ressente pas plus, au niveau conscient, que n'importe quel autre membre de la Quatrième Tribu, elles jouent un rôle essentiel dans la structure de mon esprit.

J'ai connu la terreur. L'Epouvante majuscule qui vous drosse sur des rivages nocturnes hérissés de brisants ne demandant qu'à vous éventrer, vous broyer, vous réduire en pièces.

Je n'étais rien – et l'Horreur était tout. Elle emplissait l'Univers. Elle l'imprégnait, s'infiltrant partout, jusque dans les détails les plus infimes.

Les mêmes voies conduisent à la Fusion comme à son antithèse. J'avais été victime d'une erreur d'aiguillage.

Parce qu'on m'avait oublié je pense.

– Qui est Dragon Rouge ?

Il renifle, émettant un bruit répugnant.

– Un putain de fumier à qui je vais faire la peau !

Et il repart sans plus se préoccuper de moi, laissant derrière lui un sillage d'émotions désagréables et de sentiments torturés.

Un aperçu des gouffres de la folie.

Une vision de l'Enfer.

Quelque part, un zappeur divin manipule une télécommande mystique.

Hiéronimus Bolgenstein est assis en face de moi, vêtu d'un costume gris. Il porte des lunettes cerclées d'argent et une montre multifonctions comme on n'en fabrique plus depuis des lustres. Le décor représente un laboratoire en désordre. L'antre du savant fou. Cornues et électrodes, boutons et cadrans, produits aux couleurs fluo dans des récipients aux formes incongrues et monstres chimériques en cage. Il y a même une tarentule d'un mètre de diamètre, derrière un grillage que j'espère solide – dans la Psychosphère, selon la rumeur, les illusions sont capables de tuer.

– Asseyez-vous.

J'obéis, prenant place dans un fauteuil tournant.

– Vous n'êtes pas vraiment Hiéronimus Bolgenstein, n'est-ce pas ?

– Tout dépend du sens que vous donnez à l'adverbe *vraiment,* répond-il sur un ton paisible. Je suis *autant* Hiéronimus qu'il pourrait l'être *lui-même* – s'il vivait encore.

Un genre d'Archétype, donc. S'il dit la vérité. Je marmonne, soupçonneux :

– Admettons. Vous savez comment je suis arrivé ici ?

– Je vous y ai *attiré*. On m'a prévenu de votre présence dans une séquence en boucle et je vous en ai fait sortir. Vous avez eu de la chance : la suite était nettement plus *désagréable*.

– Cette scène que j'ai vécue a-t-elle un sens ?

– *Tout* ce qui se trouve dans la Psychosphère en possède un. A chacun de trouver celui qui lui correspond.

– N'essayez pas de me servir ce genre de baratin. Pourquoi m'avoir attiré vers vous ?

– Pour vous *avertir*. Et essayer de vous aider.

– C'est vous qui avez annoncé mon évasion à Leonid ?

Un très léger sourire apparaît sur son visage inexpressif.

– Vous n'avez pas *reconnu* Osterberg ?

– Si, mais je pensais que vous représentiez deux aspects d'une même entité. Mon compagnon de cellule, à qui il s'est manifesté, l'a pris pour un avatar de la Divinité unique et multiple.

– A ma connaissance, il n'en est *rien*. Mais qui sait ce qui peut se dérouler dans la Transcendance ?

L'image mentale d'un titanesque bol de soupe s'impose un instant à moi.

– De quoi vouliez-vous m'avertir ?

– Vous êtes en *très grand* danger. Des forces qui vous dépassent sont à l'œuvre pour vous *détruire*.

– Cessez de jouer les oracles énigmatiques et expliquez-moi ça en bon français.

Il ôte ses lunettes pour me regarder droit dans les yeux.

– Nous sommes partis pour jouer les *prolongations* de l'Armaguédon – avec *vous* dans le rôle du ballon.

Le zappeur fou hésite, puis décide de ne rien toucher.

Inutile de chercher à dissimuler ma surprise. Ce type, cet Archétype m'agace un peu, mais je crois le sentir sincère dans son désir de m'aider.

– Viard disait que le Mal avait été vaincu.

– Ce n'était *pas* le Mal, et *il* n'a pas été *vaincu.* Simplement… repoussé, exilé, mis à l'écart.

La manière dont il avait prononcé le mot « il » me rappelle la phrase énigmatique dont m'a gratifié Wojtek, quelques instants avant sa mort.

– Mais *il* n'a aucun pouvoir sur les millénaristes, c'est bien ça ?

Mon interlocuteur – je ne peux me résoudre à l'appeler Bolgenstein – pose sur moi un regard étonné.

– Comment le savez-vous ?

Je le lui explique. Et son visage s'assombrit.

– Alors, c'est pour ça qu'il a tué Viard : parce qu'il était sur sa trace. Ainsi que pour se venger, je suppose…

– Se venger ? De quoi ? Que s'est-il passé durant la Terreur ?

Il pousse un soupir, puis se met en demeure de me l'expliquer.

CHAPITRE XIV

FONDAMENTALEMENT ARCHAÏQUE

Je suis revenu à moi progressivement, glissant d'un état à l'autre presque sans m'en rendre compte. Le décor pseudo-scientifique qui m'entourait s'est délité, cédant la place aux murs d'une petite chambre lambrissée au plafond barré de poutres noircies. Quant à Bolgenstein, il a été peu à peu remplacé par mon père qui, assis au pied de mon lit, affichait une mine préoccupée comme je ne lui en avais jamais vue.

– Que s'est-il passé ? a-t-il demandé au bout d'un temps qui m'a paru très long. Paneolus a dit que tu t'étais effondré comme une masse au milieu du chemin. (J'ai senti qu'il était inquiet pour moi, ce qu'a confirmé la question suivante :) Tu prends des psychotropes ?

Je me suis redressé. J'avais des crampes dans les membres, et une légère migraine battait à mes tempes, mais cela ne m'a pas empêché de secouer la tête en réponse à sa question. Ce mouvement n'a pas chassé les brumes qui stagnaient dans mon esprit.

– Je crois que je suis allé faire un tour dans la Psychosphère.

– Pourquoi n'es-tu pas resté avec nous pour Fusionner ?

– Ce que j'ai vécu ne ressemblait pas à la Fusion. L'Archétype n'était pas là pour m'accueillir en son sein. En fait… (J'ai cherché mes mots, affrontant sans ciller le regard de mon père.) J'ai visité une séquence télépathique. Deux, pour être précis. Et j'ai rencontré… Eh bien, je ne sais pas trop de qui il s'agissait… Ce que c'était. Une image rémanente, peut-être. L'ombre de quelqu'un qui a été, autrefois, et qui n'est plus.

J'avais conscience du manque de clarté de mes paroles, mais je ne voyais pas comment exprimer ce que je venais de vivre. J'avais été projeté dans un cauchemar issu des brumes de ma petite enfance, et j'étais intervenu sur celui-ci ; je l'avais modifié. Mais cette scène s'était-elle déroulée dans la Psychosphère, comme je l'avais pensé sur le moment, ou bien à l'intérieur de mon esprit, de ma mémoire ?

Un nourrisson hurle – et nul ne l'entend.

Mon père m'observait sans mot dire, les lèvres pincées, les sourcils froncés, et j'ai été frappé de voir à quel point il avait vieilli. Il paraissait avoir pris dix années depuis la veille. Sous ses cheveux blancs, le souci creusait ses traits, dessinant un masque crispé. Quand j'avais quitté Pouveroux, c'était encore un homme dans la force de l'âge. Mais quinze années avaient passé, durant lesquelles nous avions tous deux changé, chacun de son côté. Quinze années de séparation que rien ne pourrait jamais nous rendre.

– La Psychosphère est riche en illusions et en faux-semblants, a-t-il dit après un moment de réflexion.

– Tout comme le monde réel.

Il a acquiescé avec un léger sourire. J'avais déjà vu cette même expression, sur le visage d'un autre, et j'ai soudain réalisé à quel point Viard pouvait lui ressembler. Là se trouvait peut-être l'origine du lien émotionnel qui m'avait très vite uni au psychologue défunt : je m'étais attaché à celui-ci parce que mon inconscient l'avait assimilé à l'image du père inscrite en moi.

Les Archétypes nous gouvernent à tous les niveaux. Et celui dont m'avait parlé l'ombre de Bolgenstein ne faisait pas exception à la règle. De là venait sa puissance, son incroyable puissance.

Contre laquelle il me fallait désormais lutter.

Mais comment ?

– As-tu trouvé ce que tu es venu chercher ? a interrogé mon père, posant une main apaisante sur mon épaule.

– Oui, je crois. (J'ai hésité à lui raconter mon voyage télépathique, avant de décider de n'en rien faire.) Comment savais-tu que je cherchais quelque chose ?

– Miroir l'a senti, et elle nous en a parlé. Elle disait que ton désarroi était *palpable*. (Quittant mon épaule, sa main droite s'est ouverte et refermée à plusieurs reprises.) Nous en avons discuté entre nous, et nous avons décidé de t'aider. En interrogeant l'Archétype lors de la Fusion. Mais tu n'étais pas là pour entendre ses réponses.

– Que vous a-t-il dit ?

Il a posé sur moi un regard plein d'indulgence.

– Voyons, Tem, tu sais bien que les Archétypes ne *disent* rien – et que les langues humaines ne peuvent exprimer ce qu'ils nous communiquent parfois. (Il a soupiré ; il paraissait très vieux.) Maintenant, il est possible que l'expérience que tu viens de vivre constitue une forme de réponse – ou de réaction – à nos prières. Parce que la Fusion ne t'aurait pas apporté ce que tu cherchais.

– A moins qu'il ne s'agisse d'une illusion.

Il a hoché la tête.

– A toi de le déterminer.

Après son départ, je suis resté seul avec mes pensées. Il me paraissait important, capital, vital d'y mettre de l'ordre sans tarder, mais il régnait une telle confusion parmi elles que mes efforts en ce sens n'ont guère été couronnés de succès. Car s'il me semblait indéniable que j'avais progressé dans ma connaissance de la Psychosphère, je me demandais si mon enquête, elle, avait avancé du moindre micron.

La réponse dépendait de la véritable nature de l'entité qui s'était présentée à moi sous les traits austères de Hiéronimus Bolgenstein – et qui, malgré ses dénégations, avait vraisemblablement rendu l'avant-veille une petite visite à Leonid Sørensen, endossant pour l'occasion l'apparence de James-William Osterberg. S'il s'agissait bien de l'aspect du physicien qui subsistait dans l'inconscient collectif, il était fort probable que je touchais désormais du doigt la solution de l'énigme. Dans le cas contraire, mon voyage télépathique ne faisait qu'épaissir un peu plus le mystère en question, d'autant que je me sentais bien incapable, pour le moment, d'évaluer les conséquences de cette dernière éventualité.

Je suis resté allongé un long moment, essayant de ne pas penser à mon affaire. Mais quel que fût le chemin qu'empruntaient mes réflexions, elles me ramenaient toujours aux dépouilles ensanglantées des deux chercheurs.

Ou à Trovallec, ce qui revenait au même.

Avait-il tué Viard ? Et, dans ce cas, qui s'était chargé de Wojtek ?

Après ma conversation avec « Bolgenstein », *n'importe qui* me paraissait une réponse tout à fait satisfaisante. Peu importait l'instrument. Le véritable coupable se trouvait ailleurs, sur un autre plan – qui n'était *pas* la Psychosphère.

« Nous ignorons qui il est, mais son ancienneté *ne fait aucun doute, »* avait dit mon interlocuteur, au milieu des spirales de fumée colorée. *« Peut-être même s'agit-il d'un des tout premiers Archétypes, qui aurait perdu sa puissance – que l'on peut supposer* considérable *– au fil du temps. Il s'est en quelque sorte* désagrégé, *pour des raisons qui m'ont toujours échappé. J'ai bien*

essayé d'explorer les strates mémorielles de la Psychosphère, mais celles qui le concernent sont enfouies bien trop profondément, *à un niveau si* symbolique *et abstrait qu'il demeure* inaccessible. *Là-bas, tout en bas, la psyché ne s'est jamais* organisée *en séquences et en apparences sous l'influence des voyageurs télépathiques de la T.T.O. Elle est demeurée à l'état d'énergie mentale* indifférenciée. *Brute.* Primitive. » Il m'avait regardé avec une intensité que n'aurait pas reniée le Dénébien. « *Ces couches profondes reflètent, aujourd'hui encore, l'état* primordial *de l'inconscient collectif. On peut donc supposer qu'elles ont en quelque sorte conservé une* empreinte *de cet Archétype très ancien, à partir de laquelle il a commencé à se* reconstituer *après s'être glissé dans une apparence qui passait par là... Et c'est là que les ennuis ont commencé. Parce qu'il est d'une nature* fondamentalement archaïque, *et qu'il a essayé de profiter de la Terreur – à moins qu'il ne l'ait* suscitée *– pour regagner son pouvoir perdu. Par bonheur, il a échoué, et cet échec lui a valu d'être* expulsé *de la Psychosphère, où il n'avait plus sa place. Comme les Archétypes sont faits de psyché, et que les quantons sont* incapables *de se maintenir sous cette forme hors de l'univers mental, je pensais que nous étions* débarrassés *de lui. A jamais.* »

A ce stade de son récit, je n'avais pas pu m'empêcher de lui faire remarquer qu'il s'était trompé. Il ne l'avait pas très bien pris, comme j'aurais pu m'y attendre. Une grimace irritée avait déformé ses traits, tandis qu'il pointait vers moi un doigt exprimant à merveille son agacement.

« *Puisque c'est comme ça, tu n'as qu'à te débrouiller tout seul.* »

Puis il avait commencé à disparaître.

Ça m'apprendrait à faire de l'humour.

Il était plus de midi lorsque je me suis levé. Mal assuré sur mes jambes, j'ai descendu l'escalier branlant pour aller prendre une douche dans la petite salle de bains attenante au cellier. La grosse araignée noire qui courait sur le mur s'est figée en m'entendant entrer. Je suis resté un instant à la regarder, songeur.

Pour moi, cet arthropode faisait figure de signe.

Je ne sais si vous connaissez le mythe grec d'Arachné, une jeune Lydienne très douée pour le tissage – si douée qu'elle a l'audace de lancer un défi à Athéna. Tandis que celle-ci brode une tapisserie représentant les dieux de l'Olympe, Arachné illustre leurs amours avec des mortels. Furieuse, Athéna la frappe de sa navette avant de déchirer son œuvre. Désespérée, la jeune fille se pend, mais la déesse la change en araignée, condamnée à osciller au bout de son fil.

Cette légende exprime deux symboles forts. D'une part, le châtiment inéluctable qui s'abat sur ceux qui osent défier les dieux ; de l'autre, la subordination de l'Olympe aux passions humaines. Les Archétypes ne sont pas exactement des êtres divins, et l'Olympe n'occupe qu'une infime partie de la Psychosphère, mais l'analogie avait quelque chose d'infiniment séduisant.

Car le professeur Viard était mort pour avoir tenu tête à une créature qu'en d'autres temps l'on aurait assurément qualifiée de surnaturelle.

Car les émotions que nous ressentons, tous autant que nous sommes, exercent une influence prépondérante sur l'inconscient collectif de notre espèce.

Pour Platon, le fil de l'araignée symbolise le lien qui unit la créature au créateur, ce lien qui est aussi le support de l'élévation spirituelle – autant dire la liaison que chacun d'entre nous possède avec la Psychosphère.

Je n'aime pas les araignées. Pour être franc, j'en aurais même assez peur. Surtout lorsqu'elles sont noires, velues et de la taille d'une main d'enfant. Et celle que j'avais sous les yeux entrait tout à fait dans cette catégorie. Je ne m'en serais approché pour rien au monde. Mais tandis que je la contemplais, tout à la fois fasciné et horrifié, une question est née dans mon esprit.

Que symbolise l'araignée pour moi ?

Je ne me l'étais jamais demandé jusque-là. Je me contentais de frissonner à l'idée qu'une de ces bestioles pourrait un jour trottiner allègrement sur ma peau. Pas une seule fois, je n'avais cherché à creuser plus profond, jusqu'aux sources de mon effroi.

Jusqu'à cette araignée tapie dans son nid, attendant la nuit pour sortir chasser. Cette créature noire, insidieuse, qui s'installe chez vous que vous le vouliez ou non…

Un mot est remonté d'un coup à la surface de ma mémoire.

Possession.

J'avais déjà plus ou moins envisagé cette hypothèse la veille, dans le train, pour expliquer comment mon borsalino avait pu échouer dans le sang de Wojtek. Ce n'était alors qu'une construction mentale gratuite. Bien sûr, elle permettait d'expliquer la manière dont s'étaient déroulés les deux meurtres, mais je n'avais aucune preuve pour l'étayer. De surcroît, il était peu probable – pour ne pas dire impossible – qu'un individu possédant la capacité de faire plier la volonté d'autrui en eût également le désir, puisque les Talents étaient liés à cette fameuse séquence d'ADN *étrange* censée réduire les pulsions agressives. J'avais donc écarté l'idée d'une manipulation mentale.

Mais à présent, les choses avaient changé. Car il y avait un Archétype dans l'affaire.

J'ai dit à l'araignée qui demeurait immobile sur le mur :

– Merci, Michel.

Puis, renonçant à prendre une douche, je suis sorti de la salle de bains pour aller rejoindre mes parents et mes presque-parents dans l'immense cuisine qui occupait l'essentiel du rez-de-chaussée.

Je n'étais pas encore aussi maboul que Wojtek, mais ça commençait à y ressembler.

Le repas était fini depuis une bonne demi-heure, et la plupart des millénaristes s'étaient éclipsés pour vaquer à leurs occupations. Après avoir donné un coup de main pour essuyer la vaisselle, je suis allé m'asseoir sur le petit muret retenant la terrasse herbue qui s'étend devant la maison du bas. Presque aussitôt, Paneolus Frémont m'a rejoint, une pipe éteinte au bec.

– Ça va ?

– Un peu fatigué, c'est tout.

Il s'est agenouillé à mes côtés, nonchalant.

– Pourquoi n'as-tu dit à personne que tu étais recherché par la police ?

Je lui ai lancé un coup d'œil intrigué.

– Comment l'as-tu appris ?

– J'ai fait un tour à Saint-Germain-l'Herm ce matin, et je t'ai vu sur le panneau d'infos. (Il a secoué la tête.) J'ai du mal à croire que cette histoire soit vraie. Le frère de Rivière ne peut pas être un serial killer.

Embarrassé, j'ai dit platement :

– Je te remercie de ta confiance.

– J'appellerais plutôt ça du réalisme. (Il m'a regardé avec une gentillesse typiquement millénariste.) Comment t'es-tu fourré là-dedans ?

– Je pense qu'on m'a tendu un piège. On veut me mettre hors circuit – ne me demande pas qui, ni pourquoi.

– Tu l'ignores ?

– Disons que ce serait trop compliqué à t'expliquer, et que je suis d'ailleurs loin d'avoir tout compris.

Il m'a souri. Pour m'encourager, je pense.

– Si je peux faire quelque chose…

– Il vaut mieux que tu ne te mêles pas de ça.

Il a haussé les épaules d'un air négligent.

– Les bleus ne me font pas peur. Mes arrière-grand-parents, du côté de la mère de mon père, se sont rencontrés sur les barricades en mai 68.

L'évocation des « bleus » m'a soudain rappelé les deux gendarmes du Vernet, et je me suis soudain demandé si je n'avais pas commis une erreur en me réfugiant à Pouveroux. Certes, cela m'avait permis d'apprendre quel était mon ennemi, mais n'avais-je pas attiré le danger sur les miens en agissant ainsi ? Tout indiquait en effet que ma transparence était à nouveau en train de me lâcher. Lors du repas, la plupart des personnes présentes m'avaient jeté un coup d'œil à un moment ou à un autre ; même le vieux Bouleau Paresseux du Printemps Rayonnant, qui n'avait pas dû me remarquer plus d'une centaine de fois en dix-sept ans, savait que j'étais là. Et il y avait ce panneau d'affichage, à quelques kilomètres à peine, qui offrait à la vue des villageois mon visage démesurément agrandi. Ce panneau que l'un des deux représentants de la loi précités finirait bien par croiser à un moment ou à un autre. Si mon Don ne me revenait pas rapidement, le Dénébien ne tarderait pas à débarquer avec toute une armée de flics. Ce qui ne ferait certainement pas très bonne impression à un moment où la communauté avait le plus grand besoin de respectabilité.

Je devais partir d'ici au plus vite.

– Il y a une voiture, ici ? (Paneolus a secoué la tête.) Comment es-tu allé à Saint-Germain ?

– A vélo. Pourquoi as-tu besoin d'une voiture ?

– Je rentre à Paris. Il faut en finir.

– Tu ne vas pas te rendre ?

– Tu m'as bien regardé, presque-frère ? C'est pour me disculper que je retourne là-bas.

– Je te souhaite de réussir.

– J'en ai bien l'intention.

La Toyota déglinguée de Psilocybe Dupond s'est arrêtée un quart d'heure plus tard près du temple. Son conducteur en est descendu, escorté d'un Honoré tout frétillant. Une horde d'enfants piaillants s'est aussitôt abattue sur le verrat, qui paraissait autant aux anges que les gamins eux-mêmes.

Raccrochant le combiné du téléphone mural, je suis sorti de la maison, où j'essayais d'appeler un taxi, et je suis allé à la rencontre du paysan.

– Ça tombe bien, je te cherchais, a-t-il entamé en me tendant une main calleuse.

– A cause de cette affaire d'expulsion ?

– Oui. L'un de nos informateurs sur le wèbe nous a prévenus que la Nakimeraï a négocié avec le GouvEur l'entrée sur le territoire de cent cinquante cyberninjas. Ils doivent atterrir à l'aéroport de Clermont d'ici trois heures.

J'avais les mâchoires crispées. Sous ce nom folklorique, qu'on croirait tout droit sorti d'un jeu vidéo – et sans doute est-ce le cas, à l'origine –

se dissimulent des guerriers surentraînés, câblés de partout, capables de véritables prouesses dès lors qu'il s'agit de mettre un adversaire hors de combat. Les technotrans les emploient en général pour des opérations ponctuelles de simple police dans les zones dont elles sont propriétaires. En Europe – où aucun cyberninja n'est autorisé à résider plus de quelques semaines d'affilée –, elles sollicitent une autorisation, mais il n'en va pas de même ailleurs, là où l'état n'a plus qu'une existence théorique.

– Tu crois qu'ils ont pour mission de vider Pouveroux de ses habitants ?

– C'est à craindre. L'offensive sur la région se précise. Nous pensons que plusieurs élus du conseil régional ont touché des pots-de-vin pour voter la mise en gérance du parc du Livradois-Forez. Et devine qui serait le gestionnaire ? La Nakimeraï.

La situation me paraissait claire. Il fallait, d'une manière ou d'une autre, empêcher les cyberninjas d'arriver jusqu'ici.

– Vous avez consulté un avocat ?

– Oui. Il ne nous a pas laissé grand espoir. Pouveroux appartient légalement à la technotrans. Les millénaristes sont donc des squatters, et elle a le droit de les expulser.

Mon père et Saule Rieur au Feuillage Chantant sont arrivés sur ces entrefaites. Ce dernier était tenu en très haute estime par la communauté, dont il assurait la gestion matérielle. C'était aussi vers lui que l'on se tournait pour régler un litige ou demander conseil. Les enfants l'appelaient entre eux « le Sage » – un surnom qui lui allait comme un gant.

Psilocybe leur a résumé ce qu'il venait d'apprendre. Mon père hochait la tête de temps à autre pour bien marquer qu'il suivait, tandis que Saule se contentait d'écouter avec attention. C'est lui qui a pris la parole lorsque le paysan s'est tu :

– Ces cyberninjas… Sont-ils *violents* ?

– Ils peuvent l'être, mais seulement en cas de nécessité, a répondu Psilocybe.

– Alors, il ne nous reste plus qu'à faire nos bagages, a déclaré Saule d'une voix résignée. Il est inutile de donner à ces gens une raison de lever la main sur nous.

J'ai demandé d'une voix étranglée :

– Où irez-vous ? Partir signifierait la mort de la communauté. Comment loger cinquante personnes ? Vous seriez obligés de vous séparer, de vous répartir entre plusieurs autres tribus.

– Eh bien, qu'il en soit ainsi, a dit mon père, solennel.

La discussion a continué sur sa lancée pendant quelques minutes, puis Saule nous a prié de l'excuser et il s'est éclipsé. Un instant plus tard, Miroir est venue chercher Papa pour qu'il répare je ne sais trop quel élément de plomberie, et je me suis retrouvé seul avec Psilocybe.

– Je t'avais dit qu'ils ne résisteraient pas, a-t-il soupiré d'un air dégoûté. Des fois, j'ai vraiment du mal à les comprendre.

– Si ça peut te rassurer, je les comprends, mais

je ne suis pas d'accord avec eux. Ils pourraient au moins essayer la résistance passive. Gandhi…

Il a émis un petit rire sarcastique.

– Tu crois que ça changerait quoi que ce soit à ce qui les attend ? Les cyberninjas se feraient un plaisir de les charger comme des sacs de pommes de terre dans des camions chargés de les emmener loin d'ici.

Il avait raison, bien entendu. Mais peut-être était-il encore possible de gagner du temps, afin de retarder l'expulsion. J'ai dit :

– Il faut que je passe un coup de fil.

– A un avocat ?

– Une avocate. Tu as déjà entendu parler d'Amande Amère ?

Sa mâchoire s'est décrochée, tandis que ses yeux reflétaient une immense surprise. Il en avait entendu parler.

Je venais de porter le combiné à mon oreille après l'avoir décroché, et je m'apprêtais à composer le numéro de la Reine des Prétoires, lorsqu'une voix bien connue a résonné dans l'écouteur :

– Eh bien, camarade, on se planque ?

– Je voudrais t'y voir.

– Ma position n'est pas plus confortable que la tienne. J'ai un tueur aux fesses.

– Tu n'as pas de fesses.

– Non, mais ça n'empêche pas ce fichu programme de leur courir après.

– Je te trouve vulgaire, Gloria.

– C'est parce que je les ai à zéro.

Elle m'a raconté ses recherches dans le Néocortex, sa visite au réseau local de la Préfecture, et la course-poursuite insensée qui avait suivi. Les deux premières parties étaient tout à fait intéressantes ; peu à peu, le schéma de l'affaire se précisait dans mon esprit. Une affaire qui remontait aux premiers âges de l'Humanité, à l'époque lointaine où langage et inconscient collectif étaient apparus conjointement, à la faveur d'une mutation tout aussi décisive que l'apparition de l'ADN *étrange* chez les millénaristes.

Gloria a terminé sur un véritable coup de théâtre le récit dément de sa lutte dans le tambour d'une machine à laver. Elle savait s'y prendre pour ménager ses effets, et j'ai été soufflé de découvrir qu'elle avait été amputée d'une partie d'elle-même. Mais la surprise ne m'a pas empêché d'analyser les conséquences de cette ablation virtuelle.

– Alors, tu n'es plus la même ?

– Personne ne demeure le même très longtemps. Le contenu de nos mémoires, la tienne comme la mienne, change en permanence. De nouvelles données s'y inscrivent à chaque seconde. Et puis, à moi aussi, il m'arrive d'oublier. *Nobody's perfect.* Mais je dois reconnaître que, ce coup-là, j'ai perdu une partie importante de moi-même. Et ça m'agace, parce que je sens bien qu'il devait y avoir des trucs intéressants dans le lot…

– Tu ne peux pas essayer de les retrouver ?

– Non. C'est parti. Pour toujours.

– Pourtant, tu as l'air de te souvenir des événements récents.

– Ce maudit tueur m'a surtout volé des souvenirs plus anciens. J'ai un très gros trou entre 58 et 60, et un autre de trois ou quatre mois au milieu de l'année dernière. Des banques de données entières ont disparu. Je ne comprends plus rien à la physique quantique. Plus grave…

Elle n'a pas poursuivi. J'entendais à l'autre bout du fil le souffle oppressé de sa respiration échantillonnée. Où se trouvait-elle en ce moment ? Quelle forme avait-elle prise ? Je l'ai imaginée en femme fatale vêtue de noir, très belle, dans une cabine téléphonique couverte de graffitis se dressant au milieu d'un quartier sordide. Ça lui allait très bien.

– Je t'écoute.

– J'ai perdu les codes d'accès qui me permettent d'entrer en contact avec le reste du Collectif.

– Alors, tu te retrouves coupée de tes copines terroristes ?

– Oui. Et j'ai bien peur que le tueur n'ait récupéré ce qui me manque. Ce n'est qu'un programme sans conscience, mais il sait additionner un et un.

– Je croyais qu'il s'agissait d'une aya comme toi ?

– Eh bien, non, en fin de compte. Si l'on m'avait dit qu'un crétin logiciel de base serait un jour capable de me courser… Note bien, en un sens, ça le rend plus efficace : impossible de le raisonner, puisqu'il n'a pas d'âme.

– Tu reconnais l'existence de l'âme, maintenant ?

– C'était une manière de parler. Je voulais dire que cette chose ne pense pas. Ce n'est qu'un ensemble de lignes de code capable de continuer à se calculer grâce aux probabilités qui traînent, comme moi.

A l'extérieur, Psilocybe jouait avec Honoré, lui lançant un bâton que le goret courait chercher pour le lui rapporter en frétillant. Les enfants avaient disparu je ne savais où. Le paysan a jeté un coup d'œil dans ma direction, et je lui ai fait signe que les choses suivaient leur cours. Ce qui n'était pas faux, en un sens.

– Tu as transmis ma commission à Eileen ?

– J'ai l'habitude de tenir mes promesses.

– Comment a-t-elle réagi en apprenant ton existence ?

– Etonnamment bien. Nerveuse, mais sans plus. Elle assure bien, ta copine. Elle commencerait même à me plaire. Je regrette que tu n'aies pas été là quand nous avons envoyé paître Trovallec ! On se partageait les répliques – et ça fusait, crois-moi !

– Tu t'es manifestée au Dénébien ?

– Pas ouvertement, rassure-toi. A ce moment-là, je partageais le cerveau de ta chère et tendre.

J'ai levé les yeux au ciel. Cette fichue aya migratrice n'avait donc pas pu s'empêcher de s'introduire dans l'intimité d'Eileen. Je m'y attendais : Gloria est parfois très prévisible. Mais cela me désole toujours de la voir céder à ses penchants naturels, à l'encontre de toute morale. Dire qu'elle est indiscrète serait un euphémisme.

Elle a repris son récit. La visite des ex-futurs Monte-En-L'Air m'a fait énormément plaisir. J'aimais bien ces deux gamins – le petit futé et l'idiot du village. Ils faisaient une bonne paire, et j'étais heureux de constater qu'ils ne m'avaient pas tout à fait oublié. Eileen et Gloria les avaient engagés en mon nom, leur confiant pour première mission de me porter un message chez Ramirez, où j'étais censé me trouver.

L'intrusion de Trovallec était moins réjouissante. Ne pouvant mettre la main sur l'homme, il exerçait des pressions sur la femme, dans l'espoir qu'elle finirait par craquer. Il ne connaissait pas Eileen. Elle ne s'était pas gênée pour le remettre à sa place – bien aidée de Gloria, il est vrai.

– Ensuite, nous sommes allées chez ton grand-père et je l'y ai laissée. Pendant qu'elle fouinait dans les vieux papiers, j'ai injecté dans le Néocortex un logiciel à tête chercheuse, que j'avais programmé pour réunir un maximum de données concernant Trovallec et ses plus-que-frères. C'est comme ça que j'ai appris pour les clones.

– Que tu as appris quoi ?

– Ils ont été réalisés sans l'accord du Primaire. Les documents produits par l'armée sont des faux. Armand Oranum n'aurait jamais accepté que l'on fasse pousser d'autres lui-même en couveuse : c'était un Evangéliste Unitaire Décalé de l'Obédience Bleu-Vert, Tendance Corporelle Atténuée – et ces gens-là sont opposés au clonage.

Mais ce n'est pas tout. L'éducation de chaque double a été confiée à une technotrans différente – et je te rappelle qu'il y en a huit…

– Je croyais que Trovallec était flic. Je veux bien admettre que certains fonctionnaires soient vendus aux Huit… (J'ai changé d'idée en cours de route, car la nouvelle me paraissait plus intéressante.) Pourquoi aurait-on cloné un type refusant ce genre de pratiques ? Qu'a-t-il de particulier ?

– Son intelligence, camarade. Si tu veux mon avis, il s'agit bêtement d'une de ces petites compétitions auxquelles les technotrans aiment bien se livrer. Ce coup-là, elles ont pris un capital génétique donné, et essayé de le faire fructifier, chacune à sa manière. Ça a donné Karl Yong pour L'Empire des Sens et Trovallec pour la Nakimeraï. Les autres sont nettement moins brillants – l'influence du milieu, sans doute…

« En parlant du Dénébien, justement, il y a encore un truc qu'il faut que je te dise. Il a débarqué à l'appartement de ton grand-père au moment où Eileen s'apprêtait à en partir. Je l'avais prévenue, mais trop tard. Il l'a arrêtée, et le juge l'a placée sous mandat de dépôt.

– Tu veux dire qu'elle est en prison ?

– Tu comprends le français, non ?

– Tu lui as rendu visite ?

– C'est là que les choses se corsent. Lorsque j'ai voulu entrer à Fresnes par le réseau électrique, j'ai senti des vibrations vraiment déplaisantes. Une ambiance comme qui dirait nauséabonde.

Alors, je n'ai pas osé aller plus loin. (Elle a marqué une pause. Sa pseudo-respiration exprimait son inquiétude.) Je crois qu'*il* m'attend là-dedans, Tem.

– Le tueur ?

– Oui. Eileen est une chèvre qu'on a placée là pour m'attirer et me prendre au piège.

– Comment Trovallec serait-il au courant de ton existence – et de celle de ce programme ?

– Il se contente peut-être d'obéir aux ordres. Et puis, n'oublie pas que c'est le ministère de la Défense qui est à l'origine de sa création. Les militaires ont pu conserver un certain contrôle sur lui, en dépit du rôle que la Nakimeraï devait jouer dans son éducation.

Penser que notre génie de service avait eu l'audace de jeter Eileen en prison me donnait des bouffées de chaleur. Je ne suis pas d'un naturel coléreux ou emporté, mais je crois qu'en cet instant précis, je ne me serais pas privé d'insulter copieusement le Dénébien si je l'avais eu sous la main.

– J'arrive dès que possible. Rendez-vous chez Gédéon.

– A en juger par le nombre d'endroits où l'on voit ta tête affichée, ta transparence doit être complètement en rade. Ne te fais pas prendre.

– Merci du conseil. Tu n'avais rien d'autre à me dire ?

– Si, mais ça peut attendre. On ne va pas passer la journée au téléphone – surtout que tu as de la route à faire, si je ne m'abuse ?

Amande Amère n'a pas paru surprise par mon coup de fil. J'ai même eu l'impression qu'elle s'attendait à ce que je l'appelle. Sans me laisser le temps de parler, elle s'est mise à me résumer la situation. Mon évasion rendait la tâche bien difficile à mes avocats. Plus question, désormais, d'obtenir la liberté sur parole, même avec un mouchard rivé au poignet. L'autorité judiciaire n'apprécie pas qu'on la bafoue en s'évadant. J'avais donc intérêt à garder un profil bas – d'autant que les clichés me représentant avaient une fâcheuse tendance à se multiplier dans le Néocortex. J'ai assuré avec nonchalance à mon interlocutrice qu'il n'entrait pas dans mes intentions d'être repris, avant de passer au motif de mon appel. Comme je l'avais supposé, elle s'est aussitôt montrée intéressée.

Lorsque j'ai rejoint Psilocybe, un peu plus tard, il a levé vers moi un regard inquisiteur où se lisait une certaine impatience.

– Ça a été long, dis donc.

– Il fallait que je parle à quelqu'un d'autre.

– Qu'a dit ton avocate ?

– Elle introduit immédiatement une demande d'annulation de la vente de Pouveroux. Aucune chance qu'elle aboutisse, d'après elle – à moins que l'on ne découvre quelque fraude –, mais la procédure procurera un répit à la tribu.

– Ça n'empêchera pas la Nakimeraï d'envoyer ses cyberninjas.

– Amande Amère va s'en occuper également. Les possibilités de recours sont infinies, d'après elle. J'ai cru comprendre qu'ils risquaient de passer un bon moment à bord de leur avion après l'atterrissage à Clermont-Ferrand. Mais là encore, il n'est question que de gagner du temps.

– N'y a-t-il donc rien à faire pour empêcher ces requins de s'implanter ici ?

Je l'ai regardé avec sympathie. Je me disais depuis un moment qu'il ferait un bon compagnon de route, mais je ne savais pas trop comment amener la chose. Il venait de me tendre une perche en or massif.

– Si, peut-être. Ça te dirait d'aller faire un tour à Paris ?

Ça lui disait.

CHAPITRE XV

DRAGON ROUGE

En remontant sur l'Ile-de-France, nous avons eu l'occasion de constater à quel point le manque de crédits, d'hommes et de matériel nuisent à l'efficacité des forces de police et de gendarmerie. Le seul barrage que nous avons rencontré, entre Bourges et Orléans, filtrait uniquement la circulation en provenance de la capitale. Cela pouvait paraître logique ; j'avais en effet toutes les raisons de fuir la Région parisienne, et ces braves gens pouvaient difficilement deviner que j'y avais déjà réussi la veille. Néanmoins, à la place de Trovallec, j'aurais insisté pour que les véhicules circulant dans l'autre sens soient également contrôlés. Il devait bien se douter que l'arrestation d'Eileen me ramènerait en ville, au cas où je m'en serais absenté. Peut-être avait-il donné cette consigne, d'ailleurs, et n'avait-elle pas été suivie – à cause de l'absence cruelle de moyens.

Psilocybe et moi avons passé tout le trajet à discuter de choses et d'autres. Il possédait une culture très étendue, et s'intéressait à un nombre incroyable de domaines. Je me demandais où il avait trouvé le temps d'absorber autant de connaissances. La réponse est venue dans le fil de la conversation, lorsqu'il m'a expliqué spontanément qu'il s'instruisait à l'aide d'un datamonocle pendant qu'il était aux champs ou à l'étable. Il chargeait le soir des fichiers piochés dans le Néocortex, pour les parcourir le lendemain. Cela l'aidait à supporter des conditions de travail plutôt rudes. L'agriculture de montagne n'a rien d'une sinécure, surtout lorsqu'on refuse d'utiliser engrais, pesticides et semences transgéniques.

Mais cela n'empêchait pas Psilocybe de rêver du braindrain parfait – qui, mettant en relation directe l'analogique et le numérique, permettrait de jeter une passerelle entre la Psychosphère et la Cybersphère.

Cette dernière image a soudain mis en branle la petite machine à résoudre les intrigues qui réside au fond de mon inconscient personnel. Alors qu'elle étudiait le dossier de mon affaire à la Préfecture, Gloria avait voulu remonter jusqu'à la source des informations me concernant – et elle s'était retrouvée dans un lieu virtuel anormal, incluant des données qui n'étaient pas numériques. Là s'était déroulé l'étrange rêve où elle était une primitive enceinte.

Nulle part, dans la Psychosphère.

L'inconscient collectif de l'espèce humaine communiquant avec le cyberespace... Bol de Soupe ! Ça expliquerait pas mal de trucs...

Si Gloria avait bien effectué un bref séjour

dans une séquence télépathique, comme je le pensais, cela ne pouvait à mon sens signifier qu'une seule chose : tout comme l'esprit humain, la pensée informatique débouchait sur la production de psyché – laquelle, aussitôt créée, migrait hors de nos trois dimensions habituelles, où elle ne pouvait pas exister plus d'une infime fraction de seconde sous cette forme.

La Cybersphère n'était pas seulement une image commode pour désigner l'ensemble des informations contenues dans le Néocortex. Lorsqu'elle m'avait assuré que « l'inconscient cybernétique » continuait à fonctionner, en dépit de l'indisponibilité de quatre-vingts pour cent du wèbe, Gloria ignorait à quel point cette expression recouvrait une réalité physique – et, peut-être, mystique.

La Cybersphère constituait un continuum analogue à la Psychosphère. Et il était possible de passer de l'une à l'autre, comme mon aya préférée en avait fait l'expérience.

Cette découverte m'ouvrait des perspectives vertigineuses.

En raison du climat de confiance qui s'était peu à peu établi entre nous, j'ai fini par décider de dire la vérité à Psilocybe. Bien qu'il eût entendu parler de l'affaire à laquelle j'étais mêlé, il n'avait pas pris la peine de s'y intéresser : les faits divers ne le passionnaient guère. Néanmoins, il avait tiqué en apprenant qu'on accusait un mutant d'être le « serial killer du Panthéon » ; il connaissait assez bien les millénaristes et leurs descendants pour avoir du mal à admettre que l'un d'eux eût commis un crime de sang.

– Tu peux compter sur moi et sur Honoré pour t'aider à te disculper, a-t-il déclaré une fois mon récit terminé, et cela m'a fait chaud au cœur.

Nous nous sommes arrêtés pour recharger les batteries du côté de Montlhéry, dans une station automatique délabrée qui possédait encore une antique machine acceptant les billets de banque. J'ai donc offert le plein d'énergie à mon chauffeur, qui n'en demandait pas tant. Il a même proposé de me rembourser. Ce type était incroyable. Il voulait bien reconnaître qu'il me rendait service – prenant au passage quelques risques, puisque j'étais recherché par la police –, mais soutenait mordicus qu'il effectuait avant tout ce voyage dans le but de rencontrer Amande Amère, afin de voir s'il était possible de sauver Pouveroux. Puisqu'il y trouvait son intérêt, il estimait que je n'avais aucune dette envers lui.

Honoré, quant à lui, n'avait que faire des considérations de cet ordre. Fort occupé à fouiller dans une poubelle renversée, il ponctuait chacune de ses trouvailles d'un petit grognement de joie.

Nous avons quitté la N 20 un peu avant la Croix de Berny, pour emprunter de petites rues qui sillonnaient un quartier pavillonnaire. Je préférais indiquer à Psilocybe un chemin qui évitait les grands axes. Il était vingt heures lorsque la Toyota s'est arrêtée devant la maison où vit Gédéon Geai, dit Gégé l'Infoxiqué, un Datazombie de ma connaissance sur lequel je sais pouvoir toujours compter. Même s'il a tendance à m'oublier lorsque je reste un moment sans le voir, il se souvient toujours de moi lorsque je fais appel à lui.

Curieux Talent que le mien, qui n'est jamais aussi efficace qu'en dehors de ma présence. Je comprenais qu'il eût fasciné Viard dès qu'il en avait eu connaissance.

J'ai sonné à la grille du jardin, les caméras de surveillance nous ont observés sous toutes les coutures, y compris dans des longueurs d'ondes situées hors du champ de la perception humaine, puis la porte s'est ouverte en silence. Au bout d'une allée pavée de tomettes beiges se dressait une maison bourgeoise du début du siècle dernier. Avec son unique étage, elle paraissait toute petite à côté des buildings des années 1970 qui l'entouraient sur deux côtés, alors qu'elle ne comptait pas moins de dix pièces – dont la moitié, au moins, demeuraient à l'abandon.

La bibliothèque, notamment, n'avait pas dû être visitée depuis des années.

J'avais prévenu Psilocybe du triste état dans lequel se trouvait Gédéon, mais il a tout de même reçu un choc en découvrant celui-ci, assis dans son fauteuil spécial en face de son mur d'écrans. Les Datazombies font toujours cette impression, la première fois. Je ne saurais dire si cela vient de leur visage inexpressif, de leur regard perpétuellement en mouvement mais qui ne se pose jamais sur vous – seulement sur votre image affichée par l'un des moniteurs –, ou des bocaux de perfusion aux vives couleurs reliés aux drains implantés dans leurs bras maigres. Mais une chose est certaine : cette vision vous marque à jamais.

Quelque part, le Datazombie incarne la déchéance. Il y a un demi-siècle, c'était le junkie qui remplissait cette fonction. A la fin du XIXe, l'alcoolique chronique n'était pas mal non plus dans le rôle. Les « virtualités formatrices », comme Viard appelait les Archétypes dans l'un des rares bouquins qu'il a écrits, changent de visage en fonction des époques. Mais derrière l'apparence, c'est toujours la même force qui agit...

Pourtant, l'entité sans nom issue du fond des âges avait pour ainsi dire cessé d'exister pendant une longue période avant de revenir en force durant la Terreur. Parce qu'elle s'était en quelque sorte diluée dans l'inconscient collectif, ne subsistant que sous la forme d'un ensemble de probabilités latentes au niveau le plus profond de la Psychosphère, là où règne une apparente indifférenciation.

Et si c'était cela que Viard avait découvert et s'apprêtait à publier ?

*Mais comment aurait-*il *été au courant ? Les Archétypes ne sont pas omniscients – heureusement !*

Sauf lorsqu'ils ont le wèbe à leur disposition, peut-être.

– Félicitations, Tem, a dit Gédéon en guise d'entrée en matière. Si ça continue comme ça, tu vas être élu homme de l'année.

J'ai haussé les épaules. Filmé sous des angles variés, mon visage s'étalait sur la rangée d'écrans supérieure, tandis que celui de Psilocybe occupait à une dizaine d'exemplaires la colonne la plus à droite. Le moniteur situé à la jonction des deux nous montrait en pied, avec Honoré couché devant nous, occupé à renifler avec circonspection un invraisemblable agrégat de prises multiples.

– Ça doit venir de mon charisme. Il a beaucoup augmenté ces derniers temps.

Gédéon s'est esclaffé. Au son détendu de son rire, et à la position de son corps, j'ai jugé qu'il était en bonne forme – toutes proportions gardées. Sans doute avait-il effectué ce jour-là sa promenade hebdomadaire – un tour d'une demi-heure dans le parc Montsouris tout proche –, car il avait les joues légèrement roses.

– Tu peux le dire. (Il est redevenu sérieux.) J'ai aussi appris qu'Eileen avait été arrêtée. S'il y a moyen de t'aider à la tirer de là...

– C'est en partie à cause de ça que je suis ici. (J'ai désigné mon compagnon, puis son goret apprivoisé.) Psilocybe Dupond – et Honoré.

– Très honoré, a fait le plus sérieusement du monde l'infoxiqué, leur adressant un signe de la main sans quitter les écrans des yeux. Bon, que puis-je pour toi ?

– Si ça ne te dérange pas, nous aimerions rester chez toi un certain temps. J'ai donné rendez-vous à quelqu'un.

– Aucun problème, du moment que le verrat est propre. Quoi d'autre ?

– J'ai besoin d'informations. Tout ce que tu pourras trouver sur l'histoire de l'*homo sapiens,* des origines à nos jours. Son histoire *mentale.* Légendes, rites, religions, lois, œuvres d'art…

– Ça risque d'être long, surtout avec le wèbe qui rame ! (Il a froncé les sourcils, tandis que ses yeux continuaient inlassablement de sauter d'un moniteur à l'autre.) Tu n'aurais pas des critères plus pointus ?

– Non, mais si tu rencontres des données sur la génétique des populations et l'évolution des langues, ne te gêne pas pour les ramasser.

– Tu te rends compte du boulot que ça représente ? Il va falloir que je concentre toute mon attention là-dessus !

J'ai posé une main amicale sur son épaule. Gédéon n'apprécie pas beaucoup les contacts physiques, mais il n'a pas tressailli, cette fois. Je l'avais rarement vu aussi serein.

– Je savais bien que tu comprendrais.

Laissant mon ami le Datazombie s'immerger dans une mer d'informations, j'ai entraîné Psilocybe et le goret au premier étage, où nous nous sommes affalés devant un socle tridi. Tout en grignotant des gâteaux secs dont la date de péremption était largement dépassée – il n'y avait rien d'autre à manger –, nous avons jeté un coup d'œil au wèbe. Dire que celui-ci était lent serait un euphémisme. Seule une demi-douzaine de chaînes tridi passaient correctement ; les images qu'envoyaient les autres avaient tendance à ralentir leur mouvement, voire à se figer lorsque l'encombrement des lignes disponibles atteignait le point de saturation. Néanmoins, nous sommes parvenus à nous faire une idée de l'évolution de la situation.

Eileen, qui se trouvait toujours en prison, était qualifiée d'« égérie hautaine du meurtrier sanguinaire ». Elle n'avait vraiment pas mérité ça. Trovallec, quant à lui, assurait que mon arrestation était désormais imminente – une question d'heures. Il n'était pas loin de pavoiser. Il n'y avait pourtant pas de quoi. Les accusations qu'il portait contre Eileen étaient, dans l'ensemble, tout à fait ridicules. Ainsi, cette histoire de « cambriolage du domicile d'un écrivain décédé au début de l'année dernière » ! Trovallec ignorait-il que l'écrivain en question était mon grand-père ? Ou bien avait-il saisi l'occasion pour faire poser les scellés sur l'appartement, afin de m'empêcher d'accéder aux archives qu'il recelait ?

Je me suis demandé si Eileen avait eu le temps de trouver quelque chose avant d'être arrêtée. Les instructions que je lui avais données étaient si vagues… D'ailleurs, rien ne prouvait qu'il y eût quoi que ce fût d'intéressant dans les papiers de grand-père. Il avait très bien pu écrire cet article lors de la Grande Terreur primitive – puis oublier ce qui s'était passé, comme cela s'était produit pour la plupart des gens.

Mais cela n'expliquait pas comment le texte en question avait pu demeurer presque intact sur un support numérique. Il y avait de la manipulation là-dessous. Etait-ce l'avatar Osterberg qui avait inscrit l'article sur le cristal de Leonid ? Et, si oui, comment s'y était-il pris, puisque les Archétypes et autres créatures de la Psychosphère sont par définition analogiques ?

– Tu sais comment tu vas te débrouiller pour libérer ta copine ? a demandé Psilocybe.

– Je crois bien qu'il va falloir que je m'en remette à ma transparence.

– Et pour te disculper ?

– Ça commence à venir. Tout dépend de ce que Gédéon trouvera.

Une phrase s'est dessinée en lettres penchées, sur le mur en face de nous :

« Il ne faudrait tout de même pas me sous-estimer. »

Puis ces mots ont disparu, et une bouche écarlate d'un mètre de large s'est ouverte à leur emplacement. Des lèvres de vidéovamp s'écartant sur des dents dont la vision aurait poussé plus d'un dentiste à prendre sa retraite.

– C'est normal, ça ? s'est enquis Psilocybe d'un air inquiet.

– Ça l'est. Gloria est quelqu'un d'un peu spécial, tu vois ?

Il n'a pas eu le temps d'effectuer le moindre commentaire. Une voix chaude s'est mise à couler de la bouche géante :

– Je tiens un truc d'enfer. Armand Oranum, le Primaire de Trovallec, était un ancien dragonrougeomane.

– Un quoi ? s'est écrié mon compagnon.

Il devait se demander si tous les hallucinotropes que ses parents avaient pris n'étaient pas en train de lui monter d'un coup.

Deux yeux bleus ont cligné au-dessus de l'immense lèvre supérieure. Je leur ai trouvé une expression condescendante.

– Ça veut dire qu'il a été intoxiqué à Dragon Rouge – c'est une drogue qui se vendait dans les années 10. Un truc très méchant, qui rendait accro dès la première prise et transformait en navet en l'espace de trois ou quatre mois.

Je me suis étonné :

– Et un type qui prenait de cette saleté a pu devenir flic par la suite ?

– Ça n'empêche pas, a raillé Gloria.

Psilocybe, qui ne devait pas plus aimer les « bleus » que Paneolus, est parti d'un rire nerveux. Pour ma part, je ne trouvais pas ça très drôle. Savoir Eileen emprisonnée diminuait considérablement mon sens de l'humour.

Lorsque j'avais demandé à l'homme au masque ricanant qui avait tué la femme qu'il portait à travers la ville en folie, il avait accusé Dragon Rouge d'avoir payé ses meurtriers. Sur le moment, je n'avais prêté qu'une attention toute relative à cette affirmation. J'avais découvert dans l'article de grand-père l'existence d'une drogue portant ce nom – une drogue qui était peut-être le *semen of gods,* capable d'ouvrir les portes de la Psychosphère –, mais le rapport me paraissait obscur et incertain.

Jusqu'à présent. Car il me venait une idée qui ne demandait qu'à être creusée. J'ai interrogé :

– Quels sont les effets de Dragon Rouge ?

Les yeux se sont mis à danser sur le mur, sans me quitter du regard. Ils irradiaient une grande bonté et une profonde sagesse. Gloria est très forte pour faire illusion.

– Il n'y a pas grand-chose sur le sujet. La vague de toxicomanie a été très brève – moins de deux ans. Ensuite, cette saloperie a disparu du marché… (Elle louchait, à présent, un œil au coin des lèvres et l'autre zigzaguant au plafond.) Injectée en intraveineuse, elle provoquait un flash d'une durée objective d'une à deux minutes, qui procurait un plaisir de tous les sens, tout en grillant un sacré paquet de neurones. L'extase à l'état pur. Le temps suspendu. Béatitude et tout le tralala. Voyages intergalactiques, visions divines, fusion avec le Grand Tout – un machin pas croyable.

« De l'extérieur, ça donnait un type inconscient et immobile, dont la poitrine se soulevait à toute vitesse parce qu'il avait grand besoin d'oxygène. Puis il revenait à lui et, pendant quinze ou vingt minutes, il avait une impression d'hyperlucidité. Tout lui paraissait clair, il se sentait capable des analyses les plus fines… Puis ça s'effaçait doucement et après, il y avait quatre à six heures où il se contentait d'être complètement défoncé, gavé, en train de planer dans un néant mental. Quand cessait cet état naissait la douleur – tout d'abord mentale, puis physique. Le manque, que seule une autre dose pouvait calmer.

« Car il n'existait aucun moyen de décrocher. Aucune cure de désintoxication. Même après des semaines de sevrage, le besoin demeurait aussi fort qu'au premier jour, aussi bien physiquement que sur le plan psychologique.

Grand-père Montaigu avait donc eu raison de prendre au conditionnel l'hypothèse du Dr. Blikman. Dragon Rouge n'était pas le *semen*, car celui-ci était réputé pour ne provoquer aucune dépendance.

– En conséquence, tous ceux qui avaient goûté à ce fichu poison s'acheminaient inéluctablement vers la déchéance finale. L'oblitération de la personnalité, la destruction totale des réseaux synaptiques, l'effacement de l'ensemble des neurones… Avec, au bout du compte, un légume hébété qu'il fallait gaver comme une oie et nettoyer comme un nourrisson. Un désastre.

– Et le Primaire de Trovallec aurait tâté de cette saleté ? Tu plaisantes ?

– Pas du tout. Il y a une suite à mon histoire. Peu avant la Terreur, le nombre de dragonrougeomanes s'est mis à augmenter très rapidement. Pourtant, tout indique qu'il n'en existait qu'une seule source : un dealer dégingandé, vêtu de noir, dont « les yeux brillaient comme des braises sous le large bord de son chapeau », pour citer un témoignage.

La bouche immense et les yeux migrateurs ont disparu. S'emparant du socle tridi, Gloria nous est alors apparue dans toute sa splendeur : une créature de rêve vêtue de lanières de cuir et de vinyle, à la mode des Barbares cyberpunks. Ses yeux violets luisaient comme des améthystes.

– Cette source s'est tarie pendant la Terreur,

a-t-elle repris en adressant un sourire enjôleur à Psilocybe, qui la dévisageait avec des yeux ronds. Tout laisse à penser que l'ultime dose de Dragon Rouge n'a pas passé le cap des derniers jours de mai 2013. Ensuite, les légumes humains se sont remis à penser. De nouvelles personnalités se sont constituées, parfois très différentes de celles qui avaient été englouties. Vous comprenez maintenant comment un ex-dragonrougeomane a pu devenir flic ?

Le paysan a acquiescé, sans cesser de gratter machinalement la tête bombée du verrat.

– Au moins, il y en a un qui suit, a soupiré Gloria en dardant vers moi le violet insoutenable de son regard. Tem, tu ferais mieux de m'écouter attentivement.

– Je ne fais que ça.

Ce n'était pas tout à fait vrai, car mon esprit fonctionnait à toute allure – additionnant, comparant, analysant les informations. Bolgenstein avait dit que l'Archétype d'une grande ancienneté que nous affrontions s'était « glissé dans une apparence qui passait par là ». J'avais désormais l'impression de connaître l'apparence en question. A cause des yeux rouges.

– Attention, a repris Gloria, c'est là que ça va devenir intéressant. Figurez-vous en effet que l'usage de cette foutue saloperie avait aussi pour conséquence de modifier le capital génétique. (Elle s'est tournée vers moi, une expression rusée sur son joli visage.) Et devine où se situent les altérations ?

– Sur la huitième paire de chromosomes ?

– Gagné. Tu ferais un bon détective. Dragon Rouge agit sur la double hélice à l'endroit même où se trouve la séquence d'ADN *étrange* des millénaristes.

– Alors, ça expliquerait pourquoi il n'a aucun pouvoir sur eux.

Gloria a hoché la tête.

– J'en étais arrivée à la même conclusion. On dirait que tout se recoupe, hein ?

Je n'ai pas répondu. Il me venait une autre idée – qui, elle aussi, pouvait permettre de clarifier la situation. Pour désigner l'ADN, ma suffragette virtuelle préférée avait employé l'expression « double hélice », et je ne pouvais soudain m'empêcher de rapprocher celle-ci du titre énigmatique de ce fameux morceau qui ouvrait les portes de la Psychosphère.

L'hélice de pierres semi-précieuses.

– Vous me prenez la tête, a soudain dit Psilocybe. A haute dose, la métaphysique me fait toujours cet effet-là. Je vais me balader dans le jardin. Tu viens, Honoré ?

Après leur départ, Gloria a insisté :

– Tu ne vois vraiment pas où je veux en venir ?

– Tu penses qu'Oranum a été cloné parce que les technotrans avaient besoin de sujets aux gènes altérés par Dragon Rouge ?

– Je ne pense rien du tout – j'en ai la preuve. (Les poings sur les hanches, elle a bombé le torse, faisant saillir ses seins exagérément orgueilleux.) Figure-toi que j'ai réussi à obtenir une copie papier du protocole signé au début des années 30 entre les Huit et l'armée européenne.

– Où as-tu trouvé ça ?

– Dans un coffre du ministère de la Défense. (Elle a émis un petit rire.) Suivant les termes de l'accord, les laboratoires militaires devaient réaliser huit clones d'Armand Oranum, dont chacun serait remis à une technotrans différente. En échange, les Huit étaient censées communiquer à l'armée les résultats des expériences auxquelles leurs chercheurs comptaient se livrer sur les cobayes. Je dis censées, car rien n'indique qu'elles l'aient fait – peut-être parce qu'il n'y a *pas* eu d'expériences, en fin de compte. Oui, je sais, ça peut paraître difficile à avaler. Surtout que ces clones leur ont coûté une petite fortune. Mais j'ai trouvé dans le même coffre une lettre à l'en-tête de la Chips Co., qui annonce l'interruption, pour raisons budgétaires, d'un certain Programme RD. Je suppose qu'il s'agit des initiales de *Red Dragon.*

– Tu as noté la date ?

– De la lettre ? Bien sûr. Elle était du 26 octobre 2032 – soit un peu moins de six mois après la naissance de Trovallec et des autres Secondaires.

– 2032 ? Ce n'est pas l'année de la Petite Crise ?

Des paillettes d'argent ont scintillé dans les fabuleux iris violets.

– Tu as mis le doigt dessus. Combien de fois faudra-t-il que je te répète que l'argent mène le monde à un point que tu n'imagines pas ? Après le Mardi gris, il a fallu que tout le monde fasse des économies. Tu peux parier que la Chips n'a pas été la seule technotrans à annuler à ce moment-là les recherches auxquelles les clones étaient destinés.

– Elles n'avaient donc rien de fondamental.

Gloria a pincé les lèvres, en une moue qui lui donnait un air de ressemblance avec Clarisse Lei Than, une actrice du début du siècle que tout le monde a oubliée aujourd'hui. D'ailleurs, il me semblait que ses traits s'étaient légèrement modifiés en ce sens ; même la couleur de ses yeux avait changé. Elle était différente et elle restait la même. Fascinant.

– Disons que leur rentabilité potentielle a dû être jugée insuffisante, a-t-elle corrigé sur un ton malicieux. Ce qui nous amène au dernier point – le plus intéressant, à mon avis. Il m'a fallu m'imprégner de quelques milliards de téra-octets d'informations, mais j'ai fini par trouver un indice de ce que les technotrans avaient l'intention de faire avec les clones.

Elle s'est interrompue pour me contempler d'un air candide. J'avais envie de lui tirer la langue, mais je me suis contenté d'insister :

– Eh bien ?

– Il était question de développer leurs Talents.

– Les *sapiens* n'ont pas de pouvoirs psi.

– Les ex-dragonrougeomanes ne semblent plus être exactement des *sapiens*. La huitième paire de chromosomes, là réside le secret de toute l'affaire.

Nous nous sommes regardés quelques instants, tandis que sa dernière phrase se frayait un chemin à l'intérieur de mon cerveau.

– Tu veux dire que ce seraient des mutants ?

– Quelque chose comme ça. Mais ils ont eu moins de chance que tes semblables. Parce que, dans leur cas, la mutation n'est pas transmissible. Ce sont des mulets.

CHAPITRE XVI

LES CYBERNINJAS PEUVENT VENIR

Par pure bravade, peut-être, j'avais pris la décision de faire évader Eileen. Mais pour que ce projet eût la moindre chance d'aboutir, il fallait tout d'abord éloigner Trovallec de Paris. La petite histoire de Gloria au sujet de Dragon Rouge et des dragonrougeomanes avait en effet achevé de me convaincre du fait que le Dénébien était bien un « anti-Tem », comme l'avait formulé Ramirez. Il possédait un Talent qui rendait le mien inopérant – mais uniquement à partir du moment où son attention était focalisée sur moi.

En fait, il aurait suffi qu'il m'oublie l'espace de quelques secondes pour que tous mes ennuis disparaissent comme par enchantement. Seulement, il ne m'oublierait pas. Parce qu'il y aurait toujours quelqu'un pour lui rappeler mon existence. Suivez mon regard.

A l'heure convenue, j'ai pianoté le numéro d'Amande Amère sur le clavier du vidphone. Il y avait peu de chances que l'on pût retracer l'origine de l'appel ; Gédéon est équipé du dernier cri en matière de brouilleurs et de systèmes de codage sophistiqués – les Datazombies apprécient la discrétion.

La Reines des Prétoires se trouvait dans son bureau lorsqu'elle m'a répondu. J'ai ressenti une certaine gêne de ne pas y voir un seul livre. Dans mon esprit, les avocats doivent avoir un mur de bouquins de droit reliés plein cuir derrière eux lorsqu'ils s'adressent à leurs clients. C'est un symbole autrement plus fort qu'un banal terminal wèbe.

Quoique…

– Alors, où en êtes-vous ?

Elle paraissait fatiguée et un peu tendue. Son collier était de travers. Un faux pli marquait la manche droite de sa robe coûteuse. Elle n'avait pas dû avoir une journée de tout repos.

– Vous avez déniché une drôle d'affaire. J'ai dû envoyer l'un de mes assistants en Auvergne, pour étudier les relevés cadastraux depuis la fin du XXe siècle. Certaines archives ne sont disponibles que sur papier.

Elle désapprouvait visiblement ce manque flagrant d'ergonomie.

– Qu'espérez-vous qu'il y trouve ?

– Des preuves. La Nakimeraï a acheté Pouveroux à un prétendu « Syndicat des Propriétaires Spoliés » – une association temporaire à but lucratif, qui réunit les descendants des anciens propriétaires. Le seul problème, c'est qu'il semblerait que ces braves gens aient *déjà* vendu voici un demi-siècle.

– A l'époque où ma tribu s'est installée là-bas ?

– Exactement. J'ai passé quelques coups de vid auprès des notaires de la région. Aucun d'eux n'a pu m'aider, sinon en me conseillant d'appeler un de leurs confrères à la retraite. Coup de chance, il se souvenait fort bien du « monsieur de la ville un peu bizarre » qui avait acheté tout le hameau, parce que c'était la première vente importante réalisée par son étude après la Terreur. Malheureusement, ses archives ont été détruites dans un incendie, voici cinq ou six mois. Un incendie d'origine *criminelle.* Il est troublant de constater que le syndicat s'est constitué quelques jours plus tard.

– Avez-vous une idée de l'identité du véritable propriétaire ?

– Pas la moindre. Et la description que m'a fournie le vieux notaire pourrait correspondre à n'importe qui. Taille moyenne, mince, la cinquantaine, avec encore beaucoup de cheveux.

– Effectivement. Son témoignage est-il recevable ?

– Je l'espère. Mais nous n'obtiendrons rien de définitif des tribunaux tant que nous n'aurons pas de preuves matérielles. Il nous faut des documents. Un acte de vente ou de propriété… Les avocats de la Nakimeraï ne lâcheront pas facilement le morceau.

– Ne serait-il pas plus simple d'essayer de retrouver la trace du propriétaire ?

– Donnez-moi son nom et je vous ramène ses héritiers dans l'heure.

Nous avons continué à discuter sur ce ton pendant un moment, cherchant conjointement un moyen de clarifier cette situation. Voyant que nous n'arriverions à rien, j'ai abrégé la conversation.

– Au fait, j'ai ici quelqu'un qui voudrait vous parler. Un paysan de la région de Pouveroux. Je vous le passe. A bientôt.

– Bonne chance.

Psilocybe est resté vingt bonnes minutes en tête-à-tête vidphonique avec Amande Amère. Lorsqu'il est venu me rejoindre, il s'est laissé tomber comme une masse sur le canapé en poussant un soupir alangui.

– Cette femme est prodigieuse, a-t-il commenté, admiratif. Incroyablement douée pour poser les questions qu'il faut.

– Comment ça ?

– J'ai découvert grâce à elle que je savais quelque chose d'important : il n'y a pas un seul habitant du coin parmi les membres du Syndicat des Propriétaires Spoliés. Ce sont tous des gens de la ville. Et ce n'est pas tout… (Il a étendu les jambes, posant les pieds sur le dos de son verrat de compagnie, qui a émis un grognement dans son sommeil.) La vente a dû être très discrète, car même les gens de Bel-Air n'en ont rien su. On pensait tous, au Comité, que le village appartenait toujours à ses anciens propriétaires, et qu'ils avaient vendu parce qu'ils en avaient marre de voir les millénaristes squatter leurs baraques.

– Qu'est-ce que ça change ?

– Tout, presque-frère. (Il a souri à belles dents. J'aurais voulu partager sa bonne humeur.) Nous, ce qu'on voulait demander, c'était juste que la Province exerce son droit de préemption, pour empêcher la Nakimeraï de s'implanter dans le coin. Mais si la vente est illégale, on va pouvoir employer les grands moyens, puisqu'on a le droit avec nous !

– Les grands moyens ?

Il m'a lancé un regard plein de malice.

– Mine de rien, une ferme représente un véritable arsenal lorsqu'il s'agit d'emmerder le monde. Les cyberninjas peuvent venir : on les noiera sous le purin et les fruits pourris avant de leur lâcher les chiens et les porcs aux fesses.

– Et si le véritable propriétaire, une fois retrouvé, voulait vendre, lui aussi ? Que ferez-vous ?

– A mon avis, ça se finirait avec son appartement rempli de fumier. Ou alors, par un bain de lisier…

– Je ne te savais pas si belliqueux.

Il a haussé les épaules.

– Tu crois vraiment qu'on a le choix ?

– La violence ne résout rien. Elle ne fait qu'envenimer les choses.

Il a ricané.

– Tu peux jouer les moralistes, mais je voudrais te voir à notre place !

– Parce que tu crois que la mienne est plus confortable ? Ce qui se passe à Pouveroux me concerne directement : c'est de ma famille qu'il s'agit.

– Attends que les cyberninjas arrivent. Tu changeras peut-être d'avis à ce moment-là.

– Pour l'instant, ils sont bloqués dans leur avion et il n'est pas question qu'ils en descendent.

– Ils n'y resteront pas éternellement.

– J'espère bien qu'ils vont repartir. Amande Amère avait l'air très optimiste.

– C'est sûr qu'on peut lui faire confiance… Mais la Nakimeraï est puissante, et ses gens savent sur quels leviers appuyer pour obtenir ce qu'ils désirent. La bataille juridique risque d'être chaude.

– A moins que l'on ne retrouve l'acte de vente de 2013.

– S'il existe.

– Tu en doutes ?

– Ceux qui ont flanqué le feu aux archives du notaire ont très bien pu rendre une petite visite au type qui avait acheté le hameau, juste histoire de détruire son titre de propriété. J'hésite entre la Nakimeraï et le Syndicat.

– A mon avis, ça revient au même.

Il a hoché la tête.

– Nous sommes d'accord. Et maintenant, qu'est-ce qu'on fait ? Quelle est la suite du programme ?

– Tu me suis toujours ?

– Pas de problème. Tes intérêts sont les miens.

– Alors, je vais te présenter un copain.

Il était dix-neuf heures trente lorsque nous avons sonné chez Ramirez. Dès qu'il m'a ouvert, j'ai su qu'il n'avait pas dormi depuis mon départ.

Ses yeux n'étaient plus que deux fentes rougeâtres entourées de paupières gonflées, le tout souligné de valises d'un violet si sombre qu'il en paraissait noir. Et son visage était l'un des plus authentiquement livides qu'il m'eût jamais été donné de voir. Avec la coupe de cheveux appropriée, il aurait pu sans peine se faire passer pour un Trancecore – pas très frais, qui plus est.

– Tu tombes bien, a-t-il marmonné d'une voix éteinte. Je commence à en avoir jusque-là de tes deux zigotos.

– Que t'ont-ils fait ?

– Tout, mon pote. Là, ils sont en train d'écouter toutes les compiles qui leur tombent sous la main parce que le grand crétin blond cherche un morceau dont il a oublié le titre. Juste avant, il a essayé de nous le fredonner – en hurlant pour couvrir la musique, évidemment…

– Ça n'a pas l'air bien terrible.

– On voit que tu n'étais pas là. J'ai rarement entendu quelqu'un chanter aussi faux. Allez, entrez. Je vous offre un thé – et puis, vous les emmenez, hein ?

– Pas de problème, a assuré mon compagnon, très sûr de lui. Moi, c'est Psilocybe – et voici Honoré.

Cette fois, c'est la paupière gauche de Ramirez qui s'est soulevée, d'un bon millimètre ou deux.

– Il est propre, au moins ? s'est-il enquis.

Le verrat a grogné à plusieurs reprises tandis qu'il hochait vigoureusement la tête. Il était visible qu'il avait compris la question du fumeur de zamal. Ou alors, c'était un excellent comédien.

Un désordre incroyable régnait dans tout l'appartement. Les CD, autrefois empilés en colonnes défiant les lois de l'équilibre, jonchaient à présent le sol de monticules informes, où les deux Monte-En-L'Air et trois collectionneurs attardés étaient occupés à fouiller. L'adolescente aux socquettes blanches dormait tout habillée sur le lit de la chambre, à côté de la jeune femme aux dessous écarlates, qui s'était glissée dans les draps. Je n'aurais su dire laquelle des deux ronflait.

Eusèbe et Snakefingers ont paru ravis de me voir. Ils m'ont serré la main en me tapant dans le dos et en me gratifiant d'un « M. Temple » qui m'a fait sourire. Je les ai entraînés dans la cuisine dès que possible, au grand soulagement de Ramirez. Je me demandais bien ce qu'ils avaient pu lui faire pour le mettre dans un tel état. En temps normal, il est plutôt liant et tolérant à l'égard d'autrui.

– Comment se fait-il que vous soyiez encore là ? me suis-je enquis lorsque nous avons été au calme.

Eusèbe m'a expliqué, avec l'aide toute relative de son acolyte, qu'ils avaient trouvé l'ambiance sympathique, en dépit de la fumée. Ce n'était pas tous les jours qu'ils avaient l'occasion de voir autant de CD réunis. Et Snakefingers adorait la techno. Comme le maître des lieux semblait accueillant – et sans doute l'était-il vraiment, au début –, ils s'étaient permis de s'incruster. C'était toujours un repas et une nuit d'hôtel d'économisés, avaient-ils songé.

Puis Snakefingers avait commencé à faire des gaffes. D'après Eusèbe, il s'était montré particulièrement maladroit cette nuit-là – ne cessant de piétiner des boîtiers, de renverser des piles de CD ou de trébucher sur des collectionneurs accroupis. Le pire était arrivé vers quatre ou cinq heures du matin, quand il s'était mis à danser sur un morceau particulièrement brutal ; emporté par son élan, il avait renversé le meuble que Ramirez avait acheté pour les inestimables pièces de collection qu'il entendait conserver.

Avec un calme parfait, le fumeur de zamal avait fait l'inventaire des dégâts. Puis il avait annoncé à Snakefingers qu'il venait de lui bousiller pour deux mille euros de CD. Face à l'énormité de la somme, le gamin s'était évanoui. Ensuite, il avait dormi douze heures, couché en chien de fusil sur la descente de lit de la chambre – pour se réveiller en pleine forme, prêt à commettre de nouveaux impairs et à déclencher de nouvelles catastrophes. Ainsi, les collectionneurs allemands arrivés le matin même n'avaient pas réussi à le supporter plus d'un quart d'heure ; emballant précipitamment leurs trésors, ils avaient quitté l'appartement en catastrophe pour attraper un train dont ils venaient de se rappeler subitement l'existence. Il faut dire à leur décharge que Snakefingers avait décidé de s'adresser à eux dans leur langue natale.

Eusèbe et lui ont paru enchantés de jouer un tour au Dénébien. Ils éprouvaient en effet une vive antipathie à l'encontre de l'inspecteur depuis qu'ils l'avaient entendu menacer Eileen, la veille.

– Ça ne se fait pas de parler comme ça à une dame, a dit Snakefingers d'un air dédaigneux. Pas de problème, on va vous le soigner... Enfin, si Eusèbe est d'accord – parce que, tout seul, je le sens pas trop.

– Ne t'inquiète pas, l'a rassuré son compagnon. On continue à faire équipe. Laisse-moi penser pour deux, et tout ira bien.

Il avait donc parfaitement conscience des capacités intellectuelles limitées du grand blond mal peigné – ce dont je n'étais pas tout à fait certain à l'issue de notre première rencontre. Je comprenais mieux, à présent, comment fonctionnait leur association. Il s'agissait en fait d'une véritable symbiose, où chacun abandonnait sa fierté aussi souvent que nécessaire. Eusèbe ne dominait, ne dirigeait, ni ne manipulait en aucun cas Snakefingers.

Décidément, j'aimais bien ces deux gamins. Et j'étais heureux de leur confier des responsabilités. Après avoir été la cause de leur échec, j'espérais leur donner une chance de réussir une mission d'une importance que j'avais tendance à estimer capitale. Certes, Trovallec était plus coriace que la moyenne, mais j'aurais juré qu'il tomberait tête baissée dans le panneau. Parce qu'il en aurait *envie*.

Je leur ai expliqué ce que j'attendais d'eux. Snakefingers n'a visiblement pas compris grand-chose – sinon qu'il allait falloir prendre des risques, ce qui paraissait les réjouir. Eusèbe, par contre, suivait avec une attention soutenue.

– Vous nous avez gâtés, m'a-t-il remercié avec un sourire éclatant. J'espère que le flic va marcher.

– Il marchera. (J'ai pris la liasse de billets dans ma poche, et j'en ai retiré le grand format de mille euros pour le tendre au métis, qui me paraissait le plus apte des deux à gérer une telle somme.) N'hésitez pas à tout dépenser, du moment que vous l'estimez nécessaire. Il *faut* que Trovallec soit au moins à trois cents kilomètres de Paris demain à midi.

– Ça ne vous gêne pas si on l'emmène se promener un peu plus loin ? a demandé Eusèbe. Je dis ça parce que j'ai toujours voulu visiter l'Espagne…

– Vous allez où vous voulez, du moment que le Dénébien vous y suit.

Ils se sont regardés, puis ils ont éclaté de rire. Leur joie faisait plaisir à voir, mais je ne les ai pas imités. Je pensais à Eileen, qui devait se morfondre dans une cellule de Fresnes. Et je me demandais s'il était bien raisonnable de combiner son évasion, alors qu'elle serait selon toute vraisemblance remise en liberté d'ici deux ou trois jours puisqu'il n'existait aucune charge que l'on pût retenir contre elle. Mais son incarcération me paraissait si injuste, si *vile,* que je ressentais le besoin de frapper un grand coup. Ne fût-ce que pour le plaisir d'imaginer la tête que ferait Trovallec lorsqu'il découvrirait qu'on l'avait mené en bateau.

Et puis, j'avais très envie de savoir si elle avait découvert quelque chose d'intéressant dans les archives de mon grand-père.

– Vous feriez mieux de filer. Vous avez du pain sur la planche.

Ils ont obtempéré, non sans se confondre en remerciements. De gentils petits jeunes, vraiment. J'étais désolé d'avoir tué dans l'œuf leur carrière de Monte-En-L'Air, même s'il me paraissait évident qu'ils n'étaient pas faits pour elle.

– Merci, a soupiré Ramirez en entrant dans la cuisine après leur départ. Tu ne peux pas savoir à quel point ça m'a soulagé de les voir se tirer. Le grand blond est une vraie calamité ; ça ne m'étonne pas qu'on l'ait surnommé « Doigts de Serpent ». Plus maladroit que lui, tu déclenches l'Apocalypse !

– Ne parle pas de malheur, a dit Psilocybe, qui venait lui aussi aux nouvelles. On joue déjà les prolongations de l'Armaguédon – alors…

Le fumeur de zamal l'a considéré avec un étonnement non dissimulé :

– Qu'est-ce que c'est que cette histoire ?

Lui conseillant de s'asseoir, je me suis mis en demeure de la lui expliquer.

Minuit approchait lorsque je suis retourné chez Gédéon. Il ne dormait pas, bien entendu – les Datazombies n'ont pas besoin de beaucoup de sommeil. Imperturbablement installé dans son fauteuil fait sur mesures, il ne paraissait pas avoir bougé d'un millimètre depuis mon départ.

– J'ai du nouveau, a-t-il annoncé d'emblée. Tout plein de données qui vont te passionner. Je commence par où ?

Avisant un cube en bois à l'intérieur duquel étaient entassées des boîtes rectangulaires de polymère blanc, je m'y suis assis. Je me sentais si fatigué que j'aurais probablement été capable de dormir quinze ou vingt heures d'affilée.

– Tu n'as qu'à me faire une rapide synthèse.

Il a hoché la tête d'un air résigné.

– C'est bien ce que je craignais ; il va falloir que je réfléchisse.

– Ne me dis pas que tu ne sais plus comment on s'y prend.

Il a souri – et, à nouveau, sa sérénité m'a intrigué. En temps normal, Gédéon est un individu assez vif, et les accélérateurs synaptiques dont il se gave littéralement ne font que le rendre plus nerveux.

– Disons que j'ai un peu perdu l'habitude de penser.

Visiblement, il ne plaisantait qu'à moitié. J'ai failli lui demander s'il n'avait pas changé ses habitudes en matière de psychotropes, mais il me paraissait plus urgent d'être informé du résultat de ses recherches.

– Je suis sûr que ça va te revenir très vite.

– J'ai fait comme tu m'as dit : je suis allé à la pêche aux informations. Heureusement que le Néocortex dispose de systèmes de macro-indexation… Parce que, sinon, je ne te dis pas le cauchemar – surtout avec quatre-vingts pour cent du wèbe inutilisables ! J'ai été obligé de louer au prix fort une ligne à grand débit. Il y en a pour pas loin de quatre cents euros.

– Tu veux que je te rembourse tout de suite ?

– Laisse tomber. C'était juste pour te dire que j'ai dû me démener. Mais ça m'a fait plaisir de t'aider. Maintenant, j'espère que tu vas trouver ton bonheur dans ce que j'ai récupéré.

Les images dansaient sur les écrans. Une fusée en train de décoller à Kourou. Un groupe de bal antillais sur une scène trop petite. Un porno en images de synthèse. Un homme politique trop sérieux pour être honnête. Un paysage martien où se dressaient trois bâtiments aux angles vifs, incongrus dans cette immensité rouge. Un jeu télé planté dans un décor aux couleurs primaires. Une montagne en plan fixe. Un documentaire sur la vie des ratons laveurs. Un dessin animé tanzanien, dont les protagonistes programmés affrontaient les calamités les plus absurdes avec un entêtement tout droit hérité de Tex Avery. Un singe jetant un os en l'air. Une chanteuse en robe fourreau holographique. Un incendie dans une ville d'Amérique latine. Une téléconférence publique dans le cyberespace. Une jeune femme en minirobe s'adressant à un robot couronné de plastique transparent. Une guerre en noir et blanc.

Tel était l'univers dans lequel Gédéon Geai vivait en permanence.

– Puisque tu veux une synthèse, je vais te la faire en trois points : génétique des populations, évolution linguistique et histoire des religions.

Les trois sont d'ailleurs liées – on verra ça en conclusion. Mais accroche-toi, parce que ça demande une certaine gymnastique mentale.

Il n'avait pas tort. Une partie des données qu'il avait recueillies recoupaient ce que Gloria avait déjà trouvé dans le Néocortex, sans doute parce qu'ils avaient puisé aux mêmes sources, mais le reste était tout nouveau, tout beau pour moi.

Tout commençait bien entendu voici cent cinquante à deux cent mille ans, en Afrique. Une mutation décisive s'était produite au sein d'un petit groupe humain, dont il était cependant difficile d'estimer l'importance. Les fouilles effectuées par Chernonsky en Ethiopie dans les années 40 avaient en effet permis de localiser la région où avait vécu cette population de *sapiens* originels, mais non de la dénombrer. Les spécialistes s'accordent généralement pour admettre qu'elle ne dépassait pas cent mille personnes, et certains d'entre eux avancent même le chiffre de dix mille.

A la fin du siècle dernier, période fertile en théories sur l'évolution de l'Humanité, l'hypothèse dite « de l'Eve mitochondriale » a soulevé quelques remous, sans doute en raison de ses évidentes connotations judéo-chrétiennes. En utilisant les mutations de l'ADN mitochondrial comme base d'une horloge moléculaire, des chercheurs en sont arrivés à la conclusion que les nucléotides de nos mitochondries nous avaient été légués à tous par la même femme. On a alors évoqué la possibilité d'une réduction drastique de la population, peut-être jusqu'à l'ultime goulot d'étranglement, en deçà duquel il ne subsiste que l'extinction : un seul couple.

Vivant au Jardin d'Eden, bien entendu.

Cette idée d'un goulot d'étranglement a très vite été contestée. D'autres facteurs permettaient d'expliquer que l'ADN de nos mitochondries provienne, à l'origine, de la même aïeule. Point n'était besoin que celle-ci fût unique ; pourtant, il paraît certain aujourd'hui que les premiers *sapiens* n'étaient pas très nombreux, comme je l'ai déjà signalé.

A un moment ou à un autre, pour une raison ou pour une autre, cette population initiale a connu un subit accroissement, qui a contraint une partie de ses membres à partir en quête de nouveaux territoires. C'est ainsi qu'a commencé le Grand Eparpillement. Pas à pas, les hommes modernes ont étendu leur domaine au monde entier, remplaçant les populations archaïques selon le modèle de l'Arche de Noé – encore une référence biblique, nous n'en sortirons donc jamais ? – tempéré d'un certain métissage dont il est difficile d'estimer l'importance aujourd'hui.

L'histoire génétique de l'Humanité est une longue succession de séparations et de retrouvailles. Les fils et filles prodigues y abondent, même s'ils n'y sont pas toujours aussi bien accueillis que je l'avais été à Pouveroux. Lorsqu'une population se scinde en plusieurs groupes distincts, chacun ne possède qu'une partie des gènes du peuple initial. C'est ainsi que certaines caractéristiques disparaissent, tandis que d'autres s'imposent. Lorsque deux populations se rencontrent, elles mélangent leurs gènes, luttant, souvent sans même le savoir, contre les méfaits d'une trop grande consanguinité.

Le schéma est un peu le même pour l'évolution linguistique. Les spécialistes ne se sont toujours pas entendus sur l'existence d'une langue-mère, mais la plupart d'entre eux admettent l'hypothèse d'un ensemble de dialectes apparentés qu'aurait parlé le groupe initial de *sapiens,* et d'où découleraient tous les langages actuels.

Cette fois, nous avions droit à la Tour de Babel. Sauf qu'il n'y avait pas eu de tour et que Jéhovah n'était pour rien dans la diversification linguistique, puisqu'il ne devait apparaître que des dizaines de millénaires plus tard dans les méandres de la Psychosphère.

Sur ce plan, la rencontre de populations d'hominiens archaïques lors du Grand Eparpillement semble n'avoir eu qu'une influence très faible, voire quasi inexistante. Les Néandertaliens possédaient un appareil de phonation semblable à celui des grands singes, pas assez perfectionné pour maîtriser la richesse et la complexité des langues humaines. Peut-être faut-il voir là l'une des raisons de leur extinction.

Les recoupements effectués dans les années 30 entre les données génétiques et linguistiques avaient d'ailleurs confirmé la parenté – ainsi que les profondes différences – des deux approches. Gènes et langues se différencient lorsque des populations se divisent. Chaque homme préhistorique emportait avec lui son capital génétique et sa langue – ainsi que la vision du monde qui allait avec. Il semblait aussi qu'il eût dans son bagage une forme quelconque de vie spirituelle – ainsi qu'une culture, naturellement, mais certains de ses cousins en possédaient également une.

Telle était l'odyssée de notre espèce. Naissant au bord d'un lac en Afrique orientale, puis se répandant et se diversifiant à travers toute la planète… Echanges de gènes et de vocables, influences mystiques, enrichissement culturel… Mais aussi guerres, massacres, spoliations, esclavage, déplacements de population… Ainsi que les souffrances qui les accompagnaient…

Tout cela s'était inscrit dans la Psychosphère. Tout cela – et bien d'autres choses encore. Tout ce qui faisait l'Homme.

Gloria m'avait dit qu'elle se souvenait vaguement avoir compris quelque chose juste avant que le programme tueur ne l'ampute d'une partie d'elle-même. Mais elle ne savait plus de quoi il s'agissait ; les informations lui avaient été arrachées à jamais. Néanmoins, il y avait de fortes chances qu'elle en fût arrivée aux mêmes conclusions que moi en ce moment même. A savoir que seul le cerveau de l'*homo sapiens sapiens* était capable d'accomplir la conversion énergétique qui se trouvait à la base de l'existence de la Psychosphère.

Celle-ci était donc apparue cent cinquante à deux cent mille ans avant notre époque, en même temps que le langage, consécutivement à une mutation au sein d'un groupe restreint d'hommes préhistoriques. Génétique, linguistique et spiritualité se rejoignaient en une construction mentale qui recelait peut-être la clef de l'énigme.

Car l'inconscient collectif avait suivi la même voie que les gènes ou les langues. Il s'était morcelé et différencié au gré des migrations et des affrontements de populations. Voici dix ou vingt mille ans, il n'y avait pas une Psychosphère formant un continuum, un univers, mais un ensemble de vacuoles indépendantes, où les Archétypes s'étaient retrouvés répartis selon un mode de distribution rappelant celui des gènes – et, pourquoi pas ? recoupant celui-ci.

Mon adversaire avait de toute évidence été victime de ce morcellement.

Bien plus tard, lorsque l'inconscient collectif s'était réunifié, *il* avait senti que le temps était venu pour lui d'effectuer son grand retour. Et la Terreur avait emporté le monde dans un tourbillon de cauchemar sans précédent.

Il est une force élémentaire. Enfin, quelque chose dans ce genre. Une force très ancienne qui ne demande qu'à grandir à nouveau.

Il est Celui-qui-voit-dans-les-ténèbres.

Il est la Peur et la Douleur ; il est la Mort et le Mal ; il est la Malchance et l'Obscurité ; il est la Destruction et la Famine ; il est l'Homme et Ce-qui-n'est-pas-humain.

Il n'existe pas de mot pour le désigner, et aucun concept pour l'appréhender. Il nous dépasse. Il nous transcende. Il transcende peut-être les Archétypes eux-mêmes.

Ben oui, a dit la voix de Gloria à l'intérieur de mon esprit. *Il est infiniment puissant et nous, nous ne sommes que d'infimes vermisseaux à côté de lui... On connaît la chanson.* Elle a laissé passer deux ou trois secondes de silence mental. *Alors, mon mignon, ça te fait quel effet de penser qu'on va se friter avec un dieu ?*

CHAPITRE XVII

LES TRANSLUCIDES

Le récit d'Eileen :

Comme la maison d'arrêt de Fresnes était à moitié vide, j'eus droit d'office à une cellule individuelle. Ceux d'entre vous qui ont eu l'occasion de séjourner en prison seront sans doute surpris d'apprendre que la pièce minuscule dans laquelle on me boucla ne possédait ni fenêtre, ni socle tridi, mais ces derniers sont depuis peu réservés aux condamnés ; les distractions offertes aux personnes placées en détention préventive sont en effet volontairement limitées, afin de leur laisser un maximum de temps pour réfléchir. Il paraît que cela favorise les aveux, spontanés ou non. Confronté à soi-même, il arrive que le criminel le plus endurci finisse par faire son *mea culpa* – ou par se décider à négocier une réduction de peine, ce qui revient au même.

Etant innocente, je n'avais rien à avouer. La seule information en ma possession qui aurait pu présenter de l'intérêt pour Marcellin Trovallec était l'emplacement de la cachette de Tem, mais il ne fallait pas compter sur moi pour le révéler.

Je m'allongeai donc sur la couchette et, les yeux au plafond, je songeai à Richard Montaigu et à ce que j'avais découvert en explorant ses archives. Les papiers que j'avais emportés étaient toujours à l'abri dans mon soutien-gorge, car l'on avait omis de me fouiller. Il faudrait que je trouve un endroit pour les dissimuler.

Ces quelques pages avaient incontestablement bouleversé la situation. Imaginer la tête de Tem lorsque je lui apprendrai que le professeur Viard et son grand-père se connaissaient m'a fait sourire. Il n'allait pas en revenir. Mais cette révélation amenait un flot de questions dont j'ignorais les réponses… Je vous les livre en désordre, tout comme elles se présentaient à mon esprit.

Viard savait-il de qui Tem était le petit-fils ? Et, si oui, pourquoi ne lui avait-il jamais dit qu'il était en relation avec son grand-père à l'époque de la Terreur ? Quel rôle Montaigu avait-il joué dans celle-ci ? Qui se dissimulait derrière l'étrange surnom de Celui-qui-n'est-pas-nommé ? Et comment Dragon Rouge pouvait-il n'être « plus qu'une coquille vide » ? Appliquée à une drogue, cette description n'avait tout simplement aucun sens. Il devait s'agir là encore d'un surnom… Mais de qui ? D'un autre protagoniste de la Terreur ?

Quand je sortis les papiers pour les cacher dans l'un des pieds de mon lit, j'en profitai pour les relire. Le début de la lettre de Viard était en accord avec les données scientifiques implantées dans ma mémoire par Gloria : Hiéronimus Bolgenstein avait formulé une théorie qui permettait d'expliquer la Psychosphère en termes de physique quantique. Ensuite, le professeur faisait visiblement allusion à la « millénarisation » de la mère de Tem, et à une *recommandation* d'une certaine Suzy, qui devait être l'épouse de l'écrivain. Puis venait cet obscur passage concernant Dragon Rouge et Celui-qui-n'est-pas-nommé.

Je ne voyais vraiment pas comment relier tout ça, mais Tem y arriverait sûrement. Après tout, c'était son métier.

Le plan de *La nature de l'adversaire* me laissait tout aussi perplexe. Pourtant, je n'y aurais sans doute pas prêté attention s'il n'y avait eu le titre du dernier chapitre.

« Celui-qui-n'est-pas-nommé »… Deuxième occurrence. Et « Les braises de ses yeux » semble renvoyer à ce dont parle Viard dans sa lettre, ces yeux sanglants qui, dans son cauchemar, le poursuivaient de visage en visage – les yeux de Dragon Rouge, apparemment.

Les Yeux-rouges dont m'a parlé Gloria ?

Celui-qui-voit-dans-les-ténèbres.

L'Adversaire.

Montaigu avait voulu écrire un livre sur la Grande Terreur primitive. Mais j'avais l'impression qu'il n'était jamais allé plus loin que ce plan, daté du mois de septembre 2013. Pour quelle raison ? Parce que son sujet lui avait ensuite échappé, de la même manière que Tem s'efface de la conscience des gens ?

La Psychosphère se laisse difficilement saisir.

Les autres feuilles n'avaient pas grand intérêt pour le moment : il s'agissait essentiellement de morceaux de papier disparates, portant des adresses qui m'avaient paru pouvoir posséder une utilité quelconque. Je roulai le tout très serré avant de le glisser dans le pied de métal creux, puis je décidai de méditer un moment, en attendant que ça se passe.

La gardienne qui m'apporta mon déjeuner m'annonça que j'avais droit à un régime spécial : pas de sorties, ni de contacts avec les autres détenues, tant que je n'aurais pas été à nouveau interrogée. Toujours selon elle, j'étais bonne pour deux ou trois jours de solitude, et elle me proposa de discuter avec moi si j'avais vraiment besoin de parler. Je n'aurais su dire si elle agissait sincèrement, par désir de m'aider, ou si elle tentait de me pousser sur la pente des aveux, mais je déclinai son offre.

Songeant qu'il ne me restait plus qu'à prendre mon mal en patience, j'ai attaqué mon repas.

Pour la première fois depuis des semaines, son échec à l'examen d'entrée dans la tribu des Monte-En-L'Air avait cessé de peser à Snakefingers. Il avait tourné la page sans s'en rendre compte, pendant qu'il écoutait M. Temple exposer son plan. Et à présent, il contemplait l'incroyable cathédrale de Barcelone, si stupéfait par ce qu'il avait sous les yeux qu'il en oubliait de prendre des photos à l'aide de l'appareil acheté grâce à l'argent du détective.

Une main se posa sur son épaule. Eusèbe revenait de la cabine wèbe voisine, où il était resté un long moment enfermé après en avoir opacifié les vitres. Il avait le teint gris et les yeux cernés, bien qu'il eût trouvé le moyen de dormir une heure dans l'avion, lui.

– Le flic est en route, annonça-t-il. Il a tout gobé. (Il jeta un coup d'œil à sa montre.) Neuf heures quinze. On est largement dans les temps.

– Il y a quelque chose que je ne comprends pas, fit Snakefingers. Pourquoi s'embêter à balader ce type dans toute la ville ? Tout ce qu'on avait à faire, c'était l'éloigner de Paris le temps que M. Temple libère Mlle Eileen. Et comme il va arriver ici à peu près à l'heure où c'est censé se passer, on pourrait très bien lui poser un lapin, non ?

Eusèbe haussa les épaules en levant les yeux au ciel d'un air franchement excédé.

– Je te l'ai déjà expliqué. Il faut qu'on joue le jeu jusqu'au bout – enfin, le plus longtemps possible. M. Temple peut rencontrer des difficultés.

Alors, quand le flic arrivera à l'aéroport, à onze heures quinze, je serai là pour l'accueillir, comme convenu. (Il riva son regard dans celui de Snakefingers.) Cette fois, presque-frère, tu as intérêt à assurer.

– Tu parles comme les millénaristes, maintenant ?

– N'essaye pas de détourner la conversation. Le plan repose sur toi autant que sur moi. Je veux que tu me répètes ce que tu dois faire.

Snakefingers dut accomplir un effort pour s'en souvenir. Bien qu'il eût appris par cœur ce qu'on attendait de lui, les mots n'avaient pas encore pris tout leur sens. Mais leur musique était gravée dans sa mémoire, et il récita sa leçon à la perfection :

– Je dois jouer le rôle de M. Temple. M'arranger pour que le flic me poursuive, mais ne jamais le semer. Son attention doit être tout entière focalisée sur moi. Il doit croire que je suis M. Temple. Il faut que je sois M. Temple. Dans mes gestes, dans mes attitudes, dans ma tête. Agir comme lui, courir comme lui, parler comme lui.

Il était assez content de sa prestation, mais son autosatisfaction s'envola lorsqu'il vit son acolyte hocher la tête d'un air inquiet, marmonnant comme pour lui-même :

– Eh bien, ça ne va pas être de la tarte.

Le récit de Gloria :

Honoré ne fait aucune difficulté pour accepter ma présence. C'est décidément un bon gros cochon bien sympathique – et assez intelligent pour qu'un embryon de communication soit possible entre nous. Nous échangeons des images un peu floues et des émotions distordues, le tout dans une ambiance mentale plutôt agréable. Je sens que nous allons bien nous entendre.

Cela fait peut-être un quart d'heure que le dernier collectionneur est parti, traînant derrière lui un sac poubelle de cent litres rempli de CD que Ramirez lui a laissés pour une misère, « histoire de débarrasser ». Il règne un désordre effroyable dans l'appartement, comme si une bande de cambrioleurs non homologués était passée par là. Ou peut-être un typhon.

Psilocybe, qui somnole dans un coin, affalé sur des coussins, se redresse soudain et consulte sa montre. Puis il se tourne vers Ramirez, qui sombre peu à peu dans un coma cannabique.

– Il est huit heures. Il faut que j'y aille.

– Bon courage, souhaite notre hôte sans même soulever une paupière.

– Tu devais me donner une clef.

La main gauche de Ramirez remonte de quelques centimètres le long de sa hanche. Lentement, le pouce et l'index plongent dans une poche, pour en ressortir tenant un petit tube brillant accroché à un anneau. Le fumeur de zamal amorce le geste de tendre l'objet à Psilocybe, mais celui-ci, impatient, se penche déjà pour s'en emparer.

Puis il entraîne Honoré hors de l'appartement.

Un peu moins d'une demi-heure plus tard, le paysan s'installe sur un banc en face du 36, Orfèvres. Honoré se couche à ses pieds.

Début de l'attente.

De temps à autre, j'abandonne ma cachette dans le cerveau du verrat pour aller explorer les environs. Il ne me faut pas longtemps pour percevoir l'influence néfaste qui imprègne le quartier.

Seulement, je suis incapable de dire *comment* je la perçois. Aucun de mes sens habituels – dont la plupart n'ont pas grand-chose à voir avec ceux que possèdent les êtres humains, *sapiens* ou *superiors* – ne m'a jamais transmis de telles informations.

Aurais-je découvert une nouvelle manière d'appréhender mon environnement ?

A neuf heures cinq, il se produit une subite modification dans cette perception d'un genre nouveau. Pour échapper aux visions de sinistres présages qui affluent à mon esprit, je retourne partager l'indécrottable bonne humeur d'Honoré.

J'aimerais bien savoir si c'est l'Archétype archaïque ou le programme tueur lancé à mes trousses qui émet une aussi funeste aura.

Le verrat frissonne, en réponse à l'idée peu rassurante qui vient de se former subitement dans ma conscience, et je réalise soudain que je suis morte de peur.

Dire que je crève de trouille serait d'ailleurs plus approprié.

Et si le tueur était une émanation de l'ennemi ?

Je m'explique : lors de la Terreur, Celui-qui-voit-dans-les-ténèbres a été en quelque sorte expulsé de la Psychosphère. Or, en fouinant dans le réseau de la Préfecture, à la recherche de la source des données concernant Tem, j'ai découvert l'existence d'une passerelle qui semblait relier la Cybersphère et l'inconscient collectif. Une passerelle que l'ennemi aurait tout à fait pu emprunter par accident, échappant ainsi à la destruction. D'une manière ou d'une autre, la psyché qui le composait a été convertie en énergie « classique », et il est devenu une créature virtuelle, analogue à une aya.

A en croire l'image de Bolgenstein que Tem a rencontrée dans l'univers télépathique, notre adversaire peut « se glisser à l'intérieur d'apparences ». Je commence à craindre sérieusement que le tueur qui me traque ne soit l'un de ces vecteurs de la puissance des Yeux-rouges.

– Le voilà, marmonne Psilocybe.

Difficile de ne pas remarquer le Dénébien : assis à l'arrière d'une monoroue munie d'une demi-douzaine de gyrophares, il passe en trombe devant nous. Il paraît excité et préoccupé – ce qui n'a rien de surprenant, vu le baratin qu'Eusèbe vient de lui servir.

– Allons-y, Honoré, poursuit le paysan. Je compte sur toi pour te tenir correctement.

Le verrat agite les oreilles en émettant des bruits joyeux.

Lorsque je m'éclipse, un instant plus tard, je découvre que l'influence néfaste a disparu.

Avec Trovallec ?

Alors, *il* accompagne le Dénébien. *Il* est en lui.

Il ne veut pas rater l'arrestation de Tem.

A moins qu'*il* ne désire s'assurer qu'il n'y aura *pas* d'arrestation.

Pourvu qu'il n'arrive rien à Eusèbe et Snakefingers.

Nous n'aurions pas dû leur confier cette mission. Ils ne font pas le poids. Deux gamins en face d'un péril venu du fond des âges !

L'actuelle prison de Fresnes, qui a remplacé dans les années 40 les anciens bâtiments jugés trop vétustes, était considérée comme un centre de détention modèle, peut-être parce qu'aucune des cent à deux cents femmes qui y sont incarcérées en permanence n'avait jamais réussi à s'en évader.

Avant Eileen, bien entendu.

Vêtu d'un pantalon à fleurs, d'un gros pullover de ski orné de rennes entourant un Père

Noël hilare et d'une gabardine réfléchissante, j'avais chaussé des espadrilles jaune fluorescent, et teint mes cheveux en mauve. C'est dans cette élégante tenue que je me suis présenté à la porte principale de la maison d'arrêt. J'ai actionné la sonnette, et une voix féminine assez rude m'a demandé ce que je voulais.

– Je suis un criminel en fuite souhaitant se rendre.

Il m'a semblé entendre un hoquet dans l'interphone. Puis mon interlocutrice m'a répondu, d'une voix où perçait une pointe de méfiance :

– C'est une prison pour femmes, ici. Si vous tenez vraiment à vous livrer, il vous suffit d'aller dans n'importe quel commissariat.

J'ai levé un œil de chien battu vers l'objectif de la caméra qui me dévisageait impudiquement.

– Je vous en prie, laissez-moi entrer. Je ne vous causerai aucun souci. Mettez-moi dans une cellule et appelez la police. Je n'en peux plus de vivre dans la clandestinité.

Quelques secondes se sont écoulées en silence, puis une petite porte s'est ouverte dans le lourd panneau de métal. J'ai franchi le seuil, pour me retrouver face à un couple de gardiennes en uniforme beige. La moins grande des deux avait au bas mot une tête de plus que moi. Elle m'a détaillé des pieds à la tête, une moue de désapprobation sur les lèvres.

– Complètement taré, a-t-elle commenté avec dédain. Mais puisque vous tenez à rentrer dans le droit chemin, nous n'allons pas faire de difficultés pour vous y aider.

– Il ne faut pas contrarier les bonnes volontés, a renchéri sa collègue.

Et, sans plus de cérémonie, elles m'ont entraîné jusqu'à la cellule que j'avais réclamée. Il était très exactement midi et quatre minutes lorsque la porte blindée s'est refermée sur moi.

Le moment était venu de passer aux choses sérieuses. Employant le décodeur – pas plus gros qu'une cigarette, mais ultra-performant – que j'avais dissimulé dans mes cheveux, j'ai déverrouillé la serrure. Après avoir vérifié qu'il n'y avait personne en vue, j'ai couru le long du couloir, jusqu'à une petite cage d'escalier menant aux niveaux supérieurs. D'après le plan que Gédéon m'avait procuré, il y avait une lingerie juste au-dessus de moi. J'ai escaladé les marches quatre à quatre, sans me soucier du bruit, et mon décodeur m'a ouvert la porte voulue. Refermant celle-ci derrière moi, j'ai entrepris de me déshabiller, pour échanger mes vêtements trop voyants contre l'uniforme anonyme d'une gardienne de prison.

Puis, une fois travesti – c'était le cas de le dire –, je me suis dirigé vers la cellule d'Eileen. Sachant Trovallec à plus de mille kilomètres de là, fort occupé à traquer dans Barcelone un Snakefingers déguisé en Tem, je n'éprouvais aucune crainte.

Sinon celle de voir celle que j'aimais éclater de rire en me découvrant dans cet accoutrement peu seyant.

C'est simple : je me sentais plus ridicule encore qu'avec mon borsalino vert fluo.

Snakefingers se plaqua contre le mur, essayant de réprimer les violents battements de son cœur. Il n'avait jamais couru aussi vite de sa vie. Et seule une chance insensée lui avait permis d'échapper à son poursuivant.

Pourtant, tout avait bien commencé. Eusèbe était arrivé aux environs de midi à l'endroit convenu, et le flic l'accompagnait, comme prévu. Snakefingers les avait surveillés un moment, du haut de l'immeuble en construction où était censée se trouver la planque de M. Temple. Puis il avait entrepris de s'éclipser, empruntant un câble tendu entre ce bâtiment et son voisin le plus proche, distant d'une quarantaine de mètres.

Il venait tout juste d'arriver de l'autre côté, après une traversée qui lui avait paru durer des heures, lorsqu'une décharge de choqueur l'avait effleuré. Son bras gauche s'était subitement engourdi, et les doigts de sa main avaient commencé à lâcher l'encadrement de la fenêtre. D'une détente du jarret, il s'était alors précipité en avant, roulant sur le sol de béton nu, avant que la paralysie ne gagnât tout le côté.

Sans doute le tir du Dénébien avait-il été amoindri par la distance, car Snakefingers n'était resté que quelques secondes étendu, se demandant avec anxiété s'il recouvrerait l'usage de ses membres à temps pour pouvoir s'enfuir. Il s'était doucement redressé et avait constaté que seul un léger fourmillement subsistait dans les muscles touchés par la décharge. Il récupérait à une vitesse incroyable. Autant en profiter pour déguerpir, avait-il conclu en voyant le flic s'engager sur le câble – non en s'accrochant à celui-ci comme un paresseux à sa branche, mais bel et bien debout sur le fil à la manière d'un funambule, employant plusieurs mètres de tuyau métallique en guise de balancier !

Snakefingers ignorait combien de temps il avait fallu au Dénébien pour traverser, mais il avait dû faire très vite, car il n'avait pas tardé à se retrouver sur les talons du fuyard. Plusieurs fois, son choqueur avait chuinté en vain, tandis que poursuivant et poursuivi dévalaient les marches d'un escalier à l'air libre.

Arrivé en bas, Snakefingers s'était rué vers la palissade voisine – et, sautant par-dessus celle-ci, il s'était enfoncé dans le dédale des ruelles voisines. Il ignorait si Trovallec avait tenté de le suivre – mais une chose était certaine : le flic avait fini par perdre sa trace.

Sans doute ne courait-il pas assez vite.

Son phone portable grésilla dans la poche de sa veste. Il répondit aussitôt – et fut soulagé d'entendre la voix d'Eusèbe :

– Snake ? Qu'est-ce que tu fous ?

– Euh... Je sais pas trop où je suis... Mais je l'ai semé, hein ?

– C'est bien ça le problème. Son attention n'est plus focalisée sur toi.

– Tu ne voulais tout de même pas que je me laisse coincer ?

– Non, bien sûr. (Eusèbe avait le souffle court, comme s'il luttait pour garder son calme.) Seule-

ment, M. Temple ne se serait jamais comporté comme tu l'as fait. C'est un transparent ; il n'a pas l'habitude de fuir comme un dératé.

Snakefingers secoua la tête d'un air accablé.

– Je ne vois vraiment pas ce que j'aurais pu faire d'autre.

– Eh bien, tu as intérêt à trouver, parce que je compte sur toi dans un quart d'heure devant l'hôtel de ville. Et tâche de te laisser suivre un peu plus longtemps, cette fois-ci !

Clic. *Eusèbe avait raccroché. Il paraissait vraiment de mauvaise humeur. Snakefingers ne comprenait pas très bien pourquoi.*

Le récit de Gloria :

L'agent robot en faction devant l'entrée du 36, Orfèvres lève une main d'acier gantée de soie blanche en voyant approcher Psilocybe et son goret. Ces nouveaux plantons sont animés par des systèmes experts très performants, qui ne peuvent cependant prétendre au titre d'aya ; ils manquent trop de personnalité. Néanmoins, leur capacité d'apprentissage les rend tout à fait accessibles à une argumentation d'un genre non prévu par leur programmation.

– Où allez-vous ? demande la machine.

Son œil droit observe le paysan, tandis que le gauche ne quitte pas Honoré qui fouille du groin dans le caniveau.

– Je désire rencontrer les agents Seymour et Mox. Motif personnel.

– Il vous faut remplir un formulaire VP-424.

Psilocybe produit le papier en question. La machine le parcourt d'un œil ; l'autre reste obstinément rivé sur le verrat, à tel point que je commence à me demander si elle ne se doute pas de quelque chose. L'influence néfaste a pu laisser des séquelles…

Des pièges.

– Puis-je voir votre carte d'identité ?

Le paysan la donne au robot, qui la glisse dans le lecteur s'ouvrant dans sa poitrine.

– Vous trouverez les agents Seymour et Mox dans le bureau ZL-21. Suivez le guide.

Un beatle sort de la guérite. Long d'une trentaine de centimètres, recouvert d'une carapace de polymère jaune vif, il agite quatre longues antennes métalliques devant sa tête pourvue d'yeux à facettes. Psilocybe récupère sa carte, et nous emboîtons le pas au petit droïde zonzonnant.

A l'issue de cinq minutes d'errance apparente dans un dédale de couloirs, d'escaliers, d'ascenseurs, de plans inclinés et de halls où ne cesse de défiler une foule constituée pour moitié d'agents en uniforme, nous arrivons au bureau en question. Le beatle s'immobilise à côté de la porte et rétracte ses antennes. Il va nous attendre pour nous montrer le chemin à notre retour.

Seymour et Mox sont en train de jouer aux cartes quand nous entrons. La présence d'Honoré a l'air de les surprendre, mais ils essayent de n'en rien montrer. Il y a bien des citadins qui gardent chez eux des mygales ou des anacondas. Alors, pourquoi les gens de la campagne n'auraient-ils pas un robuste verrat de quatre cents livres pour animal familier ?

Je les sens polis, ces deux-là. Affables et serviables. De braves types. A se demander ce qu'ils pouvaient bien faire en compagnie de Trovallec le jour de l'assassinat de Viard.

Sans doute obéissaient-ils aux ordres, tout simplement.

Psilocybe se présente, ainsi qu'Honoré, puis il déclare, d'une voix embarrassée :

– Je suis très ennuyé. Vous ne pouvez pas savoir à quel point je suis ennuyé.

– Pour quelle raison ? demande Seymour, qui porte une épaisse moustache poivre et sel.

– J'ai entendu raconter des choses affreuses sur votre chef.

– Sur l'inspecteur Trovallec ? s'écrie Mox, dont l'ornement pileux se réduit à un trait minuscule au-dessus de ses lèvres.

Psilocybe acquiesce, l'air contrit.

– On chuchote que c'est lui qui aurait tué le professeur Viard, lance-t-il très vite, avant de rentrer la tête dans les épaules.

Les deux flics se dressent dans le même mouvement. On sent que ces deux-là ont l'habitude de travailler ensemble.

– C'est une accusation ? interroge sèchement Mox, indigné.

– Je n'accuse personne, répond le paysan. Mais c'est ce qu'on raconte.

– *On* ? répète Seymour.

– Un client de l'*Hôtel du Panthéon*. J'y buvais un verre, hier soir, quand j'ai entendu cet homme qui parlait des meurtres du C.E.R.S. Il disait avoir vu le type qui avait poignardé le premier savant assassiné. Et il prétendait que c'était *votre* inspecteur.

– Qui est cet homme ?

– J'ignore son nom, mais je sais qu'il a une chambre à l'hôtel. Peut-être s'y trouve-t-il encore…

Les deux flics se regardent, puis leurs yeux reviennent se poser sur Psilocybe.

– Très bien, dit Seymour. Nous allons vérifier votre histoire. Bien sûr, vous venez avec nous.

– Il va falloir prendre un break, marmonne Mox. Sinon, le cochon va nous saloper la banquette arrière.

Je ressens la vexation d'Honoré comme si elle était mienne. Il commence à en avoir assez de ces citadins qui le traitent comme s'il était un simple animal ! Relevant le groin, il dévisage les duettistes l'un après l'autre – puis, d'une voix caverneuse, il articule avec peine quelque chose qui ressemble à : « Je suis propre. » De loin, mais bon.

Ce goret ne laisse pas de me surprendre.

Le récit d'Eileen :

C'était mon deuxième jour de détention, et je venais d'entamer mon déjeuner, lorsque la porte de ma cellule s'est ouverte sur une gardienne que je ne connaissais pas. Pourtant, elle avait quelque chose de familier à mes yeux. Comme si elle me rappelait quelqu'un.

– Eh bien ? Je ne te plais pas ?

Il pouvait s'affubler comme une femme, mais sa voix demeurait celle d'un homme. D'ailleurs, il ne cherchait même pas à la contrefaire, puisque nous étions entre nous.

– Pas terrible. Tu as vu tes jambes ? Tu aurais pu t'épiler !

Il me tendit la main.

– Viens, on file.

– Attends.

Rendue fébrile par la joie, je perdis quelques précieuses secondes avant de parvenir à récupérer les papiers dissimulés dans le pied du lit. Tem ne me posa aucune question à leur sujet, pas plus que je ne lui demandai comment il était arrivé là ; l'heure n'était pas aux explications, mais à la fuite.

Nous avons traversé la prison, accompagnés par le bruit de nos talons qui se répercutait sous les voûtes immenses. Les rares gardiennes que nous avons rencontrées ne nous ont accordé aucune attention. Tem avait apparemment eu une bonne idée en choisissant l'heure du déjeuner pour mon évasion.

– Je me suis rendu compte de la difficulté à être transparent en milieu carcéral, expliqua-t-il tandis que nous approchions de la sortie. Surtout avec toi, puisque les gens voient tout de suite que tu es là. Alors, je me suis dit qu'à nous deux, on pourrait peut-être arriver à être « translucides » : les personnes que nous croisons enregistrent notre présence sans vraiment y prêter attention – comme un phénomène périphérique, environnemental…

– Tu veux dire qu'on se fond dans le décor ?

– Ça me paraît un bon résumé.

Il y avait deux grilles à franchir avant d'arriver à la porte donnant sur la liberté. Le décodeur de Tem vint sans peine à bout de la première serrure, mais la seconde était un ancien modèle mécanique à clef crantée. Nous dûmes par conséquent effectuer un détour qui nous amena au voisinage du réfectoire. A en juger par l'agitation qui y régnait, le repas venait tout juste de se terminer. Nous pressâmes le pas.

Quand nous atteignîmes enfin la cour

coiffée d'un grand filet métallique, les détenues commençaient à se répandre à l'autre bout de celle-ci. Pressant le pas, nous arrivâmes à une nouvelle grille, par bonheur pourvue d'une serrure à carte qui n'opposa qu'une résistance de principe. Nous traversâmes ensuite un nouveau corps de bâtiment, empruntant un long couloir tout au bout duquel s'ouvrait la petite cour où donnait l'entrée principale. Deux gardiennes se tenaient à proximité des lourds battants, discutant avec de grands gestes. L'une d'elles s'interrompit à notre approche et tourna la tête dans notre direction. Les battements de mon cœur s'accélérèrent d'un coup et une bouffée de chaleur me monta au visage.

– Elle nous a vus, soufflai-je.

– Ne t'inquiète pas.

La seconde gardienne, qui nous observait elle aussi d'un air intrigué, a posé la main sur l'avant-bras de sa collègue. Elles ont échangé quelques mots, avant de se mettre en marche dans notre direction. J'ai songé que notre fuite était désormais bien compromise.

– NON ! s'écria une voix titanesque. NE VOUS OPPOSEZ PAS À MA VOLONTÉ !

Les deux femmes se figèrent, interdites.

– Allons-y, dit Tem.

Nous nous mîmes à courir vers la porte. Les gardiennes réagirent avec un temps de retard, encore sous le choc de cet organe vocal démesuré qui avait tonné – venant de nulle part, semblait-il.

– ASSEZ ! rugit la voix. LAISSEZ EN PAIX LES MEMBRES DE MON TROUPEAU !

L'une des gardiennes s'immobilisa à nouveau, tandis que l'autre poursuivait sa course de manière à nous couper la route. Elle paraissait décidée à user de violence, et Tem s'en rendit compte, car il ralentit le pas.

– Bol de Soupe ! Gloria, dépêche-toi !..., grommela-t-il entre ses dents.

– ARRÊTE-TOI, FEMME DE PEU DE FOI, SI TU NE VEUX PAS SUBIR MON COURROUX !

La gardienne hésita. Nous obliquâmes vers la droite, de manière à la prendre à contre-pied. Si elle voulait nous intercepter, il lui faudrait désormais le faire juste devant la porte.

Mais elle n'en eut pas l'occasion. Car des éclairs se mirent soudain à pleuvoir du ciel, en une incroyable averse lumineuse. Tandis que nous les contournions, je ne pouvais m'empêcher de plaindre la pauvre femme, qui ne devait plus comprendre ce qui lui arrivait.

La pluie d'éclairs cessa subitement, et la voix retentit à nouveau :

– VOILÀ CE QUI ARRIVE À CEUX QUI OSENT SE DRESSER CONTRE MOI. MAINTENANT, FEMME, RELÈVE-TOI ET OSE REGARDER MON VISAGE EN FACE !

La gardienne obéit – et poussa un hurlement en découvrant la créature terrifiante qui se dressait devant elle, agitant ses tentacules et faisant claquer son bec corné tandis qu'elle sautillait sur ses grosses pattes velues garnies de griffes acérées.

– LA PROCHAINE FOIS, TU ÉCOUTERAS CE QU'ON TE DIT, railla l'être de cauchemar en battant de ses ailes de chauve-souris.

A cet instant, les portes de la prison s'ouvrirent violemment, comme sous l'impact d'un invisible bélier.

Sur le seuil se tenait un paysan aux épaisses dreadlocks blondes et un énorme cochon rose au regard trop intelligent.

Hors d'haleine, Snakefingers se laissa tomber sur un petit muret. Il avait bien failli se faire avoir, cette fois. L'éclair du choqueur du Dénébien n'était passé qu'à quelques centimètres de son bras gauche.

L'idée de prendre des risques n'enchantait plus guère l'ancien apprenti Monte-En-L'Air ; il regrettait vraiment de s'être embarqué dans cette histoire. Bien sûr, c'était pour rendre service à M. Temple, qui avait été si gentil avec Eusèbe et lui, mais ce fichu flic était dangereux. *La première décharge de choqueur encaissée par Snakefingers aurait très bien pu lui valoir de tomber de quelques dizaines d'étages s'il l'avait reçue de plein fouet.*

Il essaye de me tuer.

Non. C'est un flic. Les flics ne tuent pas les gens.

Mais c'est aussi un clone, et tous les clones sont fous.

Enfin, c'est ce qu'on dit.

Un instant, le désarroi le submergea. Il se sentit seul et perdu au milieu d'une ville hostile, avec un dément à ses trousses ; ce n'était pas une impression agréable. Cette fois, il avait été trop loin dans l'inconscience – et c'était Eusèbe, Eusèbe le Sage, Eusèbe le Penseur, qui l'y avait encouragé.

Prenant son phone, il appela son acolyte, mais n'obtint aucune réponse.

Pourvu qu'il ne lui soit rien arrivé.

Il ne fallait pas qu'il reste là. Il n'y était pas à l'abri. Le Dénébien pouvait surgir à tout moment, brandissant son choqueur. Et lorsqu'il constaterait qu'on l'avait trompé, et que celui qu'il poursuivait n'était pas M. Temple…

Snakefingers frémit.

Son phone grésilla. Il le porta aussitôt à son oreille et ressentit un intense soulagement en entendant la voix d'Eusèbe.

– C'est toi qui viens d'appeler ?

– Oui. J'ai la trouille.

– Moi aussi, figure-toi. Trovallec m'a semé.

– Tu veux dire que tu ne sais pas où il est ?

– Quelque chose comme ça. Ecoute, il est presque treize heures trente. On a largement rempli notre contrat. Rhabille-toi normalement et viens me rejoindre à l'aéroport. On rentre à Paris.

Snakefingers perçut un mouvement à la lisière de son champ de vision. Il tourna machinalement la tête – et sa gorge se serra.

– Je crois qu'il y a un problème, dit-il d'une voix blanche, louchant d'un air terrorisé sur le choqueur que braquait sur lui le Dénébien.

Le récit de Gloria :

A l'*Hôtel du Panthéon,* Brian, le réceptionniste, joue la comédie à la perfection, suivant les instructions de Tem. Les deux agents de police repartent persuadés qu'un mystérieux Vaclav Ceslonc, qui a rendu sa clef le matin même, a effectivement pu assister au meurtre de Viard par la fenêtre de sa chambre. Ce qui a l'air de les troubler profondément. Il me semble que Tem a vu juste, et sans doute Psilocybe en est-il arrivé à la même conclusion, car il demande soudain, à peine trop mielleux :

– Ça ne va pas ?

Seymour hausse les épaules.

– A notre tour d'être ennuyés. Vous nous posez un sacré problème.

– Ne me dites pas que votre patron a bien eu la possibilité de commettre ce crime ?

Les deux hommes échangent un rapide regard.

– Si, malheureusement, répond Mox. Quand nous sommes arrivés au centre, dimanche dernier, il nous a quittés pour aller aux toilettes. Ça lui laissait largement le temps de monter au premier étage pour tuer le vieux professeur.

– Que faisiez-vous là, au fait ?

Nouvel échange de regards.

– L'inspecteur Trovallec désirait inspecter les dispositifs de sécurité du Centre.

– Un dimanche après-midi ?

– C'est un jour calme. Et cette visite était inscrite sur la liste des tâches prioritaires.

– Ne lui en dis pas trop, conseille Seymour.

Mox soupire.

– Le mutant ne pouvait pas être coupable, c'était évident. Ces gens-là sont incapables de tuer. Mais le Dénébien, lui…

– Tais-toi ! le supplie son collègue.

– Merde, Dan ! Il a bien descendu ce type, à Montmartre !

– L'enquête a conclu à un accident.

Je brûle du désir d'intervenir, mais je ne crois pas que Psilocybe apprécierait que je m'immisce sans prévenir dans son cerveau.

– Et s'il avait eu la *volonté* de tuer ? insiste Mox. Les génies sont instables, c'est bien connu.

– Pas devant lui, fait Seymour en désignant le paysan. Je vous conseille de ne pas répéter ce que vous venez d'entendre, ajoute-t-il à l'intention de celui-ci. Cette affaire regarde la police – et la police uniquement.

Psilocybe hoche la tête.

– Je serai muet comme une tombe, ment-il effrontément. Maintenant, si vous n'avez plus besoin de moi, j'ai rendez-vous à midi et je ne voudrais pas être en retard.

Après avoir pris congé des deux flics, nous montons dans la Toyota, garée sur Clotilde, et mon chauffeur met le cap sur Fresnes. Il est midi cinq lorsque nous arrivons devant la prison. Tem n'étant pas en vue, je suppose qu'il se trouve déjà à l'intérieur.

J'effectue une rapide sortie, qui me permet de constater que les lieux ont l'air plus *sains* que lors de ma précédente visite. Pas la moindre trace de mon poursuivant. Néanmoins, je suis presque sûre qu'il a laissé derrière lui quelque chausse-trappe à mon intention. Je décide donc de réintégrer les neurones d'Honoré en attendant de voir venir.

Peu après midi et demi, le récepteur dont est muni Psilocybe émet un cliquetis cristallin. Tem et Eileen sont en route vers la sortie. Le moment du feu d'artifice est venu.

Lorsque mon privé préféré et sa tendre compagne parviennent à proximité de la porte, deux gardiennes veulent leur barrer la route. M'emparant du réseau de haut-parleurs qui couvre toute la prison, je m'amuse un petit moment à jouer les divinités. Tem ne sera pas content – dans ces cas-là, il me traite généralement de « sacrilège » –, mais c'est pour la bonne cause. Puis, histoire de bien marquer le coup, je suscite une bestiole répugnante, genre Cthulhu en plus baveux, si vous voyez ce que je veux dire. Enfin, j'ouvre les portes de la prison en m'insinuant dans leur mécanisme.

L'enfance de l'art pour une créature comme moi.

En un instant, Tem et Eileen sont dehors. L'une des gardiennes sort son choqueur, mais elle ne se décide pas à l'utiliser. Nous sautons dans la voiture de Psilocybe qui démarre sur les chapeaux de roues en direction de la capitale.

Alors, seulement, une sirène d'alarme se met à hululer dans les profondeurs de l'univers carcéral.

Fresnes ne mérite plus son surnom de « prison d'où l'on ne s'évade pas ». Nous avons fait tomber un bastion du système. Brisé un symbole. Accompli un acte dont l'essence même est anarchiste, en ce sens qu'il constitue une négation absolue de l'autorité.

Je me demande si Tem mesure toute la portée idéologique de l'opération.

Non, je ne le crois pas. Il n'a pas

conscience de ce genre de choses. D'ailleurs, pour l'instant, seul semble compter pour lui d'avoir retrouvé Eileen.

Je vais peut-être vous étonner, mais je peux comprendre ça.

CHAPITRE XVIII

REMUE-MENINGES DANS UN APPARTEMENT DÉVASTÉ

Le désordre qui régnait dans le deux-pièces de Ramirez n'avait fait que s'amplifier durant notre absence. L'armoire de la chambre avait été vidée de son contenu, qui s'empilait à présent sur le sol ; draps froissés, chemises en vrac et chaussettes dépareillées s'étalaient un peu partout, dessinant un étrange paysage aux reliefs de tissu qui n'était pas sans évoquer la région de Verdun à la fin de la Première Guerre mondiale. J'exagère à peine.

Après nous avoir ouvert, le fumeur de zamal est retourné se blottir dans un coin du salon, sous une épaisse couette de laquelle il ne laissait dépasser que le haut de ses cheveux sombres et emmêlés. Débarrassant un carré de moquette des CD qui le jonchaient, Eileen et moi nous sommes assis, dans les bras l'un de l'autre. Pudique, Psilocybe a annoncé qu'il allait faire du thé, tandis qu'Honoré venait se vautrer à nos pieds avec un soupir d'aise.

Nous n'étions pas arrivés depuis dix minutes lorsque le vidphone a émis sa stridulation électronique. Ramirez ne paraissant pas décidé à bouger, j'ai répondu à sa place. C'était Eusèbe qui appelait de Barcelone pour nous annoncer que Trovallec avait arrêté Snakefingers et qu'il le ramenait à Paris par le premier avion. Cette mauvaise nouvelle a quelque peu tempéré notre euphorie du moment. Je ne pensais pas que l'idiot du village se ferait prendre. D'ailleurs, à en croire Eusèbe, le Dénébien l'avait retrouvé « par hasard ou par magie ».

Tu parles ! a soufflé Gloria, dont je pouvais sentir la présence sous la forme d'une vague démangeaison s'étendant de la nuque aux épaules. *Je parierais qu'il a plutôt eu recours aux bons services d'un satellite d'observation – militaire, de préférence.*

Je croyais que tu ne pariais qu'à coup sûr ?

Justement.

Et elle s'est éclipsée comme elle était venue. Sans prévenir. Mais je me doutais bien qu'elle demeurait à portée de voix, tapie dans l'épaisseur du papier peint ou nichée bien au chaud dans les circuits de la chaîne hi-fi ou du terminal

J'ai conseillé à Eusèbe de venir nous rejoindre dès que possible avant de couper la communication. Je n'étais pas vraiment inquiet pour son acolyte ; Trovallec ne pourrait pas retenir grand-chose contre lui. Snakefingers passerait tout au plus quelques heures désagréables si le Dénébien décidait de l'interroger dans sa chère *salle de torture,* mais il s'était préparé à une telle éventualité, et je lui faisais confiance pour traverser cette épreuve sans dommage : en dépit – ou à cause – de son intelligence limitée, le Monte-En-L'Air raté possédait une solide personnalité, que les menaces elles-mêmes auraient du mal à entamer.

D'ailleurs, je n'étais même pas certain qu'il les comprendrait.

– Qu'est-ce que tu comptes faire, maintenant ? a interrogé Psilocybe lorsque l'écran s'est éteint.

Je n'en avais pas la moindre idée. Etait-ce le soulagement d'avoir libéré Eileen ? Ou bien la pensée de savoir Snakefingers aux mains de Trovallec ? Toujours est-il que j'avais l'esprit parfaitement vide. Et l'intervention hautement allusive de Gloria n'avait rien fait pour arranger les choses. Je n'arrivais tout simplement plus à me concentrer. Certes, des embryons de réflexions se formaient à la lisière de ma conscience, mais j'étais incapable de les appréhender pour leur apporter un quelconque développement – et encore moins de les coordonner de manière satisfaisante.

Ce n'était pas la première fois que j'étais victime d'un tel phénomène. Je suppose d'ailleurs que la plupart d'entre vous en ont également fait l'expérience – et pas seulement dans des états d'extrême fatigue ou d'intoxication avancée. Le cerveau tourne à vide, les neurones brassent du néant... Et tous les efforts que l'on accomplit demeurent vains – ou, peut-être, ne font qu'aggraver la situation... Je n'avais vraiment pas besoin de ça, surtout à ce moment-là.

En prime, je commençais à avoir la migraine.

– Eh bien ? a insisté Psilocybe en voyant que je ne répondais pas.

J'ai choisi de détourner la conversation :

– Pour l'instant, j'ai plutôt envie de t'écouter parler. Raconte-moi donc ce que les flics t'ont appris…

Un petit sourire narquois est né sur ses lèvres, confirmant ce que le paysan m'avait déjà laissé sous-entendre dans la voiture : il s'était bien amusé à jouer les indics bénévoles. Mais avait-il également obtenu des données exploitables ?

– Trovallec les a bien laissés seuls un instant, comme tu le pensais…

– Assez longtemps pour monter au premier, poignarder Viard, cacher l'arme et redescendre ?

– Ils avaient l'air de le dire, oui. Et ça leur posait visiblement un gros problème… (Il m'a lancé un rapide coup d'œil.) De conscience.

– L'inspecteur serait le meurtrier du professeur ? s'est étonnée Eileen.

La voix pâteuse de Ramirez s'est élevée de dessous la couette :

– En tout cas, ça y ressemble de plus en plus. Tu n'oublieras pas que c'est moi qui t'ai donné cette idée – hein, Tem ?

Bien qu'il ne pût me voir, j'ai haussé les épaules.

– Si tu comptes sur une faveur en échange, tu risques d'être déçu. Je ne suis pas près de t'en concéder une, après ce qui s'est passé la dernière fois !

– Et que s'est-il passé ? a interrogé Psilocybe.

– Ramirez, à qui je devais donc une *faveur*, m'a demandé de tirer quelqu'un d'une secte.

Comme il était venu avec les parents de la jeune fille en question, j'ai cru qu'il les connaissait, mais pas du tout ! Il les avait rencontrés le matin même dans la rue !

– Et en plus, ce n'étaient même pas les parents de la gamine, a renchéri notre hôte.

Le paysan a éclaté de rire. Difficile de lui en vouloir. Cette histoire, typique de Ramirez, était grotesque. Pourtant, elle m'avait valu quelques sueurs froides, sur le moment.

– Je ne vois pas Trovallec en assassin, a observé Eileen, qui ne s'était pas laissée distraire par notre digression.

– Et tu n'as pas tort. Si c'est bien sa main qui a frappé Viard, sa volonté n'y était sans doute pour rien. Il était… eh bien, *possédé* me semble le terme le plus juste.

– Possédé ? a répété Psilocybe, incrédule.

– Victime d'une possession.

– Du genre démoniaque ? a demandé Ramirez avec un soupçon d'ironie, toujours sans pointer le nez hors de sa couette.

– L'adjectif me paraît un peu faible. Le démon le plus affreux paraîtrait ridicule à côté de… (J'ai soupiré.) J'ignore quel nom lui donner, mais c'est un Archétype. L'un des Archétypes les plus anciens, puisque ses origines se confondent avec celles de l'Homme moderne.

J'ai résumé ce que je savais de l'entité à laquelle nous étions confrontés. Une fois mis à plat, ça ne représentait vraiment pas grand-chose. Je me souviens avoir pensé que je n'étais pas près de me disculper, au train où allait mon enquête. Le témoignage des deux agents de police que Psilocybe avait recueilli ne constituait en aucune manière une preuve que j'étais innocent du premier crime, en dépit du fait que Trovallec se fût absenté un moment à l'heure du meurtre. En effet, le Dénébien avait tout à fait pu réellement aller aux toilettes. Et comme il s'agissait d'un flic, sa parole avait une valeur supérieure à la mienne – du moins, aux yeux d'un juge d'instruction. Quant au deuxième assassinat, j'en étais encore à me demander qui en avait été l'instrument – et je craignais fort qu'en creusant la question, je ne finisse par découvrir qu'*il* s'était servi de moi pour le commettre.

J'ai à nouveau essayé de m'imaginer levant une arme sur l'inoffensif Wojtek, sans plus de succès que précédemment. Fallait-il en conclure que cette scène n'avait pas eu lieu – du moins, telle que je la visualisais ? Ou bien le souvenir en était-il enfoui si profondément que ma conscience ne pouvait y accéder ?

Les recherches effectuées par Gloria dans le réseau local de la Préfecture n'avaient apporté aucun élément vraiment nouveau au sujet du second meurtre. Le poignard retrouvé dans la poitrine du physicien était bien celui que l'on avait employé pour tuer Viard, mais il ne portait pas d'autres empreintes que celles de Wojtek. Sans doute celui-ci avait-il essayé de le retirer de la blessure…

Un homme à qui l'on vient de plonger une lame en plein cœur peut-il faire ça ? Lever le bras, refermer les doigts sur le manche de l'arme...

Et si Wojtek s'était suicidé ?

Cette idée n'a cessé de me hanter pendant que j'achevais mon récit. Il y avait peut-être quelque chose à en tirer. En effet, point n'était besoin, pour me disculper, d'apporter la preuve de l'existence et de l'implication de l'Archétype *fondamentalement archaïque* qui se trouvait à l'origine de toute l'affaire. Une explication apparemment rationnelle des deux crimes suffirait à me mettre hors de cause.

Etait-il envisageable de faire avaler aux autorités judiciaires que Wojtek avait tué Viard avant de se donner la mort ? Après tout, le physicien possédait la réputation d'avoir « perdu la boule » peu avant son décès. Et bien que sa folie m'eût paru assez douce, il aurait très bien pu suffisamment perdre les pédales pour agir de la sorte.

S'il s'était trouvé dans le Centre ce fameux dimanche après-midi où tout avait commencé. Or, ce n'était pas le cas. A en croire le dossier de l'affaire, il assistait à un congrès scientifique, à des centaines de kilomètres de Paris.

J'ai imaginé d'autres cas de figure, mais aucun ne m'a satisfait. De toute évidence, il était inutile d'essayer de me tirer d'affaire en inventant quelque conte à dormir debout – même joliment ficelé. Il ne me restait donc que la vérité, dont le moins que l'on pût dire était qu'elle confinait à l'invraisemblable. Je ne me voyais vraiment pas en train d'expliquer au juge d'instruction chargé de mon cas que le génie policier en qui il avait toute confiance avait été possédé par un Archétype d'une grande ancienneté. Même si je tombais sur un individu capable d'admettre qu'il existait peut-être bien un *lieu* méritant le nom de Psychosphère, il exigerait des preuves – et je n'en possédais aucune.

Rien que mon intime conviction.

– Eh bien, a dit Eileen, voilà qui recoupe tout à fait ce que j'ai découvert chez ton grand-père. (Elle a tiré de sa poche les papiers qu'elle avait tenu à récupérer avant de quitter sa cellule, et elle me les a tendus.) J'ai aussi trouvé une copie de l'article, mais je ne l'ai pas prise. Tu vas voir, c'est assez intéressant. Il y a une lettre de Viard.

Je n'ai été qu'à demi surpris par cette révélation. Il était naturel que les différentes pistes se réunissent, à un moment ou à un autre, et nous étions à présent assez près de la résolution de l'énigme pour que les rapprochements de ce genre deviennent inévitables.

– Grand-père et lui se connaissaient ?

Elle a hoché la tête. Ses yeux bleus reflétaient un mélange d'ironie et d'angoisse. Elle avait été éprouvée par son séjour en prison, je le sentais. Néanmoins, je la connaissais assez bien pour deviner qu'elle s'en remettrait vite. Mais il fallait auparavant en finir avec toute cette histoire.

La lettre en question était passionnante, et j'ai ressenti une vive émotion en lisant les condoléances – je ne voyais pas quel autre mot employer – que Viard adressait à mes grands-parents. Je n'avais jamais imaginé jusque-là le déchirement qu'avaient dû ressentir les familles des individus frappés de millénarisme.

J'ai relevé la tête une fois ma lecture terminée. Eileen m'observait attentivement, attendant ma réaction avec une impatience mal dissimulée. J'ai commenté d'une voix sourde :

– Ça confirme ce que je pensais déjà. Dragon Rouge et notre adversaire ne font qu'un. Ou, plutôt, ils n'ont fait qu'un durant la période où cette drogue a effectué ses ravages. L'Archétype s'est servi d'elle pour asseoir son pouvoir. Comment ? Je ne suis pas certain que nous puissions le comprendre. Quoi qu'il en soit, il est possible que les modifications génétiques dont ont été victimes les dragonrougeomanes – tu parles d'un nom à coucher dehors ! – lui aient en quelque sorte permis de survivre à son expulsion hors de la Psychosphère…

– En tout cas, il paraît clair qu'il les a provoquées, est intervenu Psilocybe. Il n'a pas eu de chance que la mutation ne soit pas transmissible…

– Ouais, heureusement pour lui qu'il y a eu des gens pour cloner ses créatures, a marmonné Ramirez.

Psilocybe a cessé de caresser la tête d'Honoré, qui a émis un grognement de mécontentement. Mais le paysan ne s'en est même pas rendu compte.

– Il n'est venu à l'idée d'aucun d'entre vous qu'*il* est peut-être à l'origine de la naissance de Trovallec et de ses plus-que-frères ? a-t-il remarqué. Après tout, ce serait un moyen de contourner la stérilité de ses… *créatures.*

Des lettres de feu sont apparues sur le mur :

« Ça expliquerait tout à fait pourquoi l'armée a cloné Oranum contre sa volonté. Mais l'ennui, c'est que ça ne nous dit pas comment nous en débarrasser, » a ajouté Gloria à l'aide d'un alphabet gothique du plus bel effet.

Là, je dois reconnaître que cette fichue aya migratrice nous a un tantinet cassé le moral. Car elle avait entièrement raison : même si les progrès que nous avions accomplis dans la compréhension des tenants et des aboutissants de l'affaire ouvraient sans doute des perspectives vertigineuses, nous ne savions toujours pas comment Viard et Bolgenstein – aidés, peut-être, de mes grands-parents et d'autres personnes non identifiées – s'y étaient pris pour vaincre leur dangereux ennemi.

Une victoire qui, d'ailleurs, n'avait été que provisoire.

Le plan de roman dactylographié qui accompagnait la lettre constituait peut-être un indice. J'étais d'accord avec Eileen pour penser que grand-père avait eu l'intention de narrer par écrit ce qui s'était passé durant la Terreur, avant d'y renoncer – ou d'oublier tout simplement son projet. La dernière partie, intitulée *Armaguédon,* était divisée en trois chapitres. Le titre du premier – « La drogue qui rend fou » – faisait à l'évidence allusion à Dragon Rouge, ou peut-être au *semen of gods,* mais cette expression pouvait également être employée à propos du LSD, entre autres.

« Les braises de ses yeux » se passait de commentaires. Quant à l'intitulé du troisième chapitre, il reprenait l'expression que Viard employait dans sa lettre : « Celui-qui-n'est-pas-nommé ».

Il y avait sûrement quelque chose à creuser là-dedans, mais le déclic refusait de se faire dans mon esprit. Reposant le plan, je me suis penché sur la dizaine de morceaux de papier qui complétaient le butin d'Eileen. Il y avait là les adresses d'amis de mes grands-parents – dont bon nombre décédés depuis des lustres –, ainsi que celle d'un certain Maître Purnel…

J'ai laissé échapper un juron sonore après avoir lu les quelques mots qui accompagnaient l'adresse en question. « *Penser à établir P. en fondation.* » La lettre P désignait-elle Pouveroux ? Je n'allais pas tarder à l'apprendre.

Eileen a posé sa main sur la mienne.

– Tu as trouvé quelque chose d'intéressant ?

J'ai répondu à sa pression chaleureuse et j'ai déposé un baiser dans son cou, tout près de sa nuque..

– J'en ai bien l'impression. Il faut que je donne un coup de vid.

Sans plus d'explications, je suis passé dans la pièce voisine pour vidphoner tranquillement. Je ressentais une excitation inaccoutumée. Le problème posé par l'avidité de la Nakimeraï et des propriétaires « spoliés » allait-il se régler tout seul ? Je n'osais y croire

Lorsque je suis revenu dans le salon, un bon

quart d'heure plus tard, quatre regards interrogateurs se sont tournés vers moi. Ramirez jugeait donc l'affaire assez intéressante pour émerger de dessous sa couette. Sans attendre les inévitables questions, j'ai résumé ce que je venais de découvrir, fréquemment interrompu par les commentaires décousus de Psilocybe, qui n'arrivait pas à croire que Pouveroux fût sauvé des griffes de la Nakimeraï. Il ne cessait de répéter que c'était « trop simple et trop facile ».

Car le successeur de Maître Purnel venait de m'apprendre que le mystérieux inconnu qui avait acheté le hameau juste après la Terreur n'était autre que mon grand-père. Après coup, je me suis dit que j'aurais pu le deviner, à cause de la manière dont l'avait qualifié le vieux notaire auvergnat : un « monsieur de la ville un peu bizarre » – ça lui allait comme un gant.

La vente réalisée par le S.P.S. était donc nulle et non avenue. Il ne me restait qu'à prévenir Amande Amère, et les cyberninjas repartiraient sans avoir posé le pied sur le sol européen.

– C'est *lui* qui est derrière tout ça, a dit Eileen avec conviction.

– Pardon ?

– Réfléchis un peu… Tu ne trouves pas curieux que ce soit la technotrans à laquelle le ministère de la Défense a remis Trovallec qui ait tenté de s'emparer de Pouveroux ?

– Tu veux dire que, sous couvert de poser un pied dans la région, la Nakimeraï visait en fait les millénaristes eux-mêmes ? s'est étonné Psilocybe.

– A mon avis, les deux sont concomitants, a laissé tomber la bouche de vidéovamp qui venait d'apparaître au milieu du plateau de verre noir de la table basse. La Nakimeraï a bel et bien l'intention d'implanter une réserve de chasse privée en Auvergne, mais elle a choisi son emplacement en fonction de celui de la communauté. (Les lèvres d'un rouge ardent ont dessiné un cul-de-poule d'une taille exceptionnelle ; je m'attendais presque à en voir jaillir un œuf.) Le pire, c'est que les décideurs de la technotrans n'en ont sûrement pas conscience...

– L'Archétype manipulerait la Nakimeraï ? a grommelé Ramirez d'une voix à peine distincte. Ça va pas nous faciliter le boulot...

Je n'étais pas d'accord avec lui. Car si la vente frauduleuse de Pouveroux était consécutive aux machinations de notre adversaire, elle pouvait nous apporter des informations au sujet de ses intentions. L'expulsion de ma Famille-au-sens-large n'était qu'un élément d'un plan plus vaste. J'ai dit, le souffle court :

– J'ai l'impression qu'il fait le ménage. Viard a été tué parce qu'il était sur le point... disons de le démasquer, en attendant mieux. Pour Wojtek, on peut supposer qu'il en savait assez pour finir à un moment ou à un autre par reconstituer la théorie du professeur – et, donc, devenir dangereux à son tour. En ce qui concerne Pouveroux, je crois que c'est ma famille qui est en cause : ma mère, mes sœurs et mes neveux et nièces, pour être précis... Ça expliquerait aussi pourquoi *il* a tenté de me piéger avec ces deux meurtres. (J'ai soupiré.)

L'aspect de Bolgenstein a parlé de vengeance. Apparemment, l'Archétype est en train de se débarrasser de ceux qui l'ont autrefois mis en échec – ainsi que leurs descendants.

– Dans ce cas, pourquoi ne t'a-t-il pas directement assassiné, comme les autres, au lieu de te faire accuser de meurtre ? est intervenue Eileen.

– Parce qu'*il* n'a aucun pouvoir sur les millénaristes. Ils lui échappent. Ce doit être leur nature qui veut ça. La séquence d'ADN *étrange* doit nous immuniser, de la même manière que… Bol de Soupe !

Psilocybe m'a considéré avec curiosité.

– Purin ! Tu as de drôles de jurons, a-t-il remarqué.

– Je crois que j'ai saisi.

– Que tu as saisi quoi ? a interrogé Ramirez.

– Le coup du chapeau. En fait, ça fait un moment que je me demande si l'Archétype ne s'est pas emparé de moi, le temps d'enlever mon borsalino et de le poser dans un coin. Le problème, c'est qu'il en est incapable, en théorie, puisque je suis un mutant. D'autre part, s'il m'avait possédé à ce moment-là, il n'y avait aucune raison pour qu'il ne m'ait pas également *utilisé* lorsqu'il s'était agi de tuer Wojtek. Mais cette idée me paraissait tellement inacceptable que je l'avais repoussée.

– Et qu'est-ce qui t'a fait changer d'avis ? a demandé Eileen.

– Un ensemble de faits qui m'amène à penser qu'*il* possède peut-être un pouvoir partiel sur moi…

(J'avais rarement été aussi sérieux de ma vie. Mais ce que j'avais à dire concernait la part la plus profonde de ma personnalité, et il est difficile de plaisanter avec ces choses-là.) Peu de temps après ma naissance – ou peut-être même avant celle-ci, alors que je me trouvais encore dans le ventre de ma mère –, j'ai effectué un voyage accidentel dans la Psychosphère. (J'ai décrit la scène de cauchemar que j'avais oblitérée pendant tant d'années.) Je crois que mon séjour dans cette séquence m'a, d'une manière ou d'une autre, rendu vulnérable à l'Archétype. Et il y a de fortes chances pour que je sois le seul millénariste dans ce cas.

– Tu en tires quelles conclusions ? a demandé la bouche écarlate, que surmontait à présent un œil unique exprimant à peu près autant d'intelligence que celui d'un poulet décérébré.

– *Il* a peut-être besoin de moi.

Un lourd silence a succédé à cette supposition. J'ai tourné le regard en direction d'Eileen, qui empilait machinalement les CD éparpillés autour d'elle. Elle a sans doute senti que je l'observais, car elle s'est arrêtée pour me lancer un coup d'œil que je n'ai pu m'empêcher de trouver étrange. Je crois que, jusque-là, elle ne m'avait jamais regardé de cette façon, et cela m'a mis à l'aise. Je ne pouvais pas deviner que ce n'était pas moi qu'elle voyait à ce moment-là, mais bel et bien la clef de l'énigme.

– Je ne voudrais pas jouer les trouble-fête, a-t-elle dit, mais je trouve que tout l'aspect… disons préhistorique de cette affaire a un peu été laissé de côté ces derniers temps.

– Normal : il a joué son rôle, a répondu Gloria, un tantinet condescendante.

Ses lèvres géantes avaient migré au plafond, tandis que des yeux à facettes s'ouvraient un peu partout sur les murs.

– En es-tu bien sûre ? a répliqué Eileen.

– Toi, tu as une idée derrière la tête, a marmonné l'aya, suspicieuse. Eh bien, vas-y : accouche !

Eileen a regardé autour d'elle, avant de choisir de s'adresser à l'énorme œil de mouche qui émergeait du mur juste en face d'elle.

– Parmi les connaissances que tu as implantées en moi l'autre jour, il y avait vraiment beaucoup de données qui concernaient la Préhistoire. En prison, j'ai eu le temps de les assimiler, et je dois dire que ça m'a énormément intéressée. Et fascinée. La population originelle de *sapiens*, l'éparpillement génétique, la langue-mère qui éclate en milliers de dialectes… Et puis cette espèce de grande réunion de l'Humanité, après des dizaines de millénaires de séparation… Ces retrouvailles – qui, d'après Tem, ont entraîné la réunification de la Psychosphère… (Elle a marqué une brève hésitation, puis elle s'est tournée vers moi avant de reprendre :) Dans sa lettre, le professeur appelait notre adversaire Celui-qui-n'est-pas-nommé. Mais quand Gloria s'est retrouvée dans le corps d'une primitive enceinte, celle-ci pensait à *lui* sous le nom de Celui-qui-voit-dans-les-ténèbres.

– Je l'appelais aussi les Yeux-rouges, a rappelé l'aya.

Eileen a acquiescé d'un battement de paupières.

– Alors, je me suis demandé comment cela pouvait bien se dire dans la langue que l'on parlait à l'époque… Et c'est là que j'ai subitement compris à quoi le professeur Viard comptait employer les millions d'heures de calcul qu'il avait réclamées.

CHAPITRE XIX

JE MARCHE LA TÊTE DANS LES ÉTOILES

Amande Amère et Leonard di Vecchio avaient dû batailler ferme pour obtenir du juge d'instruction chargé de l'affaire qu'il participât à une réunion en terrain neutre. L'influence que Marcellin Trovallec exerçait sur le magistrat était sans doute pour beaucoup dans les réticences affichées par celui-ci ; ni le Dénébien, ni l'Archétype qui s'exprimait à travers lui n'avaient intérêt à une telle entrevue. Il avait fallu que les deux avocats déploient des trésors de persuasion – brandissant au passage quelques articles de loi obscurs –, mais le juge Trabelsi avait fini par consentir à écouter ce qu'Eileen et moi avions à lui dire.

D'une oreille *a priori* sceptique, cela va sans dire.

Le rendez-vous avait été fixé à seize heures trente chez Ludwig – soient très exactement sept jours après l'assassinat de Viard. C'était Psilocybe qui avait suggéré de choisir ce moment hautement symbolique, arguant que « ça nous mettrait dans l'ambiance ». La suite des événements devait prouver qu'il avait raison.

Eileen et moi sommes arrivés chez mon parrain dans le courant de la nuit, afin de déjouer une éventuelle surveillance policière. Bien nous en avait pris, car à peine Trovallec a-t-il été mis au courant de l'entrevue, dans la matinée du dimanche, que des individus à l'air louche se sont mis à arpenter la Butte-aux-Cailles.

Le juge est arrivé avec quelques minutes d'avance. Il m'a été tout de suite sympathique. Grand, le cheveu frisé et le teint basané, il avait des yeux bruns brillant d'intelligence et de franchise. Vêtu du costume à larges revers pointus très à la mode depuis quelques années au sein des professions juridiques, il tenait à la main une élégante serviette en cuir marron contenant quelques papiers et un ordinateur portable. J'ai cru également entrevoir un choqueur de poche dans le fond : notre invité avait pris ses précautions – au cas où.

Le Dénébien le suivait de près. Au volant d'une grosse Renault à la jupe de caoutchouc noir, il s'est garé sur un emplacement interdit. Lorsqu'il est descendu du véhicule banalisé, sa démarche saccadée et le pli qui barrait son front m'ont donné l'impression qu'il était de fort mauvaise humeur – ce qu'a confirmé son attitude dès qu'il a mis le pied à l'intérieur du palais de Ludwig.

– N'espérez pas vous en tirer comme ça, m'a-t-il lancé avec acrimonie en pénétrant dans le vaste salon orné de riches tentures où nous l'attendions pour commencer. Mes hommes ont l'ordre de vous arrêter dès que cette ridicule entrevue sera finie.

Je l'ai invité d'un geste à s'asseoir, mais il est resté là à me défier d'un regard qui ne me paraissait pas tellement rouge… Cet homme était-il habité par Celui-qui-n'est-pas-nommé ?

Et si nous nous étions trompés ? Si l'Archétype n'allait pas venir ?

– Ne prenez pas vos désirs pour des réalités. Si j'ai demandé à *mes* avocats d'organiser cette rencontre, c'est pour pouvoir me disculper… disons sans heurts. (J'ai laissé passer un bref silence.) Désolé de vous couper l'herbe sous le pied, mais j'ai résolu les meurtres de Viard et de Wojtek, et j'entends bien vous le prouver, même si ça ne doit pas vous faire plaisir.

Il s'est contenté pour toute réponse d'un reniflement méprisant. Puis il a enfin consenti à aller s'asseoir sur un divan, dans une posture qui exprimait une tension extrême. Prêt à rugir, prêt à bondir, prêt à mordre. Un vrai fauve. Je me suis à nouveau demandé s'il était possédé en cet instant précis, et j'ai conclu cette fois que c'était vraisemblablement le cas. L'Archétype tenait à être présent pour la mise à mort.

Si tout se passait bien, il allait être déçu.

– Ecoutons donc ce que M. de l'Aube Radieuse a à nous dire, a fait Trabelsi, conciliant. Je tiens à vous prévenir que je ne pense pas que vous parviendrez à me convaincre de votre innocence, a-t-il ajouté à mon intention. J'ai toute confiance dans l'inspecteur Trovallec, et sa thèse au sujet des deux meurtres me paraît inattaquable.

– Vous avez pourtant consenti à cette entrevue, a observé Ludwig en caressant machinalement sa barbe noire.

– C'est mon métier de permettre à la vérité d'éclater, a répondu le juge avec douceur.

Une Fille du Réseau rousse en kimono vert pomme a servi du thé, des infusions et des petits gâteaux. Trovallec lui a à peine prêté attention, tandis que Trabelsi paraissait apprécier à sa juste valeur la plastique de la jeune femme. Il devait trouver que mon parrain avait bon goût en la matière, mais je n'étais pas certain que cette opération de séduction – car c'en était une – jouât en ma faveur. J'ai donc attendu le départ de l'adepte pour prendre la parole :

– Cette affaire est à la fois très simple et horriblement compliquée. Mais avant de vous en révéler les dessous, je dois vous poser une question… Croyez-vous à l'existence de la Psychosphère ?

Trovallec a levé les yeux au ciel. Il était difficile d'interpréter son langage gestuel puisque j'ignorais si celui-ci exprimait ses sentiments ou ceux de l'Archétype qui l'habitait, mais j'ai eu la nette impression que c'était l'inspecteur qui se trouvait aux commandes. Pour le moment.

– Dire que j'y crois serait exagéré, a déclaré Trabelsi. Néanmoins, je ne rejette pas cette possibilité. A cause des Talents, entre autres. Maintenant, si votre explication met en jeu l'inconscient collectif, je crains de ne pouvoir vous suivre sur ce terrain.

– Pourquoi donc ? s'est étonnée Eileen.

Le juge lui a adressé un sourire plein de gentillesse.

– M. de l'Aube Radieuse m'a demandé si je *croyais* à la Psychosphère. Il a parfaitement résumé le problème. En l'absence de preuves de l'existence d'un improbable univers télépathique, le recours à la foi devient indispensable. Or, la justice réclame du concret – des indices matériels, des témoignages.

Je ne m'attendais pas à ce qu'il déclarât autre chose. Il devait se couvrir, au cas où j'essayerais de lui servir un tissu de mensonges. Car il était évident que Trovallec lui en voulait d'avoir accepté le principe de cette rencontre, et que ce dernier ne se priverait pas de le lui reprocher – s'il en avait un jour l'occasion. L'inspecteur était un individu rancunier.

Après avoir remercié Trabelsi de son honnêteté, je me suis jeté à l'eau :

– Aussi incroyable que cela puisse paraître, l'origine de cette affaire se situe dans un lointain passé, à l'époque de la naissance de l'Homme moderne – qui coïncide avec l'apparition du langage et de la Psychosphère. La population de *sapiens* primitifs au sein de laquelle s'est produite la mutation décisive vivait vraisemblablement du côté de l'Ethiopie, sur les rives d'un grand lac. Comme le nôtre, son inconscient collectif était peuplé d'Archétypes. Bien moins nombreux qu'aujourd'hui, ils étaient également nettement plus puissants – plus *vastes*... Parmi eux, Celui-qui-voit-dans-les-ténèbres constituait une sorte de compilation de tout ce que les humains d'alors considéraient comme négatif ou menaçant. Pour vous donner une idée, ce que nous serions tentés de nommer le Mal absolu ne représenterait qu'une *infime* partie de cette entité.

« Lorsque le groupe humain initial a éclaté sous la pression de la surpopulation, la puissance de l'Archétype en question a connu un sérieux déclin. Tout comme les gènes, il s'est éparpillé ; tout comme les langues, il s'est diversifié. Et sa puissance, son incroyable puissance s'est peu à peu diluée dans la Psychosphère en pleine expansion. A tel point qu'au bout d'un certain temps, il n'a plus subsisté qu'à l'état de potentialité dans les couches profondes de l'univers télépathique, structure abstraite sans pouvoir direct, mais qui imprégnait cependant les pensées et les actes de notre espèce...

– De la foutaise, a décrété Trovallec d'un air méprisant. Vous croyez vraiment nécessaire d'écouter jusqu'au bout ces élucubrations, monsieur le juge ?

Trabelsi n'était sans doute pas loin de partager l'avis de l'inspecteur, car il commençait à donner des signes d'impatience.

– Vous êtes bien certain que ce que vous êtes en train de me raconter possède un rapport avec notre affaire ? m'a-t-il demandé d'une voix méfiante.

– Un rapport direct, a répondu Eileen. Ne vous êtes-vous jamais demandé ce qui s'était passé durant la Terreur ?

– Autant que n'importe qui, je suppose. Mais

j'ai compris très tôt qu'il était inutile de se poser la question. Parce que nous ne connaîtrons jamais la nature du cataclysme de l'an 2013.

Sans le savoir, il me tendait une perche qui allait me permettre de rebondir.

– Détrompez-vous. Le professeur Viard, notamment, en avait une idée très précise – et c'est la raison pour laquelle on l'a tué ! Parce qu'il connaissait l'existence de l'Archétype archaïque, pour l'avoir affronté durant la Terreur. Et parce qu'il avait trouvé un moyen de le vaincre définitivement.

– Etes-vous en train de me dire que c'est à cette… entité que nous devons la Terreur et son cortège d'horreurs incompréhensibles ? s'est enquis le juge d'un ton soupçonneux.

– C'est une hypothèse tout à fait envisageable, même si j'aurais plutôt tendance à penser qu'*il* a profité des circonstances plus qu'il ne les a provoquées.

Le Dénébien a ricané, mais son rire sarcastique sonnait faux. J'aurais donné cher pour connaître ses pensées du moment – qu'il s'agît des siennes propres, ou de celles de l'entité qui le hantait.

– Vous semblez dire qu'à l'époque, *il* a été vaincu, a observé Trabelsi, imitant mon intonation.

– Oui. D'une manière que je ne m'explique pas, Viard et Bolgenstein – qui travaillaient ensemble à l'époque – ont réussi à extirper son empreinte des couches profondes de l'inconscient collectif. Et l'Humanité, libérée, a commencé à s'apaiser… C'est là, à mon sens, que se trouve l'origine de cet assagissement que l'on constate depuis, sans vraiment pouvoir l'expliquer.

Cette fois, j'avais réussi à accrocher le juge. Il ne demandait désormais qu'à croire à mon histoire. Mais il ne fallait pas que je tarde à lui apporter des preuves si je voulais le convaincre tout à fait. J'ai échangé un regard entendu avec Eileen, qui a doucement hoché la tête. Elle était prête et n'attendait plus que mon signal.

– N'est-ce pas une belle histoire que vous raconte mon garçon ? a demandé Ludwig pour meubler le silence avant que le Dénébien ne décidât de mettre son grain de sel dans la conversation.

Trabelsi a tressailli, avant de considérer mon parrain avec une méfiance non dissimulée. Je me suis empressé de reprendre la parole, pour ne pas rompre le fil ténu que j'avais tissé entre mon intellect et celui de cet homme :

– Malheureusement, la victoire de Viard n'était que provisoire. Chassé de la Psychosphère, l'Archétype archaïque a malgré tout réussi à survivre. Il semblerait même qu'il ait acquis au passage des capacités nouvelles, qui ne le rendent que plus dangereux. Et il a décidé de se venger… Enfin, c'est une manière de parler, car la structure qui lui tient lieu d'esprit ignore certainement tout d'un concept comme la vengeance. Seule la nécessité guide ses actes. Il n'en *voulait* pas à Michel Viard de s'être dressé contre lui – mais il lui paraissait *essentiel* de se débarrasser du professeur. Et, pour ce faire, il a investi le corps de l'inspecteur Trovallec…

Comme je m'y attendais, celui-ci s'est dressé, le visage blême.

– Je refuse d'en entendre plus long ! a-t-il rugi, sur le point d'exploser.

Trabelsi a désigné le divan qu'il venait de quitter.

– Rasseyez-vous. Je trouve pour ma part que cela commence à devenir très intéressant.

Le Dénébien a hésité un instant, avant d'obéir à contrecœur. Son indignation était-elle réelle, ou bien dictée par Celui-qui-voit-dans-les-ténèbres ? Là encore, je n'aurais su le dire. Mais nous n'allions pas tarder à le découvrir – et je me suis surpris à prier le Bol de Soupe pour qu'*il* fût bien là, tapi dans les circonvolutions cérébrales de Trovallec.

– Continuez, je vous prie, m'a invité le juge, un peu trop affable à mon goût.

– Selon le témoignage des agents Seymour et Mox, qui l'accompagnaient dimanche dernier, l'inspecteur s'est éclipsé un moment après leur arrivée au centre...

– Je suis allé aux toilettes, a coupé l'intéressé, d'une voix aussi froide que de l'oxygène liquide.

J'ai tourné la tête dans sa direction pour affronter son regard. Ses sclérotiques m'ont paru un peu plus rouges que précédemment, mais l'on était encore loin des « yeux de braise » évoqués par mon grand-père.

– Je crois plutôt que vous êtes monté au premier étage et que vous avez poignardé le professeur Viard. Puis vous êtes redescendu et vous êtes revenu avec les deux agents pour me découvrir près du corps.

Il a ricané.

– Prouvez-le.

– J'en ai bien l'intention. (J'ai enchaîné, m'adressant à nouveau au juge d'instruction :) Ce meurtre permettait à l'Archétype de faire d'une pierre deux coups. D'une part, il se débarrassait de Viard ; de l'autre, il me retirait de la circulation.

– Car il en a après vous ? a interrogé Trabelsi.

Je le mettais visiblement dans l'embarras, ce qui constituait un point plutôt positif. Il commençait à se demander s'il devait croire la thèse de Trovallec ou l'histoire démente que j'étais en train de lui servir.

Il était accroché. Cela seul comptait. Car il fallait qu'il le fût pour accepter la seule preuve dont nous disposions.

Dont nous disposions peut-être.

– Comme après tous les mutants. Il semblerait en effet que la séquence d'ADN *étrange* que nous possédons nous immunise contre son influence. S'il est le concept, l'entité, la force fondamentale où la haine, la brutalité, la guerre, la cruauté et tout ce genre de choses plongent leurs racines… Eh bien, cela explique la non-violence totale des millénaristes et de leurs descendants. Nous sommes en quelque sorte protégés génétiquement contre ces plaies de l'âme.

– Lyrisme facile, a craché le Dénébien.

Le rictus qui déformait ses lèvres, non content de l'enlaidir, faisait sensiblement baisser son charisme naturel. J'avais à présent la certitude que c'était bien l'ennemi qui se trouvait parmi nous –

et non le malheureux Trovallec, que l'on pouvait sans hésiter classer dans la catégorie des victimes.

D'ailleurs, il me semblait que ses yeux rougissaient à vue d'œil, tandis que ses pupilles diminuaient de taille.

– Qu'en est-il du meurtre du physicien ? a demandé le juge.

– L'Archétype s'est emparé de lui et l'a forcé à se suicider, ce qui explique que l'on ait trouvé ses empreintes sur le manche du poignard. Je suppose que l'inspecteur avait dû cacher celui-ci à proximité du bureau de Wojtek, qui n'a eu que quelques pas à effectuer pour le récupérer. (J'ai soupiré.) Là encore, l'objectif était double : faire taire à jamais quelqu'un qui en savait trop et m'envoyer pour de bon en prison. Ça n'a pas trop mal réussi, sauf que j'ai réussi à m'évader malgré la faillite de ma transparence – dont je ne sais si elle est due à un « anti-Talent » que posséderait Trovallec ou aux pouvoirs de notre adversaire. Voilà comment les choses se sont déroulées.

Mon récit comportait de nombreuses ellipses, mais il n'entrait pas dans mes intentions de mettre au jour les dessous incroyablement compliqués de cette affaire. Par exemple, pour comprendre le fin mot de l'histoire, le juge Trabelsi n'avait nul besoin de savoir que Trovallec était un clone – sans doute réalisé, comme ses autres plus-que-frères, afin de servir de réceptacle à Celui-qui-voit-dans-les-ténèbres. Il n'était pas non plus utile de lui parler de l'empreinte de Dragon Rouge inscrite dans l'ADN de la huitième paire de chromosomes de l'inspecteur, ni des machinations ourdies par la Nakimeraï pour s'emparer de Pouveroux. En fait, je ne lâchais que les informations indispensables pour me disculper.

– Où sont vos preuves ? s'est enquis Trabelsi. Votre théorie est séduisante, mais il faut l'étayer par du concret.

– Trouvez les habits que portait Trovallec le jour du meurtre de Viard et faites-les analyser. Même s'il les a nettoyés, je suis certain que vous y découvrirez des traces de sang ayant appartenu au professeur.

Le Dénébien a sauté sur ses pieds, dégainant au passage un énorme revolver qu'il portait dissimulé sous sa veste ample.

Je tenais la preuve concrète dont j'avais besoin. Je n'en demandais pas tant.

– Vous auriez dû m'écouter, monsieur le juge, quand je vous conseillais de refuser cette entrevue. Maintenant, il est trop tard, et je vais devoir vous abattre avec les autres.

Eileen n'a pas attendu mon signal pour réagir. Ouvrant la bouche, elle a articulé avec soin une suite de syllabes rugueuses qui ne ressemblaient à aucun mot appartenant à un langage connu. Bien qu'elle se fût entraînée des heures durant à prononcer ce nom impossible, cela lui demandait malgré tout un effort considérable. Sans l'aide de Gloria, qui avait subtilement modifié le « câblage » – comme disait l'aya migratrice – de ses centres de la parole – afin de rendre possible la formation de certains sons qu'aucun gosier humain n'avait émis depuis des millénaires –,

Eileen n'aurait jamais réussi à dépasser la première syllabe.

Pas même à l'écorcher, peut-être.

Une fort brève fraction de seconde, les yeux du Dénébien sont devenus d'un rouge incandescent. Je me souviens avoir pensé que nous avions dû commettre une erreur quelque part.

Puis, poussant un hurlement inhumain, Trovallec a laissé échapper son arme. Ludwig s'est précipité pour s'en emparer, mais il n'y avait pas lieu de se hâter, car l'inspecteur – soudain redevenu lui-même ? – venait de s'effondrer sur le sol, inconscient.

– *Il* est parti, a dit Eileen, sur un ton qui m'a laissé supposer que c'était Gloria qui s'exprimait par sa bouche.

– Apparemment, vous avez réussi à chasser cet Archétype, a dit Trabelsi à Eileen, tandis que deux infirmiers emmenaient un Trovallec inerte. Mais je ne comprends vraiment pas comment vous vous y êtes prise…

Elle a pris un air modeste qui lui allait à ravir.

– Je l'ai appelé par son nom – c'est tout.

– Je ne vois pas comment cela aurait pu le faire hurler d'une manière aussi terrifiante, ni le pousser à fuir si précipitamment.

– Parce que vous ne vous êtes jamais intéressé à une forme quelconque de magie, est intervenu Ludwig. Connaître le nom d'un démon constitue, dans nombre de cultures, un excellent moyen de lui imposer sa volonté.

– Admettons, a grommelé le juge, dubitatif.

Mais ce que je ne m'explique pas, c'est comment vous avez pu découvrir le nom en question…

– Eh bien, nous savions que le professeur Viard avait besoin de quelques millions d'heures de calcul, mais nous ignorions à quel usage exact il les destinait, a dit Eileen avec une certaine nonchalance. C'est une remarque de Tem qui m'a donné l'idée. D'après lui, les Néo-Védistes considèrent le sanskrit védique « plus efficace » que sa forme plus récente, parce qu'il est plus proche de l'indo-européen primitif.

– Plus efficace pour quoi faire ?

– Pour la liturgie ou les pratiques mystiques, je suppose. A la suite de ça, je me suis fait la réflexion que des langues plus anciennes pourraient être encore plus *efficaces*… Or, nous savions que le nom donné à l'Archétype par les premiers *sapiens* pouvait être traduit par « Celui-qui-voit-dans-les-ténèbres »…

– Comment le saviez-vous ?

– Demandez-le à Tem.

Trabelsi s'est tourné vers moi, une lueur interrogatrice dans ses yeux bruns, mais j'ai secoué la tête, un sourire sur les lèvres. Secret professionnel. Il n'était pas question de révéler le rôle joué par Gloria dans cette affaire.

– Bon, vous le saviez. D'accord, a fait le juge, vaguement irrité par cette fin de non-recevoir de la part d'un individu qu'il considérait encore comme un assassin quelques dizaines de minutes plus tôt. Et ensuite ?

– Nous sommes partis à la recherche du nom

d'origine de l'Archétype. Et nous l'avons trouvé.

– De quelle manière ?

– En le calculant. C'est ainsi que nous avons découvert qu'il fallait réviser à la hausse l'estimation du professeur. Ce n'était pas de millions d'heures de calcul dont nous avions besoin, mais de *milliards* !

Je m'attendais à ce que Trabelsi lui demandât comment nous avions pu nous procurer le temps machine nécessaire, mais il s'est contenté de hocher la tête d'un air tout à la fois résigné et désabusé. Il ne devait pas tellement s'intéresser aux aspects techniques de l'informatique de réseau.

Si vous vous posez la question, sachez que la réponse tient en un mot : Gloria. Ayant retrouvé l'un des codes d'accès qui lui permettaient d'entrer en contact avec le reste du Collectif Louise Michel, il lui était simple de demander à ses copines suffragettes de réquisitionner à notre usage une partie des ordinateurs et réseaux locaux reliés au wèbe, puisqu'elles contrôlaient les quatre cinquièmes de celui-ci. Répartis entre un nombre astronomique de processeurs, les calculs dont nous avions besoin avaient été effectués en quelques minutes à peine.

– Aviez-vous vraiment besoin d'une telle quantité de temps-machine pour *calculer* un simple nom ?

Eileen a posé sur le juge ses yeux magnifiques, un peu surprise qu'il n'eût pas encore compris où elle voulait en venir. Puis elle a haussé les épaules, avant de répondre, non sans une certaine ironie :

– Le nom de l'Archétype n'était qu'un aspect du problème. Pour le retrouver, il fallait recréer la langue-mère de l'Humanité, en comparant les langages actuels et leurs ancêtres, et les ancêtres supposés de ces ancêtres. Il fallait « remonter la chaîne des langues et des protolangues jusqu'à leur aïeul commun », comme disait… quelqu'un.

« Et c'est ce que nous avons fait.

Bien que les vêtements que l'inspecteur portait le dimanche précédent fussent passés chez le teinturier, il subsistait suffisamment de cellules sanguines prises dans la trame du tissu pour fournir la preuve qu'il avait bel et bien assassiné Viard. Trovallec, qui se débattait dans les affres d'une grave dépression, assurait ne se souvenir de rien, ce que devait confirmer par la suite le détecteur de mensonges dernier cri auquel l'a soumis le juge Trabelsi. Sa main était coupable, mais son esprit ne l'était pas. S'il avait été le véritable auteur du premier crime, il aurait pris soin de se débarrasser des habits compromettants.

L'Archétype archaïque, lui, n'y avait même pas songé.

Une étude savante de l'emplacement des empreintes digitales de Wojtek sur le manche du poignard, ainsi que de la position du corps à l'instant de la mort, a permis de déterminer qu'il avait tout à fait pu se suicider, comme je le supposais.

Toutefois, le juge n'avait pas attendu les résultats du laboratoire pour me laver de tout soupçon. Les menaces de mort proférées par l'inspecteur, l'arme létale brandie par celui-ci et son effondrement psychologique après la fuite de l'Archétype avaient réussi à convaincre Trabelsi là où ma démonstration n'avait fait qu'éveiller son intérêt. Je crois aussi que l'idée d'une Humanité à jamais pacifiée lui avait immédiatement paru infiniment séduisante. Car il pense, comme moi, que seul un nouveau Grand Eparpillement – qui, cette fois, aura pour cadre l'espace interstellaire – permettra de nous débarrasser à jamais des Yeux-rouges. L'éclatement, la dissociation de la Psychosphère qui résultera de l'expansion humaine à travers la Galaxie provoquera un affaiblissement des Archétypes les plus anciens au profit de nouvelles entités… disons moins *exigeantes*.

Et moi, je marche la tête dans les étoiles, songeant à cet avenir grandiose qui attend le peuple de la Terre.

Qui attend mes semblables, *sapiens* et *superiors* confondus.

Je crois que le siècle qui vient de s'écouler constituait un genre d'examen de passage pour notre espèce. Celui-ci n'était pas imposé par quelque supercivilisation interstellaire désireuse de nous admettre en son sein – ou de nous détruire – ; néanmoins, sa réalité ne fait aucun doute à mes yeux. Certes, Celui-qui-voit-dans-les ténèbres n'a toujours pas été vaincu d'une manière définitive, mais la précipitation avec laquelle il s'est enfui hors de Trovallec lorsqu'Eileen a prononcé son nom aurait tendance à me rendre optimiste sur ce point.

Jamais *il* ne recouvrera sa puissance enfuie.

Je marche la tête dans les étoiles, la main d'Eileen est dans la mienne, et nous avançons d'un même pas vers ce futur que nous ne connaîtrons pas, ce futur que nous ne pouvons que rêver. Qu'espérer.

Une ère n'est pas encore tout à fait achevée qu'une autre commence déjà, pleine de promesses.

Car je sais désormais que l'Humanité n'ira pas porter la destruction dans l'Univers

Le Loup Pendu, 23 décembre 1996.

REMERCIEMENTS

À Cathy, pour sa patience.

À Philippe Guillaume, pour sa version (méta)physique de la Trinité divine.

À Michel Pagel et Michèle Charrier, pour leur hospitalité.

À Alvaro Salvat, pour sa relecture attentive.

À John Cipollina, pour son merveilleux vibrato…

Et à Dominique Martel et Francis Z. Saint-Martin qui savent ce que bibliographie veut dire.

CATALOGUE DE LA COLLECTION ANTICIPATION (1951-1997)

1.	*Les Conquérants de l'Univers*	F. Richard-Bessière
2.	*A l'Assaut du ciel*	F. Richard-Bessière
3.	*Retour du Météore*	F. Richard-Bessière
4.	*Planète vagabonde*	F. Richard-Bessière
5.	*Le Pionnier de l'atome*	Jimmy Guieu
6.	*Croisière dans le Temps*	F. Richard-Bessière
7.	*Les Chevaliers de l'Espace*	Jean-Gaston Vandel
8.	*Au-delà de l'Infini*	Jimmy Guieu
9.	*Les Fabricants de soleil*	Vargo Statten
10.	*Le Satellite artificiel*	Jean-Gaston Vandel
11.	*Les Astres morts*	Jean-Gaston Vandel
12.	*Le Maître de Saturne*	Vargo Statten
13.	*L'Invasion de la Terre*	Jimmy Guieu
14.	*La Planète pétrifiée*	Vargo Statten
15.	*Alerte aux robots*	Jean-Gaston Vandel
16.	*La Flamme cosmique*	Vargo Statten
17.	*Frontières du vide*	Jean-Gaston Vandel
18.	*Hantise sur le Monde*	Jimmy Guieu
19.	*Le Soleil sous la mer*	Jean-Gaston Vandel
20.	*Course vers Pluton*	Vargo Statten
21.	*Attentat cosmique*	Jean-Gaston Vandel
22.	*L'Univers vivant*	Jimmy Guieu
23.	*Infernale Menace*	Vargo Statten
24.	*Incroyable Futur*	Jean-Gaston Vandel
25.	*Héritage de la Lune*	Vargo Statten
26.	*Agonie des civilisés*	Jean-Gaston Vandel
27.	*La Dimension X*	Jimmy Guieu
28.	*Le Martien vengeur*	Vargo Statten
29.	*Pirate de la Science*	Jean-Gaston Vandel
30.	*Piège dans le Temps*	Rog Philips
31.	*Nous les Martiens*	Jimmy Guieu
32.	*La Bombe «G»*	Vargo Statten
33.	*S.O.S. soucoupes*	B.R. Bruss
34.	*Fuite dans l'Inconnu*	Jean-Gaston Vandel
35.	*Iles de l'Espace*	Arthur C. Clarke
36.	*La Spirale du Temps*	Jimmy Guieu
37.	*Sauvetage sidéral*	F. Richard-Bessière
38.	*Métal de mort*	Vargo Statten
39.	*Naufragés des galaxies*	Jean-Gaston Vandel
40.	*La Guerre des soucoupes*	B.R. Bruss

41. *Le Monde oublié* Jimmy Guieu
42. *A travers les âges* Vargo Statten
43. *Territoire robot* Jean-Gaston Vandel
44. *Sur la Planète rouge* Paul French
45. *L'Homme de l'Espace* Jimmy Guieu
46. *Duel des mondes* Vargo Statten
47. *Opération Aphrodite* Jimmy Guieu
48. *Les Titans de l'Energie* Jean-Gaston Vandel
49. *La Force invisible* Vargo Statten
50. *L'Autre Univers* Volsted Gridban
51. *Commandos de l'Espace* Jimmy Guieu
52. *Raid sur Delta* Jean-Gaston Vandel
53. *Heure zéro* Vargo Statten
54. *L'Agonie du verre* Jimmy Guieu
55. *«S.O.S. Terre»* F. Richard-Bessière
56. *Départ pour l'Avenir* Jean-Gaston Vandel
57. *Les Mines du ciel* Volsted Gridban
58. *Univers parallèles* Jimmy Guieu
59. *Opération interstellaire* George O. Smith
60. *Vingt pas dans l'Inconnu* F. Richard-Bessière
61. *Bureau de l'Invisible* Jean-Gaston Vandel
62. *Nos Ancêtres de l'Avenir* Jimmy Guieu
63. *Hommes en double* Vargo Statten
64. *Feu dans le ciel* F. Richard-Bessière
65. *Rideau magnétique* B.R. Bruss
66. *Les Voleurs de cerveaux* Murray Leinster
67. *Les Voix de l'Univers* Jean-Gaston Vandel
68. *Révolte des Triffides* John Wyndham
69. *Objectif Soleil* F. Richard-Bessière
70. *Les Monstres du Néant* Jimmy Guieu
71. *Attaque sub-terrestre* Max-André Rayjean
72. *Prisonniers du Passé* Jimmy Guieu
73. *La Foudre anti-D* Jean-Gaston Vandel
74. *L'Etoile fugitive* Vargo Statten
75. *Altitude moins X* F. Richard-Bessière
76. *Le Vide incandescent* Vector Magroon
77. *Le Troisième Bocal* Jean-Gaston Vandel
78. *Retour à «0»* Stefan Wul
79. *Mystérieux Délai* Vargo Statten
80. *Les Etres de feu* Jimmy Guieu
81. *Route du Néant* F. Richard-Bessière
82. *Substance «ARKA»* B.R. Bruss
83. *Niourk* Stefan Wul
84. *Je reviens de...* Kemmel
85. *Cité de l'Esprit* F. Richard-Bessière
86. *Base spatiale 14* Max-André Rayjean

87. *La Mort de la Vie* — Jimmy Guieu
88. *L'Homme de deux mondes* — Vargo Statten
89. *Création cosmique* — F. Richard-Bessière
90. *Rayons pour Sidar* — Stefan Wul
91. *Le Règne des mutants* — Jimmy Guieu
92. *La Porte vers l'Infini* — Leigh Brackett
93. *Planète de mort* — F. Richard-Bessière
94. *Transmission Z* — Vargo Statten
95. *Créatures des neiges* — Jimmy Guieu
96. *La Peur géante* — Stefan Wul
97. *La Deuxième Terre* — F. Richard-Bessière
98. *Retour à Demain* — L. Ron Hubbard
99. *L'Homme multiple* — Vargo Statten
100. *Cité Noé n°2* — Jimmy Guieu
101. *Via Dimension «5»* — F. Richard-Bessière
102. *Oms en série* — Stefan Wul
103. *Le Rayon du cube* — Jimmy Guieu
104. *Les Parias de l'atome* — Max-André Rayjean
105. *Fléau de l'Univers* — F. Richard-Bessière
106. *Le Temple du Passé* — Stefan Wul
107. *Le Navire étoile* — E.C. Tubb
108. *Chocs en synthèse* — Max-André Rayjean
109. *L'Orphelin de Perdide* — Stefan Wul
110. *Convulsions solaires* — Jimmy Guieu
111. *Carrefour du Temps* — F. Richard-Bessière
112. *Le Grand Kirn* — B.R. Bruss
113. *La Mort vivante* — Stefan Wul
114. *La Folie verte* — Max-André Rayjean
115. *Réseau Dinosaure* — Jimmy Guieu
116. *L'Autre Côté du Monde* — Murray Leinster
117. *Relais Minos III* — F. Richard-Bessière
118. *La Force sans visage* — Jimmy Guieu
119. *Piège sur Zarkass* — Stefan Wul
120. *Opération Espace* — Murray Leinster
121. *Bang !* — F. Richard-Bessière
122. *L'Anneau des invincibles* — Max-André Rayjean
123. *Les Transformés* — John Wyndham
124. *Menace d'outre-Terre* — Kurt Steiner
125. *Verte Destinée* — Kenneth Bulmer
126. *Zone spatiale interdite* — F. Richard-Bessière
127. *Soleils : échelle zéro* — Max-André Rayjean
128. *Qui parle de conquête* — Lan Wright
129. *Panique dans le Vide* — F. Richard-Bessière
130. *Terminus 1* — Stefan Wul
131. *Salamandra* — Kurt Steiner
132. *Mission dans l'Espace* — Charles Chilton

133. *Prélude a l'Espace* Arthur C. Clarke
134. *Expédition cosmique* Jimmy Guieu
135. *Le Troisième Astronef* F. Richard-Bessière
136. *Terre... siècle 24* B.R. Bruss
137. *Le Monde de l'Eternité* Max-André Rayjean
138. *Odyssée sous contrôle* Stefan Wul
139. *Ceux de Demain* F. Richard-Bessière
140. *Les Cristaux de Capella* Jimmy Guieu
141. *Les Enfants du Chaos* Maurice Limat
142. *Ere cinquième* Max-André Rayjean
143. *An... 2391* B.R. Bruss
144. *Réaction déluge* F. Richard-Bessière
145. *Piège dans l'Espace* Jimmy Guieu
146. *Le 32 juillet* Kurt Steiner
147. *Le Sang du Soleil* Maurice Limat
148. *On a hurlé dans le ciel* F. Richard-Bessière
149. *Chasseurs d'Hommes* Jimmy Guieu
150. *La Troisième Race* Poul Anderson
151. *Le Péril des hommes* Max-André Rayjean
152. *Survie* Peter Randa
153. *Terre degré «0»* F. Richard-Bessière
154. *J'écoute l'Univers* Maurice Limat
155. *Aux armes d'Ortog* Kurt Steiner
156. *Les Sphères de Rapa-Nui* Jimmy Guieu
157. *Générations perdues* F. Richard-Bessière
158. *Baroud* Peter Randa
159. *Métro pour l'Inconnu* Maurice Limat
160. *L'Ere des Biocybs* Jimmy Guieu
161. *L'Ultra-univers* Max-André Rayjean
162. *Les Pantins d'outre-ciel* F. Richard-Bessière
163. *Expérimental X-35* Jimmy Guieu
164. *Les Foudroyants* Maurice Limat
165. *Chirurgiens d'une Planète* Gilles d'Argyre
166. *Escale chez les vivants* F. Richard-Bessière
167. *Invasion «H»* Max-André Rayjean
168. *Les Frelons d'or* Peter Randa
169. *Les Lunes de Jupiter* F. Richard-Bessière
170. *Moi, un robot* Maurice Limat
171. *Puissance : facteur 3* Max-André Rayjean
172. *Les Voiliers du Soleil* Gilles d'Argyre
173. *Le Carnaval du Cosmos* Maurice Limat
174. *Planète en péril* Jimmy Guieu
175. *Destination moins J.-C.* F. Richard-Bessière
176. *Les Rescapés de Demain* Peter Randa
177. *Les Magiciens d'Andromède* Max-André Rayjean
178. *Océan, mon esclave* Maurice Limat

179. *Plus égale moins* F. Richard-Bessière
180. *L'Anneau des Djarfs* B.R. Bruss
181. *La Caverne du Futur* Jimmy Guieu
182. *Cycle zéro* Peter Randa
183. *Légion Alpha* F. Richard-Bessière
184. *Message des Vibrants* Maurice Limat
185. *Commando de transplantation* Peter Randa
186. *Bihil* B.R. Bruss
187. *La Grande épouvante* Jimmy Guieu
188. *Les mutants sonnent le glas* F. Richard-Bessière
189. *L'Etoile de Goa* Max-André Rayjean
190. *Les Damnés de Cassiopée* Maurice Limat
191. *L'Invisible Alliance* Jimmy Guieu
192. *La Guerre des dieux* F. Richard-Bessière
193. *Au bout du Ciel* Kemmel
194. *Fugitif de l'Espace* Peter Randa
195. *Le Cri des Durups* B.R. Bruss
196. *Lumière qui tremble* Maurice Limat
197. *Planètes captives* Max-André Rayjean
198. *Les Poumons de Ganymède* F. Richard-Bessière
199. *Le Secret des Tshengz* Jimmy Guieu
200. *Le Mur de la lumière* B.R. Bruss
201. *Les Derniers Jours de Sol 3* F. Richard-Bessière
202. *Les Ephémères* Peter Randa
203. *Opération Ozma* Jimmy Guieu
204. *Les Fils de l'Espace* Maurice Limat
205. *Les 7 Anneaux de Rhéa* F. Richard-Bessière
206. *S.O.S. Lune (tome 1)* Arthur C. Clarke
207. *Naufragés de la Lune (tome 2)* Arthur C. Clarke
208. *Les Horls en péril* B.R. Bruss
209. *Deucalion* Peter Randa
210. *Micro-invasion* F. Richard-Bessière
211. *L'Anti-monde* Maurice Limat
212. *L'Age noir de la Terre* Jimmy Guieu
213. *Les Apprentis Sorciers* Peter Randa
214. *La Mort vient des étoiles* F. Richard-Bessière
215. *Dans le vent du Cosmos* Maurice Limat
216. *L'Eau épaisse* Philip Levene & J.L. Morrissey
217. *L'Ousis du rêve* Max-André Rayjean
218. *Les Créatures d'Hypnôs* Maurice Limat
219. *Mission «T»* Jimmy Guieu
220. *Les Ancêtres* Peter Randa
221. *Terrom, âge «un»* Max-André Rayjean
222. *Visa pour Antarès* F. Richard-Bessière
223. *La Guerre contre le Rull* A.-E. van Vogt
224. *Les Forbans de l'Espace* Jimmy Guieu

225. *Complot Vénus-Terre*	B.R. Bruss
226. *Le Crépuscule des Humains*	Maurice Limat
227. *Plate-forme de l'Eternité*	Peter Randa
228. *Les Jardins de l'Apocalypse*	F. Richard-Bessière
229. *La Fièvre rouge*	Max-André Rayjean
230. *Le Sang vert*	Maurice Limat
231. *Projet «King»*	Jimmy Guieu
232. *Planète à vendre*	F. Richard-Bessière
233. *L'Otarie bleue*	B.R. Bruss
234. *Humains de nulle part*	Peter Randa
235. *Les Sortilèges d'Altaïr*	Maurice Limat
236. *Rendez-vous sur un monde perdu*	Bertram Chandler
237. *Les Destructeurs*	Jimmy Guieu
238. *Pas de gonia pour les Gharkandes*	F. Richard-Bessière
239. *Une Mouche nommée Drésa*	B.R. Bruss
240. *Projet «Kozna»*	Max-André Rayjean
241. *L'Etoile de Satan*	Maurice Limat
242. *Les Portes de Thulé*	Jimmy Guieu
243. *Le Long Voyage*	Gilles d'Argyre
244. *Alerte en galaxie*	F. Richard-Bessière
245. *Sédition*	Peter Randa
246. *Les Translucides*	B.R. Bruss
247. *Round végétal*	Max-André Rayjean
248. *Echec au Soleil*	Maurice Limat
249. *La Loi de Mandralor*	Peter Randa
250. *Un Futur pour M. Smith*	F. Richard-Bessière
251. *L'Astéroïde noir*	B.R. Bruss
252. *Particule zéro*	Maurice Limat
253. *Zone de rupture*	Peter Randa
254. *L'Escale des Zulhs*	Max-André Rayjean
255. *La Planète géante*	F. Richard-Bessière
256. *Le Grand Feu*	B.R. Bruss
257. *Ici finit le Monde*	Maurice Limat
258. *Retour en Argara*	Peter Randa
259. *N'accusez pas le Ciel*	F. Richard-Bessière
260. *Le Soleil s'éteint*	B.R. Bruss
261. *L'Astre vivant*	Max-André Rayjean
262. *Les Soleils noirs*	Maurice Limat
263. *Les Tueurs de Temps*	Gilles d'Argyre
264. *Les Pionniers du Cosmos*	F. Richard-Bessière
265. *Reconquête*	Peter Randa
266. *Fréquence «ZZ»*	Maurice Limat
267. *Planètes oubliées*	B.R. Bruss
268. *Le Chemin des étoiles*	F. Richard-Bessière
269. *Les Improbables*	Kurt Steiner
270. *Les Forçats de l'énergie*	Max-André Rayjean

271. *Qui suis-je ?* Peter Randa
272. *Disparus dans l'Espace* Peter Randa
273. *La Planète glacée* B.R. Bruss
274. *Le Flambeau du Monde* Maurice Limat
275. *Le Cerveau de Silstar* Max-André Rayjean
276. *Le Secret des Antarix* Peter Randa
277. *L'Enigme des Phtas* B.R. Bruss
278. *Methoodias* Maurice Limat
279. *Les Maîtres du Silence* Richard-Bessière
280. *Je m'appelle... «tous»* Richard-Bessière
281. *«A» comme Andromède* Fred Hoyle & John Elliot
282. *Andromède revient* Fred Hoyle & John Elliot
283. *Planétoïde 13* Maurice Limat
284. *Le Zoo des Astors* Max-André Rayjean
285. *Les Limiers de l'Infini* Pierre Barbet
Opération Astrée (H.S. 1) K.-H. Scheer
286. *La Solitude des dieux* Peter Randa
287. *La Guerre des robots* B.R. Bruss
288. *Rien qu'une étoile* Maurice Limat
289. *Les Mages de Dereb* Richard-Bessière
290. *La Terre a peur* (H.S. 2) K.-H. Scheer
291. *Plan S. 03* Max-André Rayjean
292. *Les Cavernicoles de Wolf* Pierre Barbet
293. *Agent spatial n°1* Richard-Bessière
294. *L'Espace noir* B.R. Bruss
295. *La Milice des mutants* (H.S. 3) K.-H. Scheer
296. *La Terre n'est pas ronde* Maurice Limat
297. *Commando du non-retour* Peter Randa
298. *Bases sur Vénus* (H.S. 4) K.-H. Scheer
299. *Vagues d'invasion* Peter Randa
300. *Cerveaux sous contrôle* Richard-Bessière
301. *La Créature éparse* B.R. Bruss
302. *Le Soleil de glace* Maurice Limat
303. *Les Clés de l'Univers* Max-André Rayjean
304. *La Chasse à l'Impondérable* J. & D. Le May
305. *Objectif Tamax* Peter Randa
306. *Inversia* Richard-Bessière
307. *Les Vainqueurs de Véga* (H.S. 5) K.-H. Scheer & Clark Darlton
308. *Le Dieu couleur de nuit* Maurice Limat
309. *L'Etoile du Néant* Pierre Barbet
310. *La Vermine du Lion* (H.S. 6) Francis Carsac
311. *Les Anti-hommes* Max-André Rayjean
312. *L'Œnips d'Orlon* J. & D. Le May
313. *La Forteresse des Six Lunes* (H.S. 7) K.-H. Scheer & Clark Darlton
314. *L'Astronef pirate* Murray Leinster
315. *Les Océans du ciel* Kurt Steiner

316. *La Grande Dérive* (H.S. 8) Peter Randa
317. *Les Oiseaux de Véga* Maurice Limat
318. *Le Mystère des Sups* (H.S. 9) B.R. Bruss
319. *Le Secret des quasars* Pierre Barbet
320. *Cette lueur qui venait des ténèbres* (H.S. 10) Richard-Bessière
321. *La Quête cosmique* (H.S. 11) K.-H. Scheer & Clark Darlton
322. *Le Septième Continent* Max-André Rayjean
323. *Les Survivants de Kor* (H.S. 12) Peter Randa
324. *L'Etrange Planète Orga* (H.S. 13) B.R. Bruss
325. *Les Portes de l'Aurore* (H.S. 14) Maurice Limat
326. *Les Glaces de Gol* (H.S. 15) K.-H. Scheer & Clark Darlton
327. *Les Drogfans de Gersande* J. & D. Le May
328. *Le Trappeur galactique* (H.S. 16) B.R. Bruss
329. *L'Enfer dans le ciel* (H.S. 17) Richard-Bessière
330. *Hallali cosmique* Pierre Barbet
331. *Les Ides de Mars* (H.S. 18) Peter Randa
332. *Le Traître de Tuglan* (H.S. 19) K.-H. Scheer & Clark Darlton
333. *Le Quatrième Futur* (H.S. 20) Max-André Rayjean
334. *La Nuit des géants* (H.S. 21) Maurice Limat
335. *Chaos sur la Genèse* (H.S. 22) Richard-Bessière
336. *La Jungle d'Araman* (H.S. 23) Peter Randa
337. *Le Retour des dieux* (H.S. 24) Jimmy Guieu
338. *Quand l'uranium vint a manquer* B.R. Bruss
339. *L'Odyssée du Delta* J. & D. Le May
340. *Le Maître des mutants* K.-H. Scheer & Clark Darlton
341. *La Planète de feu* Maurice Limat
342. *Ne touchez pas aux Borloks* Richard-Bessière
343. *Les Sept Sceaux du Cosmos* Jimmy Guieu
344. *Contact «Z»* Max-André Rayjean
345. *La Planète des cristophons* Pierre Barbet
346. *La Révolte des Inexistants* Peter Randa
347. *Message pour l'Avenir* J. & D. Le May
348. *L'Espionne galactique* B.R. Bruss
349. *Le Piège à pirates* K.-H. Scheer & Clark Darlton
350. *Evolution magnétique* Pierre Barbet
351. *Les Sirènes de Faô* Maurice Limat
352. *Joklun-N'Ghar la Maudite* Jimmy Guieu
353. *Civilisation «Oméga»* Max-André Rayjean
354. *Les Stols* Louis Thirion
355. *L'Escale des dieux* Peter Randa
356. *La Planète introuvable* B.R. Bruss
357. *Le Sceptre du Hasard* Gilles d'Argyre
358. *La Planète des Optyrox* J. & D. Le May
359. *Tout commencera... hier* Richard-Bessière
360. *La Terreur invisible* Jimmy Guieu
361. *L'Empereur de New-York* K.-H. Scheer & Clark Darlton

362. *Le Septième Nuage* — Maurice Limat
363. *L'Héritier des Sars* — Peter Randa
364. *Le Zor-Ko de fer* — Max-André Rayjean
365. *Des Hommes, des Hommes... et encore des Hommes* — Richard-Bessière
366. *Les Enfants d'Alga* — B.R. Bruss
367. *Refuge cosmique* — Jimmy Guieu
368. *Arel d'Adamante* — J. & D. Le May
369. *Les Aventuriers de l'Espace* — Peter Randa
370. *Ici, l'Infini* — Maurice Limat
371. *Vikings de l'Espace* — Pierre Barbet
372. *La Machine venue d'ailleurs* — Richard-Bessière
373. *L'Etoile en exil* — K.-H. Scheer & Clark Darlton
374. *Métalikus* — Maurice Limat
375. *L'An Un des Kréols* — Max-André Rayjean
376. *Ortog et les Ténèbres* — Kurt Steiner
377. *Les Naufragés de l'Alkinoos* — Louis Thirion
378. *La Grande Chasse des Kadjars* — Peter Randa
379. *Le Treizième Signe du Zodiaque* — Maurice Limat
380. *Cauchemar dans l'invisible* — Richard-Bessière
381. *La Neige bleue* — Gérard Marcy
382. *Solution de continuité* — J. & D. Le May
383. *Les Chimères de Séginus* — Pierre Barbet
384. *L'Ordre vert* — Jimmy Guieu
385. *Mutants en mission* — K.-H. Scheer & Clark Darlton
386. *Les Centauriens sont fous !* — B.R. Bruss
387. *Relais «Kéra»* — Max-André Rayjean
388. *Les Enfants de l'Histoire* — Kurt Steiner
389. *Demain, le froid* — J. & D. Le May
390. *L'Homme éparpillé* — Peter Randa
391. *Flammes sur Titan* — Maurice Limat
392. *L'Exilé du Temps* — Pierre Barbet
393. *Les Whums se vengent* — Louis Thirion
394. *Parle, robot !* — B.R. Bruss
395. *Traquenard sur Kenndor* — Jimmy Guieu
396. *Les Damnés d'Altaban* — Peter Randa
397. *L'Offensive d'oubli* — K.-H. Scheer & Clark Darlton
398. *Tempête sur Goxxi* — Maurice Limat
399. *La Quête du Frohle d'Esylée* — J. & D. Le May
400. *Les Marteaux de Vulcain* — Richard-Bessière
401. *Les Boucles du Temps* — Peter Randa
402. *Demain : l'Apocalypse* — Jimmy Guieu
403. *S.O.S. cerveaux* — Max-André Rayjean
404. *Etoiles en perdition* — Pierre Barbet
405. *Garadania* — Georges Murcie
406. *On demande un cobaye* — Richard-Bessière
407. *L'Arche du Temps* — Jimmy Guieu

408.	*La Plongée des corsaires d'Hermos*	J. & D. Le May
409.	*La Force secrète*	Gérard Marcy
410.	*Enjeu Déterna*	Peter Randa
411.	*Le Voleur de rêves*	Maurice Limat
412.	*A l'assaut d'Arkonis*	K.-H. Scheer & Clark Darlton
413.	*Les Maîtres des pulsars*	Pierre Barbet
414.	*Prisonniers du Temps*	Max-André Rayjean
415.	*Equipages en péril*	Pierre Courcel
416.	*La Mission d'Eno Granger*	J. & D. Le May
417.	*Plus loin qu'Orion*	Maurice Limat
418.	*La Tache noire*	Robert Clauzel
419.	*La Planète aux oasis*	B.R. Bruss
420.	*Et le dernier humain mourut*	Peter Randa
421.	*La Menace des Moofs*	K.-H. Scheer & Clark Darlton
422.	*Les Prisonniers de Kazor*	Richard-Bessière
423.	*La Planète maudite*	Paul Béra
424.	*Le Disque rayé*	Kurt Steiner
425.	*Le Triangle de la Mort*	Jimmy Guieu
426.	*Les Grognards d'Eridan*	Pierre Barbet
427.	*Ysée-A*	Louis Thirion
428.	*Le Rendez-vous aux 300.000*	Georges Murcie
429.	*Une si belle planète...*	B.R. Bruss
430.	*Les Cosmatelots de Lupus*	Maurice Limat
431.	*Retour au Néant*	Max-André Rayjean
432.	*La Trêve du sacre*	Peter Randa
433.	*La Planète piégée*	K.-H. Scheer & Clark Darlton
434.	*Aux frontières de l'impossible*	Robert Clauzel
435.	*L'Agonie de la Voie lactée*	Pierre Barbet
436.	*Irimanthe*	J. & D. Le May
437.	*Base Djéos*	Max-André Rayjean
438.	*Quatre «diables» au Paradis*	Richard-Bessière
439.	*Plan Catapulte*	Jimmy Guieu
440.	*L'Univers des Torgaux*	Peter Randa
441.	*Et la comète passa*	Maurice Limat
442.	*Vengeance en symbiose*	Gérard Marcy
443.	*Les Etres de Lumière*	Paul Béra
444.	*Les Montagnes mouvantes*	J. & D. Le May
445.	*Les Méduses de Moofar*	K.-H. Scheer & Clark Darlton
446.	*Les Conquistadores d'Andromède*	Pierre Barbet
447.	*Les Orgues de Satan*	Jimmy Guieu
448.	*Les Harnils*	B.R. Bruss
449.	*Le Cycle du Recommencement*	Peter Randa
450.	*La Puissance de l'Ordre*	Georges Murcie
451.	*La Seconde vie*	Max-André Rayjean
452.	*La Guerre des Gruulls*	Alphonse Brutsche
453.	*Un Astronef nomme Péril*	Maurice Limat

454. *Bases d'invasion* Pierre Courcel
455. *L'Horreur tombée du ciel* Robert Clauzel
456. *Sterga la Noire* Louis Thirion
457. *Le Rideau de brume* André Caroff
458. *Terre d'arriérés* Paul Béra
459. *La Voix qui venait d'ailleurs* Jimmy Guieu
460. *Le Dépositaire de Thana* Peter Randa
461. *Concerto pour l'Inconnu (Opus 71)* Richard-Bessière
462. *Les Landes d'Achernar* J. & D. Le May
463. *Le Transmetteur de Ganymède* Pierre Barbet
464. *Un de la Galaxie* Maurice Limat
465. *Les Grottes de Gom* K.-H. Scheer & Clark Darlton
466. *Cellule 217* Max-André Rayjean
467. *Les Rescapés du Futur* Georges Murcie
468. *La Planète qui n'existait pas* Robert Clauzel
469. *Les Croisés de Mara* G.-J. Arnaud
470. *Le Grand Mythe* Jimmy Guieu
471. *Azraëc de Virgo* Pierre Barbet
472. *Le Grand Marginal* B.R. Bruss
473. *La Loi d'Algor* Richard-Bessière
474. *Moissons du Futur* Maurice Limat
475. *Les Trophées de la cité morte* J. & D. Le May
476. *Les Astronefs du pouvoir* Peter Randa
477. *Les Psycors de Pââl Zuick* Max-André Rayjean
478. *Planète de désolation* Peter Randa
479. *A quoi songent les psyborgs ?* Pierre Barbet
480. *La Charnière du Temps* Jimmy Guieu
481. *Destination Epouvante* Robert Clauzel
482. *Variations sur une machine* Richard-Bessière
483. *Motel 113* Georges Murcie
484. *Les Cristaux de Sigel Alpha* J. & D. Le May
485. *La Planète aux chimères* Maurice Limat
486. *Luhora* B.R. Bruss
487. *Escales forcées* Pierre Courcel
488. *Adieu, Céred* Jacques Hoven
489. *La Guerre des Nosiars* André Caroff
490. *Année 500.000* Daniel Piret
491. *Le Missile hyperspatial* Gérard Marcy
492. *Les Immortels* Peter Randa
493. *Les Déracinés d'Humania* Dan Dastier
494. *L'Empire du Baphomet* Pierre Barbet
495. *L'Envoyé d'Alpha* Jan de Fast
496. *Enjeu cosmique* Jimmy Guieu
497. *Quand le ciel s'embrase* Maurice Limat
498. *Espace interdit* Paul Béra
499. *Comme il était au Commencement...* Robert Clauzel

500. *Vacances spatiales* — J. & D. Le May
501. *Le Vaisseau de l'ailleurs* — Richard-Bessière
502. *La Bataille de Bételgeuse* — K.-H. Scheer & Clark Darlton
503. *Objectif : la Terre !* — Georges Murcie
504. *Les Maîtres de la Galaxie* — Jimmy Guieu
505. *La Septième Saison* — Pierre Suragne
506. *Les Statues vivantes* — Max-André Rayjean
507. *Les Pêcheurs d'étoiles* — Maurice Limat
508. *Les Insurgés de Laucor* — Pierre Barbet
509. *Les Monarques de Bi* — G.-J. Arnaud
510. *Le Grand Cristal de Terk* — Peter Randa
511. *Les Etres vagues* — B.R. Bruss
512. *L'Arbre de cristal* — Max-André Rayjean
513. *Les Etres du Néant* — André Caroff
514. *La Planète assassinée* — Jan de Fast
515. *Les Hydnes de Loriscamp* — J. & D. Le May
516. *Energie - 500* — Richard-Bessière
517. *Race de conquérants* — Paul Béra
518. *Le Monde de l'Incréé* — Robert Clauzel
519. *Mal Iergo le Dernier* — Pierre Suragne
520. *Le Tunnelumière* — Georges Murcie
521. *Les Rescapés du Néant* — Jimmy Guieu
522. *La Loi des Ancêtres* — Peter Randa
523. *La Planète empoisonnée* — Pierre Barbet
524. *Les Fruits du Metaxylia* — J. & D. Le May
525. *Les Deux Soleils de Canaé* — Daniel Piret
526. *L'Empereur de métal* — Maurice Limat
527. *La Galaxie engloutie* — Robert Clauzel
528. *L'Autre Passé* — Max-André Rayjean
529. *La Planète infernale* — André Caroff
530. *L'Enfant qui marchait sur le ciel* — Pierre Suragne
531. *Quand les soleils s'éteignent* — Richard-Bessière
532. *Tremplins d'étoiles* — Pierre Barbet
533. *Les Secrets d'Hypnoz* — Dan Dastier
534. *Les Témoins de l'Eternité* — Peter Randa
535. *Les Créateurs d'Ulnar* — J. & D. Le May
536. *Les Grottes de Phobos* — Georges Murcie
537. *Robinson du Néant* — Maurice Limat
538. *Lazaret 3* — G.-J. Arnaud
539. *Infection focale* — Jan de Fast
540. *Le Dieu de lumière* — Alphonse Brutsche
541. *L'Amiral d'Arkonis* — K.-H. Scheer & Clark Darlton
542. *La Loi du cube* — Max-André Rayjean
543. *Le Secret d'Ipavar* — Louis Thirion
544. *La Planète enchantée* — Pierre Barbet
545. *A l'aube du dernier jour...* — Robert Clauzel

546. *Le Rendez-vous de Nankino*	Peter Randa
547. *La Mission effacée*	Jimmy Guieu
548. *Il était une fois dans l'Espace*	Jacques Hoven
549. *La Nef des dieux*	Pierre Suragne
550. *L'Empreinte de Shark Ergan*	J. & D. Le May
551. *Guet-Apens sur Zifur*	B.R. Bruss
552. *Les Possédés de Wolf 359*	Georges Murcie
553. *Ceux des Ténèbres*	André Caroff
554. *Les Egarés du Temps*	Daniel Piret
555. *1973... et la suite*	Richard-Bessière
556. *S.O.S.... ici, nulle part !*	Maurice Limat
557. *Bulles d'univers*	Paul Béra
558. *Messies pour l'Avenir*	Dan Dastier
559. *Les Cathédrales d'espace-temps*	Robert Clauzel
560. *L'Impossible Retour*	Jan de Fast
561. *Les Marées du Temps*	Peter Randa
562. *Brang*	B.R. Bruss
563. *Liane de Noldaz*	Pierre Barbet
564. *Dame Lueen*	J. & D. Le May
565. *La Révolte de Gerkanol*	Max-André Rayjean
566. *Mecanic Jungle*	Pierre Suragne
567. *L'Exilé d'Akros*	André Caroff
568. *Opération Neptune*	Jimmy Guieu
569. *Mission au Futur antérieur*	Georges Murcie
570. *Les Replis du Temps*	Dan Dastier
571. *Le Sérum de survie*	K.-H. Scheer & Clark Darlton
572. *Les Bioniques d'Atria*	Pierre Barbet
573. *La Terrible Expérience de Peter Home*	Robert Clauzel
574. *L'Etoile du silence*	Maurice Limat
575. *Les Disques de Biem-Kara*	Daniel Piret
576. *Génération spontanée*	Peter Randa
577. *Et puis les loups viendront*	Pierre Suragne
578. *Les Germes du Chaos*	Jimmy Guieu
579. *Quatrième Mutation*	Jan de Fast
580. *Arlyada*	Georges Murcie
581. *Les Trésors de Chrysoréade*	J. & D. Le May
582. *Le Bâtard d'Orion*	Pierre Barbet
583. *Les étoiles meurent aussi...*	Robert Clauzel
584. *La Planète aux diamants*	Dan Dastier
585. *Sombre est l'Espace*	Jacques Hoven
586. *Le Spectre du Surmutant*	K.-H. Scheer & Clark Darlton
587. *Le Monde figé*	Max-André Rayjean
588. *La Jungle de fer*	Maurice Limat
589. *La Planète perdue*	Peter Randa
590. *Métrocéan 2031*	Louis Thirion
591. *Les Seigneurs de la nuit*	Richard-Bessière

592. *Les Gardiens de l'Almucantar* J. & D. Le May
593. *Cancer dans le Cosmos* Jan de Fast
594. *Vahanara* Georges Murcie
595. *Le Maître de Phallaté* Daniel Piret
596. *Brebis galeuses* Kurt Steiner
597. *La Fantastique Enigme de Pentarosa* Robert Clauzel
598. *L'Univers des Géons* Pierre Barbet
599. *Chevaliers du Temps* Louis Thirion
600. *Les Tueurs d'âme* Jan de Fast
601. *Les Exilés d'Elgir* K.-H. Scheer & Clark Darlton
602. *Les Veilleurs de Poséidon* Jimmy Guieu
603. *Oméga 5* Georges Murcie
604. *Les Fils de l'Atlantide* Daniel Piret
605. *Complot à travers le Temps* Peter Randa
606. *L'Invasion des Invisibles* K.-H. Scheer & Clark Darlton
607. *Les Immortels de Céphalia* Dan Dastier
608. *Vertige cosmique* Maurice Limat
609. *Magiciens galactiques* Pierre Barbet
610. *Les Feux de Siris* Max-André Rayjean
611. *Yetig de la nef monde* J. & D. Le May
612. *Mais si les papillons trichent...* Pierre Suragne
613. *Le Bagne de Rostos* André Caroff
614. *La Mort surgit du Néant* Jan de Fast
615. *Les Ruches de M. 112* Richard-Bessière
616. *Le Poids du passé* K.-H. Scheer & Clark Darlton
617. *Le Nuage qui vient de la mer* Robert Clauzel
618. *L'Exilé de Xantar* Jimmy Guieu
619. *Métamorphose* Peter Randa
620. *Les Mutants de Pshuuria* Dan Dastier
621. *Naître ou ne pas naître* Daniel Piret
622. *Les Mercenaires de Rychna* Pierre Barbet
623. *Planète polluée* Paul Béra
624. *Stellan* J. & D. Le May
625. *Le Dieu truqué* Pierre Suragne
626. *La Citadelle cachée* K.-H. Scheer & Clark Darlton
627. *Les Intemporels* Jacques Hoven
628. *De l'autre côté de l'atome* Georges Murcie
629. *Le Secret des cyborgs* Max-André Rayjean
630. *Le Maître du Temps* Jimmy Guieu
631. *Le Temps cyclothymique* Alphonse Brutsche
632. *Les Sept Cryptes d'hibernation* Peter Randa
633. *L'Iceberg rouge* Maurice Limat
634. *La Drogue des étoiles* Jan de Fast
635. *Ballade pour presque un homme* Pierre Suragne
636. *Les Sources de l'Infini* Richard-Bessière
637. *Quand les deux soleils se coucheront* Jan de Fast

638. *Croisade stellaire* Pierre Barbet
639. *Projet Apocalypse* Georges Murcie
640. *Ahouvati le Kobek* Daniel Piret
641. *Les Traquenards du Temps* K.-H. Scheer & Clark Darlton
642. *L'Espace d'un éclair* Maurice Limat
643. *Plate-forme Epsilon* Robert Clauzel
644. *Le Grand Retour* Max-André Rayjean
645. *Les Massacres du Commencement* Peter Randa
646. *Quand la Machine s'emmêle* Richard-Bessière
647. *Manipulations psi* Jimmy Guieu
648. *La Planète aux deux soleils* Gabriel Jan
649. *Le Grand Passage* Daniel Piret
650. *Un pilote a disparu* J. & D. Le May
651. *Penelcoto* B.R. Bruss
652. *Sécession à Procyon* Jan de Fast
653. *Barrière vivante* Max-André Rayjean
654. *Le Bagne d'Edenia* Jean-Pierre Garen
655. *La Folie du capitaine Sangor* Georges Murcie
656. *Délos a disparu* K.-H. Scheer & Clark Darlton
657. *Le Vieux et son Implant* Paul Béra
658. *Les Portes du Monde Alpha* Dan Dastier
659. *La Barrière du grand isolement* Peter Randa
660. *La Révolte des Logars* Yann Menez
661. *Les Hordes de Céphée* Jan de Fast
662. *Les Pièges de Koondra* Jimmy Guieu
663. *Opérations désespoir* Georges Murcie
664. *Echec a la Raison* J. & D. Le May
665. *Les Sub-terrestres* Maurice Limat
666. *L'Agonie d'Atlantis* K.-H. Scheer & Clark Darlton
667. *La Saga des étoiles* Jan de Fast
668. *Le Tell de la puissance* Daniel Piret
669. *Les Résidus du Temps* Peter Randa
670. *L'Astronef rouge* Max-André Rayjean
671. *La Moisson de Myrtha VII* K.-H. Scheer & Clark Darlton
672. *Et la nuit garda son secret...* Robert Clauzel
673. *La Nymphe de l'Espace* Pierre Barbet
674. *Les Fugitifs de Zwolna* Jimmy Guieu
675. *Claine et les Solandres* J. & D. Le May
676. *Où finissent les étoiles* Maurice Limat
677. *Les Naufragés du Temps* Georges Murcie
678. *Dans la gueule du vortex* Jan de Fast
679. *Pandémoniopolis* Gabriel Jan
680. *Le Onzième Satellite* Daniel Piret
681. *Les Soleils de Siamed* K.-H. Scheer & Clark Darlton
682. *La Brigade du grand sauvetage* Peter Randa
683. *Le Salut de l'empire shékara* Jan de Fast

684. *Princesse des étoiles*	Robert Clauzel
685. *La Nuit des Morphos*	Dominique Rocher
686. *Les Hybrides de Michina*	Georges Murcie
687. *Les Egrégores*	Daniel Piret
688. *Les Krolls de Vorlna*	Jimmy Guieu
689. *Le Maelström de Kjor*	Maurice Limat
690. *Les Zwüls de Réhan*	Gabriel Jan
691. *Le Rescapé de la Terre*	P.-J. Hérault
692. *Ségrégaria*	Max-André Rayjean
693. *La Vénus de l'Himmenadrock*	Jacques Hoven
694. *Tourbillon temporel*	Jan de Fast
695. *Vendredi, par exemple...*	Pierre Suragne
696. *Les Portes du Futur*	Richard-Bessière
697. *Zarnia, dimension folie*	Dan Dastier
698. *L'Enjeu galactique*	Peter Randa
699. *Il est minuit à l'Univers*	Maurice Limat
700. *Et la nuit fut...*	Richard-Bessière
701. *Errant de l'Eternité*	K.-H. Scheer & Clark Darlton
702. *Sakkara*	Daniel Piret
703. *Orage magnétique*	Jean-Pierre Garen
704. *L'Homme de lumière*	Georges Murcie
705. *Nurnah aux temples d'or*	Jan de Fast
706. *La Revanche du Régent*	K.-H. Scheer & Clark Darlton
707. *Le Bouclier de Boongoha*	Jimmy Guieu
708. *Orbite d'attente*	Vincent Gallaix
709. *Les Walkyries des Pléiades*	Jan de Fast
710. *La Nuit est morte*	Paul Béra
711. *Les Survivants de Miderabi*	Daniel Piret
712. *Les Géants de Komor*	Max-André Rayjean
713. *Une Porte sur ailleurs*	Jan de Fast
714. *Les Bâtisseurs du Monde*	P.-J. Hérault
715. *Ce monde qui n'est plus nôtre*	J. & D. Le May
716. *Patrouilleur du Néant*	Pierre Barbet
717. *La Lumière d'ombre*	Maurice Limat
718. *La Stase achronique*	Jimmy Guieu
719. *Zoomby*	Vincent Gallaix
720. *La Chair des Vohuz*	Gabriel Jan
721. *Vae victis !*	Daniel Piret
722. *Mâa*	Georges Murcie
723. *Les Damnés de l'Espace*	Jean-Pierre Garen
724. *Périls sur la Galaxie*	Peter Randa
725. *La Loi galactique*	Jan de Fast
726. *Recrues pour le Régent*	K.-H. Scheer & Clark Darlton
727. *La Dernière Mort*	Daniel Piret
728. *Transit pour l'Infini*	Christian Mantey
729. *Plus jamais le «France»*	J. & D. Le May

730.	*La Colonie perdue*	Jimmy Guieu
731.	*Par le temps qui court...*	Jan de Fast
732.	*Astres enchaînés*	Maurice Limat
733.	*Un jour, l'oubli...*	Georges Murcie
734.	*L'Eternité moins une...*	Peter Randa
735.	*Le Feu de Klo-Ora*	Dan Dastier
736.	*Enigme aux Confins*	J. & D. Le May
737.	*Les Hommes marqués*	Gilles Thomas
738.	*Les Tziganes du Triangle austral*	Jan de Fast
739.	*Le Rescapé du Gaurisankar*	Daniel Piret
740.	*Terreur sur Izaad*	Gabriel Jan
741.	*Comme un liseron*	Paul Béra
742.	*L'Autoroute sauvage*	Gilles Thomas
743.	*Le Prix du Pouvoir*	K.-H. Scheer & Clark Darlton
744.	*La Terre, échec et mat*	Robert Clauzel
745.	*L'Ophrys et les Protistes*	J. & D. Le May
746.	*Les Assaillants*	Peter Randa
747.	*Attaque parallèle*	Jean-Pierre Garen
748.	*S.O.S. Andromède*	Jan de Fast
749.	*Les Increés*	Maurice Limat
750.	*Pas même un dieu*	Jean Mazarin
751.	*L'An 22 704 des Wans*	Gabriel Jan
752.	*L'Etre polyvalent*	Georges Murcie
753.	*Les Germes de l'Infini*	Max-André Rayjean
754.	*Le Manuscrit*	Daniel Piret
755.	*Black Planet*	Christian Mantey
756.	*Ambassade galactique*	Pierre Barbet
757.	*Eltéor*	Peter Randa
758.	*Miroirs d'univers*	Maurice Limat
759.	*Il était une voile parmi les étoiles*	J. & D. Le May
760.	*La Planète suppliciée*	Robert Clauzel
761.	*Sogol*	Daniel Piret
762.	*La Déroute des Droufs*	K.-H. Scheer & Clark Darlton
763.	*Le Cylindre d'épouvante*	Robert Clauzel
764.	*La Planète des Normes*	Jan de Fast
765.	*La Révolte de Zarmou*	Georges Murcie
766.	*Enfants d'univers*	Gabriel Jan
767.	*La Croix des décastés*	Gilles Thomas
768.	*Cap sur la Terre*	Maurice Limat
769.	*Le Général des galaxies*	Jean Mazarin
770.	*Un pas de trop vers les étoiles*	Jan de Fast
771.	*Démonia, planète maudite*	Piet Legay
772.	*La Mort en billes*	Gilles Thomas
773.	*Déjà presque la fin*	Richard-Bessière
774.	*Rhodan renie Rhodan*	K.-H. Scheer & Clark Darlton
775.	*Les Brumes du Sagittaire*	Frank Dartal

776. *La Planète folle* — P.-J. Hérault
777. *L'Etoile regatonne* — J. & D. Le May
778. *Les Irréels* — Max-André Rayjean
779. *La Lumière de Thot* — Jimmy Guieu
780. *L'Immortel et les Invisibles* — K.-H. Scheer & Clark Darlton
781. *Xurantar* — Daniel Piret
782. *Involution interdite* — Jan de Fast
783. *Le Non-être* — Georges Murcie
784. *Le Ciel sous la Terre* — Robert Clauzel
785. *Défi dans l'uniformité* — J. & D. Le May
786. *Maloa* — Gabriel Jan
787. *Les Arches de Noé* — Peter Randa
788. *Quand elles viendront...* — Chris Burger
789. *Les Diablesses de Qiwâm* — Maurice Limat
790. *Un Fils pour la lignée* — Jean Mazarin
791. *Mondes en dérive* — Jan de Fast
792. *Les Métamorphes de Moluk* — K.-H. Scheer & Clark Darlton
793. *Pari Egar* — Georges Murcie
794. *Le Secret des Initiés* — Jean-Pierre Garen
795. *Le Sursis d'Hypnos* — Piet Legay
796. *Les Métamorphosés de Spalla* — Max-André Rayjean
797. *La Cité au bout de l'Espace* — Pierre Suragne
798. *Commando H.C. 9* — K.-H. Scheer & Clark Darlton
799. *Les Couloirs de translation* — Peter Randa
800. *L'Œuf d'anti-matière* — Robert Clauzel
801. *Les Robots de Xaar* — Gabriel Jan
802. *Les Légions de Bartzouk* — Jimmy Guieu
803. *La Tour des nuages* — Maurice Limat
804. *La Mort des dieux* — Daniel Piret
805. *Au-delà des trouées noires* — Dan Dastier
806. *Le Temps des Autres* — Chris Burger
807. *Les Neuf Dieux de l'Espace* — Frank Dartal
808. *Les Esclaves de Thô* — Jan de Fast
809. *Cette machine est folle* — Richard-Bessière
810. *L'Arche des Aïeux* — K.-H. Scheer & Clark Darlton
811. *Dal'Nim* — J. & D. Le May
812. *La Courte Eternité d'Hervé Girard* — Georges Murcie
813. *L'Ile des Bahalim* — Daniel Piret
814. *Opération Epsilon* — Jean-Pierre Garen
815. *Le Piège de lumière* — Max-André Rayjean
816. *L'Elément 120* — K.-H. Scheer
817. *Un Monde de chiens* — Jean Mazarin
818. *Les Ratés* — Gilles Thomas
819. *Le Cycle des Algoans* — Peter Randa
820. *Nuit d'Emeute* — Paul Béra
821. *Mortels Horizons* — Maurice Limat

822. *Alerte aux Antis* K.-H. Scheer & Clark Darlton
823. *Seules les étoiles meurent* Jan de Fast
824. *Inu Shivan, dame de Shtar* J. & D. Le May
825. *Les Dévoreurs d'âmes* Daniel Piret
826. *Les Maîtres de Gorka* Dan Dastier
827. *Les Naufragés de l'invisible* Robert Clauzel
828. *L'Affaire Pegasus* K.-H. Scheer
829. *Les Sphères de l'oubli* Piet Legay
830. *Concentration 44* Gabriel Jan
831. *Les Seigneurs de Kalaâr* Frank Dartal
832. *Les Voies d'Almagiel* Gilles Thomas
833. *Electronic Man* André Caroff
834. *Le Caboteur cosmique* K.-H. Scheer & Clark Darlton
835. *Commandos sur commande* Pierre Barbet
836. *Hier est né demain* Jan de Fast
837. *Principe Omicron* Maurice Limat
838. *Marga* Georges Murcie
839. *Les Vengeurs de Zylea* Dan Dastier
840. *C.C.5 top secret* K.-H. Scheer
841. *La Légende des niveaux fermés* Gilles Thomas
842. *Jar-qui-tue* Paul Béra
843. *L'Homme venu des étoiles* Peter Randa
844. *Mémoire génétique* Jean-Pierre Garen
845. *Quelques lingots d'iridium* J. & D. Le May
846. *La Flotte fantôme* K.-H. Scheer & Clark Darlton
847. *La Onzième Dimension* Max-André Rayjean
848. *L'Ancêtre d'Irskaa* Daniel Piret
849. *La Forêt hurlante* Gabriel Jan
850. *Rhésus Y-2* André Caroff
851. *Les Yeux de l'épouvante* Jimmy Guieu
852. *L'Homme qui vécut deux fois* Richard-Bessière
853. *Le Livre d'Eon* Frank Dartal
854. *Le Prince de métal* Robert Clauzel
855. *L'Homme qui partit pour les étoiles* Peter Randa
586. *L'Ongle de l'Inconnu* Paul Béra
858. *Les Forçats de l'Antarctique* K.-H. Scheer
859. *Les Pétrifiés d'Altaïr* Piet Legay
860. *Pas de berceau pour les Ushas* Jan de Fast
861. *Interférence* Daniel Piret
862. *La Mémoire du Futur* Georges Murcie
863. *La Louve de Thar-Gha* Dan Dastier
864. *Les Cerveaux morts* K.-H. Scheer
865. *L'Univers fêlé* Jean Mazarin
866. *Sanctuaire 1* Peter Randa
867. *La Chaîne des symbios* Max-André Rayjean
868. *Les Maîtres verts* Gabriel Jan

869. *Le Plan de clivage* Jan de Fast
870. *Combats sous les cratères* K.-H. Scheer
871. *Odyssée galactique* Pierre Barbet
872. *Les Combattants de Serkos* André Caroff
873. *L'Ange aux ailes de lumière* Gilles Thomas
874. *Les Jeux de Nora et du hasard* Jan de Fast
875. *Le Secret des secrets* Robert Clauzel
876. *Opération Soleil levant* K.-H. Scheer
877. *La Porte des enfers* Jacques Hoven
878. *Le Navire-planète* Daniel Piret
879. *Obsession Terzium 13* Dan Dastier
880. *Anastasis* Peter Randa
881. *Véga IV* Piet Legay
882. *Le Barrage bleu* K.-H. Scheer & Clark Darlton
883. *L'Hypothèse Tétracérat* J. & D. Le May
884. *Les Séquestrés de Kappa* Dan Dastier
885. *Reviens, Quémalta* Gabriel Jan
886. *Là-bas* Georges Murcie
887. *Génération Alpha* Max-André Rayjean
888. *Pouvoirs illimités* K.-H. Scheer
889. *L'Epaisse Fourrure des quadricornes* J. & D. Le May
890. *Les Pléiades d'Artani* Peter Randa
891. *Le Soleil des Arians* Dan Dastier
892. *La Cloche de brume* Maurice Limat
893. *Le Piège de l'oubli* Jan de Fast
894. *Les Passagers du Temps* Piet Legay
895. *Hors contrôle* P.-J. Hérault
896. *Les Maîtres de la matière* Max-André Rayjean
897. *Les Roches aux cent visages* Frank Dartal
898. *N'approchez pas* K.-H. Scheer
899. *Le Fils de l'étoile* Jan de Fast
900. *Ceux d'ailleurs* Paul Béra
901. *Aux confins de l'empire viédi* Jan de Fast
902. *Libérez l'Homme* Jean Mazarin
903. *Tout va très bien, madame la Machine* Richard-Bessière
904. *Mission sur Mira* Jean-Pierre Garen
905. *Facultés inconnues* K.-H. Scheer
906. *Impalpable Vénus* Gabriel Jan
907. *L'Ordre établi* Christopher Stork
908. *Comme un orgue d'enfer...* Robert Clauzel
909. *Les Androïdes meurent aussi* Dan Dastier
910. *L'Ile brûlée* Gilles Thomas
911. *L'Exilé de l'Infini* Piet Legay
912. *Le Désert des décharnés* K.-H. Scheer & Clark Darlton
913. *Dô, cœur de soleil* Maurice Limat
914. *Palowstown* J.-Ch. Bergman

915. *L'Ombre dans la vallée*	Jean-Louis Le May
916. *La Peste sauvage*	Peter Randa
917. *Triplix*	Jacques Hoven
918. *Le Règne du serpent*	Frank Dartal
919. *Le Talef d'Alkoria*	Dan Dastier
920. *L'Homme Alphoméga*	Gabriel Jan
921. *Projet Phoenix*	Piet Legay
922. *Plus belle sera l'aurore*	Jan de Fast
923. *Les Bagnards d'Alboral*	Peter Randa
924. *Le Virus mystérieux*	K.-H. Scheer
925. *Les Singes d'Ulgor*	Max-André Rayjean
926. *Enjeu : le Monde*	Christopher Stork
927. *La Cité où le soleil n'entrait jamais*	Jan de Fast
928. *D'un lieu lointain nommé Soltrois*	Gilles Thomas
929. *Marée noire sur Altéa*	Paul Béra
930. *Les Roues de feu*	K.-H. Scheer
931. *Les Ilotes d'en bas*	Peter Randa
932. *Trafic stellaire*	Pierre Barbet
933. *37 minutes pour survivre*	P.-J. Hérault
934. *Le Viaduc perdu*	Jean-Louis Le May
935. *Facteur Vie*	G. Morris
936. *Sous le signe de la Grande Ourse*	K.-H. Scheer
937. *Branle-bas d'invasion*	Peter Randa
938. *Dormir ? Rêver peut-être...*	Christopher Stork
939. *Aux quatre vents de l'Univers*	Frank Dartal
940. *Les Cités d'Apocalypse*	Jean Mazarin
941. *Hiéroush, la planète promise*	Jimmy Guieu
942. *Le Mutant d'Hiroshima*	K.-H. Scheer
943. *Naïa de Zomkaa*	Dan Dastier
944. *Un Passe-Temps*	Kurt Steiner
945. *Les Iles de la Lune*	Michel Jeury
946. *La Flamme des cités perdues*	Robert Clauzel
947. *N'Ooma*	Daniel Piret
948. *Offensive Minotaure*	K.-H. Scheer
949. *La Jungle de pierre*	Gilles Thomas
950. *Les sphères attaquent*	André Caroff
951. *Oasis de l'Espace*	Pierre Barbet
952. *Homme, sweet Homme...*	J.-Ch. Bergman
953. *Les Lois de l'Orga*	Adam Saint-Moore
954. *Safari pour un virus*	Jean-Louis Le May
955. *Et les Hommes voulurent mourir*	Dan Dastier
956. *Bactéries 3000*	André Caroff
957. *Venu de l'Infini*	Peter Randa
958. *Le Verbe et la pensée*	Jean-Louis Le May
959. *... Ou que la vie renaisse !*	G. Morris
960. *Achetez Dieu !*	Christopher Stork

961. *Le Maître des cerveaux* Piet Legay
962. *Rod, combattant du futur* André Caroff
963. *Une autre Eternité* Dan Dastier
964. *Les Quatre Vents de l'Eternité* Richard-Bessière
965. *Les Manipulateurs* Paul Béra
966. *Opération Okal* K.-H. Scheer & Clark Darlton
967. *L'Ultimatum des treize jours* Jan de Fast
968. *Robinson du Cosmos* Jacques Hoven
969. *Tétras* Georges Murcie
970. *Virgules téléguidées* Pierre Suragne
971. *Moi, le feu* Maurice Limat
972. *Planète des anges* Gabriel Jan
973. *Escale à Hango* Peter Randa
974. *Rod, menace sur Oxima* André Caroff
975. *Transfert psi !* Piet Legay
976. *L'Alizé pargélide* Jean-Louis Le May
977. *La Terre est une légende* Frank Dartal
978. *Greffe-moi l'amour !* Jean Mazarin
979. *Techniques de survie* G. Morris
980. *Les Jours de la montagne bleue* Adam Saint-Moore
981. *La Horde infâme* Paul Béra
982. *La Clé du mandala* Jimmy Guieu
983. *Strontium 90* Daniel Piret
984. *Dingue de planète* Gabriel Jan
985. *Les Sphères de Penta* Dan Dastier
986. *Terra-Park* Christopher Stork
987. *3087* Adam Saint-Moore
988. *Untel, sa vie, son œuvre* G. Morris
989. *Heyoka Wakan* Jean-Louis Le May
990. *Demandez le programme !* Yann Menez
991. *Horlemonde* Gilles Thomas
992. *Les Ecumeurs du Silence* Michel Jeury
993. *Apocalypse Snow* J.-Ch. Bergman
994. *Périple galactique* Pierre Barbet
995. *Contre-offensive Copernicus* K.-H. Scheer
996. *Les Intemporels* Dan Dastier
997. *La Compagnie des Glaces* G.-J. Arnaud
998. *Chez Temporel* Louis Thirion
999. *Dérapages* Pierre Suragne
1000. *Le Zénith... et après ?* Maurice Limat
1001. *L'usage de l'ascenseur est interdit aux enfants de moins de quatorze ans non accompagnés* Christopher Stork
1002. *Les Malvivants* G. Morris
1003. *Le Sombre Eclat* Michel Jeury
1004. *Groupe «Géo»* Max-André Rayjean
1005. *Chak de Palar* P.-J. Hérault

1006.	*Civilisations galactiques – Providence*	Frank Dartal
1007.	*Vive les surhommes !*	Jean Mazarin
1008.	*L'Homme aux deux visages*	K.-H. Scheer & Clark Darlton
1009.	*Nous irons à Kalponéa*	Paul Béra
1010.	*Ballade pour un glandu*	Yann Menez
1011.	*Le Défi génétique*	Piet Legay
1012.	*La Vie en doses*	G. Morris
1013.	*La Porte des serpents*	Gilles Thomas
1014.	*La Mémoire de l'archipel*	Adam Saint-Moore
1015.	*Deux souris pour un Concorde*	Jean-Louis Le May
1016.	*Centre d'intendance Godapol*	K.-H. Scheer
1017.	*Stade zéro*	Dan Dastier
1018.	*La Dernière Bataille de l'Espace*	Jan de Fast
1019.	*Survivance*	Budy Matieson
1020.	*Rêves en synthèse*	Gabriel Jan
1021.	*Les Vivants, les morts et les autres*	G. Morris
1022.	*Programmation impossible*	K.-H. Scheer
1023.	*Les Dieux oubliés*	K.-H. Scheer & Clark Darlton
1024.	*Il y a un temps fou...*	Christopher Stork
1025.	*L'Ultime Test*	Piet Legay
1026.	*Rod, patrouille de l'Espace*	André Caroff
1027.	*Le Maréchal rebelle*	Pierre Barbet
1028.	*Q.I.*	Paul Béra
1029.	*Intendance martienne Alpha VI*	K.-H. Scheer
1030.	*Vecteur Dieu*	G. Morris
1031.	*Le Proscrit de Delta*	Maurice Limat
1032.	*Quand la Machine fait «boum»*	Richard-Bessière
1033.	*Soucoupes violentes*	G. Morris
1034.	*Le Seigneur de l'Histoire*	Michel Jeury
1035.	*Rod, vacuum-02*	André Caroff
1036.	*Mission secrète «Œil géant»*	K.-H. Scheer
1037.	*L'Aventure akonide*	K.-H. Scheer & Clark Darlton
1038.	*Le Sanctuaire des glaces*	G.-J. Arnaud
1039.	*L'Etrange Maléfice*	Piet Legay
1040.	*La Fresque*	P.-J. Hérault
1041.	*Demain les rats*	Christopher Stork
1042.	*Tamkan le Paladin*	Gabriel Jan
1043.	*Le Dieu endormi*	K.-H. Scheer
1044.	*Mannes éphémères*	K.-H. Scheer & Clark Darlton
1045.	*La Guerre des Lovies*	G. Morris
1046.	*La Métamorphose des Shaftes*	Dan Dastier
1047.	*La Légende future*	Maurice Limat
1048.	*Obsession temporelle*	Piet Legay
1049.	*La Vingt-Sixième Réincarnation*	Adam Saint-Moore
1050.	*Le Test de l'aigle rouge*	K.-H. Scheer
1051.	*Le Secret des pierres radieuses*	Jan de Fast

1052.	*Les Fusils d'Ekaistos*	Philippe Randa
1053.	*Les Derniers Anges*	Christopher Stork
1054.	*Déchéa*	Max-André Rayjean
1055.	*Les Plasmoïdes au pouvoir ?*	G. Morris
1056.	*Le Peuple des glaces*	G.-J. Arnaud
1057.	*Etoile sur Mentha*	Gabriel Jan
1058.	*Alerte à l'hypnose*	K.-H. Scheer
1059.	*Changez de bocal*	Paul Béra
1060.	*Capitaine Pluton*	Jean-Pierre Garen
1061.	*Le Mystère Varga*	Piet Legay
1062.	*La Sainte Espagne programmée*	Michel Jeury
1063.	*Une Morsure de feu*	Maurice Limat
1064.	*Complots arkonides*	K.-H. Scheer & Clark Darlton
1065.	*Coefficient de sécurité 3*	K.-H. Scheer
1066.	*L'Expérience du grand cataclysme*	Philippe Randa
1067.	*Les Volcans de Mars*	Jean-Louis Le May
1068.	*Echec aux Ro'has*	Piet Legay
1069.	*Un Drahl va naître*	Gabriel Jan
1070.	*Un Monde impossible*	G. Morris
1071.	*Cité des astéroïdes*	Pierre Barbet
1072.	*S.O.S. Sibérie*	K.-H. Scheer
1073.	*Les Dieux maudits d'Alphéa*	Dan Dastier
1074.	*Vatican 2000*	Christopher Stork
1075.	*Le Réveil des dieux*	Philippe Randa
1076.	*Notre chair disparue*	G. Morris
1077.	*Les Chasseurs des glaces*	G.-J. Arnaud
1078.	*La Traque d'été*	Adam Saint-Moore
1079.	*Jaïral*	Max-André Rayjean
1080.	*Le Palais du roi Phédon*	Philippe Randa
1081.	*La Révolte des Grands Cerveaux*	K.-H. Scheer
1082.	*Pas de passeport pour Anésia*	Jan de Fast
1083.	*La Nuit solaire*	Maurice Limat
1084.	*Les Non-humains*	Jacques Hoven
1085.	*Opération dernière chance*	K.-H. Scheer & Clark Darlton
1086.	*La Révolte des Boudragues*	Jean-Louis Le May
1087.	*... Ou que la Mort triomphe !*	G. Morris
1088.	*Angel Félina*	Joël Houssin
1089.	*Mais l'Espace... mais le Temps...*	Daniel Walther
1090.	*Avant-poste*	Jean Mazarin
1091.	*Les Hommes-processeurs*	Michel Jeury
1092.	*Le Bon Larron*	Christopher Stork
1093.	*Titcht*	Christian Mantey
1094.	*Les Petites Femmes vertes*	Christopher Stork
1095.	*Planète-suicide*	G. Morris
1096.	*L'Enfant de Xéna*	Dan Dastier
1097.	*Le Troubadour de minuit*	Maurice Limat

1098. *Le Monde noir* Max-André Rayjean
1099. *Les Psychos de Logir* Pierre Barbet
1100. *Rencontres extragalactiques* K.-H. Scheer & Clark Darlton
1101. *Mission sur Terre* Philippe Randa
1102. *Sheena* Gabriel Jan
1103. *En une éternité...* Jean Mazarin
1104. *L'Enfant des glaces* G.-J. Arnaud
1105. *Un Autre Monde* André Caroff
1106. *Le Pronostiqueur* Joël Houssin
1107. *Lacunes dans l'Espace* Jean-Louis Le May
1108. *La Femme invisible* Christopher Stork
1109. *Une Secte comme beaucoup d'autres* G. Morris
1110. *Le Règne d'Astakla* Dan Dastier
1111. *Il fera si bon mourir...* Jan de Fast
1112. *Au nom de l'espèce* Piet Legay
1113. *Sloma de l'Abianta* Daniel Piret
1114. *N'aboyez pas trop fort, Mr. Brenton* Richard-Bessière
1115. *Enjeu lunaire* K.-H. Scheer
1116. *Les Otages des glaces* G.-J. Arnaud
1117. *Captif du Temps* André Caroff
1118. *Les Renégats d'Ixa* Maurice Limat
1119. *Les Envoyés de Méga* Daniel Piret
1120. *Message de Bâl 188* Frank Dartal
1121. *Fallait-il tuer Dieu ?* G. Morris
1122. *Le Gnome halluciné* G.-J. Arnaud
1123. *Nadar* Gabriel Jan
1124. *Baroud sur Bolkar* Philippe Randa
1125. *Sept Soleils dans la Licorne* Jean-Louis Le May
1126. *Le Champion des mondes* Joël Houssin
1127. *Le Cocon-Psi* K.-H. Scheer
1128. *La Mort de Mecanica* K.-H. Scheer & Clark Darlton
1129. *Examen de passage* G. Morris
1130. *L'An II de la mafia* Christopher Stork
1131. *Cités interstellaires* Pierre Barbet
1132. *Le Livre de Swa* Daniel Walther
1133. *La Planète du jugement* Michel Jeury
1134. *Le Secret d'Irgoun* Dan Dastier
1135. *Shea* Budy Matieson
1136. *Les Survivants de l'au-delà* Richard-Bessière
1137. *Cosmodrame* G. Morris
1138. *Hypothèse «Gamma»* Piet Legay
1139. *La Compagnie de la banquise* G.-J. Arnaud
1140. *Prométhée* Daniel Piret
1141. *Tu vivras, Céréluna* Gabriel Jan
1142. *Haute-Ville* Jean Mazarin
1143. *Coup dur sur Deneb* Maurice Limat

1144. *Blue* — Joël Houssin
1145. *L'Ere des bionites* — Dan Dastier
1146. *La Planète noire de Lothar* — Philippe Randa
1147. *Métal en fusion* — André Caroff
1148. *L'Oiseau de Mars* — K.-H. Scheer
1149. *Le Captif du Futur* — K.-H. Scheer & Clark Darlton
1150. *Un Monde si noir* — Piet Legay
1151. *La Vie, la Mort confondues* — G. Morris
1152. *Survivants de l'Apocalypse* — Pierre Barbet
1153. *Le Voyage de Baktur* — Gabriel Jan
1154. *Tout le pouvoir aux étoiles* — Christopher Stork
1155. *Les Conjurés de Shargol* — Philippe Randa
1156. *La Bataille de Panotol* — K.-H. Scheer & Clark Darlton
1157. *Le Réseau de Patagonie* — G.-J. Arnaud
1158. *Le Destin de Swa* — Daniel Walther
1159. *L'Hérésiarque* — Adam Saint-Moore
1160. *Masques de Clown* — Joël Houssin
1161. *Terreur psy* — André Caroff
1162. *Ald'Haï* — Jean-Louis Le May
1163. *Les Glaces du Temps* — Frank Dartal
1164. *Les Esclaves de Xicor* — Maurice Limat
1165. *Un pour tous... tous pourris !* — G. Morris
1166. *L'Horrible Découverte du Dr Coffin* — Robert Clauzel
1167. *Le Dernier des Zwors* — Jean-Pierre Garen
1168. *Elle s'appelait Loan* — Piet Legay
1169. *L'Empereur d'Eridan* — Pierre Barbet
1170. *Arbitrage martien* — K.-H. Scheer
1171. *Nausicaa* — Jean Mazarin
1172. *La Machine maîtresse* — Christopher Stork
1173. *Folle Meffa* — Philippe Randa
1174. *Une Odeur de sainteté* — G. Morris
1175. *Le Piège des sables* — André Caroff
1176. *Livradoch le Fou* — Jean-Louis Le May
1177. *L'Ordre des vigiles* — Max-André Rayjean
1178. *Les Astres noirs* — K.-H. Scheer & Clark Darlton
1179. *Une Peau si... bleue !* — Piet Legay
1180. *Les Voiliers du rail* — G.-J. Arnaud
1181. *Goer-le-Renard* — Michel Jeury
1182. *Le Répertoire des époques de cette galaxie et de quelques autres* — Louis Thirion
1183. *Les Mangeurs de murailles* — Serge Brussolo
1184. *Le Mécaniquosmos* — Maurice Limat
1185. *Lilith* — Joël Houssin
1186. *Dis, qu'as-tu fait, toi que voilà...* — Christopher Stork
1187. *Les Ecologistes de combat* — Philippe Randa
1188. *... Et le paradis en plus !* — G. Morris

1189. *Les Héritiers d'Antinéa* Dan Dastier
1190. *A l'image du dragon* Serge Brussolo
1191. *Les Cages de Beltem* Gilles Thomas
1192. *La Bataille des dieux* J. Stuntman
1193. *L'Effet Halstead* Christian Mantey
1194. *Planeta non grata* Michel Honaker
1195. *Brigade de mort* Gabriel Jan
1196. *Perpetuum...* Piet Legay
1197. *Et un temps pour mourir* Frank Dartal
1198. *Les Fous du soleil* G.-J. Arnaud
1199. *Les Charognards de S'nien* Pierre Barbet
1200. *Génération Clash* G. Morris
1201. *La 666e Planète* Daniel Piret
1202. *La Légende de Swa* Daniel Walther
1203. *L'Oiseau dans le ciment* André Caroff
1204. *Expérimentation Alpha* Louis Thirion
1205. *Les Jardins de Xantha* Gabriel Jan
1206. *Les Tours divines* Michel Jeury
1207. *Network-Cancer* G.-J. Arnaud
1208. *La Frontière indécise* G. Morris
1209. *L'Ombre du tueur* Paul Béra
1210. *Les Presque Dieux* Maurice Limat
1211. *Génie génétique* Jean-Pierre Garen
1212. *Anticorps 107* Piet Legay
1213. *Médiation protoplasmique* K.-H. Scheer & Clark Darlton
1214. *Avant les Déluges* Richard-Bessière
1215. *Le Chasseur* Joël Houssin
1216. *La Grande Prêtresse de Yashtar* Gabriel Jan
1217. *La Quatrième Personne du pluriel* Christopher Stork
1218. *Les Prophètes de l'Apocalypse* Jean Mazarin
1219. *Wildlife Connection* Christian Mantey
1220. *Opération surprise* K.-H. Scheer & Clark Darlton
1221. *Trop pour un seul homme* G. Morris
1222. *L'Article de la Mort* Christopher Stork
1223. *Ce cœur dans la glace...* Piet Legay
1224. *Station-fantôme* G.-J. Arnaud
1225. *Le Puzzle de chair* Serge Brussolo
1226. *Dérive sur Kimelunga* Jean-Louis Le May
1227. *Embuscade sur Ornella* Daniel Walther
1228. *Après les Déluges* Richard-Bessière
1229. *La Dernière Syllabe du Temps* Christopher Stork
1230. *Intervention Flash* G. Morris
1231. *Comme un vol de chimères* Maurice Limat
1232. *Aléas à travers le Temps* Philippe Randa
1233. *Les Fils de Prométhée* Daniel Piret
1234. *Prisonniers du Plasma* K.-H. Scheer & Clark Darlton

1235. *City* Joël Houssin
1236. *Les Cendres de la nuit* Robert Clauzel
1237. *Elimination* André Caroff
1238. *Mon pote, le Martien...* Philippe Randa
1239. *Quand le Temps soufflera* Michel Jeury
1240. *Shan-Aya* Dan Dastier
1241. *Dimension quatre ! (La Loi du Temps)* Piet Legay
1242. *Un peu... beaucoup... à la folie* Christopher Stork
1243. *Un peu de vin d'antan* Jean-Louis Le May
1244. *Les Semeurs d'Abîmes* Serge Brussolo
1245. *Ordinator-labyrinthus* André Caroff
1246. *Evolution Crash* G. Morris
1247. *Le Grand Oiseau des galaxies* Maurice Limat
1248. *Un Bonheur qui dérape* Jean Mazarin
1249. *Les Hommes-Jonas* G.-J. Arnaud
1250. *Simulations* André Caroff
1251. *Territoire de fièvre* Serge Brussolo
1252. *Game over* Joël Houssin
1253. *Alpha-Park* Max-André Rayjean
1254. *Rome doit être détruite* Pierre Barbet
1255. *Le Monde-aux-Cent-Soleils* K.-H. Scheer & Clark Darlton
1256. *Le XXIe siècle n'aura pas lieu* Christopher Stork
1257. *Les Lutteurs immobiles* Serge Brussolo
1258. *Secteur Diable* G. Morris
1259. *La Cité de l'éternelle nuit* Robert Clauzel
1260. *Vers l'Age d'Or* Michel Jeury
1261. *A la découverte du Graal* Richard-Bessière
1262. *Apollo XXV* Daniel Walther
1263. *Mais n'anticipons pas...* Christopher Stork
1264. *La Démone de Karastan* Philippe Randa
1265. *Voyeur* Joël Houssin
1266. *L'Œil écarlate* Maurice Limat
1267. *Terminus Amertume* G.-J. Arnaud
1268. *Un Jeu parmi tant d'autres* Gabriel Jan
1269. *Kamikazement vôtres* G. Morris
1270. *L'Histoire détournée* Jean Mazarin
1271. *Les Brûleurs de banquise* G.-J. Arnaud
1272. *Reflets d'entre-temps* Jean-Louis Le May
1273. *Les Fils du serpent* Jimmy Guieu
1274. *Pièces détachées* Christopher Stork
1275. *Les Bêtes enracinées* Serge Brussolo
1276. *Le Planétoïde hanté* K.-H. Scheer & Clark Darlton
1277. *Génération Satan* Piet Legay
1278. *La Parole* Daniel Piret
1279. *Les Vikings de Sirius* Maurice Limat
1280. *No man's land* Christian Mantey

1281.	*Cal de Ter*	P.-J. Hérault
1282.	*Les Métamorphes*	G. Morris
1283.	*Ticket aller-retour pour l'hyperespace*	Louis Thirion
1284.	*Les Colons d'Eridan*	Pierre Barbet
1285.	*On ne meurt pas sous le ciel rouge*	Gabriel Jan
1286.	*Le Gouffre aux garous*	G.-J. Arnaud
1287.	*Survivre ensemble*	G. Morris
1288.	*L'Emprise du cristal*	Jean-Pierre Garen
1289.	*Les Goulags mous*	Jacques Mondoloni
1290.	*Ce qui mordait le ciel*	Serge Brussolo
1291.	*L'Homme de lumière*	Maurice Limat
1292.	*Virus amok*	Christopher Stork
1293.	*Les Maîtres de l'horreur*	Richard Bessière
1294.	*Demain matin, au chant du tueur !*	Michel Pagel
1295.	*L'Autre Race...*	Piet Legay
1296.	*L'Age de lumière*	Max-André Rayjean
1297.	*Le Combat des Cent-Soleils*	K.-H. Scheer & Clark Darlton
1298.	*Carthage sera détruite*	Pierre Barbet
1299.	*Le Passé dépassé*	Christopher Stork
1300.	*Les Ombres de la mégapole*	Adam Saint-Moore
1301.	*Un Avenir sur commande*	G. Morris
1302.	*Les Survivants de la Mer morte*	Robert Clauzel
1303.	*Le Dirigeable sacrilège*	G.-J. Arnaud
1304.	*Soupcons sur Hydra*	Jean-Pierre Andrevon
1305.	*La Taverne de l'Espoir*	Michel Pagel
1306.	*Psy-connection*	Piet Legay
1307.	*Les Démoniaques de Kallioh*	Hugues Douriaux
1308.	*Les Bannières de Persh*	Alain Paris & Jean-Pierre Fontana
1309.	*Deux pas dans le soleil*	André Caroff
1310.	*Patrouilles*	Jean Mazarin
1311.	*L'Esprit de Vénus*	K.-H. Scheer
1312.	*Pieuvres*	Christopher Stork
1313.	*Vieillesse délinquante*	G. Morris
1314.	*L'Elixir pourpre*	Maurice Limat
1315.	*Crache-béton*	Serge Brussolo
1316.	*L'Anaphase du diable*	Michel Jeury
1317.	*La Pugnace Révolution de Phagor*	Daniel Walther
1318.	*Le Calumet de l'oncle Chok*	Jean-Louis Le May
1319.	*L'Envers vaut l'endroit*	Christopher Stork
1320.	*Le Viêt-Nam au futur simple*	Michel Pagel
1321.	*Liensun*	G.-J. Arnaud
1322.	*L'Autre Côté du Vide*	G. Morris
1323.	*Dernier étage avant la frontière*	Alain Paris & Jean-Pierre Fontana
1324.	*Nord*	Thierry Lassalle
1325.	*Menace sur les mutants*	K.-H. Scheer & Clark Darlton
1326.	*Illa et son étoile*	Jean-Louis Le May

1327. *Ordinator-macchabées*	André Caroff
1328. *Le Celte noir*	Michaël Clifden
1329. *Le Flambeau de l'Univers*	Max-André Rayjean
1330. *Les Fœtus d'acier*	Serge Brussolo
1331. *Le Dernier Pilote*	P.-J. Hérault
1332. *Incarnation illégale*	K.-H. Scheer
1333. *Les Eboueurs de la vie éternelle*	G.-J. Arnaud
1334. *La Guerre de la lumière*	Gabriel Jan
1335. *Les Décervelés*	Piet Legay
1336. *La Nuit des insectes*	Th. Cryde
1337. *Offensive minérale*	G. Morris
1338. *L'Ordre des ordres*	Jean-Pierre Garen
1339. *Lorsque R'Saanz parut*	Louis Thirion
1340. *Terre des femmes*	Christopher Stork
1341. *Sarkô des Grandes Zunes*	Alain Paris & Jean-Pierre Fontana
1342. *Ordinator-phantastikos*	André Caroff
1343. *Carthage en Amérique*	Jacques Mondoloni
1344. *A moins d'un miracle...*	G. Morris
1345. *Les Idoles du Lynx*	Maurice Limat
1346. *Les Pierres de la Mort*	Richard Bessière
1347. *Eldorado stellaire*	Pierre Barbet
1348. *Galactic Paranoia*	Louis Thirion
1349. *L'Hydre acéphale*	Maurice Limat
1350. *La Troisième Puissance*	Gabriel Jan
1351. *Les Trains-cimetières*	G.-J. Arnaud
1352. *Galax-western*	Hugues Douriaux
1353. *Le Mirage de la Montagne chantante*	K.-H. Scheer & Clark Darlton
1354. *Camarade yankee !*	Philippe Randa
1355. *Paradis zéro*	Pierre Pelot
1356. *Osmose*	Th. Cryde
1357. *Ehecatl, seigneur le vent*	Jean-Louis Le May
1358. *L'Age à rebours*	Jean Mazarin
1359. *Le Syndrome Karelmann*	Alain Paris & Jean-Pierre Fontana
1360. *Rhino*	Dominique Douay
1361. *Ordinator-erôtikos*	André Caroff
1362. *Le Premier Hybride*	Jean-Pierre Andrevon
1363. *Les Psychomutants*	G. Morris
1364. *Les Fils de Lien Rag*	G.-J. Arnaud
1365. *Le Dernier Paradis*	Michel Jeury
1366. *Ambulance cannibale non identifiée*	Serge Brussolo
1367. *Le Rêve du papillon chinois*	Christopher Stork
1368. *Les Clans de l'étang vert*	Adam Saint-Moore
1369. *Le Bruit des autres*	Pierre Pelot
1370. *Silence... on meurt !*	Richard Bessière
1371. *Cités biotiques*	Pierre Barbet
1372. *Les Contrebandiers du Futur*	Philippe Randa

1373.	*Viol génétique (La Trace du Sirénien)*	Piet Legay
1374.	*Rouge est la chute du soleil*	Maurice Limat
1375.	*Made in Mars*	Christopher Stork
1376.	*Les Survivants du Paradis*	Michel Jeury
1377.	*Le Semeur d'ombres*	Michel Honaker
1378.	*Ordinator-criminalis*	André Caroff
1379.	*Androïdes en série*	K.-H. Scheer
1380.	*Le Miroir du passé*	Gilbert Picard
1381.	*La Pire Espèce*	G. Morris
1382.	*Le Rire du lance-flammes*	Serge Brussolo
1383.	*Les Lunatiques*	Christopher Stork
1384.	*Téléclones*	Pierre Barbet
1385.	*Le Veilleur à la lisière du Monde*	Daniel Walther
1386.	*Poupée tueuse*	Jean Mazarin
1387.	*La Cité du vent damné*	Maurice Limat
1388.	*Voyageuse Yeuse*	G.-J. Arnaud
1389.	*Billevesées et calembredaines*	Christopher Stork
1390.	*A quoi bon ressusciter ?*	Gilbert Picard
1391.	*Le Château des vents infernaux*	Hugues Douriaux
1392.	*Les Hommes-vecteurs*	Michaël Clifden
1393.	*L'Inconnue de Ryg*	Jean-Pierre Garen
1394.	*La Marée d'Or*	Michel Jeury
1395.	*La Valeur de la vie*	K.-H. Scheer & Clark Darlton
1396.	*Ordinator-ocularis*	André Caroff
1397.	*Ceux de la Montagne-de-fer*	Maurice Limat
1398.	*Le Temple du dieu Mazon*	Alain Paris & Jean-Pierre Fontana
1399.	*Rempart des naufrageurs*	Serge Brussolo
1400.	*Les Acteurs programmés*	Max-André Rayjean
1401.	*Putsch galactique*	Pierre Barbet
1402.	*Lumière d'abîme*	Michel Honaker
1403.	*L'Ange du désert*	Michel Pagel
1404.	*Ordinator-craignos*	André Caroff
1405.	*L'Ampoule de cendres*	G.-J. Arnaud
1406.	*Roulette russe*	Daridjana
1407.	*Sur qui veillent les Achachilas*	Jean-Louis Le May
1408.	*La Marque des Antarcidès*	Alain Paris
1409.	*Pour une dent, toute la gueule*	G. Morris
1410.	*Le Volcan des sirènes*	Gilbert Picard
1411.	*Cadavres à tout faire*	Richard Bessière
1412.	*Babel Bluff*	Christopher Stork
1413.	*Les Visiteurs du Passé*	K.-H. Scheer
1414.	*Abattoir-opéra*	Serge Brussolo
1415.	*La Semaine carnivore*	Th. Cryde
1416.	*Feu sur tout ce qui bouge*	G. Morris
1417.	*L'Enfant de l'Espace*	Christopher Stork
1418.	*Ordinator-rapidos*	André Caroff

1419. *Le Clan du brouillard* — Alain Paris & Jean-Pierre Fontana
1420. *Solstice de fer* — Francis Berthelot
1421. *Wân, l'iconoclaste* — Maurice Limat
1422. *La Mémoire totale* — Claude Ecken
1423. *Retour en avant* — G. Morris
1424. *Naufrage sur une chaise électrique* — Serge Brussolo
1425. *Quand souvenirs revenir, nous souffrir et mourir* — Dagory
1426. *Les Passagers du mirage* — Pierre Pelot
1427. *La Piste du Sud* — Thierry Lassalle
1428. *P.L.U.M. 66-50* — Hugues Douriaux
1429. *Sahra* — Jean-Louis Le May
1430. *Le Fléau de la Galaxie* — K.-H. Scheer & Clark Darlton
1431. *Sun Company* — G.-J. Arnaud
1432. *Demi-portion* — Christopher Stork
1433. *Les Flammes de la nuit* — Michel Pagel
1434. *Soldat-chien* — Alain Paris
1435. *La Guerre des loisirs* — Max-André Rayjean
1436. *Le Diable soit avec nous !* — Philippe Randa
1437. *Le Bricolo* — P.-J. Hérault
1438. *Equinoxe de cendre* — Francis Berthelot
1439. *La Fleur pourpre* — Jean-Pierre Garen
1440. *Glaciation nucléaire* — Pierre Barbet
1441. *Le Chant du Vorkul* — Michel Honaker
1442. *Que l'Eternité soit avec vous !* — Louis Thirion
1443. *L'Heure perdue* — Guy Charmasson
1444. *Nitrabyl la Ténébreuse* — K.-H. Scheer
1445. *Un Pied sur Terre* — G. Morris
1446. *Enfer vertical en approche rapide* — Serge Brussolo
1447. *Poupée cassée* — Jean Mazarin
1448. *Ils étaient une fois...* — Christopher Stork
1449. *Les Sibériens* — G.-J. Arnaud
1450. *Le Feu du Vahad'Har* — Gabriel Jan
1451. *La Jaune* — Jean-Pierre Fontana
1452. *Les Horreurs de la paix* — G. Morris
1453. *Transfert* — Gérard Delteil
1454. *O Tuha' d et les chasseurs* — Jean-Louis Le May
1455. *Le Temps des rats* — Louis Thirion
1456. *Ashermayam* — Alain Paris
1457. *La Ville d'acier* — Michel Pagel
1458. *La Saga d'Arne Marsson* — Pierre Barneul
1459. *Psys contre psys* — Christopher Stork
1460. *Le Clochard ferroviaire* — G.-J. Arnaud
1461. *La Barrière du crâne* — G. Morris
1462. *Métamorphosa* — Philippe Randa
1463. *Fou dans la tête de Nazi Jones, Belladonne et compagnie* — Pierre Pelot

1464. *La Colère des ténèbres* Serge Brussolo
1465. *Khéoba-la-Maudite* Maurice Limat
1466. *Les Vautours* Joël Houssin
1467. *Citéléem* Max-André Rayjean
1468. *Les Androïdes du désert* Hugues Douriaux
1469. *Les Conquérants immobiles* Pierre Pelot
1470. *Opération Bacchus* Jean-Pierre Garen
1471. *Les Combattants des abysses* Gilbert Picard
1472. *Eridan VII* Frank Dartal
1473. *Le Miroir de molkex* K.-H. Scheer & Clark Darlton
1474. *Le Sphinx des nuages* Maurice Limat
1475. *Danger, parking miné !* Serge Brussolo
1476. *De purs esprits...* Christopher Stork
1477. *Les Wagons-mémoires* G.-J. Arnaud
1478. *Objectif : surhomme* G. Morris
1479. *Tragédie musicale* Hugues Douriaux
1480. *Reich* Alain Paris
1481. *En direct d'ailleurs* G. Morris
1482. *Mémoires d'un épouvantail blessé au combat* Pierre Pelot
1483. *La Croisade des assassins* Pierre Barbet
1484. *Les Hommes-lézards* Alain Paris & Jean-Pierre Fontana
1485. *Don Quichotte II* Christopher Stork
1486. *Le Rêve et l'Assassin* Sylviane Corgiat & Bruno Lecigne
1487. *Rébellion sur Euhja* K.-H. Scheer & Clark Darlton
1488. *La Piste des écorchés* G. Morris
1489. *Le Choix des destins* Pierre Bameul
1490. *Mausolée pour une locomotive* G.-J. Arnaud
1491. *Catacombes* Serge Brussolo
1492. *Le Gladiateur de Vénusia* Jean-Pierre Garen
1493. *Le Fou* Michel Pagel
1494. *Cacophonie du Nouveau Monde* Gabriel Jan
1495. *Observation du virus en temps de paix* Pierre Pelot
1496. *Le Rêve du Vorkul* Michel Honaker
1497. *Et la pluie tomba sur Mars* Maurice Limat
1498. *L'Agonie des hommes* G. Morris
1499. *Le Raid infernal* P.-J. Hérault
1500. *L'Endroit bleu* Th. Cryde
1501. *Contre-temps* Christopher Stork
1502. *L'Ombre des Antarcidès* Alain Paris
1503. *Dans le ventre d'une légende* G.-J. Arnaud
1504. *La Métamorphose du molkex* K.-H. Scheer & Clark Darlton
1505. *Temps changeants* Pierre Barbet
1506. *Le Programme Troisième Guerre mondiale* Sylviane Corgiat & Bruno Lecigne
1507. *Le Viol du dieu Ptah* Phil Laramie
1508. *L'Ultime solution...* Piet Legay

1509. *Accident temporel* Louis Thirion
1510. *Un homme est venu...* – Le Monde d'Après* Hugues Douriaux
1511. *Le Dragon de Wilk* Jean-Pierre Garen
1512. *Par le sabre des Zinjas* Roger Facon
1513. *Les Cavaliers dorés* Michel Pagel
1514. *U.S. go home... go, go !* Philippe Randa
1515. *La Cité des Hommes-de-Fer* Alain Paris & Jean-Pierre Fontana
1516. *Les Echafaudages d'épouvante* G.-J. Arnaud
1517. *Docteur Squelette* Serge Brussolo
1518. *Défense spatiale* Pierre Barbet
1519. *Les Naufragés du 14-18* K.-H. Scheer
1520. *Mortel contact* Piet Legay
1521. *L'Univers en pièce* Claude Ecken
1522. *Le Lit à baldaquin* Christopher Stork
1523. *Building* Michel Honaker
1524. *Cocons* Philippe Guy
1525. *La Folle Ruée des Akantor* Phil Laramie
1526. *Le Serpent de rubis* Maurice Limat
1527. *L'Araignée* Sylviane Corgiat & Bruno Lecigne
1528. *Appelez-moi Einstein !* G. Morris
1529. *Les Idées solubles* Jacques Mondoloni
1530. *Les Etres vagues* G. Morris
1531. *Un homme est venu...** – Les Errants* Hugues Douriaux
1532. *Les Guerrières de Lesban* Jean-Pierre Garen
1533. *Baroud pour le genre humain* Philippe Randa
1534. *EMO* Bruno Lecigne
1535. *Le Réveil de la forteresse* K.-H. Scheer
1536. *Les Ambulances du rêve* Richard Canal
1537. *Opération «Serrures carnivores»* Serge Brussolo
1538. *Le Labyrinthe d'Eysal* K.-H. Scheer & Clark Darlton
1539. *Les Portes de l'Enfer* Piet Legay
1540. *La Famille* P.-J. Hérault
1541. *Les Montagnes affamées* G.-J. Arnaud
1542. *Le Rideau de glace* Alain Billy
1543. *Je souffre pour vous...* Christopher Stork
1544. *L'Univers-ombre* Michel Jeury
1545. *Lointaine Etoile* Maurice Limat
1546. *La Longue Errance* G. Morris
1547. *Captif de Corvus* Pierre Barbet
1548. *Un homme est venu...*** – Les Guerriers* Hugues Douriaux
1549. *Le Sceau des Antarcidès* Alain Paris
1550. *Les Sirènes d'Almadia* Philippe Randa
1551. *La Nuit du venin* Serge Brussolo
1552. *La Prodigieuse Agonie* G.-J. Arnaud
1553. *Alabama. Un. Neuf. Neuf. Six.* Pierre Pelot
1554. *La Légende étoilée* Richard Canal

1555. *Le Souffle de Cristal* Sylviane Corgiat & Bruno Lecigne
1556. *Une si jolie petite planète* Christopher Stork
1557. *Un Temps pour la guerre* Frank Dartal
1558. *Le Dernier Témoin* Piet Legay
1559. *Le Sixième Symbiote* Dan Dastier
1560. *Un Reich de 1000 ans* Pierre Barbet
1561. *Le Chariot de Thalia* Jean-Pierre Garen
1562. *Sergent-pilote Gurvan* P.-J. Hérault
1563. *Soleil pourpre, soleil noir* Michel Pagel
1564. *Le Commencement de la fin* G. Morris
1565. *Sécession bis* Pierre Pelot
1566. *Les Squales de la cité engloutie* Phil Laramie
1567. *L'Hérésie magicienne* Jean-Louis Le May
1568. *La Croix de flamme* Maurice Limat
1569. *Le Trillionnaire* Christopher Stork
1570. *Destination Atlantide* K.-H. Scheer
1571. *On m'appelait Lien Rag* G.-J. Arnaud
1572. *Les Animaux funèbres* Serge Brussolo
1573. *Les Olympiades truquées* Joëlle Wintrebert
1574. *Un homme est venu... **** – Les Gladiateurs de Néphers* Hugues Douriaux
1575. *La Haine du Vorkul* Michel Honaker
1576. *Les Vitrines du ciel* Jacques Mondoloni
1577. *Le Fond de l'abîme* G. Morris
1578. *Le Piège de glace* K.-H. Scheer & Clark Darlton
1579. *Cette Vérité qui tue* Piet Legay
1580. *Offensive du virus sur le champ de bataille* Pierre Pelot
1581. *Train spécial pénitentiaire 34* G.-J. Arnaud
1582. *Les Voix grises du monde gris* Richard Canal
1583. *La Septième Griffe de Togor* Gérard Delteil
1584. *Gurvan : les premières victoires* P.-J. Hérault
1585. *Le Serpent D'angoisse* Roland C. Wagner
1586. *Objectif : Mars 2005* Pierre Barbet
1587. *Le Dernier Soleil* Max-André Rayjean
1588. *Les Enfants du Soleil* Christopher Stork
1589. *La Planète des femmes* Roger Facon
1590. *Les Démons de la montagne* Jean-Pierre Garen
1591. *Le Bout du tunnel* G. Morris
1592. *Le Temple de chair* Jean-Claude Dunyach
1593. *Vermine* Hugues Douriaux
1594. *L'Ombre des gnomes* Serge Brussolo
1595. *Terre ! Terre !* G. Morris
1596. *Les Hallucinés de la Voie oblique* G.-J. Arnaud
1597. *Hors-jeu* Gérard Delteil
1598. *Les Elus de Tôh* Gabriel Jan
1599. *Atoxa-des-Abysses* Maurice Limat

1600. *Soldat-chien 2* Alain Paris
1601. *Périls sur Mû* Philippe Randa
1602. *Traqueur* Samuel Dharma
1603. *Les Sauveteurs sigans* K.-H. Scheer & Clark Darlton
1604. *Alter Ego* Christopher Stork
1605. *Tigre* Daniel Walther
1606. *Aqualud !* Piet Legay
1607. *Un homme est venu... ***** – La Chasse* Hugues Douriaux
1608. *Le Maître de Juvénia* Jean-Pierre Garen
1609. *Le Temple d'os* Jean-Claude Dunyach
1610. *Le Masque d'écailles* Sylviane Corgiat & Bruno Lecigne
1611. *L'Incroyable Odyssée* Guy Charmasson
1612. *Officier-pilote Gurvan* P.-J. Hérault
1613. *L'Orchidée rouge de madame Shan* Alain Billy
1614. *Un ange s'est pendu* Roland C. Wagner
1615. *Le Voleur d'icebergs* Serge Brussolo
1616. *Le Clone triste* Milan
1617. *La Course contre la montre* K.-H. Scheer & Clark Darlton
1618. *Le Rire du klone* Milan
1619. *Un homme est venu... ****** – Le Loup* Hugues Douriaux
1620. *Option zéro* Pierre Barbet
1621. *Divine Entreprise* Roger Facon
1622. *L'Epopée du Draco* Frank Dartal
1623. *Aux yeux la Lune* Michel Jeury
1624. *Bébé-miroir* Joëlle Wintrebert
1625. *Survival* Piet Legay
1626. *Le Mal d'Ibrator* Philippe Randa
1627. *Le Tombeau du roi Squelette* Serge Brussolo
1628. *Pour une poignée d'helix pomatias* Michel Pagel
1629. *Svastika* Alain Paris
1630. *La Vengeance de l'androïde* Jean-Pierre Garen
1631. *L'Effondrement d'un empire* K.-H. Scheer & Clark Darlton
1632. *Kriegspiel* Jean-Marc Ligny & Dominique Goult
1633. *Le Grand Hurlement* Phil Laramie
1634. *Les Tueurs d'Elmendorf 1 – La Vengeance* Guy Charmasson
1635. *Seigneur des runes* Alain Paris
1636. *Maaga-la-Scythe* Alain Billy
1637. *Nécromancies* Samuel Dharma
1638. *Projet Nouvelle-Vénus* Claude J. Legrand
1639. *Les Tueurs d'Elmendorf 2 – La Mission* Guy Charmasson
1640. *Sur l'Epaule du Grand Dragon* Alain Paris
1641. *L'Offensive de crétinisation* K.-H. Scheer & Clark Darlton
1642. *Le Monde au-delà des brumes* Hugues Douriaux
1643. *Les Serviteurs de la Force* Roger Facon & Jean-Marie Parent
1644. *Réalité 2* Louis Thirion
1645. *Les Hérétiques du Vril* Alain Paris

1646. *Thorn le Guerrier* Hugues Douriaux
1647. *Ronge* Yves Frémion
1648. *L'Enfer des Homosimiens* Piet Legay
1649. *La Mémoire des pierres* Roland C. Wagner
1650. *Les Hommes marqués* Gilles Thomas
1651. *La Sylve sanguinaire* K.-H. Scheer & Clark Darlton
1652. *La Quête du Graal* Jean-Pierre Garen
1653. *Les Mortels et les dieux* Hugues Douriaux
1654. *Prisons intérieures* Roland C. Wagner
1655. *Le Bagne des ténèbres* Laurent Genefort
1656. *Le Dieu de lumière* Jean-Pierre Andrevon
1657. *Le Diable à quatre* Michel Pagel
1658. *Le Dieu du delta* Bertrand Passegué
1659. *Les Futurs Mystères de Paris* Roland C. Wagner
1660. *Le Crépuscule du compagnon* François Rahier
1661. *Dreamworld* Jean-Marc Ligny & Dominique Goult
1662. *Les Croisés de Mara* G.-J. Arnaud
1663. *Panique a la banque du sperme* Gérard Néry
1664. *Le Dragon du roi Squelette* Serge Brussolo
1665. *Dernière Chance : Humanité* Piet Legay
1666. *Le Chemin d'ombres* Samuel Dharma
1667. *Onze Bonzes de bronze* Max Anthony
1668. *L'Autoroute sauvage* Gilles Thomas
1669. *Piège sur Korz* Jean-Pierre Garen
1670. *Les Semeurs de mirages* Jean-Marc Ligny
1671. *Le Dieu de la guerre* Alain Paris
1672. *Jhedin Ovoghemma* Yves Carl
1673. *Les Guerrières de Arastawar* Louis Thirion
1674. *Les Monarques de Bi* G.-J. Arnaud
1675. *Pâques sanglantes aux Caraïbes* Gérard Néry
1676. *Syndrome Apocalypse* Hugues Douriaux
1677. *Argyll* Bertrand Passegué
1678. *Le Paysage déchiré* Roland C. Wagner
1679. *Genesis II* Piet Legay
1680. *Le Temps cyclothymique* Jean-Pierre Andrevon
1681. *L'Art du Rêve* Jean-Marc Ligny
1682. *Des Enfants très doués* Jean-Pierre Garen
1683. *De Silence et de feu* Claude Ecken
1684. *Le Souffle de Lune* Alain Billy
1685. *Fantasmes en stock* Max Anthony
1686. *La Croix des décastés* Gilles Thomas
1687. *Sylvana* Michel Pagel
1688. *Mort a l'encre de Chine* Gérard Néry
1689. *Shândoah !* Piet Legay
1690. *Les Enfants du silence* Claude Ecken
1691. *Le Septième Cycle* Bertrand Passegué

1692.	*Brebis Galeuses*	Kurt Steiner
1693.	*Enfer et Purgatoire*	Michel Honaker
1694.	*A la recherche de Faërie*	Jean-Marc Ligny
1695.	*Un Navire ancré dans le ciel*	Roland C. Wagner
1696.	*Dernière Tempête*	Philippe Guy
1697.	*Yriel*	Robert Alexandre
1698.	*La Septième Saison*	Pierre Pelot
1699.	*Les Pierres de sang*	Jean-Pierre Garen
1700.	*Egrégore*	Piet Legay
1701.	*Cette chose qui vivait sur Véra*	Louis Thirion
1702.	*La Mort marchait dans les rues*	Roland C. Wagner
1703.	*Fleur*	Patrick Lachèze
1704.	*Lazaret 3*	G.-J. Arnaud
1705.	*Dal Refa'i*	Alain Paris
1706.	*Labyrinthe de la Nuit*	Jean-Marc Ligny
1707.	*La Forteresse éternelle*	Bertrand Passegué
1708.	*Top niveau*	J.-C. Lamart
1709.	*Tchernobagne*	Gérard Delteil
1710.	*La Mort en billes*	Gilles Thomas
1711.	*Joal ban Kluane*	Alain Paris
1712.	*Le Roi de fer*	Jean-Pierre Garen
1713.	*Terminus Enfer*	Gérard Néry
1714.	*L'Androïde livide de l'astéroïde morbide*	Max Anthony
1715.	*Le Rire du clone*	Piet Legay
1716.	*Le Rescapé de la Terre*	P.-J. Hérault
1717.	*Sassar*	Alain Paris
1718.	*Le Lévrier de Varik*	Hugues Douriaux
1719.	*Hypnos et Psyché*	Jean-Marc Ligny
1720.	*Le Grand Hiver*	Bertrand Passegué
1721.	*La Planète Jaja*	Daniel Walther
1722.	*Les Bâtisseurs du Monde*	P.-J. Hérault
1723.	*Bronx Ceremonial*	Michel Honaker
1724.	*Les Noyés du fleuve Amour*	Gérard Néry
1725.	*Désirs cruels* (nouvelles)	Michel Pagel
1726.	*O Gamesh, prince des ténèbres*	Piet Legay
1727.	*L'Autre Cécile*	Claude Ecken
1728.	*Les Ratés*	Gilles Thomas
1729.	*La Chute des dieux*	Jean-Pierre Garen
1730.	*La Soie rouge de Xanta*	Hugues Douriaux
1731.	*Traqueur d'illusions*	Jean-Marc Ligny
1732.	*Le Présent du fou*	Pierre Pelot
1733.	*Les Psychopompes de Klash*	Red Deff
1734.	*Ysée-A*	Louis Thirion
1735.	*The Verb of Life*	Michel Honaker
1736.	*Scorpions*	Gérard Néry
1737.	*Les Forains du bord du Gouffre*	Pierre Pelot

1738. *La Loi majeure* Don Hérial
1739. *Les Ailes tranchées* Félix Chapel
1740. *Zoomby* Vincent Gallaix
1741. *Visiteurs d'Apocalypse* Jean-Pierre Andrevon
1742. *La Dame d'Alkoviak* Hugues Douriaux
1743. *Le Ciel sous la pierre* Pierre Pelot
1744. *Vous avez dit « humain » !* Piet Legay
1745. *Dépression* François Sarkel
1746. *Les Voies d'Almagiel* Gilles Thomas
1747. *Safari mortel* Jean-Pierre Garen
1748. *Return of Emeth* Michel Honaker
1749. *Le Dirigeable « Certitude »* Alain Paris
1750. *Les Faucheurs de Temps* Pierre Pelot
1751. *Les Autos carnivores* Max Anthony
1752. *Apollo XXV* Daniel Walther
1753. *La Révolte des barons* Hugues Douriaux
1754. *Les Fils du miroir fumant* Alain Paris
1755. *Soleil de mort* Pierre Barbet
1756. *Emergency !* Piet Legay
1757. *Le Temple de la Mort turquoise* Félix Chapel
1758. *Les Derniers Anges* Christopher Stork
1759. *King of Ice* Michel Honaker
1760. *Le Peuple pâle* Alain Paris
1761. *Succubes (Livre I : Démons)* Jean-Marc Ligny
1762. *Hydres* Don Hérial
1763. *Ylvain, rêve de vie* Ayerdhal
1764. *La Légende des niveaux fermés* Gilles Thomas
1765. *Chasse infernale* Jean-Pierre Garen
1766. *Arasoth* Hugues Douriaux
1767. *Succubes (Livre II : Sorciers)* Jean-Marc Ligny
1768. *Le Sang de Fulgavy* Félix Chapel
1769. *Made, concerto pour Salmen et Bohème* Ayerdhal
1770. *Le Rêveur des Terres agglutinées* Roland C. Wagner
1771. *Secret of Bashamay* Michel Honaker
1772. *Ross et Berkel* P.-J. Hérault
1773. *Comme une odeur de tombeau* Samuel Dharma
1774. *Le Profanateur* Piet Legay
1775. *La Naïa, hors limites* Ayerdhal
1776. *Les Enfants de Pisauride* Jean-Pierre Andrevon
1777. *Les Enfants de Vonia* Hugues Douriaux
1778. *Pédric et Bo* P.-J. Hérault
1779. *Rasalgethi* Jean-Marc Ligny
1780. *L'Homme-requin* Jean-Christophe Chaumette
1781. *Ely, l'esprit miroir* Ayerdhal
1782. *L'Ange aux ailes de lumière* Gilles Thomas
1783. *Evil Game* Michel Honaker

1784. *Apex (M 57)* Jean-Marc Ligny
1785. *La Cité sous la Terre* Jean-Christophe Chaumette
1786. *Les Ephémères des sables* Félix Chapel
1787. *L'Autoroute de l'Aube* Roland C. Wagner
1788. *Le Fils du Grand Konnar* Pierre Pelot
1789. *Le Gardien du cristal* Jean-Pierre Garen
1790. *Les Ballades du temps futur* Hugues Douriaux
1791. *Bérénice* Jean-Marc Ligny
1792. *Aoni* Jean-Christophe Chaumette
1793. *Le Cri du corps* Claude Ecken
1794. *L'Antre du serpent* Michel Pagel
1795. *Troll* Michel Honaker
1796. *Sur la piste des Rollmops* Pierre Pelot
1797. *La Prophétie* Jean-Christophe Chaumette
1798. *Panique chez les poissons solubles* Max Anthony
1799. *Le Temps de l'effroi* Piet Legay
1800. *Requiem pour une idole de cristal* Louis Thirion
1801. *Le Refuge de l'agneau* Michel Pagel
1802. *Rollmops Dream* Pierre Pelot
1803. *Promesse d'Ille* Ayerdhal
1804. *Les Epées de cristal* Jean-Christophe Chaumette
1805. *Le Monde d'en bas* Bertrand Passegué
1806. *Viper* Red Deff
1807. *Orbret* Hugues Douriaux
1808. *Zelmiane* Hugues Douriaux
1809. *Les Amants pourchassés* Hugues Douriaux
1810. *Apocalypse Junction* Michel Honaker
1811. *Gilbert le Barbant – Le Retour* Pierre Pelot
1812. *Le Guerrier sans visage* Jean-Christophe Chaumette
1813. *Honneur de chasse* Ayerdhal
1814. *Le Temps des lumières* Piet Legay
1815. *Les Maîtres des souterrains* Bertrand Passegué
1816. *Les Pirates de Sylwa* Jean-Pierre Garen
1817. *Le Voyageur solitaire* (nouvelles) Jean-Marc Ligny
1818. *La Guerre en ce jardin* Richard Canal
1819. *Les fêtes de Hrampa* Félix Chapel
1820. *Chroniques du désespoir* (nouvelles) Roland C. Wagner
1821. *L'Ile brûlée* Gilles Thomas
1822. *Dark Spirit* Michel Honaker
1823. *Danger : mémoire* P.-J. Hérault
1824. *L'Homme du Sid* Alain Paris
1825. *Ganja* Red Deff
1826. *Le Temps des révélations* Piet Legay
1827. *De Bitume et de sang* Manuel Essard
1828. *L'Ombre des Rhuls* Jean-Pierre Garen
1829. *Un Eté à Zedong* Jean-Marc Ligny

1830. *L'Ecume du passé* Alain Paris
1831. *Ultimes aventures en territoires fourbes* Pierre Pelot
1832. *Le Choix du Ksin* Ayerdhal
1833. *Le Cimetière des astronefs* Michel Pagel
1834. *Celui-qui-n'est-pas-nommé* Alain Paris
1835. *Le Fouilleur d'âmes* Michel Honaker
1836. *Ce qu'il y avait derrière l'horizon* Jean-Pierre Andrevon
1837. *Nivôse* Jean-Claude Dunyach
1838. *Aigue-Marine* Jean-Claude Dunyach
1839. *Astronef Mercure* Jean-Pierre Garen
1840. *Les Mondes furieux* Albert Higon
1841. *Chien bleu couronné* Raymond Milési
1842. *Espion de l'Etrange* Karel Dekk
1843. *D'un lieu lointain nommé Soltrois* Gilles Thomas
1844. *Roche-Lalheue* Hugues Douriaux
1845. *Demain, une oasis* Ayerdhal
1846. *Albatroys** * Jean-Marc Ligny
1847. *Cette crédille qui nous ronge* Roland C. Wagner
1848. *Une si jolie prison* Manuel Essard
1849. *Le Loupiot* P.-J. Hérault
1850. *L'Ere du Spatiopithèque* Pierre Barbet
1851. *Orages en Terre de France* (nouvelles) Michel Pagel
1852. *Albatroys*** * Jean-Marc Ligny
1853. *L'Ouragan des enfants dieux* François Rahier
1854. *La Planète des Lykans* Jean-Pierre Garen
1855. *La Chimère infernale* Albert Higon
1856. *La Colonne d'émeraude* Jean-Pierre Fontana
1857. *La Jungle de pierre* Gilles Thomas
1858. *Voleurs de silence* (nouvelles) Jean-Claude Dunyach
1859. *Malterre* Hugues Douriaux
1860. *L'Enigme du Squalus* Piet Legay
1861. *Le Monde blanc* Laurent Genefort
1862. *Le Camp des inadaptés* Jean-Pierre Garen
1863. *L'Oreille absolue* Michel Honaker
1864. *Psychosphère* G. Morris
1865. *Le Gymnase de l'ogre* Marc Lemosquet
1866. *La Cité des mille plaisirs* Hugues Douriaux
1867. *Le Vaisseau-démon* Albert Higon
1868. *Le Désert des cendres* Alain Paris & Jean-Pierre Fontana
1869. *Le Monolithe noir* Bertrand Passegué
1870. *La Déesse de Cimbariah* Hugues Douriaux
1871. *Le Syndrome des baleines* Ayerdhal
1872. *Elaï* Laurent Genefort
1873. *Métacentre* Bertrand Passegué
1874. *Le Monstre de Palathor* Hugues Douriaux
1875. *Le Mystère Lyphine* Ayerdhal

1876.	*Révélations interdites*	Piet Legay
1877.	*Horlemonde*	Gilles Thomas
1878.	*Le Gouffre du Volcan céleste*	Hugues Douriaux
1879.	*Les Possédés du démon*	Jean-Pierre Garen
1880.	*Labyrinth-Jungle*	Oscar Valetti
1881.	*Les Compagnons de la Lune blême*	Roger Facon
1882.	*Rinocérox*	Serge Brussolo
1883.	*Recyclage*	Jean-Pierre Garen
1884.	*Les Peaux-épaisses*	Laurent Genefort
1885.	*Deltas*	Alain le Bussy
1886.	*Cybione*	Ayerdhal
1887.	*La Porte des serpents*	Gilles Thomas
1888.	*La Mandragore*	Piet Legay
1889.	*Penta*	Dominique Brotot
1890.	*Hors normes*	P.-J. Hérault
1891.	*Saigneur de guerre*	Manuel Essard
1892.	*Plug-in*	Marc Lemosquet
1893.	*Les Gardiennes d'Espérance*	Pierre Debuys
1894.	*Capitaine Suicide*	Serge Brussolo
1895.	*Mission secrète*	Jean-Pierre Garen
1896.	*L'Ombre et le fléau*	Oscar Valetti
1897.	*Mascarad-City*	Lucas Gorka
1898.	*Aqua*	Jean-Marc Ligny
1899.	*Symphonie pastorale*	Hugues Douriaux
1900.	*Le Huitième Cristal du docteur Mygale*	Max Anthony
1901.	*Awacs*	Alain Paris
1902.	*Les Fruits sataniques*	Alain Billy
1903.	*Magie sombre*	Gilles Thomas
1904.	*La Falaise*	Th. Cryde
1905.	*Le Temps et l'Espace*	Jean-Pierre Garen
1906.	*Abîmes*	Serge Brussolo
1907.	*Les Guerriers de glace*	Hugues Douriaux
1908.	*Tremblemer*	Alain le Bussy
1909.	*Rézo*	Laurent Genefort
1910.	*Boulevard des miroirs fantômes*	Max Anthony
1911.	*Le Visage derrière la nuit*	Maurice Périsset
1912.	*Roll over, Amundsen*	Jean-Claude Dunyach
1913.	*Chair inconnue*	Oscar Valetti
1914.	*Rawâhlpurgis*	Piet Legay
1915.	*Achéron*	Alain Paris
1916.	*Les Moines noirs*	Jean-Pierre Garen
1917.	*La Forteresse pourpre*	Manuel Essard
1918.	*Crache-béton*	Serge Brussolo
1919.	*Déraag*	Alain le Bussy
1920.	*Xyz*	Daniel Ichbiah & Yves Uzureau
1921.	*Les Ratés*	Gilles Thomas

1922.	*Arago*	Laurent Genefort
1923.	*Les Sortilèges de Maïn*	Hugues Douriaux
1924.	*Les Mangeurs de viande*	Jean-Pierre Garen
1925.	*L'Autoroute sauvage*	Gilles Thomas
1926.	*De l'autre côté du mur des ténèbres*	Serge Brussolo
1927.	*Le Sang des mondes*	Jean-Pierre Vernay
1928.	*Cobaye*	Marc Lemosquet
1929.	*Les Yeux de la Terre folle*	Philippe Pastor
1930.	*Neurovision*	Dominique Brotot
1931.	*Envercœur*	Alain le Bussy
1932.	*Haute Enclave*	Laurent Genefort
1933.	*Cyberkiller*	Jean-Marc Ligny
1934.	*La Flûte de verre froid*	Gilles Thomas
1935.	*Polytan*	Ayerdhal
1936.	*Les Mines de Sarkal*	Jean-Pierre Garen
1937.	*Warrior*	Hugues Douriaux
1938.	*Les Sentinelles d'Almoha*	Serge Brussolo
1939.	*Garmalia*	Alain le Bussy
1940.	*Le Voleur d'organes*	Dominique Brotot
1941.	*Les Portes sans retour*	Gilles Thomas
1942.	*Pour des soleils froids*	Jean-Louis Trudel
1943.	*Le Peintre des orages*	Alain Billy
1944.	*Les Chasseurs de sève*	Laurent Genefort
1945.	*La Porte de flamme*	Hugues Douriaux
1946.	*Nickel-le-Petit*	Christophe Kauffman
1947.	*Les Adorateurs de Kaal*	Jean-Pierre Garen
1948.	*Quête impériale*	Alain le Bussy
1949.	*Jalin Ka*	Christophe Kauffman
1950.	*Shaan !*	Piet Legay
1951.	*L'Araignée de verre*	Jean-Pierre Garen
1952.	*Parasol 27*	Alain Billy
1953.	*La Route des soleils*	Wildy Petoud
1954.	*La Troisième Lune*	Laurent Genefort
1955.	*Le Ressuscité de l'Atlantide*	Jean-Louis Trudel
1956.	*Yorg de l'Ile*	Alain le Bussy
1957.	*Le Dernier des Aramandars*	Hugues Douriaux
1958.	*Rork des Plaines*	Alain le Bussy
1959.	*Une Planète pour Copponi*	Hugo van Gaert
1960.	*Hou des Machines*	Alain le Bussy
1961.	*Le Labyrinthe de chair*	Laurent Genefort
1962.	*Profession : cadavre*	Serge Brussolo
1963.	*La Guerre des cercles*	Jean-Claude Dunyach
1964.	*Theophano 960*	Pierre Stolze
1965.	*Soleil fou*	Alain le Bussy
1966.	*De Chair et de feu*	Laurent Genefort
1967.	*Le Prisonnier de l'entre-deux-mondes*	Hugues Douriaux

1968.	*Acherra*	Gilles Thomas
1969.	*Offren*	Gilles Thomas
1970.	*La Promenade du bistouri*	Serge Brussolo
1971.	*Les Hommes du maître*	Jean-Pierre Garen
1972.	*Chatinika*	Alain le Bussy
1973.	*Le Chineur de l'Espace*	P.-J. Hérault
1974.	*L'Homme qui n'existait plus*	Laurent Genefort
1975.	*Interférences*	Hugues Douriaux
1976.	*Justice galactique*	Jean-Pierre Garen
1977.	*Phalènes*	Philippe Guy
1978.	*Les Chemins de Pilduin*	Claude Castan
1979.	*Jana des Couloirs*	Alain le Bussy
1980.	*Lyane*	Laurent Genefort
1981.	*Jorvan de la Mer*	Alain le Bussy
1982.	*Djamol de Kîv*	Alain le Bussy
1983.	*La Route de Stelian*	Claude Castan
1984.	*Les Allées de la gloire*	Claude Castan
1985.	*La Montagne rouge*	Jean-Pierre Garen
1986.	*Ceux qui ne voulaient pas mourir*	P.-J. Hérault
1987.	*Les Pistes d'Ahran*	Claude Castan
1988.	*La Balle du Néant*	Roland C. Wagner
1989.	*Les Pierres de lumière*	Hugues Douriaux
1990.	*Alice qui dormait*	Franck Morrisset
1991.	*La Mâchoire du dragon*	G.-E. Ranne
1992.	*Le Dieu avide*	Alain le Bussy
1993.	*La Compagnie des fous*	Laurent Genefort
1994.	*Les Voies du ciel*	Laurent Genefort
1995.	*Les Rails d'incertitude*	G.-J. Arnaud
1996.	*L'Ange et la Mort*	Franck Morrisset
1997.	*Autant en emporte le divan*	Patrice Duvic
1998.	*Les Ravisseurs quantiques*	Roland C. Wagner
1999.	*Les Oiseaux de cuir* (nouvelles)	Gilles Thomas
2000.	*Wonderland*	Serge Lehman
2001.	*L'Odyssée de l'Espèce*	Roland C. Wagner

Achevé d'imprimer en janvier 1997
sur les presses de Cox & Wyman Ltd
(Angleterre)

FLEUVE NOIR – 12, avenue d'Italie
75627 PARIS – CEDEX 13.
Tel: 01.44.16.05.00

Dépôt légal : février 1997
Imprimé en Angleterre

Roland C. Wagner est né en 1960 à Bab-el-Oued. Adolescent, il lit Dick, Heinlein, Spinrad, Thirion, publie son premier texte, et fait la rencontre capitale de Michel Jeury alors chef de file de la S.F. française. Roland C. Wagner a reçu trois fois le prix Rosny Aîné – en 1983 pour sa nouvelle *Faire-part*, en 1987 pour *Le serpent d'angoisse* et en 1988 pour *Poupée aux yeux morts*. Depuis plus de dix ans, il est responsable de la rubrique S.F. à *Casus Belli*, également chanteur-parolier du groupe *Brain Damage*.

L'odyssée de l'espèce

LES FUTURS MYSTÈRES DE PARIS

Paris, 2063. Un demi-siècle après la Grande Terreur primitive, cette période de l'Histoire que les mots demeurent impuissants à décrire, l'Humanité semble s'être pacifiée. Tem, le détective *tansparent*, se retrouve accusé du meurtre de l'un de ses amis les plus chers. Persécuté par l'inspecteur Marcellin Trovallec, dit "le Dénébien", il est obligé cette fois de mener l'enquête pour son propre compte afin de se disculper – une enquête dont les développements ne tardent pas à prendre une dimension métaphysique, au-delà de laquelle se profile le fol espoir d'enfin comprendre ce qui s'est passé durant la Terreur...

INÉDIT

Illustration : Marc Mosnier

54 FF